目 录
Contents

献给我的家人：我的父母罗杰与特蕾莎，我的妹妹劳拉，以及我的兄弟理查德与托尼。

这一家的心头大爱，莫过于娓娓道来的好故事。

万事常需一分为二：哪些该留，哪些该改。

        ——威廉·特雷弗《钢琴调音师的妻子们》

便是如此，我已深悉这故事将害我心碎

当你提笔落墨之时

我已深悉这故事将害我心碎

        ——艾美·曼《被忘却的手臂》

序幕

　　暮色初临时，仲夏蓝天下，一众宾客在海滩俱乐部的露天平台上施施然漫步，时而轻啜鸡尾酒，琢磨着调酒师用的是不是价格不菲的好酒；时而小心翼翼地把玲珑的蟹肉饼在餐巾纸上摆好，嘴里感叹大家真是吉星高照（因为明天只怕又是个阴雨天）；时而悄声八卦起新娘的紧身绸缎裙——新人那对酥胸简直呼之欲出，究竟是因为礼服裁剪不当、主人品味堪忧（宾客自己的女儿或许会把它叫作一种"时尚"吧），还是因为新娘的体重出乎意料地暴增呢？众人边说边挤眼，开着老掉牙的笑话，打趣新人要把婚礼收到的烤面包机换成尿布。正在这时，利奥·普拉姆却领着一名女招待从表亲的婚礼上溜了号。

　　利奥一直在躲两个女人：他的太太维多利亚——她几乎没跟利奥搭过腔，还有他的妹妹碧翠丝——她倒是一直在跟利奥闲扯，一张嘴简直没歇过，喋喋不休地非要家里人在感恩节聚一聚。这可是盛夏七月，居然商量感恩节？要是没记错，自从20世纪90年代中期以来，利奥恐怕已有整整二十年没有老老实实地跟家人一起过节了，他才不打算冷不丁儿浪子回头呢。

　　正"嗨"的利奥四下搜寻，想找找传闻中空荡荡的露天酒吧，谁知一眼望见玛蒂尔达·罗德里格斯正手托整整一盘香槟酒杯，从人群中穿梭而过，通身艳光四射——一方面要怪西沉的夕阳，它正将长岛东侧染上一层粉色，惹人遐想联翩；另一方面要怪那些品质上乘的可卡因，它害得利奥心潮澎湃，难以自已。香槟泡泡在玛蒂尔达托着的盘碟上浮沉，仿佛声声令人心醉的召唤，又像一份秘而不宣的独家邀请。她那一头浓密的乌发结结实实地挽了个髻，露出宽宽的脸庞，只显得双眸漆黑，一对红唇盈盈欲滴。利奥定睛遥望女招待曲线动人的美臀，她从婚礼宾客中蹁跹而过，已空的托盘高高举过头顶，仿佛一支火炬。利奥匆匆从身边一名侍者手中夺过一杯马提尼酒，紧跟着那位美貌女招待，穿过摆动的不锈钢门，闪身进了厨房。

对玛蒂尔达来说（这位生性羞怯的女招待芳龄十九，立志当一名歌手），前一秒自己明明还在给姓"普拉姆"的一家七十五口及其好友端香槟，后一秒却乘上了利奥租来的那辆全新"保时捷"，风驰电掣地向长岛海湾驶去。她的一只手探进了他的紧身亚麻长裤，不太熟练地用拇指抚着他的阴茎底侧。

利奥刚开始把玛蒂尔达往储藏室里拉时，她也曾推托过一番。他伸手扣住她的手腕，连珠炮般问了她一串问题："你是什么人呀？""是从哪里来的？""还兼任其他什么职业？""你是个模特？""还是个艺人？""你知道你有多美吗？"

玛蒂尔达对利奥的小算盘一清二楚：在这种场合，一天到晚有人勾搭她，但通常是些年轻许多的男子（不然就是些老男人，老得一塌糊涂），搭讪的套话蹩脚得很，还一门心思非要拍几句马屁（尽管玛蒂尔达跟詹妮弗·洛佩兹没有半点相像之处，那些男人却常用詹妮弗·洛佩兹的美名称颂她；可玛蒂尔达的父母明明是墨西哥裔，不是波多黎各裔嘛）。即使在这群腰包鼓鼓的富人中间，利奥也算俊朗得没道理的。玛蒂尔达很笃定，在那些看得上眼的追求者里，自己还从来没用"俊朗"一词夸过谁呢。她或许会觉得对方"帅"，觉得对方"可爱"，甚至觉得人家"惹火到爆"，但说到"俊朗"，她认识的那些小子还没长开，没到称得上"俊朗"的时候。玛蒂尔达发觉自己正抬头凝望利奥的面孔，苦苦寻思究竟哪点让他显得如此"俊朗"。跟玛蒂尔达一样，他长着一双黑眸，一头乌发，一对浓眉。但他的轮廓棱角分明，她的轮廓则珠圆玉润。要是上电视，他只怕会出演某位杰出人士，或许是位外科医师吧，而她则是亟待回春妙手的绝症病患。

透过储藏室的门，玛蒂尔达听见乐队正在演奏常见婚礼曲目：一定是管弦乐团无疑，演奏的乐器一定至少有十六件。利奥一把攥住她的手，拉她跳起了两步舞。他贴着她的耳朵哼唱，嗓音明快浑厚，十分悦耳。"总有一天，当我无比消沉，当世界冰寒入骨，我会哒—哒—嘟一心想起你，想起你今夜的容颜……"

玛蒂尔达摇了摇头，轻笑一声，挣脱对方的怀抱。这人示好让人心神不宁，惹得她内心深处小鹿乱撞。再说，比起在厨房里用意大利熏火腿裹芦笋，在储藏室里跟利奥半推半就，多多少少要有意思些；她本来不就该在厨房裹芦笋嘛。当她羞答答地告诉利奥，自己想当个歌手，对方立刻提出：他在哥伦比亚唱片公司有些人脉，有不少一向对发掘新人颇为热衷的朋友。他又再次贴了过来。若说刚才他绊了一跤，似乎不得不用手撑墙免得跌倒时，玛蒂尔达心里打起了鼓，那当他问起玛蒂尔达是否有样带，是否有什么曲子可以上他车里放来听一听，她的担忧顿时消失得无影无踪。

"因为，要是我中意的话，"利奥一边说，一边伸手握住玛蒂尔达修长的纤纤玉指，"那何不说干就干呢？帮你把样带交到能办正经事的人手上嘛。"

利奥轻车熟路地领玛蒂尔达从代客泊车的侍者身边经过，她扭头望了望厨房门。这份活是表兄费尔南多帮玛蒂尔达张罗的，要是发现她偷偷溜了号，他只怕会火冒三丈。可是，利奥刚红口白牙提到了"哥伦比亚唱片公司"呀。他还说，人家"一向对发掘新人颇为热衷"呢。上哪儿去找这种天上掉下来的机缘？也就溜号一小会儿，留个好印象就回来。

"被汤米·莫托拉发掘的时候，人家玛丽亚也在做女招待嘛。"她说道，半是开玩笑，半是为自己正名。

"是么？"利奥一边拉着她匆匆走向自己的汽车，一边瞥了一眼海滩俱乐部那几扇俯瞰着停车场的窗户。或许有可能，维多利亚会从阳台望见他的身影，毕竟一大群人正聚在阳台上；很有可能，她已经注意到利奥不见了踪迹，正气得七窍生烟，恨不得掘地三尺把他找出来。

玛蒂尔达在车门旁停下脚步，脱下工作时穿的黑色帆布鞋，从一只破旧的塑料购物袋里取出一双银色高跟鞋。

"用不着大动干戈换双鞋吧。"利奥忍住欲火，免得当着宾客们的面伸手握住她的纤腰。

"我们不是要去喝一杯么，对不对？"玛蒂尔达说。

利奥说过要去"喝一杯"吗？那可万万不行。在他这个丁点儿大的家乡，没有谁不认识他，不认识他的家人、他的母亲、他的太太。他一口喝干那杯马提尼酒，把空酒杯扔进了灌木丛。"要是女士想要喝一杯，那定当如你所愿。"利奥说。

玛蒂尔达穿上鞋，轻轻将一根金属色细搭扣绕过脚踝，右脚系上搭扣。她直起腰，与利奥的双眼齐平。"我恨死穿平底鞋了。"玛蒂尔达将合身的白衬衫往下拉了拉，"平底鞋害我觉得整个人黯然失色。"利奥几乎是把玛蒂尔达推进了车前座，推到众人看不见的地方，安全地躲到了有色玻璃后面。

坐在前座上，玛蒂尔达听见汽车十分高档的扬声器中传出自己那蚊子叫般带着鼻音的歌声，不由惊呆了。听上去，姐姐那台老掉牙的"戴尔"播出的歌声跟这简直有天壤之别，要美妙得多。

利奥一边听歌，一边用手轻敲着方向盘。在车内灯光的映照下，他的结婚戒指熠熠生辉。毋庸置疑，玛蒂尔达不碰已婚男人。她能看出利奥千方百计想要专心听，好歹对她的歌声培养几分胃口，找几句马屁拍拍。

"我还有比这更好的录音，肯定是下载错了版本。"玛蒂尔达说。她能感觉到，羞耻害得自己耳朵发烫。利奥放眼眺望着窗外。"我还是回去吧。"玛蒂尔达伸手去握汽车门把手。

"别走啊。"利奥说着伸手搁上她的腿。玛蒂尔达忍住抽身的冲动，腰挺得更直了些，一时思绪万千。怎样才能牢牢勾住这个男人？她恨死了当女招待，但是要是在上正餐的时候开溜，费尔南多一定会要她的小命。利奥正放肆地盯着她的酥胸。她低头望望自己的大腿，却在黑色长裤上发现了一小团污渍。她用指甲刮着那团油醋汁，今天她调了好几加仑这种酱汁。屋里一群人也许正在把法式蔬菜沙拉和烤虾装盘，绕着每个碟子的边缘从酱汁瓶里挤出沙拉酱，布置成波浪纹——小孩们会画出这种波浪纹，用来代表汪洋大海。"我想看海。"她轻声说。

于是，慢慢地（如此之慢，慢得让她一时摸不着头脑），利奥伸手握住她的手，搁在了自己的腿上。有那么一瞬间，她竟犯了傻，以为他要在自己的手上印下一吻，跟母亲看的电视剧中的角色一样。她将永远记得这一幕：自始至终，他一直凝神望着她。他没有合上双眸，把头往后一仰，没有扑过来不合时宜地索吻，没有毛手毛脚地解她的衬衫纽扣。他久久地定睛凝望，直视她的双眸。他眼中有她。

　　她能感觉到对方在她的手中起了反应，好一番销魂动魄。利奥与她对视着，她则在手上加了把劲儿，于是一时间，车里的权柄猛然易手。"我还以为，我们要去看海呢。"玛蒂尔达说，想要躲开厨房里那些人的耳目。他粲然一笑，挂入倒挡。他的安全带还没有系好，她已经拉开了对方的长裤拉链。

　　不能怪利奥的高潮来得太快。早在几周前，当他太太撞破他在某朋友家避暑宅邸屋后的走廊里对一个保姆上下其手，她就不让利奥碰了。驾车向海边驶去时，利奥一心指望酒精、可卡因加上抗抑郁药安非他酮会让自己多"威风"一会儿，但当玛蒂尔达的纤手颇有用意地来来去去，他便心知一切发生得太快了。他闭上双眸，以便镇定心神——就闭上了那么片刻，好把她那令人飘飘欲仙的纤手赶出脑海：在那一幕里，玛蒂尔达蓝色的指甲油有些斑驳，指甲上下移动。利奥压根没有望见那辆SUV风驰电掣地驶下海洋大道，从右边驶来，车头正冲着他这辆车的侧面。等他回过神，发现耳边的"吱嘎"声并非音响里播放的玛蒂尔达的歌声，却彻底是另一码事时，已经来不及了。

　　他们两人甚至来不及发出尖叫。

PART ONE
—— 第一部分 ——

飞 雪 十 月

CHAPTER 1

　　昨天晚上，普拉姆家兄妹三人已经通过电话，一致同意不宜当着哥哥利奥的面喝酒。因此，他们三人齐刷刷地全在中央车站一带的不同酒吧里，趁着午餐之前偷偷小酌一杯鸡尾酒，却又互相并不知情。

　　这是个有点蹊跷的秋日下午。两天前，一场东北风暴席卷了中大西洋海岸，正好撞上从俄亥俄州向东袭来的冷锋和从加拿大下行的北极气团。结果带来的风暴让某些地区下了一场破纪录的大雪，硬生生地把宾夕法尼亚州至缅因州一带的一些城镇拖进了有违时令的寒冬。在曼哈顿以北三十英里处的一个小镇，也就是梅乐蒂·普拉姆的住处，大部分树木的秋叶依然没有掉光，许多树木在冰雪的蹂躏下惨不忍睹。街上横七竖八躺着落下的枝干，一些城镇还在停电，市长则口口声声说要取消万圣节。

　　尽管时不时停电，寒意又挥之不去，梅乐蒂搭火车到曼哈顿的一路上却风平浪静。她在42街的凯悦酒店大堂酒吧里找了个座位。她深知，这里好歹不会撞见哥哥姐姐：梅乐蒂曾提到本店餐厅吃午餐，而不是去大家常去的地方——中央车站生蚝吧，谁知道被杰克和碧翠丝好一顿奚落。出于某种难以捉摸的标准，他们俩对凯悦看不上眼，而梅乐蒂对解读他们的标准没有半点兴趣。她决不许自己再在杰克和碧翠丝面前抬不起头来，决不许自己心里发虚——她跟那两人不一样，不会把一切曼哈顿旧俗奉为圭臬，总不能因为这点就感觉底气不足吧。

在酒店开阔的大堂上层，梅乐蒂坐在桌边，紧挨着一扇扇窗户。（她不得不承认，这间大堂没什么宾至如归的氛围：显得太大，太灰，太时髦，钢管制成的骇人雕塑在头顶虎视眈眈。尽管杰克和碧翠丝没来，她却仿佛能听到他们毫不嘴软地冷言冷语。幸好他们不在场，真让人松口气。）她点了最便宜的白葡萄酒（一杯就要花足足十二美金，比在家买一整瓶酒的价格还要贵），暗自期盼调酒师倒酒的时候别那么小气。

自从风暴以来，天气一直反常地冷，但眼下太阳总算冒出了头，气温有所上升。曼哈顿中城所有斑马线上的积雪正在迅速融化，变成一摊摊雪泥和冰块，拦住人们的去路。梅乐蒂望着一个格外不雅的女子千方百计想从积水上跳过去，谁知差了几英寸，结果鲜红的芭蕾平底鞋正好一脚踩进水里。那摊水必定又冷又脏吧。这么精致的一双鞋也挺讨梅乐蒂的欢心，但她哪有那么糊涂，会在这种天气里穿这种鞋出门呢。

一想到宝贝女儿们要前往上城，必须绕过那些不算太平的街角，梅乐蒂不由一阵心慌。她小酌了一口（滋味不过如此），从兜里掏出手机，点开她最钟爱的APP，也就是被诺拉称作"跟踪狂之城"的应用程序。她点击"查找"按钮，等待着程序加载地图，在屏幕上显示出代表她家那对十六岁双胞胎的两枚圆点。

梅乐蒂简直不敢相信这个奇迹：区区一台手持设备，竟能让她追踪到诺拉与路易莎的具体方位，只要姐妹两人把手机带在身上。她们可是青少年，什么时候会不带手机呢。屏幕上开始出现地图，梅乐蒂感到一阵熟悉的心慌，直到屏幕顶端弹出"找到啦"几个字，蓝圈也不停地闪烁，显示出两个宝贝女儿的方位。看来是在上城的SAT辅导中心[1]。

　　诺拉与路易莎参加周末补习班已经一个多月了，梅乐蒂通常会在餐桌旁跟进两个女儿一早的行踪，眼睁睁盯着蓝点依照她苦口婆心的叮嘱从中央车站慢慢向北移动：从车站出发，她们理应搭乘麦迪逊大道公汽线至59街下车，随后步行向西，来到位于63街、毗邻哥伦布大道的辅导中心。不许取道公园那一侧，要走街道南面那一侧，从一个个身穿制服的门卫身边走过。如果两个女儿撞上了什么不测风云，她们呼救的喊声会传到门卫的耳朵里。两名女孩绝不许踏进中央公园一步，也不许不按路线四处乱跑。梅乐蒂每星期都吓唬她们，让她们听些女生被歹徒劫走或迷路的传闻，结果不是被迫卖春，就是被人杀害，弃尸在河中。

　　"上西区跟加尔各答还是有点不一样吧。"梅乐蒂的丈夫沃尔特轻声辩道。可惜的是，梅乐蒂偏偏害怕。一想到宝贝女儿们在市里四处乱逛，身边缺了妈妈的庇护，她就不禁心跳加速，掌心冒汗。此时此刻，掌心就在冒汗。今天早上，母女三人都在中央车站下车，她很不情愿放女儿走。正值周六，车站里熙熙攘攘挤满了查旅游指南、查列车时刻表、四下寻找"回音廊"的旅客。她吻别了女儿，目光却一直没有从她们身上挪开，直到再也望不见她们的后脑——一个一头金发，另一个一头褐发。宝贝女儿看上去跟游客截然不同，她们穿过人群，没有半点迟疑。他们属于这座城市，正是这一点害得梅乐蒂忧心忡忡。她只盼孩子们属于她，只盼她们不要长大。宝

---

1. SAT测验是由美国大学委员会委托美国教育测验服务社定期举办的测验，作为美国各大学申请入学的重要参考条件之一。

贝女儿已经不再将每一个念头、每一个心愿、每一次忧虑都向妈妈一股脑儿交底了，她已不再像从前一样对女儿的所思所想一清二楚。梅乐蒂深知，放手让女儿长大成人，才是人生正道。她期盼宝贝女儿坚强、独立、开心（她真心盼望她们开开心心，胜过其他一切），但她再也无法看牢女儿的内心活动，这让她心里有些发虚。假如无法确定宝贝女儿在世上的一举一动，她至少可以紧盯她们的一举一动吧。就在眼前，女儿的行踪尽在掌握；梅乐蒂至少可以做到这一点。

"利奥才不会还钱给你们呢。"她动身前往火车站时，沃尔特说，"你们一个个都在做梦，白白浪费时光。"

尽管梅乐蒂生怕沃尔特说得对，她却不得不相信他所言不实。之前为了买房，她和沃尔特借了一大笔债，买的是一所丁点小的历史性建筑，位于他们所住城镇最美的街道。谁知眼看着经济崩溃，房价随之暴跌。按揭贷款的浮动利率又要涨上一波，而梅乐蒂家本来就已经吃不消了。房产净值少得可怜，没办法再筹钱。女儿上大学的日子越逼越近，他家的银行账户却几乎空空如也；梅乐蒂一心指望着那笔"安乐窝"款项。

在街上，梅乐蒂望着人们脱掉手套，解开围巾，抬头面朝太阳。她的心中顿时涌起一丝满足：要是乐意的话，她大可以整整一下午待在室内不出屋。梅乐蒂钟爱凯悦酒店酒吧的主要原因在于，她可以经由一条人迹寥寥、平凡无奇的走廊从中央车站直抵酒店。稍后到了午餐时分，她会从秘密走廊返回中央车站，下楼去"生蚝吧"。她会在纽约待上好几个小时，却根本用不着往人行道上踏足一步，用不着呼吸曼哈顿的空气。梅乐蒂总觉得，曼哈顿的空气中遍布着灰尘。双胞胎出生的时候，她与沃尔特在曼哈顿上城小住过一阵子，当时她就跟纽约的灰霾打过激烈却又必败的一仗。不管她用湿布把木制品抹了多少遍，黑点却仍会冒出来，有时候只消几小时。梅乐蒂找不出任何看得见摸得着的罪魁祸首，实在让她心烦，仿佛这座城市的腐朽堕落化成了实体，一团团、一块块凝结成窗户上脏兮兮、灰扑扑的尘埃。

她望见房间另一头有位女子端着一杯酒，过了片刻才回过神：那是她自己。镜子中的她那一头金发的颜色比平常浅：之前她在药妆店选了一款浅一点的色号，暗自盼望浅色能给自己粗犷的下巴和长鼻梁添上几分温柔。梅乐蒂与姐姐碧翠丝双双从父亲的新英格兰祖先那里继承了这样的下巴和鼻梁，不知什么缘故，棱角分明的五官很衬碧翠丝，但偏偏让梅乐蒂显得整天绷着个脸（利奥曾取典自萨金特[2]的作品《X夫人》肖像，称碧翠丝为"X夫人"）。尤其每逢万圣节，梅乐蒂对自己的脸更是恨得咬牙。有一年，双胞胎女儿还小的时候，他们一家出门购买万圣节服装，诺拉指着一则有女巫亮相的广告（不是个丑得没治的女巫，没有长疣，没有绿黝黝的面孔，也没有一口烂牙，但终究是个女巫，站在一口煮沸的大锅旁），说道："瞧！是妈咪！"

梅乐蒂从桌上拿起她的酒吧账单，跟一张信用卡一起递给侍者。"他才不会还钱给你们呢。"沃尔特一口咬定。"没门，利奥会还钱的。"梅乐蒂想。没门，绝不能让哥哥区区一晚的愚蠢和放荡毁了宝贝女儿的未来，绝不。宝贝女儿如此努力，而她自己也鞭策女儿要胸怀大志。她们才不会去念社区大学呢。

梅乐蒂又凝望着手机上的地图。她一心钟爱那波动不已的蓝点，私底下还有一个原因：它们让她想起初次做超声波检查时的一幕。

当时她与沃尔特见到了两个心跳，两团奇形怪状的灰影在她的骨盆深处毫无节奏地悸动。

"买一送一啊。"乐呵呵的技术人员告诉他们，沃尔特一把攥住她的手，两人双双盯着屏幕，又双双凝望对方，露出天真的笑容。她记得那一刻自己在想：人生至福莫过于此。在某种程度上，她倒真没错：即使早在当初，她就已经明白，一旦亲手将那脆弱的、跳动的两颗心推向世界，自己将再也无法像分娩时一样感觉足以胜任，感觉坚不可摧，足以守护她们。

正在这时，侍者带着一脸忧色向她走了过来。梅乐蒂叹了口气，又打开钱包。"对不起，女士，"侍者一边说，一边把 Visa 卡递给她（梅乐蒂原本还盼它好歹有点料呢），"这张卡刷不了。"

"没事。"梅乐蒂说着掏出那张秘密信用卡。她没跟沃尔特打招呼就激活了它，假如得知内情，沃尔特定会要她的命。要是他发现，尽管市内那家 SAT 辅导中心比梅乐蒂原本想雇的郊区家教便宜些，但其价格却依然是梅乐蒂嘴上声称的两倍，那他势必也会要她的命——而正是因为这个原因，梅乐蒂才不得不开那张秘密信用卡。"我本来想给你这张。"她望着侍者回到收银台刷卡，两个人双双纹丝不动，直到收银机吐出收据，才又齐齐呼出一口气。

"我对我们的生活很中意。"今天早晨，沃尔特一边对她说，一边将她朝身边拉，"对你很中意。你就不能装作……装作稍稍有点……中意我吗？"他的脸上露出了微笑，但她深知有时候他确实担忧。她投进他那可靠的怀抱，呼吸着他那让人安心的气味——肥皂味、刚洗过的衬衫味道、留兰香口香糖味。她闭上双眸，眼前浮现出诺拉与路易莎的影像：在某古色古香的新英格兰小镇郁郁葱葱的院子里，宝贝女儿可爱而轻盈，身着丝缎学位服与学位帽，朝阳辉映着她们热切的面孔，未来的康庄大道在她们脚下铺开。她们如此聪颖，美丽，坦诚而又和善。她只盼宝贝女儿能拥有一切——拥有她从未有过的机缘，那些她曾向女儿们许下的机遇。"我对你很中意，沃尔特。"她对着他的肩嗫嚅道，"对你一往情深。我恨的是我自己。"

中央车站的另一头，迈上一段铺着地毯的台阶，在标有"坎贝尔公寓"的玻璃门后，杰克·普拉姆正打发侍者将自己点的饮品端回去，因为他认定薄荷没有搅匀。"就那么往里面一倒，好像它不是其中一味料，只是个摆设一样。"他告诉女招待。

杰克身边坐的正是他那位长达二十年的伴侣，近七周前已经依法成为他的丈夫。他深信普拉姆家其他兄弟姐妹对这家店一无所知，它的前身是 1920 年代某位大亨的办公室，眼下经重新修复，打造成了一家高端鸡尾酒廊。或许碧翠丝会有所了解，但本店不是她的风格。太保守、太贵，还有着装规定。时不时，酒吧会好死不死挤满通勤的乘客。至于在这个周六下午，店里的客人幸亏不多。

"2.0版本来了。"女招待把新做的饮品摆到杰克面前，沃克说道。

杰克小酌一口。"不错。"他说。

"给你添麻烦了，不好意思。"沃克对女招待说。

"没错，"女招待迈步走开时，杰克压低声音说，声音正好能让沃克听到，"非要逼你尽职尽责，真是抱歉得很哟。"

"她只是端端饮品，调酒的又不是她。"沃克的口吻很和气——杰克心情不佳嘛，"你不如好好喝上一口，尽力放松一下。"

杰克从玻璃杯中取出一片薄荷，嚼了一会儿。"我很好奇，"

他说，"让人家'放松一下'这种招数会奏效吗？简直活像让呼吸急促的人'松口气'，又像让噎住的倒霉鬼'吞下去'一样，有什么鬼用呢？"

"我可不是在规劝人家，我是在提议。"

"这不就是明知办不到非要说空话么。"

"明白啦，"沃克说，"不如我放松一下，你想干吗干吗。"

"多谢。"

"假如有用的话，我很高兴跟你一起去吃午餐。"

"这话你只怕已经说过一千次了。"故意招惹沃克既恶毒又毫无意义，但杰克依然不管不顾，因为他深知抢白沃克会让自己暂时将心中的一口恶气抛到脑后。再说，他确实考虑过邀沃克一道共进午餐。跟杰克比起来，他的家人更爱跟沃克相处：谁不是更爱跟沃克相处呢？沃克有着中气十足的笑声、和善的面孔、好得没边的好性情，恰似一位胡子剃得干干净净、身材稍微苗条、同性恋版的圣诞老人。

可惜杰克不能带沃克同去，因为他还没有把自己九月初跟沃克举办婚礼的喜讯告诉普拉姆家其他人。婚礼没有邀请普拉姆家里人，因为杰克期盼着完美的一天，而对杰克来说，"完美"意味着没有普拉姆家里人。他既不愿意听碧翠丝口口声声担心利奥出事，也不愿意听梅乐蒂那个动作慢吞吞的丈夫逢人就说，他的名字不叫沃克，而叫作沃尔特。（杰克与梅乐蒂找的伴侣竟然几乎同名，尽管数十年过去了，却依然让两人难以释怀。）

"抱歉，我刚才对你恶声恶气的。"杰克终于开口说。

沃克耸了耸肩。"没事，亲爱的。"

"对不起，我真混蛋。"杰克扭扭脖子，倾听着那令人心惊又让人满足的"咔哒"一声。这声音是最近才冒出来的。上帝啊，他正在变老，差六岁就要到五十了，鬼才知道迈入知天命后的十年里，他那纤瘦修长但日渐圆润的体形、一天不如一天的记忆力、稀疏得让人心惊的头发会遭什么殃。他无力地冲沃克笑了笑。"吃完午餐，我就会好起来。"

"不管午餐时闹出什么花样，我们都不会有事。一切都不会有事。"沃克说。

杰克在皮椅里往后一仰，把两只手的指关节弄得"咔哒"作响。他明知沃克恨死了这种声音。当然啦，沃克认为，一切都不会有事。杰克的财务困境沃克压根不知情嘛。（这也是杰克不愿意带他赴宴的另一个原因，以防席上突然冒出个机会可以跟利奥仔仔细细地算笔账——当初长岛小道上那区区一出闹剧究竟花了多少钱。）2008年，杰克与沃克的退休账户亏了一大笔。自沃克与杰克在一起以来，他们便租住在西街的一间公寓里。杰克那间位于西村的小古玩店一直赚不了多少钱，但近年来，只要能做到不赚不赔，他就已经谢天谢地了。沃克是一名个人执业律师，两人中养家的担子一直扛在他的肩头。他们倒有一项挺靠得住的投资，是个不太大的避暑宅邸，位于北福克，被两个人当作心肝宝贝。杰克已经瞒着沃克，用它做抵押借了一笔款项。他一直指望着"安乐窝"，不仅准备用它偿还房产信贷，还因为那正是他准备献给沃克、为两人未来奠基的一块砖。他才不信利奥破产了呢。再说，他也不在乎，他只想拿到自己应得的一份。

杰克与利奥确实是亲兄弟，可惜不太对路，连话也不怎么爱搭。有时候，沃克会规劝一下（说什么"毕竟是一家人嘛"），但杰克使尽了浑身解数跟普拉姆一家保持距离，尤其是利奥。但凡利奥在场，杰克便感觉时时笼罩在哥哥的光环之下。不如哥哥聪慧，不如哥哥风趣，不如哥哥成功——这个标签从中学就贴到了他身上，阴影一直挥之不去。九年级开初，利奥的一伙朋友给杰克取了个绰号，叫作"简化版利奥"，这个让人颜面扫地的名号从此紧跟着杰克，即使是在利奥毕业之后。念大学的第一个月，杰克碰到某个同乡，对方下意识地跟他打了个招呼，说道，"嘿，'简化版'，最近怎么样啊？"杰克差点痛揍那家伙一顿。

这时酒吧的门开了，一群游客蜂拥而入，带来一股寒气——对十月来说，这股寒气也未免太过刺骨。一名女子见人就亮出她那湿透的鞋，一双红得俗气、价格便宜的芭蕾平底鞋。"毁得一塌糊涂。"她对同伴说。

"好歹有个亮点。"杰克一边对沃克说，一边点头冲那双鞋示意。

"或许你还是别迟到的好。"沃克抬起手腕，露出手表。这是杰克送的结婚礼物，一块四十年代的卡地亚Tank腕表，保养极佳，十分罕见，花了一大笔钱，沃克压根不知情。这是杰克对利奥闯祸怀恨在心的另一个原因：眼下他忍不住在脑海里给自家每一件东西都贴上一枚巨大的霓虹灯标价牌，忍不住为去年，以及多年来购入的每一件东西后悔片刻，包括为他们那场牧歌田园般的婚礼所花的一大笔开销。

"我爱死这块表了。"沃克说。他嗓音中那份柔情蜜意，让杰克恨不得把手中的玻璃杯砸到对面的砖墙上。他几乎可以尝到杯子碎成千片万片时，心头涌起的那种如释重负的滋味，那感受让人舒心。但他站起了身，将玻璃杯重重地放回桌上。

"别跟他们怄气。"沃克说着，伸出一只手搁上杰克的胳膊哄他，"姑且听听利奥有什么话讲，我们随后再聊。"

"遵命。"杰克将外套纽扣扣好，下楼出门，来到范德比尔特大道。趁着午餐时间还没到，得呼吸点新鲜空气，或许还能在周围散散步。他穿过周末慢吞吞的人群，听见有人叫他的名字。杰克转过身，花了片刻才认出眼前头戴贝雷帽的女子。对方系着一条粉橙色的手织围巾，放肆地开怀大笑，一边挥手，一边高喊他的名字。他站在那儿，望着她一步步走过来，情不自禁露出了笑容。那是碧翠丝。

碧翠丝·普拉姆堪称"墨菲"酒吧的常客。43街垂直于中央车站那短短的一段路上鳞次栉比散布着一些酒吧，该酒吧正是其中之一。碧翠丝跟店主凯瑞颇有些交情，对方是塔克的老友，来自爱尔兰。塔克对凯瑞的调酒术和凯瑞的歌声都青睐有加，每逢酒吧里静谧无声，凯瑞会用他那又尖又细的男高音歌唱，唱的绝非烂大街的常见曲目，比如"丹尼少年"啦，"荒野浪游者"啦，而是他私家珍藏的爱尔兰反抗歌谣。塔克去世后，凯瑞属于第一批到碧翠丝家登门拜访的友人。他从大衣衣兜里掏出一小瓶"尊美醇"爱尔兰威士忌，给两人各倒上一杯。"致塔克，望他一路走好。"他神情凝重地说。有时候，要是光线得宜，碧翠丝觉得凯瑞的相貌不乏英俊之处。有时候，她又觉得他对自己有点意思，但她不愿意深究，谁让凯瑞跟塔克太亲近呢。

"今天你来得挺早嘛。"快到正午时，她抵达酒吧，凯瑞说道。

"一家人要一起吃顿午餐。我的咖啡要加料。"她说。凯瑞打开一瓶"尊美醇"爱尔兰威士忌，往杯子里大大方方倒了些，然后再添上咖啡。骄阳明媚，低悬在万里无云的碧空中，碧翠丝坐到最爱的位置，紧挨着小小的前窗，明亮的阳光晃得她一时睁不开眼。她站起身，把快要散架的高脚凳挪到阴凉处，远远地躲开门口。与其说眼下像是十月，不如说更像一月。房间闻上去有股火炉、脏拖把和啤酒味。"神之芬芳"，塔克会这么说。世上没有比阳光明媚的下午里一间朦胧的酒吧更讨他欢心的了。这时点唱机开始启动，罗丝玛丽·克鲁尼[3]与宾·克罗斯比[4]唱起了《宝贝，外面很冷》。碧翠丝与凯瑞相视一笑。世人果然不出所料，真缺乏想象力。

碧翠丝盼着见到利奥，但也有点忐忑。在康复中心的时候，碧翠丝的来电他一律不接。或许，他对全家人都窝着一肚子气。真想知道利奥看上去什么模样啊。上次见到他，也就是那晚在医院，利奥正在缝合受伤的下巴，显得面无血色、目瞪口呆。其实出事前好几个月，他就看上去一脸衰样了：又臃肿又疲惫，还很无聊，一副要惹祸的样子。

碧翠丝有些担心大家会在今天的午餐上对着干。杰克和梅乐蒂越来越为"安乐窝"的事心神不宁；按碧翠丝的看法，他们两个人都是有备而来，准备牢牢盯紧自己需要的款项。对碧翠丝来说，当务之急倒并不是找利奥讨些什么。今天，她只盼家里平素难以相处的兄弟姐妹多少和气些，即使只有一下午也好，好歹给利奥留点余地，让他……好吧，她也说不清。总之做点安排，安抚一下杰克和梅乐蒂，同时别把利奥逼得太紧，免得他彻彻底底跟家人闹掰，不然就逃之夭夭。

她能感觉到，威士忌让自己手脚发软，飘飘欲仙。她把袋子

---

3. 罗丝玛丽·克鲁尼（1928 - 2002）：美国歌手。

4. 宾·克罗斯比（1903 - 1977）：美国流行歌手、演员，曾获得奥斯卡金像奖最佳男主角。

从高脚凳后方拿起来，那份沉甸甸的感觉让她一阵激动。碧翠丝是位作家（一度是位作家？曾经当过作家，但最近已经搁笔？——她一向说不好该如何给自己定位）。有些时候（近来已经不太常见了，算偶尔吧），在她供职的那家文学杂志，有人会认出她的名字。"碧翠丝·普拉姆？是那位作家吗？"于是谈话喜气洋洋地开了头。时至今日，碧翠丝早已对接下来的峰回路转了然于心：先是开开心心地认出了人，然后困惑地皱起眉头，对方苦思她最近出过些什么作品，什么作品都行，只要不是她那老早以前的著作。经过十年沙场征战，碧翠丝深知如何在绕不开的拦路虎面前虚晃一枪。对于她那本让大家望穿秋水的小说，她可有一大把声东击西的答复来堵对方的嘴，让人家钻进死胡同：要么一再拿自己开涮，自嘲写得太慢了（要是把预付款按年头平摊一下，那她的时薪恐怕少得要命）；要么装作信神信鬼，没写完的作品提不得；要么喜滋滋地怪罪自己，怎么就是改不了完美主义呢。

她从自己的大帆布袋中取出一只深棕色真皮挎包，那是几年前利奥在伦敦波多贝罗路市集闲逛时一眼相中的。当时她还在念大学，刚开始一本正经地写作。利奥把这只包当作生日礼物送给了她。这只包制于1900年代初，大小相当于一本大笔记簿，看上去酷似小型公文包，带有小提手和包带。若是时光倒流回20世纪初，只怕会有人拎着这款包在维也纳穿行吧。当初碧翠丝对这只包十分倾心，把它当作幸运手袋，直到一度宠幸于她的幸运之神不见了踪迹。几个星期前，她在壁橱上方的架子上发现了这只挎包，把它送到了当地的修鞋店里，修理其中一条包带。修鞋店清洗抛光了皮革，挎包看上去焕然一新，带着年深日久积淀下来的光泽，显得恰如其分，仿佛包里多年来都装着前程似锦的手稿。碧翠丝解开包带，打开挎包，取出一叠纸，纸上写满了她那龙飞凤舞的笔迹。在过去几个月中，碧翠丝写下的字数比过去几年还要多。

她写下的段落确实不错。

她的心情却跌到了谷底。

几年前，碧翠丝刚从研究生院毕业的时候，利奥说服她跟他一起为他参与创立的一家杂志供职。想当初，创立一家杂志还算不上彻头彻尾的犯傻呢。《畅谈》杂志够滑头，也够无礼，简直有几分上不得台面，因此在自成一派的纽约媒体界一炮而红，而纽约媒体界也恰是该杂志笔锋所指，被其冷酷无情地极尽嘲弄。利奥每月写一篇专栏，在媒体新闻里加点八卦新闻的料，口无遮拦地拿保守派开涮，谁让那个小圈子充斥着继承而来的遗产、裙带关系和荒唐的保守势力呢。专栏给利奥赚取了一些名气，却也招来一大片白眼。区区几年后，杂志就停了业，但几乎全部员工都去了更大的媒体供职，不然便写畅销小说或从事其他非常受人尊敬的文学事业。

在很长一段时间里，利奥堪称功成名就。他召集了一群年纪较轻的员工，在他的小公寓里打造出了《畅谈》的网络版。他那副毒舌不改，但枪口瞄准了更多人，但凡最不招他欢心的人物和行业，一律逃不过他的舌剑唇枪。区区十五个月内，网络版从一家网站暴涨成为十七家。三年后，利奥与合伙人将旗下小小的帝国出售给了一家传媒集团，到手了一笔巨资。

碧翠丝依然怀念《畅谈》初创的那些日子。当时的办公室恰似一个喧闹的夏令营，伙伴们个个机智风趣，听得懂你的笑话，而且酒量不浅。当时，正是利奥催着碧翠丝写完了早期的那些故事；正是利奥熬夜细细润色她的稿子，把文章改得更出色、更紧凑、更有趣；正是利奥把碧翠丝的首篇著作交给了《畅谈》的小说编辑（此人也正是她目前的老板保罗·安德伍德），刊登在首期短篇小说集上——"纽约新星：本刊推荐榜单"；也正是利奥将她的照片登载在杂志封面上，还附上了极具《畅谈》风格的说明："本刊最为青睐的佳作出自主编妹妹之手，诸位就忍了吧。"时至今日，偶尔冒出一篇纪念《畅谈》的文章，（"这帮人上哪儿去了？"）或者冒出一篇纪念某群年轻女作家"星光才女"的文章时，碧翠丝的照片依然会随之一起亮相。"星光才女"这个绰号是拜某位记者所赐，十分令人恼火，而碧翠丝正属于这一作家团体。她那张照片摄于纽约唐人街勿街，身后是橱窗中一只只光泽可鉴的北京烤鸭，挂在银钩上，还没有切掉的鸭头通通朝着同一个方向。碧翠丝身穿一袭亮黄色长裙，裙摆飘飘荡荡，手拿一把上了漆的绿色阳伞搁在肩头，伞上印有丁点小、粉白相间的芍药。当时她那长长的发辫是深赤褐色，在颈部挽了起来。碧翠丝垂着下颌，闭上双眸，整个人沐浴在八月下午的阳光中，看上去活脱脱一幅现代版《圣母领报》图。这张照片印在她首部著作（也是唯一一部著作）的封面飘口上。多年来，那把绿色阳伞一直挂在天花板上，悬在她的床铺上方，黄色长裙则还在家里某个地方。

碧翠丝对凯瑞打了个手势，他端着咖啡走过来，将那瓶"尊美醇"威士忌摆到她的咖啡杯旁。她发现凯瑞瞥了一眼她的笔记，接着飞快掉开了眼神。多年以来，他一遍又一遍地听她向塔克倒苦水，抱怨那本迟迟未能面世的小说，因此他可没糊涂到开口问起那部小说的地步。这事偏偏害碧翠丝感觉自己更加不可救药，要是她还能更不可救药的话。

利奥对她的首篇作品青眼有加，还力主将其发表，因为那篇作品写的正是利奥本人。作品中被碧翠丝取名叫"阿奇"的角色活脱脱是个稍加润色的青年版利奥，一名风趣、自恋、毒舌的登徒子。阿奇的第二则故事发表于《巴黎评论》，第三则发表于《纽约客》。紧接着，碧翠丝找到了一个经纪人——此人是利奥的朋友斯蒂芬妮，同样刚出道不久，她签下了两本书的合约，赚了一大笔钱，数额高得让碧翠丝头晕，不得不一屁股在斯蒂芬妮的办公室里坐下，对着一只纸袋子呼吸。就销量来说，碧翠丝的合集算得上无声无息。（批评家们一致认为，其中翘楚是以阿奇为主角的三篇——"毒舌得妙不可言""笑料百出而又机智""无论是否站在'阿奇'那一边，你都难以抵御他那莫测的魅力"。）

"不要紧，不过是帮小说打打头阵。"当时斯蒂芬妮对她说。碧翠丝不知道斯蒂芬妮与利奥是否还联络，斯蒂芬妮是否知道最近发生的事。碧翠丝上一次与斯蒂芬妮搭话，还是一年多前在下城区别别扭扭地吃一顿午餐时。"不如挑个安静的地方见面吧。"当时斯蒂芬妮发来一封电邮，提醒碧翠丝：碧翠丝那本写了又写、迟迟未能面世的小说，终归得聊一聊了。

"我看得出你在草稿上花了很大力气。"斯蒂芬妮说（这话说得真大度：两人都心知肚明，碧翠丝有很长一段时间没在草稿上花大力气了），"尽管不乏值得称道之处……"

"哦，天哪。"碧翠丝难以相信竟亲耳听到了自己用过多次的口头禅——但凡她死活想不出某人的文章有哪点"值得称道"，她便会用这句套话。"拜托，千万不要对我说'不乏值得称道之处'这种话，有话直说吧。"

"你说得对，对不起。"斯蒂芬妮显得一脸沮丧，几乎有点火冒三丈。碧翠丝惊讶地注意到，对方看上去还苍老了些，但转念一想，恐怕自己也是一样。斯蒂芬妮摆弄着一袋糖包，从一角撕开个小口，接着叠好边角，放到碟子上。"好，那我就直说了。当初让我倾心于你的作品的一切元素——聪明才智也好，峰回路转也好——让你原来那些作品出彩的元素——"斯蒂芬妮又顿了顿，她看上去一头雾水，"我在你现在的作品里却找不出一星半点。"

此言一出，局面急转直下。

"你是要跟我拆伙吗？"碧翠丝终于说道，千方百计打打趣，缓解一下气氛。

"没错。"斯蒂芬妮回答，一心想把话说得清楚明白些，"很抱歉，但确实没错。"

"希望我的小说是部大作。"当初与斯蒂芬妮和利奥庆祝签约时，正值一个醉醺醺的漫漫长夜，碧翠丝如此满心欢喜，走到哪里便把朝气带到哪里，恰似一股热浪。

"那是我分内的事。"斯蒂芬妮说，"你只要动笔就行。"

"我说的是背景构架，希望做到气势宏大、不可或缺。我想在结构上稍稍做些尝试。"碧翠丝对侍者招招手，又点了一瓶香槟。利奥点燃一支雪茄。

"尝试或许是件好事。"斯蒂芬妮犹豫不决地说。

碧翠丝醉得一塌糊涂，也开心得一塌糊涂，往后一仰靠在条凳上，双脚高高地跷上一张椅子，拿过利奥的雪茄，吹出三个烟圈，一边望着它们向天花板飘摇而去，一边咳嗽了几声。

"不过，书里不再写'阿奇'了。"利奥突然开口，"罢笔不再写'阿奇'了，对吧？"

碧翠丝吃了一惊。她倒确实没打算再写几篇阿奇的故事，但也并未想过罢笔不再写"阿奇"。端详着桌子对面的利奥，她清了清嗓子，千方百计定睛细看——还得先斗过香烟、香槟和几小时前在洗手间里吸的几撮可卡因呢。她暗自心想：好吧。《圣经》经文是怎么说的？将孩子气抛到脑后的时刻到了？

"好的。"她听见自己开口说道，"罢笔不再写'阿奇'。"她的口吻斩钉截铁。

"好。"利奥说。

"不管怎样，你反正也没那么有趣。"她把利奥的雪茄递回给他。

"他确实没以前那么有趣了。"斯蒂芬妮说。碧翠丝装作没有注意到，斯蒂芬妮的手在利奥腿上向大腿根挪了一些，消失在亚麻桌布之下。

自那以后写过多少页？又扔过多少页？数不胜数，成千上万。那本小说确实算部"大作"，五百七十四页的"大作"。她连看也不想再看它一眼。

她又朝杯中添了些"尊美醇"，却懒得再添咖啡，眼神再次落在新写的篇章上。这些篇章至今没人见过，甚至没人知情。它并非"阿奇"的故事，绝不是。但它犹如行云流水，文采斐然。多年前，这等文笔她曾信手拈来，下笔如有神助，后来却在一夕之间天翻地覆，仿佛她在梦中莫名丢掉了一项关键技能（比如，如何系鞋带、骑单车、打响指），然后一筹莫展，不知道该怎么找回。

上次见面时，斯蒂芬妮并未把话完全说死。当时她说，要是你手里有了新稿，有了焕然一新的宝贝，或许我们还可以聊聊。可惜碧翠丝不得不先把书稿给利奥过目。或许吧。按理是的。也有可能不是。

"我们什么时候才能拜读到你自己的人生呢？"碧翠丝笔下最后一篇"阿奇"故事出版后，利奥有点不耐烦地说。在那一篇中，碧翠丝的着墨点落在了利奥身上不太讨喜、横行霸道的点点滴滴。嗯，被利奥一语言中。她终究用自己的人生做了素材。他怎么敢唱反调？利奥可欠着她的，尤其是在医院那一夜之后。去年七月临头的祸事，同样没有饶过她。那也是她的人生。

* * *

诺拉与路易莎沿中央公园西路漫步而行，手牵着手。从SAT教室一口气奔过三个街区，两人都有些气喘吁吁，却又满心期待。"好戏开演啦。"诺拉说着捏捏路易莎的手，"要么死翘翘，要么被人捉去当性奴，不然还会先奸后杀呢。"

路易莎放声哈哈大笑，但她悬着一颗心。跷掉SAT补习课原本只是一场玩笑。"不如把手机搁在储物柜里，然后开溜。"上完一节十分煎熬的课后，路易莎对诺拉说，"数来数去，也就老妈一个人在乎我们跷不跷课。"单凭诺拉脸上的神情，路易莎便心知自己无意间转动了宿命之轮。她们都恨死了补习课。教她们的辅导老师似乎也就比她俩年长一点点，从不点名，看上去也不记得任何人的名字，不在乎任何人干了些什么。"本课程基本属于自学。"辅导老师说道，听上去既兴致索然，又毫无生机，眼神落在正对哥伦布大道的那扇窗外，仿佛她一心只盼着跃出窗外，迈步悠然踏回她那宝贵的周末。"种瓜得瓜，种豆得豆。"

"你真是个天才。就这么干！"当时诺拉对路易莎说。

"我只是开个玩笑。爸妈为这套课程可掏了钱的。"

"教的内容书里都有啊！"诺拉取出大部头的《SAT指南》，"他们也为这本书掏了钱。辅导老师不过是一章章照着念，然后让我们做习题。我们可以在火车上学，在家里学嘛，又难不到哪里去。还要再过一年才申请大学，我们明年才念毕业班呢。"

路易莎有几分动心，但又有几分忐忑。没错，补习课蹩脚得很，但她过意不去。家里为钱闹了些别扭（家里什么时候不为钱闹别扭？钱一直都不够嘛），但这次似乎有所不同，或许更加严重。爸妈花了很多时间窃窃私语，昨天晚上甚至溜到冰雪覆盖、寒气入骨的院子里去商议。但话说回来，路易莎也心知，一旦诺拉打定主意，那行动只是迟早的事。

"想想吧，下了雪，今天公园会美成什么样子呀。"刚从妈妈眼皮底下溜出来，诺拉就好声好气地恳求，"纽约的雪可是'转瞬即逝'。瞧见了吗？我刚刚用了个SAT单词哟。来吧，再没有比今天更妙的时机了。"

双胞胎姐妹从一扇侧门一溜烟奔出大楼，奔下街道，生怕分分钟会有人大喊她们的名字。但事实上，一只拦路虎也没有遇到。两人将手机搁在了储物柜的深处，免得老妈用"跟踪狂之城"追查她们的行踪。（"老妈"这名头她当之无愧，她时时刻刻都在查姐妹俩的行踪。）

路易莎迟迟不敢踏进中央公园。妈妈曾警告说，中央公园的小径充斥着不法之徒，个个一肚子坏水，这说法真吓得她胆战心惊。可诺拉偏偏想要去找某个卖热狗的小摊、旋转木马、眺望台城堡以及其他一些她们耳闻但未眼见的地方。在离家之前，她还下载打印了地图。"今天我们还是别去小路上溜达好了。"她说着展开地图，伸手向标着"草莓园纪念广场"的地点一指。

"就从这里开始吧。"

利奥·普拉姆迷路了。他并不常在上城区出没,本以为刚才那条路是穿过中央公园的近路,谁知却把他带到了一个一无所知的地方。雪上加霜的是,暴风雪过后的公园活像灾区。冰雪积在树叶尚未凋零的树上,沉甸甸地压着枝干,害得无数树木遭了殃。公园中的诸多走道堪比障碍赛场,滑不溜丢,还散落着各色杂物。园方正在进行大规模清扫,链锯的声音在四面八方回响。某些区域被警戒线封了起来,因此不得不绕路,利奥只好掉个头。

他抬头仰望天空,四处眺望公园西翼达科塔大厦[5]那独树一帜的山墙尖顶,好歹摸清东南西北,可惜从所站之处,他只能望见某些更加参天却并不熟悉的高楼。今天恐怕要迟到:离开康复中心那天,他打电话约了人,准备跟老友利科在"草莓园纪念馆"见面。得找个地势高一点的地方。当初他还会几招,能靠着铸铁灯柱底座的数字,在中央公园找路。他向最近的一座灯柱走去。没错!底座上贴的金属小铭牌上刻有四个数字:6107。难道这表明,他目前位于 61 街?难道"07"不也代表某种意义吗?那竟是东还是西,还是在见鬼的中间?奥姆斯特德[6]见鬼去吧,他那些曲径通幽的仿田园风小径都见鬼去吧。利奥把双手插进衣兜,迈步向貌似西方的一侧走去。

---

5. 又称达科塔公寓,位于美国纽约曼哈顿上西区,建于 1884 年。约翰·侬曾居住于达科塔公寓,1980 年在寓所前遇刺身亡。

6. 纽约中央公园由美国景观建筑师弗雷德里克·劳·奥姆斯特德与卡弗特·沃克斯设计。1858 年,奥姆斯特德与卡弗特·沃克斯赢得了扩展中央公园的设计竞赛。

"我觉得蛮酷的。"路易莎一边说，一边低头注视着地上黑白相间的马赛克，正中嵌有"想象"一词。她想象中的景象与眼前一幕截然不同，其中或许有着约翰·列侬的图像，或者有着"草莓"，或者有着"园"[7]。

诺拉则蹦跳个不停，因为她很激动，还因为天气很冷。"不如朝公园里走吧。瞧瞧这地方，处处熙熙攘攘，个个拖家带口。左边那座山丘下去就是船屋啦。"

诺拉没说错。公园根本不像危机四伏之地，却让人感觉生机勃勃、一派明亮。"堪称'热情高涨'嘛。"路易莎又用上了一个SAT词汇，"那就带路吧。"

鉴于人行道上盖着一层薄冰，利奥能走多快走多快，总算到了一条他认得出的路上。现在能望见达科塔大厦了。这条路看上去走不通：路上拦了警戒线。警戒线外，一株老榆树庞大的断枝正在离地几英尺的地方颤巍巍地摇曳。他俯身从警戒线下钻过去，迈着轻盈的步伐一溜小跑上了小径。小径比看上去陡一些，利奥那双鞋价格不菲，鞋底却薄得要命。他绕过好些落下的树枝，远远地避开榆树，一不小心踩到一滩结了冰、又宽又难以察觉的水里滑了一跤，冰面应声而碎，没等利奥稳住身子，他已经双腿一软，结结实实地摔了个仰面朝天。

"见鬼。"他冲着一群在头顶林间拼命叽喳的麻雀嘟囔了一声。利奥脸朝上躺了片刻，浑身大汗淋漓，尽管手脚都快冻僵了。

---

7. "草莓园"位于纽约中央公园，是为了纪念披头士乐队成员约翰·列侬而建。"草莓园"一名源自约翰·列侬的歌曲《永远的草莓园》，而其黑白相间的马赛克中"想象"一词则源于约翰·列侬的另一首歌曲《想象》。

头顶的晴空一碧如洗，浑不似冬天即将来临。活脱脱是个春日碧空嘛，遍布着希望，他想。利奥差点就要闭上双眸，把定好的会面抛到九霄云外了。（"会面？"这时他的耳边传来了康复顾问的声音，传来她那嘲弄的语气，她那熟悉的哼声。"把话挑明了说吧，利奥，不就是去买药嗑吗？"）

他坐起身，听到小径上传来一阵响动。两名花季少女刚绕过拐角，一步步走下坡来。女孩们头挨着头，其中一个很活泼，一边伶牙俐齿地说话一边打手势，另外一个则摇着头，皱着眉。两名女孩走路的模样打动了利奥的心：她们紧挨着彼此，活像肩膀或胳膊肘被拴在了一起。这时金发女孩抬起了头，一眼望见利奥坐在冰寒入骨的人行道中央，不禁呆住了。利奥微微一笑，想让对方安安心，抬起手挥了挥。

"小心啊，"他喊道，"这边暗藏杀机呢。"

金发女孩看上去吃了一惊，一把攥住她的同伴，同伴则紧盯着利奥不放——难道是他在做白日梦？——看那女孩的神色，她认出了利奥。三人面面相觑片刻，金发女孩攥住褐发女孩的手，两人双双转过身，匆匆走上小径。

"嘿，我没恶意！"利奥高声叫道。

女孩们溜得更快了，紧攥住对方的胳膊免得摔跤。

有那么片刻，在诺拉与路易莎眼中，分明是梅乐蒂一手安排利奥从天而降，现身说法："瞧见了吗？看出公园多么危险重重了吗？看出有我这个老妈，你们俩是多么有福了吗？"双胞胎一天到晚打听梅乐蒂的兄弟姐妹，毕竟妈妈那群哥哥姐姐住在纽约市内，似乎十分有趣，富有异国情调，尤其是利奥叔叔，他的照片有时还会登上《纽约时报》"周日风尚"版，身边则是艳光四射的婶婶——维多利亚。某次在难得一遇的家庭聚会上，路易莎曾试过开口称她"维多利亚婶婶"，结果看不出对方究竟是想笑，还是恨不得吐她一口唾沫。每逢双胞胎翻出这类照片，梅乐蒂看上去便面有难色，一脸既不以为然又失望的表情。她的神色让双胞胎心里过意不去，于是对那些照片绝口不提，把它们藏进了两人共用的壁橱里的一个特百惠保鲜盒。有时候，姐妹俩会跟父亲打听利奥，父亲只会说，"他对我一向和气得很，但不是个顾家的男人。"

谁知道，此刻他就在眼前。正是利奥本人，像只仰面朝天的乌龟般手舞足蹈。（"他不是手舞足蹈。"在回家的火车上，当路易莎说起刚才那一幕时，诺拉说，"他是想站起来。结冰了嘛。"但路易莎死不改口，跟梅乐蒂一模一样。她坚称，刚从康复中心出来，利奥不该溜到公园去，难道不该跟他的兄弟姐妹一起共进午餐吗！）走到小径尽头时，姐妹俩停下脚步，闪身躲到一棵树后，偷偷打量利奥。

"如假包换啊。"路易莎说。

"我们该跟他说点什么吗？"诺拉问。

路易莎迟疑不决。她也恨不得迈步走向利奥，但又觉得不妥。"他会跟老妈讲。"她说。诺拉点点头，失望地把嘴抿成了一条线。她们双双纹丝不动，连大气也不敢出，盯着利奥望了好一会儿。他站起身，拂了拂长裤，一屁股坐在一块巨石上。"他究竟在干什么？"利奥坐下仰望天空时，诺拉低声说。要是自己这一大家子是个普普通通的家庭，那该有多好。要是能挥着手一溜烟奔下小径，而叔叔露出笑容，开怀大笑，跟她们一起消磨时光，那该有多好。可惜她们却待在这儿，躲在一棵树后。双胞胎并不清楚利奥在康复中心里的点点滴滴，但她们知道当初出了事，局势严峻，还跟毒品有所牵连。"现在谁还嗑可卡因呀？"夏天的一个晚上，路易莎听到老妈对老爸说。

"他或许是在买货。"路易莎边说边望着诺拉，露出担忧的神情，"不然为什么偏偏赶在午餐前大老远跑到这儿来？"

利奥叹了口气，站起身来，从长裤上拂去细枝与尘土。他坐在旁边一块岩石上，好瞧瞧手掌上的擦痕究竟有多严重。他心里有些犯嘀咕，记挂着刚才那两个小姑娘。刚才真是结结实实吓了她们一跳。摔一跤确实不雅，但他看上去总不至于像个歹徒吧。小姑娘们怎么会吓成这样呢？这年月，若是没有父母陪同，家长或许不准孩子们在园内任何地方出没——即使是十多岁的少男少女，即使是个小子。两个小丫头说不定已经四处找警察去了。

"真见鬼。"利奥心想。要是小丫头们真是在找警察呢？要是她们认定他喝醉了酒，或者认定情形更加不堪，结果向警方告了他一状，警方正四下里缉拿他呢？假如被抓住携带毒品，那可是大祸临头。利奥的律师已经说得明明白白："在离婚判决落定之前，千万不要惹是生非。不许旅行。不许有可疑的开支。不许惹祸。"他站起身，向车流声走去。到了小径尽头，他拐了个弯，总算找准了东南西北——直走即可抵达中央公园西路。大可叫辆出租车，直奔中央车站，午餐还迟到不了。假如朝右拐，则能在两三分钟内赶到草莓园。

利奥犹豫不决。正在这时，一阵震耳欲聋的尖叫声从头顶传来。他抬起头，只见在几棵掉光叶子的树木中，三只大得不得了的乌鸦正栖息在其中一棵上。乌鸦纷纷"叽呱"高叫起来，恰似正在争论他下一步会怎么走。乌鸦正下方，在光秃秃的树枝中间、一根分叉的枝干顶部，则有盖着树叶、褐色的一堆。一个鸟窝。上帝啊。

利奥查了查时间，迈开了脚步。

CHAPTER 2

没人记得是谁给大家将要继承的那笔钱起了个绰号叫作"安乐窝"，但这名字沿用了下来。伦纳德·普拉姆一世决定给子女设立一笔信托基金时，梅乐蒂才刚满十六岁。"算不上什么大钱，"他一遍又一遍地告诉子女，"是笔不多不少的储备金，小心翼翼地投资着，到时候人人有份，为的是让你们享享福，但休想拿它挥霍。"伦纳德一世解释说，除非等到家中最小的子女梅乐蒂年满四十岁，不然休想动用基金。

首先开口嚷嚷着不同意的是杰克，不仅口口声声质问大家为什么不能早点分钱，还非说梅乐蒂拿到钱时年纪比其他兄弟姐妹都轻，那又有什么公平可言？但对如何分配这笔基金，每人分多少，什么时候分，伦纳德已经反复思量过。伦纳德算是白手起家，而他也时时处处以白手起家者自居。财富，以及财富带来的好处，理应从实干中来，从汗水中来，从恪尽职守与日复一日中来——这一点堪称伦纳德人生中的黄金守则。曾几何时，长岛东部的普拉姆一家颇有家底，名下还有像模像样的房产。谁知数十年胡作非为、几桩考虑不周的联姻，再加上生意场上的不顺，到伦纳德念中学时，偌大的家业已所剩无几。他辛辛苦苦夺得一份工程奖学金去念康奈尔大学，随后在陶氏化学公司找到工作，而他毕恭毕敬地将这段时期称为"吸收性革命之曙光"。

算伦纳德走运,当时他加入的团队主攻一种新物质:一种合成聚合物,所吸收的液体比纸张或棉花等传统有机吸附物高出三百倍。当他的同事劲头十足地挖掘新产品的潜在用途,又是农业又是工业加工又是建筑又是军事应用地轮番钻研时,伦纳德却找准了另一个方向——消费品。

据伦纳德多次声称,他与两名合伙人一手创建的公司辅佐各大公司使用上述新吸附物,几乎垄断了高品质女性卫生产品领域(他向来爱把这破事在人前说了又说,让子女们无地自容)、高品质一次性尿片(这一项算得上伦纳德最自得的成就——头三个子女刚出生时,他可在尿布服务上花了一大笔钱呢)以及在超市每一块生鲜畜禽肉类下都可以找到的、令人作呕的夹层塑料方垫(有时在宴会上,他不惜屈尊在垃圾里东翻西找,然后举起一块垫子高喊着"我的产品"!)。靠着吸收能力,伦纳德打造的公司蒸蒸日上。这一线光亮辉耀着人生中一切成就,简直是他最自豪的一点。

伦纳德绝非物质至上主义者。他那宽敞的都铎式宅邸的外观打理得一丝不苟,室内却乱成一团糟。但凡认定自己能修好的,他便死活不肯花一毛钱,自信自己能搞定一切。普拉姆大宅的各种家什多少有些待修的毛病,每件上面都标着他手写的笔记,只等伦纳德有朝一日大驾光临。比如一个戴上防热连指手套才敢拿起来的吹风机,其原因是开裂的手柄用不了多久便会过热(上面标着"慎用"!),会让人被稍稍电一下的电源插座("用上面一个,别用下面一个!"),漏水的咖啡壶("少用!"),没有刹车的自行车("小心使用!"),以及无数用不了的搅拌机、录音机、电视、音响设备("勿用!")。

（几年后，碧翠丝与利奥在改稿时会不时从伦纳德写在便条上的话里借用几句——"多用！""少用！""勿用！"。刚开始是不自觉的，到后来成了故意为之，因为那些词汇逗得两人忍俊不禁，而且是便捷的私家简写法。）

说到投资蓝筹股，伦纳德小心而又保守。他倒是乐意拨出一笔钱为子女的未来打造一张说得过去的安全网，却也盼着他们个个经济独立，崇尚苦干实干。他自己就在手握信托基金的富家子之中长大，至今还跟其中不少算是知交，见过年少多金会把人害成什么样：少时腰缠万贯，下场就是懒懒散散，没有定性，让人失望。他设的那笔信托基金旨在给孩子们一点"小意思"，给他们命中注定的大富大贵锦上添花（他们毕竟是他伦纳德的子女嘛），让他们退休后多享点清福，说不定还能帮着支付一两笔大学学费。没多少钱，没什么大不了。

至于等到梅乐蒂四十岁时才分钱，在伦纳德看来颇有一些理由。他对四个子女的成熟度有着清醒的认识（情感层面的成熟度等等）：他们实在上不了台面。要是四个孩子没有同时拿到钱，只怕会惹得他们窝里斗，互相客气不了。若说子女中有人在年轻时便需要资助，伦纳德猜想该是梅乐蒂才对。她既不是子女中最聪慧的一个（论聪慧莫过于碧翠丝），不是最有魅力的一个（论魅力莫过于利奥），也不是最足智多谋的一个（论足智多谋莫过于杰克）。

伦纳德对许多事情都将信将疑，其中数一数二的便是花钱雇陌生人管理他自己的资产。因此，某个夏日的傍晚，伦纳德邀请身为律师的远房表弟乔治·普拉姆共进晚餐，以便在席间敲定资产细节。

那天晚上，当伦纳德与乔治悠然徜徉于两杯吉布森马提尼酒、一瓶上佳波玛葡萄酒、二十八盎司配有奶油菠菜的肋眼牛排、雪茄与白兰地之间时，他压根没有料到，不到两年工夫，他会在深夜下班驾车回家的途中，因心肌梗死倒在那辆用了十五年的"宝马"老爷车驾驶座上，那辆车他一直一丝不苟地维修着。伦纳德从未料到，2000年代十年牛市时，挟按揭证券之势，他的信托基金一飞冲天，其数目远远超过他的本意。伦纳德无从预见，古板沉着的乔治出奇地有先见之明，竟在2008年市场下滑前如有神助般将"安乐窝"款项转向了安全系数更大的避风港——债券，结果在梅乐蒂四十岁生日前的十年间，他一路将普拉姆家兄弟姐妹苦苦盼着的资金推高到了一个他们做梦也没想到过的数额。伦纳德也未曾料到，随着信托基金数额水涨船高，子女的胆子也愈来愈大，竟敢冒险犯下伦纳德从他们懂事起便一再耳提面命的大忌：无论如何，切勿过早地打起如意算盘。

唯一一个有权早早动用基金的人是弗朗茜。尽管伦纳德在世时，她对他算不上有多忠诚，（或者正因如此，她一脱掉丧服，转头便披上嫁衣嫁给了第二任丈夫。）她却一丝不苟地恪守着伦纳德的遗愿。轮到她管子女的时候，她本就兴趣索然，现在更是只顾得上偶尔在节日一起吃顿早午餐，在生日通一通电话。说起来，子女中只有一个从未软磨硬求弗朗茜用"安乐窝"做抵押去借贷——利奥。杰克、梅乐蒂与碧翠丝都曾求母亲早点把钱分给大家，她却死活不肯。

直到利奥出事。

CHAPTER 3

利奥踏出康复中心的那一天，也就是普拉姆一家在"生蚝吧"共进午餐的前几天，他径直奔赴自己那间位于翠贝卡区的寓所，一心盼望能跟准前妻维多利亚客客气气地谈成条件，暂居在家。但当他的钥匙再也打不开前门的锁时，事情变得一清二楚：维多利亚显然自有安排。

"这场仗就别劳神了。"乔治在电话里告诉他，"去找家旅馆住。记住我的劝告，要低调。"

利奥不愿意跟乔治交底：出事当天晚上，碧翠丝收走了他的钱包。到康复中心时，除了家里的钥匙、他的iPhone（这玩意一眨眼就被康复中心没收了，直到出来那天才还给他），和衣兜里的60美金（待遇同上），他简直一贫如洗。站在富兰克林街地铁站，利奥一个接一个翻阅着电话簿联系人，清楚又丧气地意识到，在曼哈顿，乐意把家里沙发借他蜷一蜷的人寥寥无几。过去的几年中，他跟维多利亚互相纵容，花钱如流水，眼睁睁看着多少好友星落云散。要是耳闻他遇上了麻烦，只怕没几个人会心生惋惜，一心盼着他重整旗鼓吧。在纽约住了整整二十多年，还从未遇到过无地容身的一刻呢。

当初康复中心的室友曾一边说着"以防万一"，一边硬塞给他一张写有手机号码的小字条。此时此刻，小字条仿佛一条小鱼般在他裤子后袋里蠢蠢欲动。他在手机上键入号码，想也没想就留了个言——在"桥梁"时（也就是那家康复中心，他正是被家人扔到那里待了十二周，盼不到尽头的十二周），工作人员反复叮嘱他别这么做。真是恨死了待在那鬼地方的每一分钟。个体化疗法蛮不错，他几乎自始至终在发泄对维多利亚的怨气，痛骂她的贪婪，几乎倒尽了一腔苦水。他差一点就快觉得，摆脱她足以抵得上所花的天价。差一点吧。不过话说回来，当初真该为接下来一两周回家住的事讨个说法。

身上穿的毛料夹克一点也不暖和。就十月来说，今天冷得异乎寻常。利奥隐约有个印象，天气预报里正哀声一片呢。地铁报摊里《纽约邮报》的标题赫然写着"飞雪十月"！利奥一边等人家给他回电，一边望着两名乞丐在地铁入口处为讨零钱互不相让。其中一个上了年纪的流浪汉正手持针织帽待在一侧，兴高采烈地招呼行人："你好！别淋雨哟！今天可冷啦！"他还一个接一个地敦促孩子们"好好读书"。在利奥看来，实在不失为格外出色的营销手段。

"你今天读书了吗，小伙子？"流浪汉说，"别忘了要读书啊！"

孩子们羞怯地露出微笑，点点头，啃着一根手指，同时把父母给的一美元扔进流浪汉脚边的纸袋。

在流浪汉对面，一个没戴帽子、颇有音乐天赋的年轻人则用纤长的下颌夹着一把小提琴（"不笨嘛。"利奥心想，此人一头带有纹理的金色鬈发让人一见难忘）。他拉的是流行的经典乐章，一会儿拉响好几段维瓦尔第，一会儿拉响一段巴赫，看上去很受没推婴儿车的女士们欢迎——年长的女人们身穿毛皮大衣，年轻的姑娘则戴着耳机，挎着可以反复使用的购物袋。

整整一上午，倾盆大雨一直没完没了，此时摇身变成了雨夹雪。刚才拨的电话号码依然没有回电。利奥没伞，甚至连顶帽子也没有，价值不菲的大衣两肩被淋得精湿。他又一个接一个翻阅着电话簿上的联系人，盯着斯蒂芬妮的名字瞧了几秒钟，摁下了"呼叫"键。

"若是你哭着喊着要到布鲁克林来，局面一定比我听说的还糟糕。"斯蒂芬妮对利奥说。电话铃才响了三声，她便接了起来。

"'哭着喊着'实在算不上。我只不过需要跟某个正常人待一会儿，某个我打心眼儿里有好感的人。"斯蒂芬妮没有答话，她才不打算让利奥轻轻松松得逞。"再说，你究竟听说了些什么啊？"利奥问道。他鼓足了勇气。这是他想跟斯蒂芬妮见一面的另一个缘由，打算挖一挖风声走漏了多少，瞧瞧乔治是否恪守了承诺。

"简直一点风声也没听到。"斯蒂芬妮说，"我听说你进了'桥梁'，仅此而已。你的顾问这一手干得漂亮。话说回来，究竟怎么样？"

"什么怎么样？"

"嘉年华邮轮呀。"斯蒂芬妮一边说，一边盘算着在电话里可以把利奥逼得有多紧。或许逼不了多紧。

"你还是老样子，没你自以为的那么风趣。"利奥一边说，一边琢磨自己要退到哪一步，才能让她开口邀约。或许退不了多少。

"康复中心怎么样，利奥？难道我还会问别的吗？"

"很不赖。"在漫天寒意中，利奥的十指已经开始发麻。

"你们是不是一个个对至高力量感激涕零？按步骤一步一步来？"

"那里还真不是这副德性。"利奥说。

"那究竟是什么样的地方？"

"斯蒂芬妮，我说不好最近你有没有望过窗外，但这会儿我正站在室外，站在冻死人的雨夹雪里，浑身都湿透了。真的冷得厉害。"他跺了跺脚，尽量暖暖脚趾。他很不习惯这种局面，等着人家答复。

"来吧，你知道我住哪儿。"

"要搭哪趟地铁？"利奥发觉自己听上去迫不及待又心怀感激，不禁有点难为情。

"天哪，"斯蒂芬妮笑着说，"居然要去布鲁克林，座驾居然还不是豪车？英雄末路呀！你知道现在不用地铁币了，对吧？你得买张叫作'交通卡'的玩意！"

利奥一声不吭。"交通卡"他怎么会不知道，但他意识到自己或许从来没有买过。

"利奥？"斯蒂芬妮问道，"你的钱够买张交通卡吗？"

"是的。"

"那过来吧。"她的语气放软了些，"搭2号线或3号线到卑尔根街。我正在烤羊肉呢。"

那天下午，当斯蒂芬妮的电话响起铃声，她正抢在传闻中的风暴前，往前门台阶上撒几撮岩盐。还没有接起电话，她便知道来电人是利奥。她不是个信神信鬼的人，不信什么预感，但她对牵扯利奥的事总有一种直觉。因此听到他的声音时，她并不惊讶，明白自己内心深处正等着他的电话。几周前，她在Soho区的一家小酒馆里偶然邂逅他的妻子，结果听了维多利亚滔滔不绝的一顿责骂，没什么细节，重在揭丑。

"终于甩掉那个自恋的变态了，真是谢天谢地。"维多利亚说着挽上男伴的臂弯。对方显然是她的约会对象，一名电视演员，斯蒂芬妮曾在某部警探剧中见过。当斯蒂芬妮问起利奥为什么会进康复中心，维多利亚则语焉不详。

"因为他是个胆小鬼？"她说，"因为他巴不得在康涅狄格睡一觉就没事了，指望着大家把事情抛到脑后，既往不咎？跟往常一个德性。"

"把什么事情抛到脑后，既往不咎？"斯蒂芬妮不依不饶。酒吧里熙熙攘攘，他们三人被人群轻轻推来攘去，身子摇摇摆摆，恰似站在船甲板上。

维多利亚定睛凝望斯蒂芬妮。"你对我向来没有好感。"她说着叠起瘦骨嶙峋的胳膊，对斯蒂芬妮露出自鸣得意的微笑，仿佛刚刚悟出了某个谜题。

"我并不反感你。"斯蒂芬妮撒了个谎。她非常反感维多利亚，或者不如说，她非常反感维多利亚所代表的一切，反感利奥那肤浅、大意、油腔滑调的一面，反感利奥卖掉"畅谈媒体"后冒出的通身的毛病。他弃所有人于不顾，包括她。"我甚至跟你不熟。"

"唔，听好了，利奥总有一天会重新露面，到那时候，一切都会归我，每一分钱。"当时维多利亚说道。她靠得那么近，斯蒂芬妮能在她的呼吸中闻出大蒜、贝类与香烟的味道，在她那漂白得不可思议的门牙上看见一抹猩红的唇膏。"利奥烂在康复中心也好，下地狱也好，通通与我无关。把话传出去。"

因此当利奥从地铁站打来电话，听上去一副羞答答的口吻（依利奥的标准来说），嘴里声称想找个地方住，斯蒂芬妮颇有些好奇：康复中心会让利奥改头换面哪怕一丁点儿吗？戒了酒也好，洗心革面也好，有懊悔之心也好。她明白，利奥或许还是老样子，依然在耍手段。还是亲眼所见的好。

再说，倘若她说的是大实话，（怎么能不说大实话呢？她一度辛辛苦苦地将"诚实"置于几乎一切之上。）利奥在落难时向她求助，让她有点受宠若惊，心头一暖。正因如此，她不得不加倍小心。

利奥并不反感布鲁克林，只不过更中意曼哈顿。而且他一心笃信，但凡有人口口声声说更爱布鲁克林，那人一定是在说谎。但当他从卑尔根街站走向展望高地，踏进斯蒂芬妮所住的街区，他却不得不承认，一夜飞雪将遍布着19世纪褐砂石宅邸的街道蒙上了一层无比浪漫的气氛。一片湿漉漉的白雪笼罩了街区里的汽车，人们纷纷铲着人行道上和前门台阶上的积雪，青石板人行道上四散的岩盐看上去恰似白色纸屑。

为了御寒，利奥把手插进了衣兜。他抬起黑铁大门的门闩，踏过斯蒂芬妮家门前那盏煤气灯的灯光，感觉自己活脱脱像是伊迪丝·华顿小说中的某个角色。弧形凸窗的木制百叶帘拉了起来，他走上门廊，一眼望见客厅里生着一堆火。本该在哪里歇一歇，买束花，买瓶酒之类。他站在宏伟的桃花心木镶玻璃门前。斯蒂芬妮在大门正中的两块嵌板上挂上了栩栩如生的夜光塑料骷髅。利奥迟疑片刻，摁响了门铃，三短二长——那是当初他与斯蒂芬妮之间的暗号。一扇门应声而开。骷髅发出"咔哒"一声，在劲风中轻轻摇曳。她就在眼前。斯蒂芬妮。

但凡有一阵没见到她，他总是忘记她是多么艳光四射。并非中规中矩的那种美，却要更胜一筹。斯蒂芬妮几乎跟他一般高，而他差不多有六英尺高呢。一头铜色秀发，一身茶色肌肤，让她在红发女郎中皎然不群：没有雀斑，只消花点时间晒晒太阳，分分钟便会晒出一身古铜色，但她并不爱晒太阳。在利奥见过的人中，唯独斯蒂芬妮有着一只棕色眼眸，另一只眼眸染着几抹绿色。她身穿十分合身的牛仔裤，利奥盼着她转个身，让他再瞧几眼她的美臀。

她抬手算是跟他打个招呼，拦住他前往门厅入口的去路。"三个条件，利奥。"她说，"不碰毒品。不跟我借钱。不跟我上床。"

"我什么时候跟你借过钱？"利奥一边说，一边感受着屋里让人宾至如归的融融暖意，"总之过去十年没借过。"

"我可是认真的。"斯蒂芬妮说着，将大门又敞开一条缝。她对他露出微笑，侧过脸颊好让他行吻面礼。"很高兴见到你，混蛋。"

CHAPTER 4

　　利奥的兄弟姐妹们不情不愿地达成共识：利奥捅了这么大个娄子，确实让人心烦，但并非意料之外。然而利奥捅了个大娄子，逼得他们那位跟谁都不太热络的母亲行使了代理权，几乎花光了"安乐窝"的钱，却令人无比震惊。他们中任何一个也从未料到"安乐窝"会落到如此下场，简直不可思议。

　　"显然算不上什么不可思议，因为我就想到了这个法子，而且你们的父亲也是这么安置这笔钱的。"弗朗茜说。当时她总算答应在乔治位于纽约的办公室跟大家匆匆见上一面，而利奥还在康复中心。

　　"那也是我们的钱。"杰克说。他的声音并没有预想中那么雄浑有力，与其说怒火冲天，不如说满腔怨气。"结果没人跟我们商量，甚至没人通知我们一声，直到事情已经成了定局。"

　　"那笔款项要到明年三月才算是你们的钱。"弗朗茜说。

　　"明明是二月。"梅乐蒂说。

　　"什么？"听到梅乐蒂的声音，弗朗茜看上去稍稍吃了一惊，像是刚刚才意识到她在场。

　　"我的生日明明是在二月。"梅乐蒂说，"不是三月。"

　　碧翠丝罢手不再做针织，扬起了一只手。"我的生日才是三月。"

　　弗朗茜使出了犯错时一贯使用的招数：装作没犯错，纠正任何纠正她的人。"没错,我不正是这么说的么。要到明年二月,那笔款项才算是你们的钱。再说,目前钱也没有全花光。你们每个人差不多都能分到五万。对吧,乔治?"

"是的。"乔治正一边绕着会议桌四处走动,一边给大家倒咖啡,显然颇为别扭。

梅乐蒂目不转睛地凝望母亲:母亲已经开始显老了。她今年多大年纪?七十一岁?还是七十二岁?她那优雅纤长的十指略微有些发抖,手背上青筋暴突,松垮垮的皮肤上散布着老年斑,活像鹌鹑蛋。弗朗茜一向对自己的玉手引以为傲,素爱弓起手指,用指尖触碰手腕内侧,以显示自己的手指有多长。"堪称一双钢琴家的手。"梅乐蒂小时候,母亲会这么对她说。梅乐蒂注意到,弗朗茜正刻意将左手叠在右手上(左手的老年斑要稍微少一些)。母亲的声音也细了起来,高音隐约有一丝发颤,并不刺耳,但让梅乐蒂怅然若失。弗朗茜一步步江河日下,意味着大家全在一步步江河日下。

"你们还是会分到一笔钱。"弗朗茜接着说了下去,"大多数人要是遇上这种好事,只怕会感激涕零。"

"可惜这笔钱的总数是预料之中的百分之十。没说错吧,乔治?"杰克问。

"差不多。"乔治说。

"百分之十!"杰克冲着桌子对面的弗朗茜口沫飞溅。

弗朗茜从手腕上摘下一块秀气的金表,摆到面前的桌上,恰似在通知在场众人:她随时会拍拍屁股走人。"你父亲要是还在,只怕会被这个数目吓一大跳。你们也清楚,他的本意是设个基金给大家帮衬一下,不是为了设立一笔货真价实的遗产。"

"这话简直离题万里。"杰克说,"总之他设了一个账户,存了钱，乔治打理着款项——打理得十分出色。现在分钱的最后期限越来越近，本来应该……等一下，"杰克向乔治转过身，"利奥不会还要分五万吧？假如他还要拿五万，那就真是见了鬼了。"

"嘴巴放干净些。"弗朗茜说。

杰克向碧翠丝和梅乐蒂望去，张口结舌，摊开双手。梅乐蒂说不清他这模样究竟是泄气，还是在示意他们开口帮腔。她向碧翠丝投去求助的眼神，碧翠丝却正聚精会神地数着手里针线活的针数。

"大家按条款分。"弗朗茜说。

"你妈妈说得对，"乔治说，"利奥可以不收他那一份，但我们不能不分给他。"

"真是……难以置信。"杰克说。

梅乐蒂刚想开口，却偏偏开不了口——她不知道该如何称呼母亲。哥哥姐姐在十几岁时已经开始指名道姓叫妈妈"弗朗茜"，但她一直没有翻过这道坎，而要当着杰克和碧翠丝的面叫"妈妈"，又让她有点儿难为情。再说，她还有点儿怕母亲。母亲为人有些刻薄。多年来，普拉姆家的兄弟姐妹彼此倾吐，说妈妈只是个刻薄的醉鬼。"要是能戒酒，她的人品就会好起来！"他们会说。谁知在伦纳德去世前不久，弗朗茜竟突然莫名其妙地再也受不了酒精，因此戒了酒。说戒就戒。（几年后，他们会意识到，母亲冷不丁戒酒一事跟哈罗德脱不了干系。此人是位个性保守、滴酒不沾的商人兼本地政客；父亲死后，母亲一转头就嫁给了这个哈罗德。）普拉姆家兄弟姐妹眼巴巴地盼着母亲变个样，到头来却发觉自己早已识破了她的本性：她只是为人有些刻薄。

"问题在于，"梅乐蒂说着清清嗓子，冲着弗朗茜摆摆手，以便吸引她的目光，"我们几个一直指望着这笔钱，早已经有了安排——"梅乐蒂犹豫不决。弗朗茜叹了口气，将勺子在咖啡杯里搅得叮当作响，仿佛正在搅匀糖或奶精。她放下勺子，碟子发出"咔哒"一声。

"是吗？"弗朗茜示意梅乐蒂把话说完，"你们已经有了安排……"
梅乐蒂呆住了，不知道该如何接话。

"总之这是一大打击，"杰克说，"过去几年，我们在财政上遭受了好些损失，这次更是雪上加霜。你既然是利奥的母亲，又有财力，难道不该……帮我们扛一点吗？"

梅乐蒂对杰克的话连连点头，千方百计想瞧瞧母亲的反应。在内心深处，她隐隐有一丝期盼，盼着让母亲帮忙付大学学费。

"利奥的母亲？"弗朗茜几乎有些想发笑，"利奥整整四十六岁啦。再说，过去几年遭受财政损失的人也不仅仅只有你们几个，也没见你们中间哪一个费心问过我们一声啊。"

"为什么？"碧翠丝开口问道，"那你跟哈罗德还好吧？"

弗朗茜的双手叠放在面前，垂眼盯着桌面。她想要讲话，却又住了口。碧翠丝、梅乐蒂与杰克不安地面面相觑。"哈罗德和我还好。"她总算说道。

"那好哇……"杰克开了口，但弗朗茜扬起一只手。

"哈罗德和我会没事的，但哈罗德的大部分资产投进了商业地产，很明显的是，目前商业地产市场偏偏不太景气。"

"那爸爸留给你的钱呢？"

"早就花光啦，花在了扶助哈罗德的生意上，直到他的生意有了起色。"弗朗茜挺直肩膀，稍稍拔高了嗓音，仿佛一位老师在消防演习中给满屋学生吃定心丸。"等到市场一如既往地重回正轨，一切都会没事。不过与此同时，我们也必须紧缩银根。哈罗德还得为他自己的子女着想呢。目前，我们的流动资产不值一提，这种情形还将持续很长一段时间。鉴于近期的经济形势，我们都必须调整自己的预期和计划。"弗朗茜在椅子上往后一仰，叠起双臂，审视着她的子女。"另外说一句，利奥是你们的哥哥。我还从来没有想到，你们竟然不愿意帮他走出困境……"

"困境还不是他自作自受。"杰克说。

弗朗茜伸手向杰克指去。"你们父亲设置账户让我在紧急情况下插手，正是为了应对目前这种情形，目前正是十万火急的家事。"

"这事哪一点算得上'十万火急'？"杰克说，"是利奥好几年游手好闲不工作吗？是他娶了一个世界级的败家老婆吗？是他撞毁了一辆压根付不起的'保时捷'，只因为他的'小兄弟'被一个女招待攥在手里吗？"

桌子对面，弗朗茜伸出发颤的指尖抚上眼帘，眼帘上涂着紫色眼影，显得比其他部位更青更肿。"我可不会再为了这种事跟你争。"她睁开双眸，环顾四周，跟往常一样在直面子女时露出了讶色。

弗朗茜心里清楚，自己算不上什么"年度好妈妈"（她也从未盼着要当个"年度好妈妈"），但也不至于如此糟糕吧，对不对？伦纳德原本认为那笔只会锦上添花的钱，究竟成了什么祸害？他们怎么会养育出如此不切实际却振振有词的子女？或许确实该怪她。她时常反思这一点，哪位母亲不反思呢？利奥出生时，弗朗茜才芳龄二十五岁，结婚不满一年，没多久又有了杰克和碧翠丝。她一时难以应付，以至于无精打采。可惜当她刚刚感觉找回自我，逐渐掌握局势（当时利奥六岁，杰克四岁，碧翠丝还差数月就满三岁），当所有人都终于开始睡个整觉时……谁想得到！梅乐蒂来了。发觉自己怀上梅乐蒂时，弗朗茜苦不堪言，之后许多年，她每天都眼巴巴地盼着消磨时光，只等喝上一杯缓解焦虑。要是换到如今，她恐怕会被医院诊断出患有什么产后病症，配上点药，事情或许就会有所不同。但哈罗德，可靠、自信、让人安心的哈罗德，将她救出了苦海。

或许，错就错在她嫁给了伦纳德。他们一向不太合拍（床笫之事除外。如今她依然不时回味与伦纳德做爱的一幕幕：他是如此如饥似渴，激情难抑，令人难以置信，而她是如此百般迎合，予取予求，破天荒地如鱼得水。要是他们对避孕更上点儿心，那就再好不过了），或许因此子女也养得不太像样，可是说到底，他们俩与他们那一代父母真有什么不同么？她并不这么认为。

"妈妈？"听到梅乐蒂的声音，弗朗茜猛地回过了神，将当初与伦纳德甜蜜的回忆抛到脑后——当初孩子们一个个年纪还小，在家里四处乱窜，无时无刻不在找妈妈时，伦纳德与她曾在多少不可思议的地方缠绵哪。锁上门的洗衣间一向是他们的最爱，洗衣机与烘干机发出的"轰隆"声好歹替夫妻两人遮了遮羞。时至今日，每逢闻到"高乐氏"清洁洗涤产品的气味，她依然条件反射般地"性致"勃勃。

此刻他们就在眼前——她的子女们，其中三个子女吧。杰克，生来便冷漠又独立，总是千方百计向弗朗茜兜售他家店里一些上不了台面的古董，让她装饰宅邸，东西的价格贵得离谱。弗朗茜说不清是杰克脑子不灵光，还是他一心觉得她脑子不灵光。

看上去，碧翠丝原本像是四个子女中最让人省心的一个，谁知道后来她动笔写起了故事呢。首篇作品发表时，弗朗茜十分自豪，打算一口气买上几十本给好友们瞧瞧，直到她读到故事中有个以她为原型的角色，一位被称为"冷冷淡淡、时不时有点狠心"的母亲。弗朗茜从未跟碧翠丝提起那篇故事，但她依然记得其中一些字句：那女子"无止境的欲望好似一块棱镜，她透过它观望世界；她所唯一深谙之事——失望"。走运的是，弗朗茜的好友反正也不读这类杂志，她们读的是《城里城外》《妇女家庭杂志》。碧翠丝心里一向深藏着各种秘密，一向如此。此刻女儿的双手随着针线蹁跹而舞，弗朗茜却不知道她那颗低垂的脑袋里又藏着什么样的思绪。

还有梅乐蒂。或许还是私下塞点现金给梅乐蒂的好，够她打几针肉毒杆菌，做些美容，总之让那孩子的气色别那么差。梅乐蒂是子女中年纪最小的一个，但不知为何却最憔悴，仿佛普拉姆家的DNA每怀一胎便弱上几分，在利奥身上生机勃勃，随后每生一个孩子，就逊色几分。弗朗茜倒也算不上跟利奥有多亲近，但跟兄弟姐妹们比起来，利奥好歹最不缺这缺那，因此也最得弗朗茜的欢心。

当初她帮了利奥一把，因为哈罗德非要她尽快把事情摆平。他的诸多生意合伙人在当前的金融环境下已经一惊一乍，哈罗德可不希望他们一想到自己，就想起一桩让人颜面扫地、经济上又损失惨重的官司。结果仰仗乔治的人脉、普拉姆家族在本地的多年声誉，加上一张巨额支票，总算把事情摆平了。不过，弗朗茜倒也乐于展示雅量。她感觉自己摇身一变，变得又能干又慈爱。为利奥了结恩恩怨怨，给他一个浪子回头的机会，这一点让她颇为中意。弗朗茜相信浪子终会回头，有时更甚于相信年少轻狂时被白白浪费的机缘。她自己的第二次婚姻实属当之无愧，或许有点古板，少了点跟伦纳德一起时床笫间那种如鱼得水、波澜不断的剧情，但她在这段婚姻中备受呵护。哈罗德待她百般温柔，她那"无穷无尽的欲望"——得以满足。

可惜的是，她依然不得不应对自己这些要命的亲生子女，包括桌前那位"德伐日太太"[8]。此时此刻，究竟谁才算是"时不时有点狠心"？眼前一幕正是一贯以来的缩影：无论她为子女做些什么，都不够好。她为任何一个子女出力，必然会惹另一个失落。这一仗，她赢不了。什么时候才能了结？她又放眼审视他们的面孔，寻找着蛛丝马迹：究竟从哪些点滴可以看出，他们是她与伦纳德的结晶？除了相似的眉眼，除了最不易错过的那些特征之外，她一无所获。没有一丝痕迹。一时间，她心中只有一个念头：我竟认不出你们中间任何一个。

"妈妈？"梅乐蒂又唤了一声。

"你们得跟利奥聊聊。"弗朗茜终于说道，"我敢肯定，一旦跟维多利亚谈妥，他就能把钱还给你们。依我所知，他把名下的财产几乎全卖了，公寓也好，艺术品也好。对不对，乔治？"

乔治清清嗓子，并起指尖，眯起双眸，仿佛这间没有窗的会议室里突然照进了一缕耀眼的阳光。"他确实在出售名下财产，但我不得不跟你说一声，所得金额大部分会归维多利亚所有。"

"'大部分金额'指的是？"梅乐蒂问。

"我是说，基本上算是全部金额吧。会剩下一笔，足够利奥渡过难关，撑到找到工作为止。"乔治顿了顿，心知自己一开口又是不中听的消息，"你们也可以想象，维多利亚原本可以把事情闹得很大，因此只能这么了结。"

"利奥的保险呢？"梅乐蒂说，"难道他没有责任险吗？"

"没错，这是意料之外的另一件事。利奥似乎停付了不少账单，其中包括保险。"

8.《双城记》中的角色，在书中常织毛线。

杰克揉着太阳穴，仿佛正受头痛之苦。"我概述一下吧。总而言之，为了甩掉维多利亚，封住她的嘴，利奥得把全部身家给她。而且因为利奥的烂摊子，我们的钱全部进了女招待的腰包。"

乔治耸了耸肩膀。"你的说法不太精确，但基本上差不到哪里去。"

"玛蒂尔达·罗德里格斯。"碧翠丝说。

杰克与梅乐蒂一头雾水地望着碧翠丝。

"女招待的名字。"碧翠丝的语气颇不耐烦，"你们至少该把人家的名字弄清楚。"

"你不是在哼歌吧？"杰克说着向梅乐蒂转过身。

"你说什么？"梅乐蒂吓了一大跳。她确实是在哼歌。每当担心不安时，她就有这个习惯。刚才她正千方百计把那场祸事抛诸脑后呢。"对不起。"她对一屋子人说道。

"天哪，你也用不着为了哼个歌道歉吧。"碧翠丝说。

"她哼的是音乐剧《猫》里的曲目，"杰克说，"我恨不得尖叫了。"

"在大家散场之前，"弗朗茜打断再熟悉不过的拌嘴，"我想向打点一切的乔治致谢。不细说了，但一言以蔽之，将利奥送进康复中心、谈妥条件、收拾烂摊子、没让风声吹到媒体上，乔治不可谓不劳苦功高，我们一家至今还没有向他的一番辛劳道声谢，向他办事的速度、效率等道声谢，也算有所怠慢了。"她说着冲乔治点点头，仿佛一位君主表彰忠心耿耿的臣民。

"算我们走运。"乔治的眼神绕开碧翠丝，她已经停住了手里的活，"你们妈妈没说错，事情原本有可能闹得很糟，闹到不可收拾。依我看，目前的局面算是再理想不过了。"

"我倒觉得，我们对事情的看法略有不同。"梅乐蒂说。

“目前的局面对我们大家都最有利。”弗朗茜站起身，穿上外套。梅乐蒂不得不努力忍住，不去触碰那厚重的深蓝布料。“风声要是传了出去，对我们家可没什么好处。”

“我才不在乎风声传出去呢。”杰克说。

“我也不在乎。”碧翠丝回过了神：聚会马上就要收场，或许自己说的话实在少了点。

弗朗茜围上一条淡紫色围巾。梅乐蒂定睛凝望，围巾如此轻柔精致，不禁让她想起一本童书中的一段。双胞胎小时候，梅乐蒂常读那本书给她们听，书中的公主有件礼服，由飞蛾采月色织就。

“你的围巾，”梅乐蒂开口说，“真美。”

“多谢。”弗朗茜显得吃了一惊。她轻抚布料，随后解开脖子上的围巾，叠成方方正正的一块，从会议桌上推过去，径直推到梅乐蒂面前。“给你，”她说，“拿去吧。”

“真的吗？”梅乐蒂不禁心花怒放，她还从未有过如此精致的饰品呢。一定价值不菲吧。“你确定吗？”

“是的。”见到梅乐蒂脸上露出感激之色，弗朗茜很开心，“这颜色很衬你，显得气色好。”

“最近你跟利奥聊过吗？”碧翠丝问弗朗茜。

弗朗茜望着梅乐蒂系上那条围巾。淡紫色其实并不衬梅乐蒂，但看上去依然不赖。她示意梅乐蒂走近几步，为她把围巾两端理顺塞好。“行啦。”她说，向碧翠丝转过身，“我上周跟他聊过，就聊了几句。”

“他还好吗？”碧翠丝问。

弗朗茜耸耸肩膀。“利奥不就那德性。总而言之，他听上去好得很。”

"他有没有把你的意思琢磨透?"杰克说,"有没有弄明白,你代表我们大家慷慨大方地给了一大笔钱,不是给他的,而是借他的?"

"我相信利奥无需人家提点,那笔钱要归他还。他又不傻。"弗朗茜边说边戴上手套。

"可惜的是,利奥就那副德性。"杰克说,"难道他会奇迹般地摇身一变,突然开始关心起我们大家来了?"

"我们总该给他个机会吧。"碧翠丝说。

"你们个个都在痴心妄想。"杰克说。与其说怒气冲冲,不如说他心力交瘁。

刚刚把围巾送给梅乐蒂所获得的成就感,在弗朗茜心中一闪即逝。她对众人微微一笑。"一旦利奥回城,我定会转达,让他务必尽快跟你们联络。"弗朗茜说,"这一点我可以保证。"

"然后呢?"杰克开口问。

弗朗茜耸了耸肩膀。"约他共进午餐吧。"

CHAPTER 5

到中央车站"生蚝吧"碰头，半是因为怀旧，半是因为便利——梅乐蒂从中央车站下地铁，正好介于杰克与利奥所住下城与碧翠丝所住上城的中点。想当初，每逢普拉姆夫妇难得一回带齐四个子女进城，他们总会到"生蚝吧"吃一顿，叫上一碟碟名字颇富异国情调的生蚝（"钦科蒂格"啦，"翡翠湾"啦，"佩马奎德"啦）和一碗碗冒着热气的海鲜杂烩浓汤。普拉姆家的孩子们钟爱熙熙攘攘的餐厅（他们向来不坐那里），也钟爱井井有条、富有效率、无需预订的吧台（他们向来坐在那里）。他们钟爱引人注目的拱形天花板，上面贴着象牙色的古斯塔维诺瓷砖[9]，也钟爱一串串白灯，它们让整片天地显得浪漫无比，却又略有一丝超然冷漠。

梅乐蒂早早就到了"生蚝吧"，以免哥哥姐姐们在吧台找个位子坐下：她已经大着胆子在餐厅订了张桌子。梅乐蒂实在受不了吧台：兄弟姐妹四个要坐成一排聊天，实在够呛，除非大家能坐到吧台尽头，可惜尽头的位置可遇而不可求。今天大家得好好聊聊，而她一向盼着在大厅坐到桌边进餐，正如富有教养的纽约客。可惜利奥迟迟未到，餐厅领班又非要人齐了才能就坐，一家子最终还是坐

---

9. 建筑师拉斐尔·古斯塔维诺的设计，大量使用瓷砖和拱形天花板是为其特色。

到了吧台，对端着虾仁杯和可乐的侍者东躲西躲。

"刚才本来可以告诉店家我们只有三个人。等利奥到店，再加张椅子就是。"杰克说，"要是他真来的话。"

碧翠丝说："他会来的。"

"你跟他聊过？"杰克问。

"没有，不过他会来。"

梅乐蒂快快不快地又打开一包牡蛎饼干。刚才她向餐厅领班打听是否给大家留了转角的桌子，结果领班没给她好脸色看。"女士，"领班酸溜溜地说，"拜托，请到吧台就坐吧。"

"你跟他聊过吗？"杰克问梅乐蒂。

"我？"梅乐蒂吃了一惊，"没有。利奥从不打电话给我。"

"周五上班时，我倒收到一封他写来的电邮。"碧翠丝说，"不过，既然他还没有来，或许我们该聊聊他来之后要怎么开口。"

三人在凳子上挪了挪，小心翼翼地互相审视。

"嗯，"梅乐蒂说，"我……"

"接着说。"碧翠丝说。

"我觉得，显而易见，我们应该确保他没事。"梅乐蒂的口吻迟疑不决，她还不习惯打头阵呢。杰克显得半信半疑，而碧翠丝带着鼓励的神情笑了笑。梅乐蒂又把腰挺直了一点。"我觉得，我们应该问问他身体怎么样，看看他目前住哪里，给他撑腰。"

梅乐蒂每说一句，碧翠丝都跟着点点头。"说得对。"碧翠丝说。

"然后呢？"杰克口吻尖刻。

"依我猜，然后我们再问问'安乐窝'的款项。"梅乐蒂说，"我说不好。你们准备如何开口？"

"我倒恨不得给他一张账单，问问他什么时候付钱。"杰克说。

碧翠丝在凳子上转个身，面对着杰克。"你们最近是手头紧吗？沃克没上班，还是出了别的事？"

杰克火冒三丈地喘了口粗气。"沃克在上班。沃克哪有不上班的时候？倒是我恨不得有朝一日能养家，让沃克不用去上班呢。我们的打算是，我们一直这么打算，明年让沃克多歇歇，我们在乡间多待一阵——"杰克的声音越来越小。他不太乐于跟妹妹们谈这些事，只盼着找个机会跟利奥独处，劝利奥先还自己的钱，别让两个妹妹掺和。

"我也很忧心，知道吧。"梅乐蒂说，"用不了多久，我家就得付大学学费啦，这年月的大学学费贵得难以想象。再说我家的房子……"

"你家的房子怎么啦？"碧翠丝问。

梅乐蒂不愿意提她家的房子，不愿意提沃尔特那疯得没边、让人受不了的主意。"贵得很！"她说。

碧翠丝向侍者招招手，让人添上几杯喝的。"我明白，大家的日子都不好过。"她说，"但我也深知利奥的为人。假如今天我们步步紧逼……"她耸耸肩膀，来回审视着梅乐蒂与杰克，"你们知道我没说错。他会干脆躲着我们。"

"他总不能躲我们一辈子。"杰克说。

"我们能拿他怎么办？"碧翠丝说，"盯紧他？把他那份根本不存在的薪水扣下来？还是求他？"

"我认为碧翠丝说得对。"梅乐蒂说。

"利奥从什么时候开始吃软不吃硬了？"杰克问，"又有什么人能逼得利奥不把他自己放在第一位？"

"人总会变的嘛。"碧翠丝说着又打开一包牡蛎饼干。

"通常情况下，世人倒更是本性难移。"杰克说。

"我还是不理解他为什么不跟维多利亚争公寓和其他财产，不明白他为什么不加把劲儿，好歹争点儿家产回来。"梅乐蒂说。

"你不理解？"碧翠丝的脑海中猛地闪过出事当晚在急诊室的一幕：利奥的面孔，他那缝了针的下颌，帘子另一头传来的呻吟与低语，在走廊哭泣的女招待的父母，那位妈妈一边无声恸哭一边轻抚一串念珠。"我倒是能理解，"她说，"如果当初你在场，你也会理解。"

梅乐蒂一心沉浸于从她的饮品中捞起一片柠檬，把女招待抛到了九霄云外。婚礼那个周末，梅乐蒂一家出门在外，错过了一场闹剧。杰克也不在场，他从不出席家族里各种集会。梅乐蒂必须把火力集中在至关重要的事情上：两个女儿、丈夫、小家庭。

"哎哟，拜托。"杰克说，"明明只是一面之词，一定有猫腻。"他正在用餐具纸垫的一角玩折纸，"我们聊的可是利奥。他必定藏了不少钱，我心里明白。"

"你'心里明白'是什么意思？"梅乐蒂说，"你有真凭实据吗？"

"没有，但只有这样才讲得通。用脚指头也想得到，动动脑子吧。利奥什么时候怕跟人家争过？"

"碧翠丝，你觉得呢？"梅乐蒂说。

"我说不好。" 碧翠丝说。但实际上，同样的念头确曾掠过她的心头。"钱怎么藏得住呢？"

"噢，办法有的是。"杰克说，"容易得不得了。"

此刻侍者正绕着他们三人打转，生着一肚子气。普拉姆兄妹已经吃光了无数袋牡蛎饼干，空空的玻璃纸包装袋和饼干屑在三人身前洒得到处都是。碧翠丝动手把饼干屑拢成一小堆，收到一只面包碟里。

"他是不会来的了。"杰克说。

碧翠丝查了查手机。"利奥就这德性，迟点而已。"

正在这时，碧翠丝一眼望见梅乐蒂挺直了腰，抬起左手，有些忐忑地理松自己耀眼的金发刘海。她的嘴角浮起一丝笑容。杰克也挺直身子，撅起下颌——每逢采取守势，杰克便是这副模样。但紧接着，杰克站起了身，招了招手，碧翠丝还没有来得及转身，有人已经将一只手搭上了她的肩头。来人熟悉的手，加上悄无声息地在她肩头一捏，让碧翠丝心中猛跳，不禁松了口气。她转身抬起头，对方正在眼前：利奥。

CHAPTER 6

利奥来到斯蒂芬妮家门口那天，她马上使唤他把堆在后院的一堆柴火搬到厨房旁露天平台的角落，盖上一块塑料防水布，免得暴风雨跟天气预报预测的一样糟。利奥正堆着柴火，手机突然"嗡嗡"作响。字条上的人回电了：电话另一头传来一个熟悉的嗓音，正是毒品贩子利科。两人寒暄了几句，心急火燎地说好在老地方碰头，也就是说，三天后在利科那辆泊在中央公园西路附近、挨着草莓园的车里碰头，正赶在家庭午餐之前。不买什么厉害货色，来点大麻放松一下，或者来点止痛药维柯丁。或许根本不去赴约呢。或许努把力，再清清爽爽地熬个几周，看看会是什么样。利奥乐于有所选择。这时斯蒂芬妮从门口探出头，让他带些柴火去客厅。他迈步从客厅地板走过，不由拜倒在她布置宅邸的手笔之下：斯蒂芬妮保留了宅邸的一切旧貌，却又让其具备了现代感，彻头彻尾变成了她自己的风格。

当初，斯蒂芬妮颇有先见之明，在朱利安尼任职纽约市长[10]的末期购进了房屋，当时"9·11"事件过去只有几周，正值房地产低

---

10. 鲁道夫·威廉·路易斯·"鲁迪"·朱利安尼三世，于 1994 年至 2001 年间担任 8 年纽约市市长。

谷期。当斯蒂芬妮搬进弗拉特布什大道"较差"一侧的街区时，也即非"公园坡"的那一侧时，所有人——包括利奥——都觉得她脑子出了毛病。斯蒂芬妮所住街角的某户是个欣欣向荣的毒窝，她家的前后窗都装着难看的金属栅。厨房旁的一扇门被混凝土封得严严实实，通向一个闲置不用、日渐腐烂的露天平台。但看房当天，斯蒂芬妮注意到市政人员正在这栋房所在的一侧街道种樱桃树，而她明白，这意味着此地的社区协会颇为得力。对业主的三层楼房来说，最底层能出租的地方不少。再说，这栋房子大得很，就拿斯蒂芬妮那位于上西区的工作室来说，一楼简直就能装下足足三个。当天斯蒂芬妮在街区里漫步，遇见了三对推婴儿车的夫妇。她的代理处生意兴旺，她一向以来生活又节俭，能存多少存多少，于是斯蒂芬妮按卖家的要价买下了房子。

"你的品味什么时候变得如此出众了？"利奥问她，"当初我帮你安装的那些'宜家'蹩脚货都上哪儿去了？"

"长大成人、开始赚钱的可不止你一个，利奥。我有好几年没用过'宜家'家具啦。"斯蒂芬妮从厨房迈步走进客厅，用毛巾布擦干手，开开心心地跟他一起欣赏自家宅邸。她爱自家宅邸，这是她心血的结晶。

"意大利风格，对吧？"利奥一边说，一边审视华丽的大理石壁炉台。正中的圆形雕饰刻的是一个年轻女子，一绺绺大理石卷发拂过她的脸庞，她的鼻子又长又直，目光毫不闪躲，双唇丰满欲滴。利奥用拇指轻抚着浮雕女子的嘴，摸到下唇正中有道锋利的小缺口。一丝瑕疵，让这浮雕女子的双唇不再完美，却又怪异地撩人。

"难道她不完美吗？"斯蒂芬妮说，"我见过的大部分壁炉刻的要么是水果，要么是鲜花。我还从未见过壁炉上刻人脸。我乐于想象她在这栋房屋的创始人心中别有深意，或许是那人的女儿，或许是那人的妻子。"

"她让我想起某人。"

"我也一样，可惜我就是想不出是谁。"

"她的'咪咪'长得真美。"

"你真恶心。"斯蒂芬妮心知他正设法逗弄自己。

"不好意思。"他迈步向火堆走去，往里添了几把柴，一边用铁火钳挑火，一边望着火势旺起来，"她的低胸装颇为迷人。这种说法好点儿了吗？"

"人家莉莲手无寸铁，你别目不转睛紧盯着人家的胸看。"

"拜托，你不是要告诉我你给她取了名字吧。"利奥边说边摇头，"求你告诉我，是别人给她取了个名字叫莉莲。"

"名字就是我取的。我们有时还聊天呢。别碰她的胸部。"

"说真的，我还没那么饥不择食。"他一屁股坐到炉边的沙发上，细细审视着房间，寻找着男人出没的蛛丝马迹，"'领带'先生不住这里啦？"

斯蒂芬妮不禁微微一笑。斯蒂芬妮在利奥之后交往的男友中，"领带"先生是利奥给其中一位取的绰号。此人曾跟她短短地同居过一阵，结果某天傍晚算他倒霉，竟穿了件天鹅绒夹克配丝绸领带出席签名售书会。"他已经好几年不住这里了。"

"你家地方太小，装不下人家一套又一套便服？"

她摇了摇头。"不是吧，难道好几年前选错一次穿搭，到现在还要被人说闲话？"

"我还记得人家有一次在夏季戴了顶草帽哟。"

"但凡能让你找到优越感的事，你的记性总是好得不得了。"

"我能说什么呢？谁让我不是个爱戴帽子、爱系领带的人呢。"

"这一点我们倒是不谋而合。"

利奥脱下湿鞋，摆到炉边烘一烘，又把脚跷到咖啡桌上。斯蒂芬妮在他对面坐下。"你还真会挑男友。"利奥说。

"我确实挑中过几个不赖的男友。"

"举个例子？"斯蒂芬妮的语气中似有一丝打情骂俏的口吻，利奥的胆子不禁壮了几分。

"比如威尔·佩克。"

"那位消防员？"

"没错，那位消防员。人家好得很，为人随和。"

利奥结结实实吃了一惊。他曾跟那位消防员见过一面，记得对方长得英俊非凡，身材棒得不得了，当过海军陆战队队员，不然也是此类身强力壮的角色。"撇开体力不说，毕竟海军陆战队队员在体力上无可厚非……"

"别这么瞧不起人。人家威尔胸中有丘壑，多才多艺。"

"多才多艺？"利奥实在藏不住轻蔑之色。

"没错。人家四处旅行，读书，下厨，还造东西呢。"

"什么？难道他做木艺吗？不，不，我居然忘了，我们明明是在布鲁克林。难道他织毛衣？你那件毛衣难道出自他的手？"

"差得远。"斯蒂芬妮说，"这件毛衣可是意大利羊绒。"她伸手向紧贴对面墙壁的定制书柜指去——利奥刚刚还在为这个简练优雅的书柜叹服不已呢。"那个书柜就出自他的手。"

"好吧，书柜确实很棒。"他说。

"妙不可言。"

"话说回来，若是威尔这么棒，那现在在你家的人怎么不是他呢？"

"也许是因为人家威尔的妻子还没有把他轰出家门。"

"没错。"利奥说。算自己活该。他的眼神根本无法从书柜上挪开：不得不承认，书柜确实妙不可言。

"再说，威尔还有其他的追求。"斯蒂芬妮沉默片刻，沉吟着威尔是个多么出色的良伴，而她自己又终究没能给他带去幸福。有时候，她还会不时邂逅威尔和他刚娶的太太。他们应该还没有子女吧。她抬起头，心想："利奥！"

紧接着她便想："当心点。"

屋外的风暴越来越猛。街道静寂无声，既没有什么行人，也没有什么车流。整座城市似乎在严寒中缩作了一团。火堆"噼啪"作响，房间里暖意融融。几个星期以来，这是利奥破天荒头一次松了口气——实际上，这是利奥在出事后头一次松了口气。他思念斯蒂芬妮，思念他们之间那份轻松自在，思念可靠而令人安心的她。坐在他对面，映照着火光，斯蒂芬妮通身闪耀着活力与幽默的光芒。

"我简直不敢相信你卖了自己的生意。"他说。

"我简直不敢相信你居然这么假惺惺。"

"我不是假惺惺，只是经验之谈。当初我真不该卖掉自己的生意。"

"你也就是嘴上说说。我还记得当初那段日子，那张巨额支票把你高兴坏了。再说了，我可没有售卖自己的生意，是被别家收购。我的生活马上就要轻松许多啦，真是等不及了。"

"我告诉你，"利奥说，"对我来说，那正是终结的开端。"

斯蒂芬妮耸耸肩膀，从摆在桌上的一碗小柑橘里取了一只，剥起皮来。"当初你本来可以留下嘛。内森盼着你留下呢。"内森·乔杜里正是利奥在"畅谈媒体"的合伙人。早前他置身幕后操作资金，收购后则继续留职，目前担任整个集团的首席财务官。在斯蒂芬妮看来，对利奥来说，所谓"终结的开端"并非出售"畅谈"，而是把维多利亚娶进家门及接下来的一切……换句话说，接下来落个两手空空。

斯蒂芬妮还记得利奥亲口告诉自己要把"畅谈"脱手的那天，当天她去办公室见利奥，而那段时期，她与利奥正试着保持"普通朋友"关系（差一点就成功了）。维多利亚迈步走进了利奥的办公室。"嗨。"她对利奥说，微微挑高双眉，露出沉着又自得的笑容。区区一个字，斯蒂芬妮便听出了弦外之音："嗨。"维多利亚低低的一声"嗨"，透出无尽缠绵之意。这样一声"嗨"，意味着他们两人今晨在同一张床上醒来，或许手中还萦绕着对方的余香；这样一声"嗨"，并非好管闲事，并非佯作端庄，并非心怀歉意，却是宣示出自己的领地。斯蒂芬妮听过一模一样的一声"嗨"，正是出自她自己之口，想来真是自信得犯傻呀。等到利奥将"畅谈"脱手，把维多利亚娶进门，他便差不多人间蒸发了。斯蒂芬妮实在用不着听利奥指点人生，也实在用不着听他指点生意。

"你本该打个电话问问我嘛。"利奥说。

"我为什么要打电话给你，利奥？我们上次聊天是什么时候？"斯蒂芬妮才不会遂了利奥的心思，亲口告诉他，自己确实给他打过电话。当时她在利奥的手机上留了个言，结果某个声称自己是利奥"私人助理"的女子回了电话。"请问究竟是哪方面的'助理'？"斯蒂芬妮问对方，对方听上去恐怕只有十六岁。"利奥有工作吗？"

"利奥手头有不少项目。"女子答道。她听上去踌躇不定，忐忐得可笑。斯蒂芬妮怀疑对方正在耍花招，扮作"助理"想查清给利奥来电的女子究竟是谁，一个不漏通通查明。"嗯，祝她好运吧。"斯蒂芬妮心想。"能麻烦你让我转告利奥，这次来电是关于什么事吗？"电话那头的女子问。斯蒂芬妮挂断了电话，再也没有打过去。

"我给你打过电话。"利奥说。

"在今天之前么？那是两年前的事了。"

"不是吧。"

"有两年了。"

"天哪，"利奥说，"对不起。"他轻声一笑，"要是能让你感觉好受些，大约两年前，我这人就变得没那么有趣了。"

"刚才我也没感觉特别难过，但还是谢谢你。"

他皱起眉头望着她，依然难以置信，还略有一丝心酸。"足足两年？真的吗？"

"千真万确。"她答道。

"那还不坐过来，跟我讲讲你还经历了些什么。"他说着在身旁的沙发上拍了拍。

几小时后，等到两人吃过羊肉，添了柴火，斯蒂芬妮把出版业最近一阵的新闻与八卦一股脑讲给利奥听过，等到利奥把桌子打扫干净，把碗碟放进洗碗机（摆得真是横七竖八），洗完锅盆（更加惨不忍睹），他又开了一瓶酒，斯蒂芬妮盛上冰淇淋，两人又双双回到客厅。

"难道你可以喝酒吗？"她问他，指着那杯赤霞珠葡萄酒。

"严格说来，我猜是不许喝。"利奥说，"但你也知道，我的问题并非有酒瘾。"

"我什么也不知道，利奥。据我所知，你说不定在嗑药呢。实际上，我觉得确实听到过一些关于你嗑药的风声。"

"无稽之谈。"利奥回答，"要问我是不是喝多了？没错。要问我是否意识到自己不该超速？没错。至于酒瘾，"他说着举高手中的酒杯，"并非症结所在。"

"那你究竟要不要告诉我发生了什么事？你想聊聊吗？"

"不是很想。"利奥说。他说不好斯蒂芬妮听说了什么风声，而她并没有告诉他。乔治曾向利奥保证，风声连一丝一毫也没有走漏。利奥掏了一大笔钱给维多利亚做封口费，可惜他谁也不信。斯蒂芬妮任由沉默向两人步步紧逼。窗外的白雪越积越深，不远处门廊扶手上颤巍巍地耸立着一堆高达六英寸的积雪。一辆孤零零的汽车蜿蜒蛇行，悄无声息地驶过积雪漫漫的街道。她能听见后面人家的孩子在院子里欢声笑语。孩子们的爸爸则高喊一声："不要把雪往嘴里塞！不干净。"

"我们也不是非要谈这事不可，利奥，但话说回来，我的口风很牢。"

利奥脑海中浮现出出事当晚的一幕幕：汽车的刹车声，迎面袭来的海风，一头撞上利奥座驾的那辆SUV中传来马文·盖伊的歌曲，听上去颇为不合时宜，一声声催着利奥"玩个痛快"。利奥说不清该不该聊聊出事当晚，就连在用作幌子的"康复中心"里，他也没有试过。若是把事情真相全盘托出，真不知道斯蒂芬妮会说些什么。曾经一度，他与斯蒂芬妮无话不谈（这时，利奥在心中改了口）。换句话说，斯蒂芬妮一度对利奥无话不谈，利奥说出口的则是他认定该讲给对方听的那些话。结局实在不尽人意。

"利奥？"

此时此刻，利奥甚至压根不知道该从何谈起。他定睛凝望着大理石壁炉上的浮雕女子面孔，不禁意识到它为何如此熟悉——那一头秀发，那贵族般纤巧的鼻子，那品评的目光。"看上去真像碧翠丝。"他说。

"谁像碧翠丝？"

"'莉莲'，你那位石头密友，跟碧翠丝颇有相似之处。"

"碧翠丝呀。"斯蒂芬妮哼了一声，捂住双眸。

"碧翠丝长得可不丑。"

"不，不是这个意思。碧翠丝给我打过几个电话，但我一直躲着她。她找我是为了她的新作。"

"上帝呀。可别是那部小说。"

"不，不，不。我早就告诉过她，我绝不会再读那本小说了。实际上，我告诉她，她得另找别家代理。她的留言提到一本新书，但我真的……办不到。"斯蒂芬妮站起身，开始收拾装冰淇淋的空碗。静谧的气氛一去不复返。"这正是我乐于加入大公司的原因之一。"她说，"我实在难以推托那些一度才华横溢的人物，太让人难过了。这下我可以把她交给其他人，对方可不会对她心慈手软。"

出乎意料，想到某位不知名的助理让碧翠丝吃个闭门羹，利奥心中浮起了几分忧思。想当初，托利奥的福，碧翠丝的首批著作落笔于不拘常态的青春与无畏，利奥并不感到惊讶，但时至今日，碧翠丝势必已是智穷才尽。她曾是斯蒂芬妮首位举足轻重的大客户，正是碧翠丝让一众编辑与其他新人作家对年纪轻轻的斯蒂芬妮刮目相看。想到碧翠丝沦落到跟保罗·安德伍德之流在某些名不见经传的文学期刊谋生，孤零零一个人住在上城那套公寓里，他就于心不忍。出于种种不同原因，想起任何一个兄弟姐妹，利奥都颇觉头大，因此他索性不去挂心。此时此刻，但凡利奥心念所及，仿佛处处都是雷区——无论勾起的是后悔、怒火，还是内疚。

"你说得对。"斯蒂芬妮伫立在那儿，凝望着壁炉说道，"看上去确实跟碧翠丝有相似之处，真狗屎。"

"别走。"利奥说。

"我只是去厨房一趟。"斯蒂芬妮说。

"待着别走。"利奥说。他不喜欢自己此刻的声音，它听上去微微发颤。他不喜欢自己的一颗心顷刻间猛跳不止，在此刻之前，他原本认定只有嗑药才会让自己心动，而并非在位于布鲁克林的一间客厅之中，伴着斯蒂芬妮双双待在火堆前。

"我去去就回。"斯蒂芬妮说。利奥的脸色似乎苍白了几分，有那么片刻，他看上去茫然失神，像是极为惊恐，吓得斯蒂芬妮心惊。"利奥？"

"没事。"他摇了摇头，站起身来，"那是你的旧唱机吗？"

"没错，"她说，"放支曲子听听吧，我洗洗碗碟就回来。"

在厨房里，斯蒂芬妮听见利奥正在她的唱片里东翻西翻。他的喊声从客厅传来。"你的音乐品味依然一塌糊涂呀。"

"跟美国大众一样，我的音乐在我的电脑里，那边都是些旧物。几个月前，我才刚刚把唱机从地下室取出来。"

利奥一张接一张念出专辑封面："辛蒂·罗波[11]，佩特·班纳

---

11. 辛蒂·罗波（1953 - ）：活跃于1980年代的美国歌手，歌曲作家，女演员与同志权利运动家。

塔[12]，休伊·刘易斯，宝拉·阿巴杜[13]？你这活脱脱是MTV界的过气明星名单嘛。"

"不如说是，猜猜谁在十八岁时加入了哥伦比亚唱片俱乐部。"

听到"哥伦比亚唱片"一词，利奥打了个哆嗦。他赶紧转念。"哇，开始啦。"他说。

斯蒂芬妮听到唱机开始转动，耳边传来唱针划过唱片凹槽那熟悉的"吱嘎"声。紧接着，一阵怪异嘈杂的琴音与汤姆·威茨[14]那沙哑的歌声充斥了整间屋子。"钢琴醉意正浓。我的领带沉入了梦乡。"

斯蒂芬妮已有多年没有听到这首歌了。或许，自从与利奥在一起后，就再也没有听到过。专辑说不定是利奥的。宿醉未醒的早晨，他会唱着那首歌叫醒她（宿醉未醒的早晨实在不少，大多数早晨皆是如此）。他会把睡意正浓的她一把搂进怀中，有些"性致"的"老二"紧贴着她的美臀。她则漫不经心地挣扎着钻回被窝，依恋着甜梦与利奥那令人安心的、紧紧的怀抱。

"臭死了。"她会呻吟一声，假装几分恼火的模样，并不真心介意他那难闻的口气，"你闻上去跟我豪伊叔叔在酒吧瞎混一晚后一样臭烘烘。"

他会贴着她的耳朵吟唱，威士忌害得他走调："钢琴才醉意正浓呢，不是我，不是我，不是我。"

水池边，斯蒂芬妮把利奥搁在料理台上的烤盘又洗了一遍——

---

12. 佩特·班纳塔（1953 — ）：四次获得格莱美奖的美国摇滚女歌手。
13. 宝拉·阿巴杜（1962 — ）：美国创作歌手、编舞、舞者、演员。
14. 汤姆·威茨（1949 — ）：美国音乐人、演员。

烤盘上有一层油。大约两年前某夜,她曾见过利奥与维多利亚一同外出,两人似乎都醉得厉害,而此时此刻,她正千方百计在客厅中的利奥身上寻找两年前那个利奥的影子。客厅里的利奥身材较为消瘦,除此之外,抛开斯蒂芬妮耳闻的种种风声不说(也抛开她偶尔亲眼所见的场景不说),即便利奥多年来果真如传闻般寻欢作乐,婚姻也麻烦不断,他却显得比两年前更加年轻。利奥话少了些,为人越发沉默寡言,却依然风趣、敏捷、迷人。

她摇了摇头。不行,绝对不行,绝不能再绕着利奥团团转了。实际上,不如现在就赶紧设几条硬性规定,说好让他待多久。对了,还得跑上楼一趟,把办公室里的折叠沙发铺好。

紧接着,利奥已经到了她的身后,一只手搭上了她的肩头。"想跳舞吗?"他问道。

她展颜一笑。"不跳。"她说,"我非常不想跟你跳舞。对了,碗碟洗得一塌糊涂。瞧瞧。"

"我没开玩笑。"他说着,从水池的肥皂水里抬起她的手。

"利奥,"她竭力绷紧身子,"之前我已经把话说得很清楚了。"她的态度气势汹汹,但他从她的口吻中听出了一种刚冒头的情绪,一抹转瞬即逝的犹疑。

他迈步逼近。"刚才你说的是,'不许上床'。我会守好'不上床'这条规矩。"此时此刻,利奥眼里只有她。确确实实是肉欲,没错(抛开跟康复中心的医师助理那几次在健身房的露水情缘不说,算起来已经有十二周了),但他也还记得自己多么钟爱这一步,钟爱剥开她那刺人的外壳,让她赤裸裸一览无余,仿佛剥开一只牡蛎。他已经很久没有想起,见到从不行差踏错的她慌乱起来,听见她的呼吸急促起来,是何等令人心满意足。稳操胜券,是何等美妙。消防队员，见鬼去吧。

她叹了口气，目光落在他身后，越过后窗，落上了布鲁克林之夜，落上了漫天雪花，它们正映照着她家屋后露台的泛光灯蹒跚而下。她的手又冷又湿，利奥扣住她手腕的十指让人心醉神迷。

利奥猜不透她的神情。是听天由命？满怀期盼？还是低头认输？那张脸看上去还无欲无求，但他记得如何唤起她的欲望。"斯蒂芬妮？"他说。她微微一笑，可惜笑容颇为心酸。

"我发誓，利奥，我很开心。"她轻声道，几乎是在恳求。

此刻他已经贴得够近，近得足以低头贴住她的脖子，闻见她肌肤的气息——她的肌肤一如既往，闻上去隐约有一丝氯气味道，让他只觉得可以游入她的身体，自信而又快活。两人伫立当场，过了片刻，利奥感觉雷鸣般的心跳渐渐放缓，与她一声声稳健的节奏渐渐合拍。他后退几步，凝神望着她，伸出拇指轻抚她的下唇，正如刚才轻抚大理石浮雕人像。只不过这一次，那片嘴唇微微张开。

紧接着，一声"轰隆"巨响从后院传来，划破了室外的宁静，仿佛一声惊雷。灯光明灭不定起来，随后便是漆黑一片。

CHAPTER 7

抵达"生蚝吧"时，利奥奇迹般地让那位板着脸的侍者领班转了念。不过短短几分钟，普拉姆家兄弟姐妹便已落座，不知不觉中按年龄大小绕着铺有红格台布的桌子坐了下来：利奥、杰克、碧翠丝、梅乐蒂。普拉姆兄妹脱下外套与帽子，百般强调"只点水和咖啡就行"。利奥为迟到道了个歉，解释说他最近正待在布鲁克林的一位朋友家中（"一定是斯蒂芬妮！"碧翠丝心想），结果搭错了地铁，只好原路返回。于是大家免不了聊聊布鲁克林竟已变得又挤又贵，聊聊地铁为什么一到周末就不靠谱，随后再聊聊天气——天气简直是雪上加霜，竟然十月飞雪！紧接着，兄妹几人纷纷令人不安地闭了嘴，只有利奥除外。他似乎十分平静，对弟妹们投去审视的目光，害得他们一个个紧张不安地盯着他。

三兄妹想不通：利奥怎么会有这种能耐，自己总能悠闲自在，却把其他人惹毛。即使到了这种境地，在这顿午餐上，到了利奥理应抬不起头的时候，到了权柄理应易手、利奥理应处于下风之时，他却依然还是众星拱月的焦点，依然挥斥方遒。即使到了此刻，他们依然乖乖等着、乖乖盼着利奥首先开口讲话。

但他只一味闲坐着审视弟弟妹妹，好奇而又专注。

"很高兴见到你。"碧翠丝终于开了口，"你看上去很不赖，气色很好。"她的话中透出淡淡情思，杰克端着的双肩松了下来，梅乐蒂板着的脸放了晴。

利奥微微一笑。"见到大家我很高兴，真的。"利奥说。

梅乐蒂感觉双颊发烫，难为情地伸手捂住了脸。

"我觉得，我们还是开门见山吧。"利奥说。从中央公园赶赴"生蚝吧"的出租车上，他已经决心迎难而上。利奥意识到：有点出人意料的是，待在"桥梁"的好几个星期里，自己竟几乎没有考虑过眼前这一刻。当时他满脑子是维多利亚和婚姻解体，一点也没想到弗朗茜的作为会带来什么后果。平心而论，直到几周前，他才彻底了解弗朗茜的所作所为。当乔治刚开始告诉他，付给罗德里格斯的钱由他母亲支付，有那么短短片刻，利奥原本盼着母亲是从她自己那鼓鼓的腰包里掏了钱（不然就是从哈罗德鼓鼓的腰包里掏了钱）。唉！

"我明白，大家想聊聊'安乐窝'款项嘛。"利奥接口说道。眼见这招"开门见山"让弟妹们吃了一惊，利奥心中颇为自得。"首先，我想说一句，感谢大家。我明白，你们原本大可对弗朗茜的做法提出异议，因此我很感激。"

碧翠丝望望梅乐蒂与杰克，两人纷纷换了个坐姿。兄妹三人都显得一头雾水，心烦意乱。

"怎么啦？"利奥这才回过神来。

"当时我们几乎没有任何选择余地。"杰克说。

"直到木已成舟，我们才知情。"梅乐蒂说。

"是吗？"利奥向碧翠丝转过身。她点了点头。

原来如此。利奥往后一仰，放眼环顾席上众人。还用说嘛。一方面，他在心中暗骂一声自己糊涂；另一方面，他的心中却又掠过一抹快意，因为弗朗茜竟如此果决地一手替他代劳。可惜的是，利奥立刻回过了神，发觉自己又犯了糊涂。弗朗茜并非出手给他救场：毋庸置疑，她救的是她自己，还有哈罗德。利奥的耳边仿佛传来了哈罗德的声音，他那带有鼻音的嗓音一遍又一遍地说着"风声四处都传遍了"。

碧翠丝小心翼翼地打量利奥，看他如何消化弟妹们刚才的话。"我试过给你打电话，利奥。"她说，"打过很多次。"

"没错。好的。"利奥说。弟妹们刚才的话害得局面更复杂了。

利奥将《畅谈》转手并"休假"（按利奥的想法而言）后不久，也就是维多利亚一口回绝婚前协议后不久，正值利奥与维多利亚订婚初期，在某次大开曼岛潜水期间，他开了一个离岸账户。纯属一时兴起，当时维多利亚正在别处购物。账户完全合乎法规，而利奥虽然打算跟维多利亚交底，却始终没有开口。他把该账户当作未雨绸缪之策，跟私人养老金差不多，万一某天落难，说不定还能保住一笔钱呢。随着婚后的日子江河日下，利奥开始往账户里存钱。他与维多利亚花钱如流水，但其中有一条好处：她再也无法觉察钱花到哪里去了。这里花上几千美金，那里花上几千美金，日复一日，积少成多。利奥一天到晚惦记着那笔钱，惦记着有朝一日卷铺盖走人。之所以忍了好几年，是因为利奥还盼着维多利亚先对他心生倦意，对别人动心，跟他分手，免得离婚时被狠狠分走一大笔身家，活生生剥去一层皮。等到看清局势，发现维多利亚绝不会走这条路，（当初怎么不娶一个跟维多利亚一般美貌，但又不像她那般满腹心机的女子？）他便纵身跃入了"浪荡子"的生活。联名账户上的钱愈来愈少，他倒并不可惜。因此，尽管那场祸事又丢脸又倒霉，但在另一方面，它却以一种诡异的方式将他从巫盼逃离的生活中解脱出来。数月来，他一直等着维多利亚的律师查出离岸账户的一天，等着律师得意洋洋地将那笔资金捅出来，谁知并非如此。他已偷偷藏了近两百万美金，几乎正好等于他欠"安乐窝"的数目。他还从未动过低息储蓄账户里的一分钱，那笔款项高枕无忧，随时可以动用。若是把钱还给弟弟妹妹，好端端两百万可要分成四份。算来算去，对他没什么好处。

"真希望我手头有钱，能给大家每人都写张支票。"利奥说。他将手掌平贴在桌上，身子前倾，一个接一个直视弟弟妹妹的眼睛。掌管公司多年，对于如何在眨眼间重估形势、把控局面，利奥早已轻车熟路。只不过，他还必须伺机而动。"可惜的是，我手头没有资金，需要一段日子周转。"利奥继续说道。

"多长一段日子？"梅乐蒂接话接得太快。

"真希望我答得出这个问题。"看利奥的表情，仿佛他千盼万盼的正是能答出这个问题。"但我向大家保证：我会马上着手好好干活，以期重振旗鼓。我已经有了一些计划，也开始打电话了。"

"什么计划？"杰克问。他想问个清清楚楚，"你能找人借到你欠我们的债吗？先把我们的债付清，让别人当债主？"

"很有可能。"利奥心中雪亮：目前想找个人借钱给自己，简直难如登天。"许多事都很有可能。"他说。

"比如说？"杰克问道。

利奥摇了摇头。"我可不愿意满嘴跑火车，张口就是些没准的话。"

"你认为到时候你有可能拿得出钱吗？或者至少能拿出一部分？"梅乐蒂问道。

"三月？"利奥说。

"二月。我的生日明明在二月。"梅乐蒂惊慌得不得了：这次谈话恐怕会让人气不打一处来。

"我的生日才是三月。"碧翠丝说。

"没错。"利奥说。他用拇指和小指在桌上打着拍子,仿佛正在心中细细地权衡利弊。兄妹三人全都等着。"这样怎么样?"利奥终于开了口,"通融我三个月。"

"把你欠我们的债还上?"杰克问道。

"不,拿出一个方案,一个切切实实的方案。我并不认为得花整整三个月,但大家也知道,这年头筹钱可不是件容易事。"最后一句话,他是对杰克说的。"你自己不就是当老板的人么。"杰克郑重其事地点点头,表示赞同。碧翠丝恨不得翻个白眼,好歹忍了下来。不愧是利奥,真是满嘴胡说八道。"再说还得把假期算进去,假期总是很难找到人。我想的话,我需要三个月来找出解决的方法。"他说,"理想情况下,到时能有不止一种途径尽快把欠大家的钱全部还清。我不敢保证二月就能办到,但我保证会尽前所未有的努力,想尽一切办法。"他又放眼环视席上众人,"还请大家相信我。"

PART TWO
—— 第二部分 ——

吻

CHAPTER 8

一栋伫立于曼哈顿大桥阴影之下、歪歪斜斜的楼房中，登上一段破破烂烂的台阶，保罗·安德伍德正在此处几间拥挤的办公室里运营着文学杂志《纸纤维》。早在布鲁克林DUMBO区名声鹊起之前，他便买下了这栋四层砖楼，当时大批曼哈顿人被高昂的天价逼出了布鲁克林高地[15]与科布尔山[16]，但却依然心系"公园坡"[17]与"格林堡"[18]一带那些古色古香、具有重大历史意义、相对而言又还买得起的褐砂石宅邸。一个阳光明媚的夏日，正值周六，保罗·安德伍德过了布鲁克林大桥，无意间走进了一片小小的街区。他悠然迈步北上，穿过富有工业化气息的街区，拜倒在蓝灰色比利时砖砌成、图案迷人的街巷之下，那些街巷中还交织着废弃的电车轨道呢。他发现此处找不到价格不菲的服装精品店、昂贵的咖啡店，以及有着裸露砖墙、炉中烧着木柴的餐馆，让他颇为心仪。每隔三户门脸似乎便是一家汽车修理店，不然就是家电维修铺。他对这里的氛围一见倾心，这儿让他记起当初活力四射的Soho区，那可真是粉

---

15. 纽约市布鲁克林区一个富裕住宅区。

16. 纽约市布鲁克林一街区。

17. 纽约市布鲁克林一街区，位于布鲁克林西北部。

18. 纽约市布鲁克林一街区。

墨登场、风头正劲。滨水区里有块标牌写着，此地上不了台面的公园（公园里尽是些毒品贩子和"买货"的家伙）即将扩建翻修，他还注意到社区里到处立着同一家地产开发商的标牌，宣告将把这里的仓库改建成公寓。

那天下午，伫立在普利茅斯街的街角，正值二十世纪临近尾声之时，倾听着北边卡车向曼哈顿大桥驶去时车厢发出的"轰隆"声，遥望日光辉耀南面布鲁克林大桥的巨型拱门，保罗·安德伍德一眼见到了自己的未来：一块写有"待售"的招牌，出售的是一栋似乎无人问津、位于街角的楼房。在红褐色的楼房顶部，他可以辨认出已然褪色的白色字母，那是早已关门的前业主立起的标牌："普利茅斯纸纤维有限公司"。保罗认定，那条标语是个吉兆。接下来一周，他买下了那栋楼，次年又创办了文学杂志《纸纤维》。

保罗住在这栋楼的顶层（顶层有两间卧室，精心装修布置，景色瑰丽），正好位于三楼《纸纤维》杂志办公室的上方。《纸纤维》杂志的办公室占了三楼前部，三楼后部和二楼则有两套不大不小、租金水涨船高的出租公寓。街面一层是家内衣店。"La Rosa"店并不出售花哨的内衣，不卖蕾丝款，不卖聚拢提升款，不卖透明款，店里的货色在保罗看来都是些老妇人才穿的内衣。就连橱窗里的塑料人体模型也显得别扭，被胸衣和束腰紧身衣勒得紧绷绷的，配着成排钢扣、晃晃悠悠的松紧带与强力肩带，活像要把人困住的紧束衣[19]。保罗说不清"La Rosa"店为什么还没关门，他可从未见过店里有超过一位顾客的时候。尽管保罗心里嘀咕，但该店每月及时交租，因此对保罗来说，无论"La Rosa"店爱为它家那些通常空

---

19. 又称拘束衣，用作限制穿戴者上肢活动，目的是保护他人及阻止自我伤害。

手而归的古怪男客人"洗钱",还是爱把货品卖给男客人,通通都没问题。

保罗煞费苦心地在生活与工作之间画上了一条界线。他从不把工作"带到楼上",从不把便装穿到《纸纤维》办公室。尽管只需下楼便可办公,他却总是穿戴得整整齐齐。每天早晨,他会穿上一套剪裁精良的西服,从自己一大堆领结中挑上一个。他一心笃信,下巴下面那只蝴蝶结必不可少,正好抵销掉他那张马脸和上不了台面的头发带来的坏印象,谁让他的头发跟婴儿的头发一般细,呈灰褐色,还常从耳朵边和头顶支出来呢。

"你戴彩色领带挺不错啊。"他的前妻曾告诉他,言外之意指的是他的相貌十分不起眼:保罗长着一双灰眸,可惜与其说让人惊艳,不如说好似两泡水。一对薄唇,软塌塌的鼻子跟灰泥相差无几。保罗从不将自己平平的相貌放在心上,在某些场合,这副相貌还能让他当个"透明人"呢,相当难得。他会无意中听到各种本不该传到他耳边的风声,人们纷纷向他敞开心扉,误以为他坏不到哪里去。(他这副相貌也并非每次都能让他尝到甜头。举个例子,最近一阵,在跟一位年轻诗人你来我往写了几封电邮后,他与对方字里行间暧昧起来,于是,保罗安排了一顿午餐。结果对方脸上的神情再明白不过:跟保罗邮件中透露出的才华比起来,他的外貌简直让她感觉透心凉。话说回来,其实他也吃了一惊,惊讶地发现真人与作者照片里的她一点也对不上号,根本不像那位双眼皮、美眸、秀发光亮、双唇盈盈欲滴的佳人。)

保罗推崇有规可依、有例可循。他每天吃同样的早餐(一碗燕麦粥、一个苹果),接着沿富尔顿渡口来一趟早间散步。每逢工作日,他素来风雨无阻,始终如一地见证着滨水区年年春去秋来。今天劲风逼人，一阵阵向胆敢外出的勇士们刮来，保罗毫不退缩，向前迈开步子，把围巾在脖子上裹得更紧一些。无论春夏秋冬，他都深爱那条河，即使纽约的寒冬季节也不例外。他倾心于钢铁般泛灰的粼粼波光，倾心于咄咄逼人的白浪。港口的一派美景他怎么也看不腻，常常为自己身在此地庆幸：他是何等有福，竟然选了这里作为自己的归宿。

他迈步向富尔顿渡口的另一头走去，却一眼望见了利奥·普拉姆熟悉的身影，正坐在最靠近河边的一条长凳上。曾经一度，利奥和保罗钟爱偶尔一起散散步。这时利奥抬起头，挥了挥手。保罗加快了脚步。他还真有点期待跟利奥一起在长凳上作伴的日子呢。世上又不是没有比这更怪的事，他想。

《畅谈》杂志关门的时候，利奥没有拉保罗入伙一起创办后来演变为"畅谈媒体"的那家网站，因此保罗对他非常光火。当时利奥并没有一股脑儿接手杂志里的全部员工，只接手了那些大家公认脑子最灵光、最有市场的人才，而保罗一直笃信自己恰是这一类人。或许他算不上最才华横溢的作家、最大胆无畏的记者，但他可靠能干、雄心勃勃，难道这都不算数吗？他按时交稿，稿子清清爽爽，哪儿需要哪儿顶上，即使并不该他管。为达目的，他面面俱到，为人很不赖。

除此之外，利奥没有把保罗纳入麾下，却无人大感意外，这一点对保罗也是一个打击。他一直在等大家露出一脸讶色，关起门来向他勾勾手指，"利奥竟然没有叫你？"结果事实并非如此，保罗意识到：原来其他人也并不认为他属于首选。

他曾鼓足勇气问过一次利奥。"安德伍德，这家新公司不会合你心意。"利奥说着将一只沉甸甸的手掌搁上保罗的肩，直视着他的目光——利奥这招一方面能让对方受宠若惊，恨不得吸引他的全部注意力，另一方面又能让对方脑子不清，无法理清思路。"一定会招你恨。你擅长的是深度特写，我不会好端端拖你下水。再说，我给员工开的薪水少得可怜。"

有那么一阵子，保罗用利奥那番话给自己宽心。说不定写八卦真的很招人烦呢？毕竟保罗确实专擅撰写长篇人文作品。再说了，他也确实不乐意拿着低薪干活。可惜保罗紧接着就发现，利奥雇了戈登·菲茨杰拉德担任新版《畅谈》的内容编辑。戈登对短文和八卦的兴趣比保罗高不到哪里去，而且保罗认定，戈登的薪水才不会少得可怜呢。保罗曾担任戈登的上司，当初是他把戈登招进了杂志！保罗心里一清二楚，戈登不过是个麻烦精，醉醺醺的酒鬼，数一数二的混蛋。利奥走后整整几个月，保罗毫不讳言对新公司的看法："不出六个月，一定死翘翘。"当然，他的说法错得离谱。

保罗说不清利奥究竟闯了什么祸，竟然进了康复中心，公众所知的细节语焉不详，碧翠丝又嘴紧得很。他曾听到传闻，说在汉普顿出了场车祸。城里各处都有人亲眼见到利奥的太太维多利亚在跟一些名流约会。利奥似乎跟斯蒂芬妮·帕尔默再度同居，住到了布鲁克林。那辆"保时捷"没有保住。

十一月的一天早晨，当利奥来到办公室，表面上是找碧翠丝时，保罗并没有多想。但利奥逗留了好几个小时没走，在保罗的办公室里四处查探，又是打听出刊计划、广告到期日、销售量、订阅量、财务状况，又是打听杂志的在线业务做得如何（很弱）、杂志与作家们关系如何（很强），以及保罗将会如何开疆拓土，比如他"想要多少资金就有多少资金的话"。

于是，保罗认定自己悟出了真相。"是内森派你过来的吧？"当时保罗说。"你们两人又联手了。"这么一来，事情就讲得通了。内森与利奥一度是合伙人，而保罗觉得自己最近与内森的会面前途颇为光明。利奥用一种似乎意味深长的神情直视着保罗的目光，说道："你问的是官方口径吗？那不对。你问的是民间口径吧？那这只是走亲访友而已。"

"我明白。"保罗说。他并不明白，但一心只盼利奥确实是为内森而来，名为办私事，实是办公事。在十二月无数个假日派对的其中之一上（保罗甚至记不清究竟是哪次，假日派对个个一片迷离，谁让派对上尽是些不值钱的"普罗塞克"酒、味如嚼蜡的奶酪和无麸质小蛋糕呢），《畅谈》某位前同事提到自己听说内森正考虑创立一份文学杂志，不然就往某份文学杂志投资。

"是为了销账吗？"保罗实在想不出其他原因，开口问道。

"我觉得，不如说是因为自负。"当时朋友说，"弄些拿得出手、格调高雅的玩意，平衡一下其他玩意呗。"保罗心知，"其他玩意"指的不仅是"畅谈媒体"网上大部分内容都属于八卦庸俗之列，还指的是那家限制级情色网站，公司大部分收入可都靠它呢。

"你清楚他在考虑哪家吗？"

"不清楚。你不如打个电话给他，对他来说，准备拱手让给人家的钱不过是九牛一毛，但对你来说，或许多得不得了呢。"

于是到了第二天，保罗便打电话跟人安排见面。有时候，让自家杂志撑住不垮，恰似乘坐一艘漏水的独木舟横渡茫茫大西洋。他总在东补西补，谁知独木舟接二连三又破了好几个洞，保罗只觉公司倒闭的可能性大得根本不愿意去想。

对外出租楼房不仅能让保罗有个无需租金的地方工作生活，还给他添了一笔收入，足以支付不多不少的薪水给他自己、碧翠丝以及另一名全职雇员（这名全职雇员是个执行编辑，其大部分时间花在填写经费申请表、跟潜在的捐助者聊天，以及想办法不让已有的捐助者变卦上）。就一本文学杂志来说，《纸纤维》的订阅量并不坏，甚至赚得到一笔颇为可观的广告收入，可惜依然不够支付成本与作家的酬劳，不够让相关项目蒸蒸日上。

外部资金则大多来自保罗两位上了年纪的姑姑，他那已过世的父亲的姐妹。两位姑姑终身未嫁，将保罗视如己出。她们属于某类上了年纪的纽约客，多年来共住一间离林肯中心不远的房租管制公寓，酷爱阅读，嗜好旅行，是各类朗读会与百老汇周三日场演出的常客。全年订购芭蕾舞票、卡内基音乐厅门票、92街Y中心门票，以及谢伊体育场的包厢票。自从保罗创立自家公司以来，每年一月，姑姑们都会送来一张数额十分大方的支票。保罗将之称为"姐妹花基金"（在捐赠者页面上，他也如此称呼这笔资金，这一点让两位姑姑开心得不得了），也正是托这笔资金的福，保罗才付得起作家的报酬，还能每年在他那小得可怜的出版品牌出上一两本书，通常是诗集，偶尔是本小说或文集。

两年前，一月送来的支票居然缩了点水。到了次年，居然又缩了一点水。上个月，则几乎缩水到了原来数额的一半。保罗绝不会向两位姑姑开口问起，但他担心她们或许出了点事，还瞒着不告诉他。于是跟每年一月一样，他请两位姑姑到"阿冈昆"喝上一杯，再到"基恩牛排店"吃顿晚餐，答谢她们慷慨解囊。只不过，保罗还没有来得及开口问问是否一切都好，两位姑姑已经提起了支票缩水的事，一如平日般你圆我的话，我圆你的话，几乎像是一个人。时至今日，保罗早已习惯了姑姑们的怪癖，但两位姑姑偶尔到访他的办公室时（"只是四处瞧一圈"），他却意识到姑姑在世人眼中是何等怪人。"活像电影《灰色花园》里的女人。"某次一名实习生用叹服的语气说，"只不过少了猫咪，少了痴呆。"

"真的很对不起。"吃午餐时，姑姑们告诉保罗，"看来我们的退休基金花得实在太快。"

"我们的会计坚决反对，亲爱的。他想让我们把全部花销砍掉一半。"

"尤其是那些他觉得'多此一举'的款项，但凡涉及慈善事业的都算。"

"你也想象得到我们多么不好受。当然，一开始我们没答应，但后来……"

"他居然把我们叫去了他的办公室！活像校长修理逃学的学生。真丢人……"

"丢人。他还画了图表呢。"

"不是图表，是曲线图，五颜六色的曲线图。"

"五颜六色。"两人开始彼此庄重地点点头。保罗等待着。

"知道吧，红色的未来预期收入……"

"红色可不是好兆头。"

"我明白了，图表上的红色招人恨。"保罗说。

"是曲线图。"两位姑姑看上去心烦意乱，不敢跟保罗对视，喝酒也喝得太快，于是保罗立刻向她们保证，自己理解她们的苦衷。

"你们已经帮了很多忙了。"保罗说，"绰绰有余。"

"我们给你的数额每年会缩水一些，但我们总会给你一笔钱。"姑姑们说。

"恐怕我们俩命太长了。谁想得到呢？"

"尤其是这么多年来还一直抽烟？吃牛羊肉？等到那一天降临的时候，要是还有钱办个葬礼，只怕就算我们走运啦。"

保罗决定不去理睬姑姑们诡异的句法，也不去理睬两个人为什么会只有一个葬礼（还在同一天呢），尽管姐妹花中只剩一个的一幕确实令人难以想象。

虽然认定并非迫在眉睫，保罗却心知这一天终究会来：姑姑总不能长命百岁吧。他曾无数次试图把业务经营得更好些，把不堪一击的财政打理得更好些，可惜他恨死了业务经营。偶然间听说关于内森的风声时，保罗正苦苦琢磨着如何更努力地去拉投资，于是他约了内森见面。内森并没有做出任何承诺，但他颇为投入，东问西问，保罗的答案则深思熟虑，很有机锋。他怎么会不好好回答呢？他可一天到晚都在盘算资金若是充裕会采取什么措施。杂志的网站惨不忍睹，充其量算个订阅递交的网点。旗下作家也灰心丧气，因为许多内容都没有搬到网上。保罗还想多出几本书，多办些规模不大但声誉颇佳的文丛，组织夏季会议，说不定还要给青年文学爱好者开办一家写作中心。但说来说去，他掏不出这笔钱。

"我们双方都再考虑一下吧。"当时内森说，"过几周我再联络你。"

随后利奥就现了身，站在保罗的办公室中放眼环顾四周，嘴上还问东问西。

"那私下讲，"保罗对利奥说，"对于我们杂志的情况，有没有哪一点你想问个清楚？"

自那以后，保罗与利奥碰过几次面，通常始于清晨的长凳旁边。他们一起散步，喝咖啡，聊聊天，话题通常是工作和运营一家文学杂志的挑战。但两人也聊其他话题：房地产啦，飞速扩张的布鲁克林滨水区啦，城市政治啦。保罗依然摸不准利奥究竟在打什么算盘。依保罗猜，在争内森那笔投资的应该不止一家，因此他使尽浑身解数给利奥留个好印象，将自家杂志出夏季专刊的步骤一点不漏地告诉了利奥，时不时佯装征求利奥的建议，又为利奥出的高招感到颇为惊喜。保罗已经不再记得，一旦涉及白纸黑字，利奥能有多么滑头（鉴于利奥已经一步步从新媒体名流变成了一个毫不悔悟、声色犬马的浪荡子，把利奥在文字上的才智忘到脑后倒也算不上什么难事）。利奥的直觉得来毫不费工夫，准得令人恼火，无论利奥本人，还是跟利奥谈天说地，都让保罗感觉如沐春风。事实上，正因为有利奥在身边，保罗·安德伍德心中那个本已被抛到九霄云外的念头重又燃起了火星：与碧翠丝·普拉姆一吻。

多年来，保罗有过几个精心挑选的恋人。她们来了又走，其中一些回头不止一次。他有过短暂婚史，似乎并不擅长婚姻之道，但一直以来，他对碧翠丝·普拉姆都倾心不已。他对她的爱静水流深，亲近而又舒缓，几乎算是我行我素，恰似一块历经风霜的石头，又似一串解忧珠，他间或将它握在掌心，与其说有几分沮丧，不如说有几分慰藉。保罗疑心碧翠丝永远都不会倾心于他，但他认定，或许有朝一日，她会容他一吻呢。保罗算得上接吻高手，这话他已经听过许多遍，因此不仅对此颇为自得，还心知肚明一件事：若是恰逢其时、不出纰漏，一个甜吻或许能开启康庄大道，通向饶有趣味的目的地。

他想吻碧翠丝已非一朝一夕，因此他心里明白，或许这辈子也不该去试。与多年来他对那一吻的想象相比，现实几乎毫无胜算。（在他的想象中，那一吻会发生在某个闷热的雨夜，在一辆出租车的后座；在一列熄火的地铁上，灯光明灭不定；夕阳西下之时，在毕士达露台那镶有瓷砖的优雅拱廊下；抑或他最心爱的一幕——在纽约现代艺术博物馆雕塑园，他与碧翠丝双双拜倒在亨利·摩尔[20]圆润丰盈的作品之下，于是恰在同一刻，两人双双向对方转身，双双盼着一吻。）

过去十年间，保罗眼见着碧翠丝渐渐江郎才尽，感觉很忧心。这不仅是因为他于公于私都无比关心碧翠丝，还因为他疑心自己越来越难对碧翠丝动心思，跟她江郎才尽脱不了干系。他不爱失败者，偏爱专注而雄心勃勃的女子。早在几年前，碧翠丝就已经闭嘴不再提起自己的书了。他从未见过她偷偷抽时间写作，甚至从未见过她在索引卡或笔记本上乱涂几笔。有时他恨不得炒她鱿鱼，逼她离开办公室，找点别的事做，什么事都好。可惜他办不到。他不愿意这么办。

最近碧翠丝似乎重获了生机，身上重新迸发出某种迷人的活力。保罗无意中听她提到正在写某部新作，但他还没有糊涂到开口问她的地步，只等她自己主动说起。他倒是挺好奇，不知道碧翠丝有没有把新作给利奥过目。希望如此，因为利奥眼光不赖。若是利奥认定新作有潜力，谁知道呢？对扩建中的小说出版品牌而言，有什么作品比碧翠丝·普拉姆千呼万唤始出来的小说处女作更般配呢。但凡出自碧翠丝的作品，必会吸引眼球，还能顺势替发行新书的出版方攒攒人气。或许应该找个机会单独跟利奥聊聊，问问他有什么风声。

保罗能明明白白地想象出那一幕：新书面世派对在本地一家独立书店举行，碧翠丝身边簇拥着热切、激赏的人群，她双眸生辉，

---

20. 亨利·摩尔（1898 - 1986）：英国雕塑家。

十指翻飞，长辫盘在颈后，正是保罗钟爱的发型。她会温柔且热切地向他扭过头，满怀感激之情，功成名就让她双颊飞霞。他则会碰碰她的手肘，在她的脸颊上印下一吻，正如他已千百次在她脸颊上印下的吻面礼一样。但这一次，他的吻会多流连片刻，足以让她心领神会，神不知鬼不觉地剖露心声。第一个吻便在书香纸墨间，岂不浪漫。

CHAPTER 9

西莉亚·巴克斯特在其上西区公寓举行的晚宴势必挤满碧翠丝在职场上躲不开，但在其他任何场合都拼命躲开的那批人——作家、编辑、经纪人，而碧翠丝之所以同意跟保罗·安德伍德一同前去赴宴，只有一个原因：西莉亚是斯蒂芬妮大学时代最铁的密友之一。西莉亚并非身在出版界，她属于艺术界人士，但这些圈子经常水乳交融，尤其几杯鸡尾酒下肚以后。碧翠丝盼着去一趟西莉亚那间特意不加装饰、朴实无华的公寓，在不大的聚会上跟斯蒂芬妮碰个头，毕竟西莉亚的公寓离碧翠丝家只隔几个街区（但有着天壤之别）。要是聚会让人受不了，偷偷闪人倒不是件难事。

新年刚过，正要迈入一年中最闷的几周，"生蚝吧"午餐已是近三个月前的事情，碧翠丝却还在犹豫要不要把新作交给理应过目或可以过目的三个人瞧一瞧，也就是利奥、保罗和斯蒂芬妮。本周早些时候，她跟杰克通过一次电话，不禁心慌起来。杰克说，他要去布鲁克林见利奥一面；至于原因，他语焉不详。

"我去拜访自家兄弟还得有个理由吗？"他说，"我就想瞧瞧他怎么样。"

"除此之外呢？"碧翠丝问道。

"好吧，除此之外，我还想瞧瞧局势如何。他对你说过什么吗？"

"没有。"碧翠丝一边说，一边搜肠刮肚想找几句实话告诉杰克，给他定定神，"他看上去不赖。"

"真让人松口气。"杰克一副挖苦的口吻。

"我是说，他看上去身体不错，敏捷、专注，似乎很乐观。最近他常跟保罗待在一起，我觉得，他们在鼓捣些正事。"

"你一定是在开玩笑。"

"这话怎么说？"

"这就是他的绝妙高招？给蠢货保罗·安德伍德打工？"

"我就在给保罗·安德伍德打工。"碧翠丝答道。

"没错……许多事情你会心甘情愿地去做，利奥就不会。我这话可是在夸你。"

"我明白。"碧翠丝确实明白。利奥对保罗的兴趣让人一头雾水。保罗似乎笃信，利奥再度跟内森·乔杜里联手了，可惜碧翠丝觉得不太可能。再说，利奥一直都对保罗没什么好感，从来没有。多年来，他在背地里把人家叫作"保罗·无德"，对《纸纤维》和碧翠丝的日常工作也兴趣索然。当发现《纸纤维》经营得有声有色时，他显然无比震惊。倒不是说碧翠丝主动提过自己的工作——对于自己每天还在奔赴同一间办公室一事，没人比她更灰心丧气了。多年来，她所担任的多半是管理职责。她摩拳擦掌地挑起一切担子，只要那些担子能让她不与作家们打交道。她听任保罗充当杂志编辑事务的代言人，谁让他乐在其中呢。保罗依然会询问她的意见，仰仗她老到的文笔，但其中点滴只限两人你知我知。

"很明显，利奥在跟内森见面。"碧翠丝对杰克说。

"内森？我们认识的那个'内森'？"

"没错。"她心知，听到内森的名字，杰克定会开心。谁不会呢。

"嗯，很有意思。听上去，面对面聊一聊事情进展的时候到了。"

碧翠丝并没有告诉杰克，她对利奥还有另外一些看法：某些时候，利奥似乎健康得不得了，满腔热血，跟昔日的他几乎一模一样（指的是很久很久以前的利奥，曾让碧翠丝深爱不已，更让她无比怀念的利奥），但有些时候，他又似乎疏离而不安。碧翠丝比任何人都了解利奥。表面上，他似乎一切无碍，甚至棒得很，但她也见过他直愣愣地向办公室窗外望去，一边抖腿，一边凝视远方的港口和汪洋，活脱脱像个来自恶魔岛的死刑犯，正琢磨着自己能在寒冬二月的万里碧波中活着游到哪里。说不定，每次想跟利奥聊聊新作时她都打退堂鼓，多多少少跟上述情形有点关系。要是杰克打算逼一逼利奥（碧翠丝意识到，杰克居然拖到现在才动手，也多多少少算个奇迹），那她可不能坐视不管。等到离婚尘埃落定的时候，利奥可就是脱缰的野马啦。碧翠丝说不清利奥与斯蒂芬妮之间目前在演哪一出，但在"恋情分分合合"界，这两人简直活生生地把伊丽莎白·泰勒和理查德·伯顿那对甩出了好几条街。不过说来说去，碧翠丝心知一件事：必须弄清该怎么办。要么一心一意写手头的作品，要么换篇东西写，趁她的信心和灵感还没有再度溜走。

她一直躲在西莉亚那大得不得了的客厅的角落里，装作在审视书架。在碧翠丝看来，书架上摆满了"装点门面的假货"。书倒是货真价实，但要是西莉亚·巴克斯特真的读过托马斯·品钦、塞缪尔·贝克特，或者面前这一排菲利普·罗斯和索尔·贝娄作品中的任何一部，碧翠丝就敢把自己的手套一口口吃下肚去。在书架顶部的另一头，她注意到一条艳俗的紫色书脊，那是本名人减肥书。哈，这才像点样嘛。碧翠丝踮起脚尖，取下减肥书，审视着被翻得污渍斑斑的书页，又把它放到书架最显眼的位置，搁到《神话学》[21]与《云图》[22]之间。心满意足之下，她钻进人群去找保罗：或许保罗不介意她先走一步。若是斯蒂芬妮眼下还没露面，那她多半不会来了。

尚未见到莉娜·诺瓦克其人，碧翠丝倒是先闻其声，耳边传来莉娜那熟悉的土狼般的哈哈大笑。她顿时一呆，以为自己定是听错了，谁知却眼睁睁望着老友一步步迎面走来……对方算是她的"老友"吗？莉娜与碧翠丝算不上交好，但也算不上交恶。此时此刻，她可应付不了莉娜·诺瓦克，百分百没门。她赶紧转个身，溜到附近的洗手间，"砰"的一声甩上了门。望见镜中自己的影像一脸惧意，她倒并不觉得有多意外。

在一群"星光才女"中，跟碧翠丝不一样，莉娜·诺瓦克属于另一派，人家每隔几年便出版一本备受好评的著作。不久前，碧翠丝刚在一本流行杂志里偶然见到一篇关于莉娜的特写稿，写的是莉娜、莉娜那位相貌英俊的建筑师丈夫、他们可爱的女儿，他们那间翻修得"巧夺天工"的布鲁克林联排别墅，以及他们名下位于康涅狄格州利奇菲尔德那栋由马厩改造而成的度假屋。每读一段，碧翠丝心中就更腻味几分，最后终于把杂志扔进了办公室的垃圾箱。"喂，我想看这篇!"一个实习生一边说，一边从亮蓝色垃圾箱里把杂志捡了出来。"我爱死莉娜·诺瓦克了!"

洗手间里，碧翠丝洗了洗手，从手袋的角落里找到了一支口红。她仔细地涂上口红，还查了一下，以免口红染上牙齿，又用沾水的手指理顺脸颊两侧的秀发，谁让帽子弄乱了头发呢。她一边慢

---

21. 《神话学》，作者罗兰·巴特，发表于 1957 年。

22. 小说《云图》，出版于 2004 年，作者为英国作家大卫·米切尔。

慢迈开步子，能走多慢走多慢，一边搜肠刮肚地想着自己的外套被弄去了哪里，又如何才能不绕路直达前门。她张望着一个玻璃架，上面摆放着一套玲珑的古董香水瓶，令人印象深刻。"不是吧？"她心想，"大家哪来这么多闲工夫？"（接着又转念一想："开什么玩笑？我自己不就有大把闲工夫么。"）正在这时，有人轻轻敲了敲门。

"请稍等。"碧翠丝说。她挺起胸，心中庆幸自己穿的是从最爱的二手服装店里买来的最爱的斑马纹裹身裙。她深吸一口气，打开了洗手间门。"或许人家莉娜根本认不出我来呢。"走进前厅时，她心里想道。但她刚刚踏出那个袖珍洗手间，莉娜却一溜烟奔了过来，尖叫着一把将碧翠丝搂进怀中。"我听说你来了，但我不敢相信！"她说着搂住碧翠丝一阵摇晃，仿佛两人被迫分离了好久好久，刚刚才再次团聚。

"星光才女"不过是某记者为一本都市杂志杜撰出的名词。文章出炉时，碧翠丝吓得魂不附体：这不害得她们听上去活像傻兮兮的名媛吗？（"慵懒的夏夜，坐在Soho区某户天台之上，曼哈顿备受热议的作家们显得光彩颗熠，仿佛颗颗明珠，连成一串格外出众的珠链。"）报道差劲的行文让人喘不过气，生造的"头衔"也是句空话，就是非要在一群女作家头上戴上一顶毫无意义的高帽，毕竟这群女作家碰巧在同一时期常驻纽约，碰巧年龄相近，而且多半看对方不太顺眼。她们充其量算是一群不情不愿的熟人，被同一顶帽子捆到了一起，而她们个个都恨不得甩掉那顶帽子，只有莉娜除外。她对那个头衔不仅情有独钟，还照单全收。（"确有'星光才女'的风格。"当时碧翠丝曾对"星光才女"中真正让她看得顺眼的一名女作家打趣说道。此人是一位来自霍博肯的诗人，接下来的几年间似乎也人间蒸发了。)当初莉娜总是千方百计召集"星光才女",要么去喝一杯,要么去吃顿晚餐,要么让众人一起出席活动,仿佛"星光才女"是个在拉斯维加斯演出的团体。

"你看上去跟以前一模一样!"莉娜待在距碧翠丝一段距离的地方,滔滔不绝地说了起来,"过来坐一坐,跟我说说话。"她拍拍手,一览无余的"事业线"随之轻颤。难道她还花钱换了一对胸部?碧翠丝可不记得莉娜如此"波涛汹涌"。她们坐到餐室一个安静的角落里,挨着一张大得不得了的桌子,桌上摆满一盘盘精美的迷你三明治。碧翠丝背对着整屋子人,下定决心应付莉娜的盘问,谁知用不了多久她就发现,还用说吗?莉娜想聊的当然是莉娜。

"这就是她。"莉娜边说边把自己的手机递给碧翠丝,滑屏查看着成千上万张宝贝女儿的照片,"她三岁啦。一个周三早晨,我刚改完上一本书,把邮件发给编辑,从桌边站起来,羊水就破了。"

"你办事一向很高效。"

"我知道!"

"她叫什么名字呢?"碧翠丝端详着一张女孩照片,照片中的小姑娘戴着派对上用的帽子,坐在一只生日小蛋糕前。

"玛丽·裴新思。"

"裴新思?"碧翠丝说不好自己是否听错了。

"噢,知道吧。"莉娜说,仿佛事情显而易见,"一个历史悠久的姓氏。"

"你是被别人家收养了吗?"据碧翠丝所知,莉娜自小在俄亥俄中部一家拖车公园长大,妈妈是位单身母亲,辛辛苦苦打了好多低薪工作把四个子女拉扯大。时至今日,只有竖起耳朵细听,才能在莉娜言谈之间听出些许带有鼻音的中西部口音,她那一头不羁的黑色乱发变成了直发，"诺瓦斯基"也不知在何时摇身变成了"诺瓦克"（更别提那改头换面、令人过目难忘的胸部），但就凭莉娜一张又圆又有雀斑的脸和一只蒜头鼻，看上去活脱脱一副吃着波兰熏肠长大的模样，哪里跟名门旧族扯得上半点关系。

"都怪我那笑死人的丈夫，"莉娜的口吻中满是钦佩，"他的名字上了名人录嘛。"

碧翠丝又低头瞥了眼莉娜女儿的照片，只见小姑娘的鼻子继承了家里波兰熏肠一方的血统，而不是名门旧族一方的血统，不由暗自偷笑。话说回来，小姑娘看上去倒是挺可爱的。

"那还不跟我讲讲你的宝贝女儿？"碧翠丝说道，"跟我讲讲当妈妈的一切，一滴也不许漏。"

果然不出所料，这番谈话简直闷死人，于是四十五分钟后，碧翠丝熟练地脱了身。（"世人皆说，为人母亲堪称最难的工作，这话千真万确。"莉娜的口吻郑重其事，"比写国际畅销书难上千万倍，比弄懂'全国教育协会'的经费申请还要难！"）碧翠丝站起身，搂搂莉娜道了个别。"别再人间蒸发了，好吧？"莉娜说着轻晃碧翠丝，拇指紧揇着碧翠丝的上臂，"保持联络，在推特上找我。"

碧翠丝起身收拾东西，准备告诉保罗自己有点头疼。她的外套在靠近厨房的一间佣人房中，被堆积如山的皮草外套压在下面，（难道如今纽约尽是些没脸没皮的人吗？）然后在外套左袖里乱翻，想找到自己塞在袖子里以防弄丢的连指手套。正在这时，她听见莉娜的声音从厨房传来，正跟西莉亚聊得起劲儿。

"……压根不知道。"与其说莉娜听上去一头雾水，不如说颇为开心，"我好几年没跟她聊过天了。我知道她还在《纸纤维》供职。"碧翠丝闻言呆住了。

"天哪，"西莉亚的口吻中也隐隐透出一丝心满意足，"还在那鬼地方？真丧气。她嫁人了吗？"

"她有个在一起好长时间的男友，对方年纪比她大一截吧？是个诗人？那人是不是死翘翘了？我觉得当时男方已婚。"

"这么说，她封笔了？"

"反正据我所知，没写什么东西。"碧翠丝听见莉娜正"嘎吱嘎吱"地嚼东西，要么是块胡萝卜，要么是根芹菜梗，不然是截凡夫俗子的指骨也说不定，"你从斯蒂芬妮那儿听到什么风声了吗？"莉娜问西莉亚，"她们拆伙了，对不对？"

"她们确实拆伙了。我向来没办法从斯蒂芬妮那儿挖出什么猛料。她只告诉我，她们分道扬镳了，两人达成了共识，但我敢肯定，实情并非如此。"西莉亚略微压低了声音。碧翠丝慢慢向打开的房门挪了挪，紧紧地贴到墙上。"不过我倒是从别人那儿听到另一个颇有意思的传闻。"

"噢？"莉娜说。

"几年前，她不得不把落袋的一部分出版预付金吐出来，那笔钱可不少呢。"

碧翠丝打个冷战，僵在了原地，一动也不敢动。

"确实是道难关。"莉娜说道。这一次，她言语间透露出的关切听上去倒真心实意。碧翠丝只觉一阵反胃，猛然急着上洗手间。无论是被莉娜嘲笑，还是被莉娜挑刺，总比被莉娜怜悯强上百倍。

"难熬。"为莉娜的诚挚所动，西莉亚一时间也学乖了，"太难熬了。"

两人双双默不作声，仿佛刚刚得知了碧翠丝的死讯，不然便正站在她的墓前。

"但话说回来，知道吧？"西莉亚重又打起了精神，"反正斯蒂芬妮不在场，那我干脆直话直说啦。我对她的作品一向没什么好感，一向不明白有什么可大惊小怪的。我的意思是，文章蛮招人爱，'阿奇'为主角的那些作品，确实透着股机灵劲儿，但要说配得上《纽约客》？饶了我吧。"

"算是一时之风吧。"莉娜语气一变，摇身变成了她在采访或当众朗读时换上的那副声调。碧翠丝听得出这种声调，她还记得自己当初恨死了莉娜这种口吻呢。"它们有着20世纪90年代末那种纸上谈兵、追根溯源的气质，当时我们个个都是这种写法，年纪轻嘛。不过，并非人人都能往更加成熟的素材上落笔。"听莉娜的口气，仿佛她嘴里说出的便是金玉良言。见鬼，究竟是何方神圣钦点莉娜坐上了"小说之王"的宝座？

"嗯，她的着装也落伍得很。"西莉亚说，"天哪！她穿的是什么玩意？什么人才会去旧货店买东西？难道她不知道世上有'臭虫'这回事吗？"

"别说了。"莉娜听上去有点心虚，但依然边说边笑。

"还有她的辫子。坦白讲，我们还是小姑娘吗？"西莉亚说。

"话说回来，我真有点为她难过。"莉娜说，"困在《纸纤维》那种地方。那个圈子里的人知道她的底细，还记得她的名声呢。碧翠丝·普拉姆的日子一定很难熬。"

多亏碧翠丝的身子正倚在墙上，多亏她的双手正紧贴着冷冰冰的灰泥墙面，它让碧翠丝感觉心里有底，经得起风波，经得起心中涌起的熊熊怒火与羞耻。她合上双眸。房间闻起来像有股猫味，尽管屋里既没有见到猫，也没有见到任何动物。难道每逢宴客，西莉亚会让管理员或邻居把猫藏起来，免得猫食或猫抓板变成她这纤尘不染的公寓里的一颗老鼠屎吗？西莉亚看上去蛮像这种两面三刀的家伙。

碧翠丝从墙边走开，匆匆扣上外套纽扣，又戴上帽子。西莉亚和莉娜一边说着其他人的闲话，一边迈步进了客厅。碧翠丝进了空荡荡的厨房，向前门走去，却在一堆价格不菲、琳琅满目的曲奇前停下了脚步。那是准备当甜点用的。她打开帆布手袋，小心地把曲奇一股脑收进了袋子里。碧翠丝刚用餐巾纸盖住曲奇，西莉亚便回了屋。"碧翠丝！"西莉亚冷不丁停下脚步，显得有点窘迫，又有点恼火。"你是从哪里冒出来的？"

"凭空冒出来的。"碧翠丝说。西莉亚向空荡荡的碟子和碧翠丝胀鼓鼓的手袋瞄了一眼。"我得先走一步，吃不了甜点啦，"碧翠丝说，"但今晚过得很愉快，多谢。"两人瞪眼对视片刻，谅对方不敢开口，随后碧翠丝转个身，径直出了前门。

CHAPTER 10

到了布鲁克林卑尔根街车站后，杰克登上台阶，一时喘不过气来。身体怎么会这么虚？几年前，他曾去过斯蒂芬妮家一趟，当时斯蒂芬妮刚搬到新家，她与利奥也正上演着多年来他们之间不时上演的那套戏码：鱼水之欢啦，互相挑逗啦，一出又一出情情爱爱的狗血剧啦。他与沃克曾一度冒出过买栋褐砂石宅邸的念头，但杰克不肯住到离自家小店太远的地方，而在布鲁克林重开一家店又让人心不甘情不愿。杰克认定那会害他丢掉一大批客户，不过如今布鲁克林已今非昔比，贵得一塌糊涂，或许想开店也没法开了。杰克记得，斯蒂芬妮所住的街道相当萧索，但今天看上去，仿佛每隔两户门外就搁着一只装施工垃圾的垃圾箱。他在一栋正在翻修的房屋前停下脚步。门开着，可以望见蜿蜒的桃花心木台阶和刚粉刷过的白色楼梯立板。他还可以一眼望见后方的开放式厨房，两名工人正忙着将一台巨型不锈钢冰箱嵌进后墙上。

"眼睁睁又错失良机啦。"杰克心想。没错，在当今年代，若是你久居纽约，却没有抓住良机搭上某趟房地产顺风车，那便又是一出人间惨剧。但凡力所及，这个城市处处都在嘲弄他，嘲弄他的经济困境。他加快脚步，没过多久就伫立在斯蒂芬妮家前面。楼上走廊的一盏灯灭了。妙极了，看来有人在家，要是利奥在就再好不过了。但假如不是，杰克会一屁股坐下，一直等到利奥回来。反正他有的是闲工夫。今天周一，杰克的店不开门。

"三个月。"那天下午在"生蚝吧"，利奥曾说，"给我三个月时间，给大家一个交代。"

于是杰克给了他三个月。准确地说，是三个月零七十二小时，结果利奥既不回电话，也不回电邮。他妈的，他最好真有办法给大家一个交代。杰克心慌得没底。自从跟当初帮自己获取业主信贷的老友亚瑟碰面以后，杰克就几乎夜夜无眠。

杰克有笔天大的债瞒着沃克，一笔交织着金钱与欺骗的糊涂账。沃克心知，大多数时候杰克勉强算得上收支相抵，不过沃克不介意，因为杰克深爱着自家小店。可惜的是，过去五年间，杰克店铺的租金陡然飙升，全靠抵押两人位于长岛北福克那栋小度假屋取得的房屋净值信贷，杰克才好歹撑了过来，而这一切，沃克全然蒙在鼓里。当初某天晚上，杰克向老友亚瑟倒起了苦水，抱怨自己一屁股债，亚瑟在几杯酒下肚后出了这个好主意。在当时，杰克一心只盼那是一时资金周转不灵，而房屋净值信贷似乎是个明智的解决方案，一个天降奇迹。至于亚瑟，他是杰克念瓦萨学院时的同学，到曼哈顿的第一年，两人还曾同住一间公寓。

"跟开张信用卡一样轻松！"当时亚瑟供职于某在线抵押放贷公司，口口声声说自己动不动就帮朋友"善用资产"。"一分钱也不用花！"他说。

杰克明白，自己并非唯一一个在2000年代中期被这颗糖衣炮弹击倒的倒霉鬼，但他不无反感地意识到，自己竟然属于最后中弹的一批，紧接着，金融系统便为自身的贪婪与愚蠢所累，几乎土崩瓦解。更惨的是，他其实心中有数。多年来，就在他耳朵边上，沃克对这种贷款多有怨言，还曾力劝亲朋好友、邻居客户别蹚这浑水，别去这种似是而非的信贷里掺一脚。"那行不单蠢得很，离违法乱纪恐怕也不远了。"谈到被吹上天的抵押贷款行业，沃克说了一遍又一遍，"纯属骗钱，完全没有道德可言。"

"完全没有道德可言。"这话语在杰克的脑海中回荡。数年前，杰克与沃克在度假屋事宜上授予了彼此签字权，免得两人都要大老远驾车去长岛签署任何有关房产的文件，而杰克竟然利用了这一点，恐怕也可以用"完全没有道德可言"来形容了。

那栋小屋在两人名下已有二十年之久，算不上什么豪宅，但环境宜人，有条小溪从葱葱郁郁的林间穿过，离海滩也不远。他们本打算退休后在那里颐养天年，只等沃克砍掉部分业务，好好休养生息，有点工夫侍弄兴趣爱好：烹饪啦，阅读啦，园艺啦。"等'安乐窝'到手的那一天吧。"这句话成了杰克最爱的口头禅。"等'安乐窝'到手的那天"，他们会给小屋装些御寒设施，把厨房翻修扩建一下，买辆车，说不定再添上一间客房，种种花草，不胜枚举。杰克一度拿它揶揄沃克。"等'安乐窝'到手的那天，世界处处和平！"他会说，"等'安乐窝'到手的那天，瘸子健步如飞，瞎子重见光明！"对"安乐窝"，沃克不屑一顾。他曾花过太多时间应付某些怒火万丈找上门的客户，那些人原以为会有遗产到手，结果却是一场空。沃克认为，遗产靠不住。在沃克眼中，遗产无非是场赌博，一种捷径，而沃克既不信捷径，也不信赌博。

亚瑟办理贷款期间（足足十天），杰克眼睁睁等着有人出手拦住自己。事实并非如此，抵押房产贷款容易得让人心头发毛。每当他稍有犹豫，无论亚瑟也好，给他批下二十五万美元信贷的银行经理也好，所有人都告诉他，沾低息的光是多么明智，合并债务是多么明智，他的所作所为又是多么明智。杰克心中暗想，反正自己只花一小笔，以解燃眉之急，谁知缺口一年比一年大，有那么几年，他还投资让小店更上一层楼，以便多招揽些顾客。改善一下照明啦，重新刷漆啦，换套新电脑开票存货系统啦。他告诉自己，这一切都是资本投资。谁愿意到一家价格不菲，却连鲜花也不摆设的店铺购物？连装点门面的咖啡机也没有？起初他还忧心忡忡，却渐渐抛到了脑后，因为"等'安乐窝'到手的那天"，他总可以还清债务嘛。到时只能坦白交代自己耍了什么花招，不过沃克一向以来的说法是，"安乐窝"的钱归杰克所有，那是杰克老爸给的，任杰克处置。因此，等到坦白交代的那一天，贷款已经先行付清，钱还能剩下不少，度假屋也会高枕无忧。要是出了什么岔子？沃克只怕永远不会原谅他。

"要延期？"几天前，亚瑟边说边皱眉。他低声吹个长长的口哨，摇了摇头。杰克只觉十指发麻，一颗心怦怦直跳：要是此刻低头，定能望见它从胸膛里蹦出来。"我的朋友，这可万万不行。"亚瑟一字一顿地说，以示"万万不行"。"款是在2007年贷的，"亚瑟眯眼端详着面前的文件，"还是经济衰退前的事了，早已经时移世易啦。目前连这种贷款我都没办法帮你办到，更别说延期了。我看你有几次逾期支付啊，"他耸了耸肩膀，"真的很棘手吗？你真遇上麻烦了吗？"

"没什么问题，只是想问问有哪些路可走。"杰克才不会向亚瑟这大嘴巴交底呢。最近几天，他夜夜辗转反侧，在心中默默地排练着台词，准备求利奥立刻慷慨解囊，伸出援手。他登上斯蒂芬妮家的门廊，摁了几下门铃，刚开始有点羞怯，接着越摁越久，不肯放手。他敲了敲门，却无人应门。他从衣兜里掏出电话，拨打了利奥的手机。无人应答。他打算拨打座机，却意识到自己没有斯蒂芬妮家的号码。他迈步走下门廊，来到人行道上，想往楼上再张望一眼——刚才不是明明见到楼上亮着灯吗？利奥一定在家，正待在纹丝不动的窗帘后打量他，沾沾自喜而又高枕无忧。在楼房底层，杰克望见有个身材高大的男子正在屋里走动。是利奥！杰克从人行道一侧的门进了屋，走到跟街面一样高的窗边敲了几下，敲得用力，敲得不依不饶。他把手环成"望远镜"，透过它向屋里张望，鼻子紧贴着玻璃，呼出的气息在玻璃上凝成一层薄雾。

窗户另一头冒出一张面孔，气得脸红脖子粗，身上穿着一件海军蓝警服衬衫。屋外的杰克举起双手，作势服软，往后退了一步。"抱歉！非常抱歉！我在找我哥哥。"窗后的面孔不见了踪影，片刻后，前门廊处的门突然打开，怒火万丈的男子攥紧双拳向杰克走来。一条中等体型的狗一溜烟扑向杰克，差一点就扑上了他的脚踝，接着凶巴巴地低吼着蜷坐下来。

"行行好。"杰克后退一步，差点被一圈砖墙绊了一跤。这圈砖墙将小小的前院围在其中，院里种着参差不齐的常春藤和一棵半死不活的山茱萸。"别开枪。"杰克既心惊胆战，又怒火烧心。真不乐意向这名身材结实、面红耳赤的警察举手投降啊。"纯属无心之过，警官。我不记得斯蒂芬妮把底层租出去了。"

"我不是警察，是个保安。对于朝我家窗户探头探脑这事，你最好有个站得住脚的理由，最好现在就说个清楚。"

"我在找利奥·普拉姆，"杰克赶紧说，"我是他弟弟。是利奥的弟弟！他就住在楼上。"

"我知道利奥是谁。"对方说。

"我再次诚挚地道歉。"杰克发现那位警察——不，那位保安——原来并未持枪，不禁松了口气。他低头打量着那条狗，狗又离他的脚踝近了些，正在放声吠叫。

"回来，西纳特拉[23]。"男子朝狗打了个响指，狗回到了主人的身旁，呜呜咽咽地叫着趴下，又继续冲着杰克咆哮起来。

汤米·奥图尔凝神端详了杰克几分钟。此人百分百跟利奥沾亲，同样盎格鲁—撒克逊裔白人新教徒式轮廓，一对薄唇，一头黑发下长着一只鹰钩鼻。不过在利奥身上，上述五官凑在一起，却变得更加动人。汤米很乐意吓吓这个闯进自己家门的家伙。对方那没蓄胡须的脸憋得面红耳赤，上唇和宽阔的前额都冒出了几滴汗珠，身上的花呢大衣看起来活像福尔摩斯的装扮。天哪，这家伙究竟认为自己身处哪个年代？

"在这一带，要是你胆敢透过窗户朝人家家里张望，只怕有人会先赏你一枪，然后再问清楚。"汤米说道，心知杰克听不出自己正在唬他。

"您说得一点没错，下次我会小心些。"杰克放低双手，犹犹豫豫地想要走出花园。狗儿"嗖"一声猛冲过来，杰克赶紧手忙脚乱地缩回砖墙后面。

"西纳特拉！"汤米俯下身，伸手轻抚狗背，"弗朗西斯·阿尔伯特。别吵啦。"那只狗舔舔汤米的手，呜咽了一两声。"对不起，"汤米对杰克说。"这条狗就是一惊一乍，我真该给它起名叫作杰瑞·刘易斯。"

---

23. 狗名取自美国著名男歌手兼奥斯卡奖得奖演员弗朗西斯·阿尔伯特·西纳特拉（1915 – 1998），昵称弗兰克·西纳特拉，故后文杰克称呼小狗为"弗兰克"。

"真好笑。"杰克面无笑容地说。他瞪眼盯着那条似乎带有几分巴哥犬血统的狗，狗长着棕色短毛、黑色的扁鼻子、一双略凸的蓝眼，莫名跟西纳特拉有些相似之处。他又迈步向花园外走去，低头望望自己的麂皮鞋：他原本乐观地希望鞋上沾的是未干的晨露，可惜只怕是狗尿。

"刚才你说你叫什么名字？"汤米说。

"杰克·普拉姆。"对方伸出一只手，汤米不情不愿地向前一步了握手。汤米不相信面前这个人，这家伙定有猫腻，身上有种鬼鬼祟祟的气质。要是见到此类人物在大堂或商店溜达，汤米一定会对他多留个心眼儿。

"这附近曾经出过一个偷窥狂。"汤米说，"溜到人家窗边偷看屋里的女人，然后在光天化日之下冷不丁把自己的'老二'掏出来。变态混蛋。"

"我向你保证，"杰克将一只戴手套的手放上胸口，"我不是那种偷窥狂。"

"好吧，我猜也不是。"

"请问他们是否在家呢？"杰克问，"利奥和斯蒂芬妮？几分钟前，我还明明见到楼上亮了一盏灯。"

"我猜他们一天都不在。"汤米说。其实实情并非如此，几分钟前，他明明还听到斯蒂芬妮走来走去。

"听着，"杰克说着从衣兜里掏出手机，"我想打个电话，说不定有人在家但又没听到门铃声呢。你有斯蒂芬妮的号码吗？我可是大老远从曼哈顿过来的。"

"从曼哈顿过来？"

"没错，"杰克说，"西村。"

"那还真是走了大老远的路。依我猜，你这一趟已经花了两三天了吧？"

杰克逼自己挤出一丝自嘲的笑容。上帝呀，他恨死了所有人。"刚才我只是说，要是再过桥回了家，结果发现他们两人一直在洗澡之类，那不得气死人么。"

汤米审视着杰克。假如斯蒂芬妮在躲此人，那她也不会接电话。除此之外，说不定该拿张纸巾或破布给这位"福尔摩斯"，他的鞋百分百沾了狗尿。

"花不了多长时间。"杰克说，"感激不尽。"

"我家里有她的电话号码。"汤米指了指身后打开的门。杰克随汤米和狗进了前厅，门厅里又黑又空，只有几件羊毛夹克挂在门边一个不堪重负的挂钩上，一张小牌桌上摆着座机，墙上贴着纽约现代艺术博物馆某次马蒂斯回顾展的海报，依杰克猜，估计是前任租客留下的。走廊闻上去有股百花香味，肉桂味颇浓，显得很不搭。汤米站在门口，望着杰克。狗则镇定了不少，嗅了嗅杰克的脚踝。

"待在这儿别动。"汤米说，"我去取她的电话号码，放在屋后了。"他迈步穿过走廊向公寓后方走去，杰克遥遥望见了一间厨房。狗紧随主人身后，喷着响鼻。透过敞开的推拉门，杰克放眼张望着客厅。家具看上去活像人家不要的废品，在杰克眼里，这可是离婚男子的专利。两张花团锦簇、塞得满满当当的旧沙发，或许是亲朋好友中某个爱操心的女子送的。一个松垮垮的柳条书柜，上面摆着一些真实罪案平装书、过期的电话簿和一只没人要的玻璃鱼缸，鱼缸里装着零钱，约有鱼缸的四分之一。咖啡桌上则摆满一叠《纽约邮报》，全都翻到了已经做完的数独谜题版面。

还有张颇为上得了台面的柱脚桌，当初势必曾伫立在某户更加讲究的人家，如今摆满了各式各样的镶框全家福。杰克走进客厅，审视那张桌子。很不赖，但算不上年代深远。他端详着那些照片，其中不少照的是前妻和各色家庭场面：婚礼啦，宝宝啦，身穿少年棒球联合会制服的孩子们咧嘴而笑，露出漏风的牙齿，手握着足有孩子们一半高的球棒。

杰克能一眼望见餐室，里面空空荡荡，只有几张折叠椅围着一张塑料桌。怪异的是，在餐室黑漆漆的一角，一辆带轮子的小手推车上伫立着一具雕塑。杰克认得出那熟悉的轮廓——出自罗丹之手的《吻》。跟这家里每件俗气的家什一样，只怕购于某个深夜购物电视频道，人家汤米打算用来讨那些跟他约会的离婚女子的欢心呢。

杰克能听见汤米在屋后弄出阵阵动静，把抽屉开了又关，"唰唰"翻着文件。他悄无声息地走到雕像前。那尊罗丹雕像光泽盈亮，却莫名有点不对劲儿。等到走近以后，杰克可以看出，原来雕像损坏得厉害。雕塑原本近两英尺高，眼下底座却至少缺了六英寸。男子右侧的上半身不见了踪影，一只与身体脱节的手隐约还能从女子的左大腿上辨认出些许踪迹。半坐在男子怀中的女子雕像倒几乎完好无损，只有她的右腿除外，膝盖以下似乎已经融化。"融化？"杰克心想，"难道这玩意是塑料的吗？"

他推了一下雕像，雕塑纹丝不动，但手推车的车轮动了。原来这便是将雕像放上轮子的原因，谁让它这么沉呢。金属表面有着深深的凹痕。杰克回过了神：眼前是一尊损毁严重的罗丹作品《吻》，由青铜铸成。这类仿作本身并不少见，市面上有不少，价格不一，值钱与否取决于仿自何时何地。杰克的某个大主顾倒在收集罗丹作品，杰克多年来为他搜罗了不少青铜铸件，其中价格最昂贵的一件是出自巴黎郊外巴勃迪纳铸造厂的所谓"原作"。验明货品正身简直是一场噩梦。假如货品带有铸造厂标记，杰克自然清楚出处，但要他凭一己之力把这尊雕像翻个个，只怕连门也没有。

"你在这里干什么？"汤米问道。杰克抬起头，只见汤米站在门口，手里拿着一张脏兮兮、皱巴巴的便利贴，看上去很恼火。

"我正在欣赏你家的藏品。"杰克说，"真不错。你在哪里买的？"

"人家送的礼物。"汤米把便利贴递给杰克，"给你斯蒂芬妮的号码，电话在前厅里。"

"这尊雕像出了什么事？"

"遇上了一桩倒霉事，结果坏了点。"汤米伸手指向前厅，但杰克能看出他的手有点抖，"座机就在那儿。"

"遇上了什么样的事故？"

"火灾。"

"可这些划痕不是火灾造成的啊。"杰克边说边绕着雕塑转圈，"实际上，火势一定要大到不得了，温度高到不得了，青铜才会融化。"

"嗯，我以前是个消防员。"汤米说，"我可眼睁睁见过火灾造成不少不可思议的后果。"

"这么说，这是你从某场火灾里抢救出来的？"

"我可没这么说。"汤米说。

杰克屈膝在雕像前蹲下。"你刚才说，这是人家送的礼物？"

汤米迈步向前厅走去，暗自祈祷杰克会跟上自己。这下可好，嘴唇额头上冷汗直冒、看上去就有猫腻的人变成了汤米自己。刚才是不是脑子短路，怎么会放这家伙进了家门？"我替你打电话给斯蒂芬妮吧。"汤米说。

那尊雕像莫名让人难以释怀，杰克对雕像上的伤痕念念不忘，只觉十指和后颈阵阵发麻。那是一种熟悉的感受。每当在跳蚤市场、资产拍卖与古玩展上闲逛时，他已愈来愈信任这种直觉——仿佛心中铮然响起一阵"滴答"声，提醒他或许已经在一堆废品中掘到了宝。前厅里，汤米正伫立在那儿，电话紧贴在耳边。杰克快步走出汤米的视线，用手机偷拍了几张雕像照片。

"没人接。"汤米说，"我会告诉他们你来过。要是没有其他事情能效劳……"

"不用了。"杰克说着走进前厅，一心只盼马上回家，打几个电话，"你已经帮了大忙啦。"

汤米打开房门。杰克匆匆向那条仿佛哨兵般伫立在汤米身旁的狗挥挥手，迈步走下短短的小径，打开大门，狗跟在他身后。等到大门在身后"咔哒"关上，杰克转身鞠了一躬，扮作记忆中弗兰克·西纳特拉的嗓音。"再见，弗兰克。"他说。小狗闻声又是咆哮又是蹿跳，冲着杰克的背影吠叫不止，直到他完全不见了踪影。

CHAPTER 11

那尊《吻》到手的起初几周，汤米只觉心花怒放。宝贝到手竟然不费吹灰之力，真令人难以置信。（要是不得不说起自己的行径，他脑子里冒出的正是这个词——"到手"。）那尊铜像露面于2002年4月初，正值他在世贸中心遗址废墟收拾残局的最后一天。自9月12日凌晨时分，汤米已一口气在世贸中心遗址接连工作了整整七个月。作为一名退休消防员（数年前，汤米的后腰撑不住了），汤米属于第一批接到许可投入救援复建的人士。到了大约第六周时，他不知从哪里染上了咳嗽，结果病情越来越重，他的女儿玛姬对他每天都去遗址颇有怨言。

"这种事一定会让老妈生一肚子气。她只盼你好好照顾自己，陪在我们姐妹身旁，陪在你的孙儿孙女身旁。"玛姬一边说，一边把吃的在他面前越堆越高。在过去七个月中，她一直乐于给除她自己之外所有人做吃的。她一天到晚下厨，把冰箱塞满千层面、肉馅玉米卷饼、一盆盆辣椒、一锅锅汤，家里人吃也吃不完。她一天到晚忙里忙外，根本不歇气。假如不下厨，她便清理锅碗瓢盆，劲头十足地擦洗料理台，活像要把某艘藏污纳垢的船上的病魔通通赶尽杀绝。她一天到晚紧锁着眉头。三个月前，玛姬生下了汤米的第一个孙辈，眼下她的体重却比怀孕前还要轻，下巴也随之耷拉下来，一向神情热切的棕色美眸动不动便布满了血丝，两眼无神，像汪着一泡水。"你会把自己累死的。"玛姬告诉她父亲。

"措辞不太妥当吧。"汤米尽量让口吻显得云淡风轻，免得听上去像个怨妇。

"爸爸，你明白我是什么意思。"

汤米确实一清二楚。他天天必到世贸中心遗址，因为那是罗妮葬身之处，如果那也算得上"安葬"的话。罗妮生前在世贸中心北塔九十五层一家金融服务公司担任办公室经理，当天早晨飞机撞上大楼之前，汤米与罗妮曾在楼群之间的室外广场擦身而过，恰如汤米偶尔担任夜班保安回家，又正好赶上罗妮来上班时一样。当天是个周二，罗妮本该休假，但却决定去办公室，帮她老板清理一下积压的文件。

"下周我会多休一天。"她告诉汤米，"等到把该干的活干完，休起假来就更安心啦。"他们在大堂吻别，聊了聊晚餐如何安排。"记得把盘子放进洗碗机。"她说着轻轻捏了捏他的上臂。

"遵命。"他说。她莞然一笑，翻了个白眼。两人都心知肚明，汤米一定记不住。工作了整整一通宵，汤米疲惫不堪，但却依然注意到了罗妮的短裙，注意到了在灰色羊毛裙的中缝下，她的臀显得多美多翘，她的腿又是多么结实匀称，尽管罗妮已经生了三个女儿，不久后还会迎来一个宝贝孙儿。

事故后无比煎熬的分分秒秒、日日夜夜里，汤米一遍又一遍地回味着当初那一刻，回味罗妮如何大步流星走在清晨明媚的朝阳下。她本该迈步走向平安之处，而他本该在她身旁守护着她。汤米记得当天她穿的那双鞋，一双红色漆皮鱼嘴鞋。为了从位于洛克威的家里往返，罗妮总穿运动鞋，等到了大厅再换上高跟鞋。她对仪表颇为看重。

"仪表举足轻重。"她会告诉孩子们，"假如你希望人们根据你的内在评判你，那就不要让他们因你的外在分心。"

当天早晨，她迈步向电梯走去，汤米的眼神一路追随着她。至少，汤米一直庆幸自己曾停下脚步欣赏她美臀轻摆，望着她刷了职员ID卡，摁下电梯向上的按钮，伸手轻理裙摆。当时他心头一暖，只觉她是个多么厉害的女人，而拥有她，自己又是多么幸运。

"你每天去那鬼地方，一定会让妈妈生一肚子气。"接下来的几个月，玛姬一遍又一遍告诉他，"她可不乐意你去冒险。"

汤米其实并不在乎罗妮对自己整天在世贸中心废墟挖来挖去有什么看法，但女儿的一脸忧色成了他心里的一根刺。前不久，女婿把汤米拉到一旁，告诉他玛姬夜不能寐，常常做噩梦，动不动就掉眼泪。让玛姬难过的已不再是丧母之痛，而是父亲的健康，她死活认定汤米正借清理遗址求死，甚至活不到他的长孙的一岁生日。玛姬一遍遍求汤米帮着带小孩，好让她重返职场去兼职，但汤米心知这只是玛姬让自己远离世贸中心遗址的花招。于是在只剩几周就能清理完毕时，汤米递交了辞呈，准备帮着带小孩，算是让玛姬和她的两个姐妹求个安心吧，这是姑娘们应得的。

卸职的前一天，汤米一上午都在四处走动，跟曾经接连数月一周六天、一天十二小时肩并肩在一起工作的同事们握握手。用不了多久，这支吵吵闹闹、不可思议，由消防员、铁工、电工、建筑工人、警察和医护人员组成的队伍就会解散。他们花了好几个月夷平废墟，是时候回归自己的生活了，其中也包括汤米，不管这意味着什么，不管在废墟那难以想象的另一头，生活会是什么样。汤米拿上耙子来到老地方，依旧认定今天——也就是卸职前一天，或许正是他发现罗妮遗物的一天。

纯属痴心妄想，希望十分渺茫，但汤米偏偏鬼迷了心窍。每天清晨，他穿过吉尔·霍奇斯大桥，沿带状公园大道来到曼哈顿下城，想象着在清理残骸时偶然翻出她的遗物——什么遗物都好，无论是她那副装在紫红色皮套里的老花镜，是她那些用了多年、在一只"科德角"钥匙链上的家门钥匙，还是那双红鞋中的一只。

在最哀痛的日子里，汤米曾对罗妮心怀怨气，怨她连个念想也没有给他留下。他心里清楚，这只是过去数月从他脑海里闪过的诸多荒唐念头中的一个。有那么好几个星期，他还笃定自己能找到活生生的罗妮，缩成一团埋在废墟下，又累又脏，身上积满无处不在的灰土呢。她会抬头凝望他，伸出一只手，嘴里说道，"还真是不紧不慢对吧，奥图尔？"

想当初，汤米从电视上见到飞机失事，当时双塔尚未倒塌，但在那痛彻心扉的一刻，他便已心知：罗妮绝不可能逃出生天。但最开始几个星期，但凡某处可能是她葬身之处，汤米便依然疯狂地挖了又挖。紧接着，一连好几个星期，汤米恨不得把废墟灰烬放进嘴里尝一尝，唯一拦住他不让这念头成真的一点是他担心会被人发现，接着被送去做专攻悲伤的心理辅导，再不放他回来干活。到了最后，他总算被分去搜寻离北塔最近的区域，于是他一天到晚手持一把钉耙，一耙接一耙挖起了遗物。因为心心念念记挂着搜寻罗妮的遗物，他对挖出的东西无不挑三拣四。汤米找到了无数东西：无穷无尽的钱包与眼镜、褪色的毛绒玩具、钥匙、背包、鞋。他把每一件都做好标注装好袋，只盼它会给某个家庭带去一点慰藉，无论那慰藉多么乏力。

可惜的是，有个念头在汤米脑海中挥之不去：他终究会找到罗妮的遗物，只要他在废墟中一把接一把地挖。有人已经遇上了这种事，只不过没有落到他头上。萨尔瓦多·马丁，某EMS退休人员，一度每周工作七天、每天清晨五点半上工，结果在某个严寒刺骨的冬日，他拖着耙子翻过一团纠结不清的电缆和灰土，谁知竟一眼望见亲生儿子萨尔二世从一张公司证件照上凝神端详着他。那张公司ID卡四边略有烧焦的痕迹，上面的照片却完好无损。萨尔瓦多在接下来的一周就递交了辞呈，人人都认定见到塑料ID卡让他不堪重负。但汤米深知真相。萨尔瓦多找到了他一直在苦苦寻觅的东西——一个证明，一件宝物，因此他可以心无挂碍地离开了。

卸职前最后一个下午，汤米决定找份自己的纪念品，取自罗妮的葬身之处。比如一个轻轻松松便可放进衣兜的东西，可以摆到他的办公桌或厨房水槽上方的窗棂上，好让他每天大着胆子望上几眼。汤米正仔细搜寻着废墟，寻思着该挑哪样，（到底是一块石头，还是一颗卵石？总不能是别人的遗物吧，汤米可做不出那么下作的事。）一位同事大声呼喊他的名字。

"汤米！"那是他的朋友威尔·佩克。威尔所在的消防分队属于布鲁克林，其中大多数成员在双塔轰然倒塌时化作了幽魂。威尔当天早晨却恰好闹肠胃炎，因此待在家里。威尔与汤米从一开始便来到了遗址现场，对自己的心魔坦然面对又毫不手软。眼下威尔向汤米招招手，把他叫到挖掘机刚刚卸下、堆积如山的尘土和废铜烂铁旁。

"我们找到了些东西，奥图尔。你还是过来瞧瞧的好。"

汤米从那座雕像上拂去尘埃，恍然悟到自己捡了个什么宝贝，只觉喜不自胜。噢，她可真是不好伺候，居然姗姗来迟，一直等到他上班最后一天的最后一小时才露面。但她终究露面了！见到金属巨像从污垢与尘灰中现身的一刻，汤米便心知，它来自罗妮。尽管铜像饱经风霜，他却看得出那对相拥的男女多么柔情蜜意。雕塑中的女子将一条腿搭在男子腿上，恰似罗妮当初与他独处时的坐姿。她会凑过来，晃着搁在他腿上的一条腿，伸出胳膊搂住他的肩膀，用另一只手臂将他拉到身旁。

"我太重了吗？"她问道。

"哪有的事。"即使在她怀胎九月时，汤米也从未嫌过怀中的罗妮太重。他钟爱她那丰满的大腿贴在他腿上，她的身子紧贴他的胸。那正是罗妮固有的姿势，如此亲密，如此熟稔，因此一见到那尊雕像，尽管铜像还沾满泥垢，汤米却已使出全身力气按捺住放声欢呼的冲动，免得自己见人就讲，那尊铜像的模样意味着什么，又是谁将它送到了他身边。他总不能这么狠心，当着大家的面炫耀自己多么走运吧。于是汤米合上双眸过了片刻，默默地感谢自己的太太。

雕像《吻》伫立在那儿，直到汤米下班。夜色已经降临，雕像被抬上了一辆平板车。汤米自告奋勇把它推到港务局临时存货的拖车上，以便在那里登记拍照，随后转交有关当局。也算天降洪福，负责登记的港务局员工那天早早就回家了。站在拖车门旁，汤米心知自己别无选择。结果证明，将铜像推上木板再装进汤米的皮卡后开回家，简直容易得不得了。汤米一清二楚，只怕要过上好几个星期或好几个月，才会有人注意到铜像不见了踪影，或许永远也不会有人发觉。在堆积如山、焦痕宛然的残骸中，在一大堆私人物品、砖瓦、轮胎、汽车、消防车和飞机中，有谁会记得这等小事？有谁会动心思打听它的下落？

CHAPTER 12

主街一家小寄卖店外，梅乐蒂已经在她的车里坐了近一个小时。杯托上那杯咖啡已经凉了，汽车白白耗着油，因为天气冰寒入骨，梅乐蒂不敢不开汽车空调呆坐太久，但也还没能鼓足勇气迈步进店，跟店主珍·马尔科姆说上几句。珍·马尔科姆跟梅乐蒂算是萍水之交，因为珍的两个儿子跟双胞胎念同一所高中，以前梅乐蒂偶尔会卖件家具给珍，无非是些梅乐蒂买来翻修过，却跟她家不太搭的家什，放到分类广告网站Craigslist上甩卖嫌太贵，在E-Bay上卖又嫌太大件。珍一向钟爱梅乐蒂转手的家什，其中大部分也卖了出去，梅乐蒂办了些她真心喜爱的事，还赚了些零花钱。但今天的差使有点不太一样。

梅乐蒂拧了一下车钥匙，熄了火，但依然开着电台。等到感觉寒气刺骨时，她心中暗想：赶紧进店，把家里所有家具的照片给珍瞧瞧，那是梅乐蒂花了数年时间在跳蚤市场和拍卖会上搜罗来的宝贝，是她的心爱之物，从懵懂的卖家手里用便宜价买下来：一张无人问津的"斯蒂克利"牌桌子，有人曾不知好歹地在上面用海绵刷了一层漆，眼下已经重新抛光修复；一张黑色巴塞罗那皮椅，上面布满烟头烫过的痕迹和其他让人倒胃口的污渍，结果梅乐蒂用青绿色花呢重装了椅面；此外还有梅乐蒂的最爱，一张漂亮的斜面橡木绘图桌。多年来，诺拉与路易莎一直用它画画、做家庭作业，不然便是肩并肩坐在桌边读书。为了哄沃尔特开心，拖延一下时间，梅乐蒂情愿把她的宝贝家具一股脑儿卖光。哪件都行。差不多哪件都行吧。

梅乐蒂心知，诺拉与路易莎在背后给她起了个绰号叫作"将军"，但她并不在乎。她不在乎，因为她深知在一个没人管的家里长大是什么样——父母都是甩手掌柜，一天到晚找不着人。梅乐蒂深知，当老师们犹犹豫豫又满腔关切地问起父母是否会来家长会时，那是怎样的情形；她也深知，每逢演戏或音乐会期间，徒劳地在学校礼堂中搜寻父母的面孔，又是怎样的情形。她曾发誓要做一个截然不同的妈妈，生了双胞胎她也矢志不渝。有时她把自己逼得发狂，顾了一个女儿的课外活动，又匆匆去顾另一个。她会记下跟每个孩子共度的时间，尽全力确保不偏不倚。她从未错过任何一场音乐会、戏剧、足球赛、田径运动会、女童军聚会、合唱表演。她每天都为女儿准备健康午餐便当，每逢周五还会宠溺地放上些甜点。她写字条给孩子们打气，提前十五分钟去接孩子，一秒钟也不舍得让两个女儿独自伫立在停车场，苦苦寻思是否会有人接她们回家，寻思是否有人发现她们已经离开。

梅乐蒂还记得全家刚开始到纽约以北探路的情景，一幕幕宛如昨日。驱车向北，大家望着城中稀稀落落的林木渐渐被泰康利公路上仪态威严的榆树与年深日久的青松取代。车后座里，诺拉与路易莎在各自的座位上沉沉入睡，双双吸着一模一样的奶嘴。梅乐蒂对点缀着古雅女装店与面包店的小村庄一见倾心，乡间女子一个个全推着婴儿车，身穿冰沙颜色的慢跑服，跟梅乐蒂家所处的西班牙哈莱姆区[24]那脏兮兮、闹嚷嚷的街道有着云泥之别。

他们在城中不太讨喜的那一侧租了一间公寓。一连两年,梅乐蒂会把双胞胎安置在婴儿车里,从铁轨另一侧走过大街小巷。通勤列车轨道将这座城一分为二,隔成讨喜的一侧(更靠近水滨)与不太讨喜的一侧(更靠近商场)。直到某天眼前一亮,梅乐蒂才悟出自己苦苦寻觅的是什么宝贝。那是一栋小屋,居然逃过了这一带大多数街道的大肆扩建翻修。它是一栋工艺品般的平房,显然年久失修。梅乐蒂路过这栋房的那天早晨,一名跟她年纪相仿的男子正把箱子一个接一个地搬进车里。

"是要搬出去吗?"梅乐蒂千方百计扮和气,但又尽力显得不那么八卦。

"是帮我妈搬家。"男子一边说,一边盯着梅乐蒂的双胞胎女儿——大家就爱盯着双胞胎看。"双胞胎吗?"

"是啊,"梅乐蒂说,"快三岁啦。"

"我家也有双胞胎。"男子在婴儿车前俯下身来,逗孩子们玩了片刻,假装猛抓一把鼻子又还回来。那是两个小姑娘最爱的游戏之一。

"这栋房子怎么办呢?"梅乐蒂问。

男子站起身,叹了口气,眯眼瞥了瞥那所宅邸。"我不知道。"他听上去没精打采,"想把它弄得像样点再卖的话,要干的活多得不得了。房地产经纪人还说,何必劳神费力呢,说不定哪天有人会拆了它重修成这样……"他说着,满脸厌恶地伸手向隔壁一指,那是数月来梅乐蒂一直留意且暗自欣赏的一栋改建楼。

---

24. 又称东哈莱姆,是纽约曼哈顿区的一部分。

"没错，那栋楼真让人看不过眼。"她说道，随后不假思索脱口而出，"我丈夫和我一直在找房子，但哪栋都比我们需要的房子大，再说我们也付不起。我倒是想找一栋待修缮的房子，不是为了改建，而是为了修复。"话一出口，梅乐蒂便心知自己说得没错。

沃尔特对那栋旧屋颇为不满，既觉得价格过高，又担心房地产市场低迷。卖家中意梅乐蒂，但尽管旧屋亟须修缮的地方数不胜数，他却死咬着要价不肯松口。鉴于梅乐蒂不工作（当初她出去工作也抵不上照顾孩子的开销；时至今日，又有哪个东家会雇她），梅乐蒂一家就算借钱也付不出卖家的要价。沃尔特在珀尔里弗担任计算机技术员，工资还不赖，但也算不上顶尖。

宅邸内饰有些过时，但梅乐蒂能透过丑陋的地毯与七十年代的墙纸一眼看出它底子极佳，看出它的本质：那是一个家，一个会让两个小姑娘备受安全呵护的家。梅乐蒂倾心于它镶有铅条的玻璃窗、早餐区、前方楼梯平台上靠窗的座位、前院无比粗壮的橡树和屋后正染上秋色的糖枫树。她和沃尔特会住屋子前方的卧室，屋檐下的那一间。屋子后部有两间小卧室，正好给诺拉和路易莎住。梅乐蒂想象得出在庭院枫树下开生日派对的一幕幕，在镶板餐室里吃早餐的一幕幕。就连圣诞树要放在哪里，她心里也一清二楚。房产经纪人已经掀起了客厅地毯的一角，好让梅乐蒂瞧瞧宅邸原有的松木心材地板。梅乐蒂使出了浑身解数争取那栋房子，她还从未为任何事物如此奋不顾身呢。

"机械部件全得料理一遍。"沃尔特皱眉说道，"我们掏的每分钱都会花在墙后面，花在地下室，花在地板下。只怕掏空了存款，也只会全花在你看不见的地方。"

"不要紧。"梅乐蒂说。确实不要紧。关于如何打点其他，如何剥去漆和壁纸，再行修缮，她心里有数。若有不懂之处，她可以学嘛。房子是她的用武之地，是她的工作。艾伦·格林斯潘站在她这边![25] 再说了，"安乐窝"款项可是实打实的真金白银，沃尔特总不能唱反调吧。

谁知他偏偏唱了反调，一唱好几个星期。梅乐蒂认定自家等得太久，恐怕房子会落到别人手中，结果从头到脚起了一身麻疹。等到沃尔特告诉梅乐蒂那栋宅邸已经跟巨额贷款一同归他家所有时，梅乐蒂正凄凄惨惨地泡在一浴缸黏糊糊的燕麦中。她明白，丈夫服软归根结底在于一点：他爱她，他盼她开开心心。

"我们为什么不干脆搬去某个小镇，免得身边人个个都是亿万富翁呢？"沃尔特时不时跟梅乐蒂这么说，通常是当梅乐蒂兴冲冲地张罗双胞胎需要的东西——衣服啦，课外活动啦，夏令营啦。但梅乐蒂不愿意搬。她家住在东北部最出色的学区之一。她已经弄清楚该去哪里购物，如何四处逛逛找找小姑娘要用的家什，如何瞅准大甩卖，以及哪家商铺会在她声称给双胞胎购物时给她打个折。若有必要，她总能筹到钱，比如学校组织的专程旅行或乐器，这样一来，双胞胎就能省下钱学音乐课。姐妹俩加入滑雪俱乐部时，梅乐蒂翻遍了学校往期通讯录，打电话给家有双胞胎且已念大学的父母，问对方是否有任何愿意出售的滑雪装备。结果她中了头彩，一位听上去百无聊赖的父亲告诉梅乐蒂，假如她乐意把他家的一车库滑雪装备搬空（再加上溜冰鞋、网球拍和自行车，他的双胞胎女儿连碰也没有碰过一下），她就可以免费把东西通通拿走。

多年来，梅乐蒂又是忙于优惠券打折，又是忙于每周末收拾

---

25. 艾伦·格林斯潘（1926 － ）：美国第十三任联邦储备委员会主席。

房子，直到膝盖发酸，双手破皮流血，却罕少给自己或沃尔特买点什么。遥遥的远方，她的四十岁生日熠熠生辉，恰如远方灯塔，闪耀着救赎之光。只等她年满不惑，款项便会打进自家账户，大部分用来给双胞胎念大学，另外一些用来偿还房子贷款，即使算不上从此称心如意，但日子好歹会前所未有地滋润。梅乐蒂不太乐意去想双胞胎将来离家念大学的场景，不乐意去想她们不在身边自己心里什么滋味，但她给自己开了绿灯，容许自己想想"安乐窝"到手后全家的日子会舒服几分。到时候，给小姑娘们买东西，总算不用每次都对价格斤斤计较了；到时候，姐妹俩把大学录取通知书一字排开，梅乐蒂大可开口说，"想去哪家去哪家，挑吧。"到时候，梅乐蒂总算可以不再绷得那么紧了；到那个时候，见鬼，她非歇上一口气不可。

梅乐蒂调高了古典音乐电台的音量。只有在思绪纷乱听不进歌词或谈话时，她才听古典音乐台。但就梅乐蒂脑海里翻涌不息的各种念头来说，用"思绪纷乱"来形容实在太过客气。要不是把车泊在了光天化日之下，泊在了他们那个八卦小镇的主商业区里，她只怕已经在前座躺下，倒头呼呼大睡起来。最近一阵，她累得不得了。她不由自主地无比焦虑，因此晚上睡不了多久。一连几个小时，她难以成眠，暗自琢磨该起床泡点茶，洗个热水澡，或者读上几本书，可惜哪样她都做不到。她只是躺在沃尔特身旁，倾听他轻柔的鼾声（即使在梦中，他也一如平常地彬彬有礼），像个石头人般一动也不能动，担心着诺拉、路易莎、钱、房屋按揭、大学学费、全球变暖、食品中的农药残留、互联网上缺乏隐私，以及癌症——天哪，在双胞胎小时候，她曾多少次用塑料器皿装上吃的放进微波炉？当初她没有选择母乳喂养，是不是会对双胞胎的智力造成永久性损伤？有那么一个月，她曾任由双胞胎依靠半新的学步车在客厅里四处乱窜，学步车来自一位好心肠、年纪颇大的邻居，直到一个刻薄的年轻邻居告诉梅乐蒂，人人皆知学步车会拖累运动发育和智力发育——这破事又会有什么后果？梅乐蒂一心一意地琢磨起了一点：一旦宝贝女儿走出家门，不再在她的眼皮底下，（"跟踪狂之城"究竟能覆盖多大范围？几英里？一定要查一下。）她们会遇上什么事呢？她好奇世上还有何人会像自己和沃尔特一样深爱、关怀她们。只不过最近一阵子，若论爱与关怀，她感觉自己败得一塌糊涂。噢！还肥得一塌糊涂！自从跟利奥共进午餐以来，梅乐蒂一口气长了至少10磅，说不定更多呢，她怕得没敢称体重。所有衣服都紧绷绷、不舒服，于是她越来越爱穿沃尔特长长的衬衫，好遮住系不上扣的牛仔裤。她差点连新衣服也买不起。诺拉的外套显得格外破旧，但假如梅乐蒂给诺拉买件新上衣，那她也不得不给路易莎买一件。（这是梅乐蒂的原则：凡事平等）买两件的钱她肯定掏不出。

梅乐蒂记得很久以前某天，两个宝贝女儿都得了严重的耳部感染。两个发烧的小宝宝整夜啼哭，两个都恨死了打针吃药。梅乐蒂一边望着医生开处方，一边琢磨怎样才能让两个脾气暴躁又生着病的宝宝滴下滴耳剂、服下阿莫西林（那可是四只耳朵，两张嘴巴呢），还得一连服药十天，一天三至四次。

"会越来越轻松的，对吧？"当时她向儿科医师问道，双手各揽着一个扭来扭去、浑身冒汗的孩子。两个女儿都非要她抱着，一分钟不抱也不行。

"这取决于你所谓的'轻松'如何定义。"医生同情地笑了，"我有两个处于青春期的孩子。你也知道人人都怎么说。"

"不，我不知道人人都怎么说。"梅乐蒂只觉头晕眼花。都怪缺觉，以及咖啡喝太多。

"小孩子嘛，小麻烦。大孩子嘛，大麻烦。"

梅乐蒂真想扇医生一记耳光。女儿年幼时，抚养双胞胎看上去似乎如此之难，尤其全家还住在市里。谁知时至今日，梅乐蒂发现自己居然渴盼着带宝宝的日子。那时每天最苦的时候便是给两个宝宝穿戴整齐，在笨重的双座婴儿车里安置好，迈步前去游乐场，跟其他妈妈一起坐下待着。若是冬日，妈妈们会纷纷带来热气腾腾的拿铁咖啡，若是夏日，则会带冰卡布奇诺咖啡，再加上买来的各色糕点，装在透着油渍的纸袋中，大家分着一起吃。妈妈们会聊聊天，把一块块柠檬蛋糕、蓝莓松饼或某种用肉桂制成、名叫"猴子面包"的软糯甜品传来传去（那可是梅乐蒂的最爱），动不动便聊到大家为人母前的人生。比如当初如何睡懒觉，如何穿得上紧身牛仔裤，如何每天去办公室上班、午餐订外卖；以及用不了多久就能读完一本书，而不是一章一章怎么也读不完，结果不得不从头读起。"还用说吗？当时我不得不拍人马屁，"一位妈妈说道，"但我用不着给人擦屁股呀。"

"以前我也好歹算个人物！"梅乐蒂记得另一位妈妈曾经说道，"我管人，管预算，还有薪水可拿。瞧我现在这副模样。"她伸手朝紧搂在胸前的宝宝一指。"我坐在公园里，赤身露体，甚至不在乎谁会见到。更糟的是，有谁会劳神来瞧我呢。"女子从打盹儿的宝宝嘴里松开乳头，用柔软的手指轻抚他胖嘟嘟的脸颊。"这对'大波'以前常有妙用，知道吧？这对'大波'以前可绝不会让任何人打瞌睡。"她说。

梅乐蒂忍不住瞪眼盯着女子那白皙肌肤下暴突的青筋和那发黑

发胀的乳头。梅乐蒂本来满怀希冀想要母乳喂养，结果喂了六个星期就作罢了，因为双胞胎不肯按时吃奶，梅乐蒂自己则缺觉缺得差点发疯。她眼睁睁望着女子扣上哺乳内衣，将宝宝举到肩上，有节奏地拍着宝宝的后背，给他拍嗝。"以前我每天早晨读三份报纸。三份。"女子的声调缓和了些，免得吵到孩子，"你知道现在我从哪里得知各种新闻吗？他妈的，是奥普拉。"女子的神情有几分哀伤，但也有几分认命，手指在宝宝后背画着圈。"又能怎么办呢？这只是一时之计，对吧？"

梅乐蒂一向拿不准该如何接这种话，因此没有接。她坐下微微一笑，佯装会意地点点头。但假如当初真能鼓足勇气，她会告诉对方，在女儿出生之前，她也压根算不上什么"人物"。她是一名秘书，一名打字员，压根没念成大学，因为父亲在她高中毕业那年的秋天去世，母亲成了甩手掌柜，梅乐蒂自己则陷于困惑与哀恸之中难以自拔，更不用提她那上不了台面的成绩了。

但是有一天，在公司食堂，沃尔特坐到了她的身旁。他做了自我介绍，递给她一块巧克力蛋糕，声称这是最后一块，而他为她买了下来，因为他注意到她在周五常爱吃上一块蛋糕。沃尔特约她出去吃披萨、看电影，仅仅数月后便向她求婚。才过了一年，她便当上了妈妈，生的还不是一个，而是一对秀美绝伦的宝贝女儿。唔，那才是天大的事，那时她才算个"人物"。

梅乐蒂向后一仰，合上双眸。或许可以小睡个一两分钟。这时她想起了诺拉的外套，寻思着换一副纽扣是否会好些。换副漂漂亮亮的纽扣吧，木质纽扣，或者锡镴纽扣，不然就用彩色玻璃纽扣，配副翡翠绿色的吧。不成问题，两副新纽扣总还买得起。有些时候，牵一发，便可动全身。

CHAPTER 13

在公园见到利奥后，诺拉花了整整三周，才软磨硬泡逼着路易莎再次翘课。正是在那天，姐妹俩被西蒙妮当场撞见，还问是否能跟她们一道开溜。"我就觉得，几周前我瞧见你们偷偷溜出这鬼地方嘛。"西蒙妮说着在大楼前方台阶上停下脚步，点燃了一支香烟，"我就住在附近。想去我的公寓吗？"

于是接下来几个星期，每逢双胞胎翘课，西蒙妮也会跟她们一道开溜，而且姐妹俩翘课后的去向全归西蒙妮说了算。时值冬季，路易莎和诺拉要么去美国自然历史博物馆，因为西蒙妮有一张家庭会员卡，入馆免费；要么就去西蒙妮的公寓消磨时光，反正她家总是空荡荡的，因为西蒙妮的父母都是律师，周六几乎总去办公室。路易莎真是受够了。她不仅受够了谎言（她坚信被抓包是迟早的事，到时候又怎么收场呢），还受够了西蒙妮家的公寓，甚至受够了博物馆。自然历史博物馆本是路易莎的心头好，因为它是路易莎家的特色游览胜地之一，也是在诸多纽约景点中，难得蒙梅乐蒂点头恩准的一个。在姐妹俩整个童年时代曾显得熠熠生辉、奇异万分的自然历史博物馆（房间里有鲨鱼、恐龙和一盒盒宝石，还有活生生的蝴蝶）在过去几个月里竟黯然失色，染上了几分熟识、心虚和无聊。

还有西蒙妮，那个总坐前排的美貌非裔美籍女生，总是头一个做完作业，然后在教室里走来走去，指点那些要人辅导的同学。她明年就念高中毕业班，路易莎曾无意中听到老师说，西蒙妮根本用不着下苦功，恐怕就能考个绝佳的SAT分数。"也许吧。"西蒙妮说着耸了耸肩膀。西蒙妮身上有种气质，让路易莎很忐忑，谁让对方看上去比她们大好多岁呢。路易莎认为，原因在于西蒙妮在曼哈顿长大，比她们更加有胆有识。除此之外，西蒙妮对诺拉和路易莎有什么看法就说什么，这点也颇让人心里打鼓。

　　每逢周六，大家一溜出来，西蒙妮便会对诺拉和路易莎做一番点评，从头到脚打量姐妹两人，对每件服装和配饰都大肆指手画脚："不行""还行""天哪，绝对不行""难看""难看""这件居然不错""拜托再别穿了"。西蒙妮会仰天而笑，不时尖叫几声，吵得不得了，人们纷纷扭头怒目而视。西蒙妮抽烟。西蒙妮不照镜子也能在一对丰唇上涂亮橙色口红，伸出小指轻拂上唇与嘴角，以免哪里没有涂好。

　　"这是我的招牌颜色。"西蒙妮一边告诉双胞胎，一边"啪"一声合上一管口红，塞进裤子后插袋里，"黑人女生跟这些色调很搭。你们俩想也别想。"那天西蒙妮把长辫在头顶盘成了一个髻，不仅让本已亭亭玉立的她凭空高了几英寸，还让一张脸显得长了些。至于这张脸上是疏离还是好奇，则取决于西蒙妮心情如何。她身穿一件紧身棉T恤，材质薄如蝉翼，纤腰以上几乎一览无余。她的聚拢型胸衣色彩艳丽，饰有蕾丝，透过T恤依然清晰可见。梅乐蒂至今依然包办了诺拉与路易莎的大多数衣服，趁大甩卖时给双胞胎买些耐穿的可爱型内衣（小狗印花啦，手袋印花啦，贝壳印花啦），却从不朝性感风多迈一步。

西蒙妮偶尔会伸手一指双胞胎中间某一个的服饰，嘴里说道："这件迷死人了。"她说的是反话。就路易莎所知，在西蒙妮的字典中，"迷死人"等于"傻气"加"俗气"。对一切"流行风尚"（这个词可是西蒙妮的心头好），西蒙妮也连踩带损，她噘起亮橙色双唇，活生生把"流行风尚"变成了一句骂人话。若说哪个词颇讨西蒙妮欢心，那便是"紧绷绷"，这一点路易莎实在想不通。"'紧绷绷'难道不是件坏事吗？"她问诺拉。"又不舒服，又勒得慌。旧裤子不就'紧绷绷'吗？"

"不是每个词都属于SAT词汇。"诺拉慢吞吞地拉长调子，用路易莎从未听过的口吻说道，听上去跟西蒙妮一模一样。根据西蒙妮的说法，双胞胎钟爱的诸多歌曲、电视节目或电影都属于"流行风尚"之列。于是就这样，诺拉与路易莎一度心爱之物蒙上了灰，至少她们中间有一个这么认为。

路易莎带着速写簿，在博物馆的油毡地板上坐了快一小时了。盘起的腿已经开始发麻。她笨拙地站起身想走几步，让酸麻得难受的大腿和屁股恢复知觉。她一瘸一拐地在一个标牌下走来走去，标牌挂在她刚才作画的小走廊入口，上面写着：北美鸟类，伦纳德·C.桑福德大厅。路易莎钟爱博物馆这一角，原因有以下几条：首先，该厅是依照"伦纳德"取的名字，跟路易莎一样。路易莎取名就是依着从未谋面的外祖父的名字（诺拉则是依照了祖父的名字——诺曼）。其次，该厅不像博物馆的热门展馆那样人山人海（比如恐龙或蓝鲸。每逢周末，这些展馆挤得水泄不通，更别提找个地方捧着速写簿安安静静地坐下来了），"北美鸟类"展厅里尽是些用玻璃镶起来钉到墙上的标本，老旧，有点霉味，与其说是个展馆，不如说是条走廊。

再说，路易莎爱死鸟类标本了，尽管它们上了年头，还有点让人毛骨悚然。她最爱的一份标本写着"燕子、鹟和云雀"，因为里面的鸟儿正振翅高飞，看上去栩栩如生。她最看不上眼的一份写着："苍鹭、鹮和天鹅"，因为大鸟看上去笨拙又别扭。如果只论词汇，路易莎钟爱的是面前这一份："鹡鸰、鸭、旋木雀、山雀、嘲鸫、樫鸟和乌鸦"。要是知道"嘲鸫"会模仿什么声音，"山雀"是否吃老鼠，那就好了。当然可以上网搜搜，但路易莎宁愿留个问号。

但即使是在人迹寥寥的走廊，路易莎却也难得落个清静。人们依然不时在她身后张望，问她究竟在画些什么，为什么要画。要不然更糟，他们只是伫立着观望，尴尬地一声不吭。还有那些小鬼头！孩子们缠着路易莎不放，口口声声问他们是否也可以画几笔。小鬼头的父母也好不到哪里去。

"要是你客客气气地求人，"就在路易莎的腿发麻前，她刚要给展翅的云雀画幅素描，一位妈妈对儿子说，"这位好心的女生会把纸给你用，教你如何画画。"

"儿童不宜。"路易莎一边一针见血地说，一边从地上拾起她的炭笔和蜡笔。

"她为什么不肯跟我分享？"小男孩抱怨道。

"我不知道，宝贝，"男孩妈妈说，"并非每个人都跟你一样擅于分享。"

"老天呀。"路易莎说着"啪"一声合上速写簿。男孩妈妈凶巴巴地瞪她一眼，走开了。路易莎一张张拾起周围地上的纸。其中一幅还不赖，画的是个发脾气的小男孩。男孩爸爸不肯从礼品店给他买一只毛绒海豹，结果男孩一下子倒在地上，双臂抱头，肩膀耸个不停。路易莎匆匆画了几笔，捕捉到男孩的双肩和气得乱蹬的两腿，还有他朝玩具店的大门伸出一只手，大张五指的一幕。可惜的是，小家伙一心盼着的宝贝却偏偏到不了手，真是惨无人道。

"海豹……豹！海豹……豹！"男孩大声哭号，孩子父亲不得不把又踢又喊的儿子抱进旁边的洗手间。

就在刚才，路易莎细细打量在长走廊中穿行的游客，还匆匆画了其他几幅人像画，可惜这几幅虽不算太差，却也算不上出色。路易莎一直掌握不准脸庞与五官的比例。她心里有数：那幅男孩人像鹤立鸡群，原因在于没有画出小家伙的脸。路易莎画不好双眼，画不好心灵之窗，使不出艺术家看家的本事——这一点意味着什么，她可不愿意深究。路易莎并非没有留意到，伦纳德·C.桑福德大厅的鸟儿全都没有眼珠，眼眶里塞着一小团一小团棉花。

"那你要念艺术学校吗？"路易莎曾给西蒙妮看过自己画的素描，当时西蒙妮问道。

"不。"路易莎回答。她曾提到过艺术学校一回，妈妈顿时脸色煞白。在梅乐蒂眼里，艺术学校难登大雅之堂。

"为什么不呢？"西蒙妮问。

"因为我希望接受良好的通识教育。"路易莎随口照搬了梅乐蒂的说法，"艺术学校跟职业学校差不多。"

"职业学校又有哪点不好？"

路易莎不安地笑了一声。她拿不准西蒙妮是不是在说反话。

"我是说真的。"西蒙妮一边说，一边翻阅路易莎的画作，"医学院不也是职业学校吗？法学院同样如此。"

"那可是研究生院，有区别嘛。"诺拉说。有时候，她觉得西蒙妮就爱在路易莎身上挑刺。

"没错。"西蒙妮欣然说道，"但要是你挚爱艺术，一心想画画，为什么不干脆去个能磨练技艺、让你投身所好的地方？"

"我们查看过了，有些学校开设非常不错的艺术课程。"路易莎说。

"你们查看了多少所学校？"

"十四所。"诺拉回答。

西蒙妮放声大笑。"你们已经查看过十四所大学啦？"

"很好玩啊，反正我们喜欢。"路易莎说。她心知自己听上去很嘴硬。实际上，她可不想再多查看几所了。"比较一下不好吗？这样我们才知道哪所大学适合自己。"

西蒙妮摇摇头，哼了一声。"哇，你们还真是吃'招生录取'那一套啊。"她从画作中抽出一张递给路易莎。那幅恰是路易莎的最爱之一，一幅柔和的粉蜡笔画，画的是暮色中的博物馆正面。当初路易莎匆匆几笔一挥而就，画中博物馆看上去更像一座青山，而不是一栋高楼，博物馆楼下车流仿佛滔滔江河，流淌着五颜六色。"真美。"破天荒第一次，西蒙妮用真心实意的口吻说道，"画里的景物我一清二楚，这么说算是写实，但它又有点抽象。"西蒙妮说着将画竖了起来。"你看，即使这个角度也是一样……我是说，这个视角。"路易莎又惊又喜：西蒙妮说得没错。她把画递回给路易莎。"这画很酷，裱起来。你应该多画几幅类似作品。仔细关注一下普瑞特艺术学院[26]和帕森设计学院[27]，还有罗德岛设计学院[28]。我再想

---

26. 普瑞特艺术学院，成立于 1887 年，是美国纽约市的艺术学校。

27. 帕森设计学院，1896 年成立的艺术学校，校园主要坐落于纽约格林威治村。

28. 罗德岛设计学院，一所位于美国罗德岛州首府普罗维登斯的私立艺术学院。

想还有哪家。"

　　路易莎看了看表：时候不早了，得去找西蒙妮和诺拉，她们两人似乎一向缺乏时间概念。刚才大家说好在太平洋民族厅碰头，结果厅里空空荡荡，只有一家子法国人围在屋角巍然屹立的复活节岛人像玻璃钢标本周围。路易莎迈步走近时，他们拿出手机请她拍照，等到路易莎拍出一张全家福给对方瞧了瞧，照片中人个个笑容可掬，睁着双眼，那一家法国人便忙不迭地满口称谢。路易莎决定，不如去溜一眼玛格丽特·米德展[29]，谁让她迷得不得了呢。她向一个个玻璃橱走去，经过一条黑漆漆的小走廊，结果窘迫地退了几步，因为她正好撞破一对如胶似漆搂在一起的情侣。她转过身，猛然悟到情侣中有一个穿着红色瑞典打孔木屐，跟自己脚上的鞋一模一样。跟诺拉脚上的鞋一模一样。

　　路易莎只觉得脸上发烫。她想拔腿狂奔，可惜动弹不了。诺拉正倚在墙上，衬衣纽扣一路开到了腰间；西蒙妮的双手正在衬衫下游走。诺拉闭着双眸，软绵绵地垂下胳膊。路易莎一眼可以望见，西蒙妮的一只手正在往上，向诺拉朴实无华的白色胸衣挪去。"求你了。"路易莎听见诺拉说，随后眼睁睁望见西蒙妮的拇指隔着穿旧的胸衣抚上了诺拉的乳头。两人双双呻吟一声。路易莎转身落荒而逃。

---

29. 玛格丽特·米德（1901－1978）：美国人类学家。

CHAPTER 14

维尼·马萨罗下士心知光顾他爸披萨店的小鬼头们把他叫作
"机械战警"。鬼才在乎。总有一天，他会伸出自己令人胆寒、设
计繁复的义肢，用"铁拳"捉住其中一个小家伙。要不就那个胖乎
乎的红发小子吧，还不把小鬼头脸上的傻笑吓个没影。不然的话，
干脆用没受伤的那条手臂，用那只真手，把小屁孩晃晃悠悠地拎到
半空，伸出一根铁手指摸摸小子那肥嘟嘟、长着雀斑的脸颊，吓得
他又哭号又告饶，抽抽搭搭地道歉。维尼简直能眼睁睁望见小屁孩
的鼻涕泡。

暂停。

回退。

真不该沉溺于这种白日梦，既不"正面"又不"积极"，跟
维尼遵照医嘱进行"愤怒管理"该采用的方法不符。据他的愤怒治
疗师声称，"暂停""回退"是维尼应该采用的方法之一。话说回
来，可不能把愤怒治疗师跟理疗师、修复治疗师、职业治疗师混为
一谈。当初维尼装上政府出资的新义肢，却压根无法把一只黄色玩
具小鸭子举起并放下，连一次也办不到，结果当天维尼用义肢上的
金属钳把小鸭子绞了个粉碎。那时正是维尼的职业治疗师建议他去
上愤怒管理课。

维尼深吸一口气，闭上双眼。"回退"。"回退"。"回退"。
他想象着自己走到小屁孩那一桌，跟小家伙们一起放声大笑，把手
臂亮给他们看，亲切地解释这项技术是多么复杂，他的神经末梢又
是如何经手术再生，好让他用大脑操控假肢。"我想，我还真算得
上机械战警。"他会说，"半人半机器。"

"哇！"小家伙们会纷纷惊叹，"我们可以摸一下吗？"

"当然啦。"维尼会笑着在其中一个孩子肩上轻拍一记，用
的是他的真手。"来吧，来摸一摸。"他会说，"不比原来的胳膊
差。又不会热，又不会冷，还不会割伤刮蹭呢。比原来的胳膊强！"

除非你是维尼的前未婚妻艾米，不然的话，新胳膊确实更棒。
对艾米来说，新胳膊百分百比不上旧胳膊。假如你是艾米，你只怕
得假装不介意那条新胳膊，脸上挤出一丝笑容，喋喋不休地说些老
掉牙的套话，比如"内在重于外表"，直到有一天，当维尼终于开
始感到自在，随手将机械手臂放上艾米腰间时，艾米打了个寒噤。
毋庸置疑，维尼没有感觉到艾米打了个寒噤，（"嘿，小家伙们！
新胳膊体会不到变心！"）但他看到了，他又不瞎。更糟的是，因
为他不假思索地用了机械手臂轻抚艾米，他甚至体会不到肌肤相亲
的滋味，体会不到五指贴上了他曾心爱的美臀。可惜维尼还没有回
过神，便一眼望见艾米缩了缩，目瞪口呆地盯着他……

暂停。回退。

维尼做起了白日梦，想象着自己来到桌边跟小家伙们聊起了
天，就连红发小子也不再嗤嗤窃笑。他想象自己拿起丁点小、油腻
腻的塑料盐罐，孩子们一个个叹服不已。不是装蒜盐用的大硬纸
盒，那玩意简直是维尼的眼中钉。附近的墨西哥裔会把味道鲜美的
披萨全浇上一层蒜盐，有时还从衣兜里掏出小瓶辣酱浇到披萨上，

仿佛维尼祖父当年在那不勒斯压根没学懂该怎么做番茄酱。他妈的,难道番茄酱不是在那不勒斯发明的吗?维尼和他父亲维托还在照祖父的秘方做披萨呢。

暂停。

还是去拿盐罐吧,优雅地往自己肉乎乎的手掌上撒几颗,然后撒过左肩,像祖母教过的那样驱魔。小家伙们会纷纷鼓起掌来。

"嗯。"到时候,维尼会抛出几个"积极""向前看"的词汇收尾,既不要"一肚子怨气",也不要"自哀自怜"。"我是个幸运儿。"他会边说边朝孩子们挤挤眼睛,仿佛他是个见鬼的电影明星。

关键在于:维尼确实是个幸运儿,而他心里有数。他原本有可能不止丢一条胳膊,说不定还会丢掉小命。当初那颗土炸弹爆炸时,他原本可能并非走在小道右侧,而是走在小道左侧,跟他的哥们贾斯汀一样。当时贾斯汀可活得好端端的。"创伤性脑损伤",反正人们这么说,而不用那个该死的词——"智障"。贾斯汀回到弗吉尼亚的家中,一天到晚坐在电视机前流口水,靠他妈洗澡,靠他爸一勺一勺喂饭,被人用轮椅推到门廊上晒晒太阳,呼吸点新鲜空气,好让邻居们一个个透过窗户张望,只觉自己有福,摇头说道:"多亏上帝开恩哪。"每天晚上,贾斯汀由弟弟抱上床睡觉,次日醒来又把闷死人的日子整个儿重过一遍,直到他总算一了百了,永远地解脱。想当初,只要再熬区区五天,贾斯汀就可以平安返乡,一根指头也不会少。

因此没错,维尼是个幸运儿。他依然身强体健,大体算是没病没灾吧。若是乐意,他随时可以接管家里的生意,不只那家披萨店,还有街对面一家蛮不错的意大利杂货铺,卖的多是进口货。当初维尼祖父在亚瑟大道开杂货店时，附近一带还全是意大利裔，也只有意大利裔，一波又一波墨西哥家庭涌进这个街区则是后来几十年间的事了。维尼身边有能帮他、会帮他的家人。艾米见鬼去吧。或许有时维尼确实大动肝火，但他不正在想办法吗？他正在改脾气嘛。

孩子们已经离开了披萨店（他们还在笑他，维尼心里明白），维尼总算镇定了几分，直到他一眼望见玛蒂尔达·罗德里格斯走下街道。维尼心中顿时燃起了熊熊怒火，因为她就在眼前，大摇大摆地拄着拐杖穿过大街，仿佛她是该死的示巴女王，仿佛布朗克斯区的亚瑟大道是她的地盘，只等众人纷纷给她让道，为她开门，乖乖地给她拎包。接下来还想闹哪出？让人拉车给她代步？用天鹅绒斗篷把路上冰冷的水坑给她盖上？

不像话。她该走路才对。

维尼低头深吸一口气。回退。回退。回退。他千方百计想象着过去美好的一幕。

他回想起与玛蒂尔达初遇的情景，当时她刚到康复中心，维尼则在那里应对他的新胳膊，乏味得很。维尼想着当初她是多么乐观、坚定，多爱打情骂俏。不单单跟他一个人（维尼又不傻），玛蒂尔达跟每个人都打情骂俏，不过也不赖。她经常唱上几句，逢人就叫"亲爱的"，才不管对方究竟是不是比她年纪大。他记得她甩甩一头黑发，笑容明媚，让他想起她入院头几个星期穿过的一件粉色毛衣。当她撑着拐杖时，那件粉色毛衣不仅会紧裹住她的酥胸，让人一眼就能发现她没穿胸衣，还会往上缩，露出她的纤腰。他寻思着自己多么期盼摸一下那件粉色衣服，这个念头又让他想起了自己的机械手臂。假如真的摸上去的话，说不定会钩坏那件衣服，钩出一道缝来。玛蒂尔达会低头望望坏了的衣服，脸上满是遗憾的神色，说不定甚至有点厌恶。紧接着，她会调转目光用动人的杏仁眼望着他，而他能看得清清楚楚，看见那双眼中满是怜悯。

"下士!"玛蒂尔达已经到了披萨店门口。她的身边是表兄费尔南多。法学院放假的时候，那小子曾多次去康复中心探望她。此刻他正拿着玛蒂尔达的钱包和她买来的一袋袋东西。她的眼睛被寒气冻得水汪汪，她的微笑踌躇不定。她心知维尼对拐杖没有好感，维尼可不喜欢她不用假肢。

"我真饿得慌。我发誓，我可以一口气吃光五块披萨。"玛蒂尔达说着进了披萨店，向一个卡座走去。维尼望着费尔南多帮她舒舒服服地坐下来，把她的拐杖放到桌下。维尼一心想要问声好，不挑她的刺。于是他数到十，这才迈步走过，把湿漉漉的擦碟布塞进牛仔裤的裤腰。玛蒂尔达坐起身，抬头紧张地看着他，用"维托披萨店"的餐巾纸擦了擦鼻涕。维尼用没受伤的那只手撑在桌上，将脸凑近她的脸。

"见鬼，你那只脚上哪里去了。"他说。

CHAPTER 15

去年夏天出事当晚，利奥坐在急诊室里，风吹草动都让他一惊一乍。他宿醉未醒，吓得呆若木鸡，不停在脑海中回放撞车时的一幕，回放着玛蒂尔达的尖叫，以及更让人心惊的一刻——她不再尖叫的一刻。利奥生怕她没命。

利奥的急诊室床位紧挨着玛蒂尔达。他能听见她偶尔呻吟几声，医生们谈论着能否将断肢重新接上。她的右脚几乎从脚踝处被轧断了。一个医院翻译正在跟玛蒂尔达的父母说话。

跟普拉姆家素有交情的一位警方朋友在事故现场打了个电话给乔治，当时利奥正打电话给碧翠丝。乔治和碧翠丝离开了婚礼现场，一起赶到了医院。

乔治立刻跟利奥谈起了如何收拾残局。"我不在乎你记得些什么，"他轻声对利奥说，"总之，现在你什么都不记得。你头上受了外伤。"他冲着利奥渗血的下巴点点头，"明白吗？"

利奥正望着透过帘子偷听的碧翠丝，拿不准自己是该盼着妹妹的西班牙语还够用，还是该盼着妹妹的西班牙语跟她的诸多才能一样，渐渐变得派不上半点用场。碧翠丝正竖起耳朵偷听，勾着头，利奥发现她的双肩被晒得有些泛红。正如碧翠丝拥有的几乎所有东西一样，她身上的裙子是件古董。短短的黑裙，无袖，而碧翠丝正紧捂住自己的身子，仿佛千方百计在空调开得冻死人的医院里暖一暖。

其实，碧翠丝并不冷，她只是一心想要尽可能地听懂人家的对话，也就是说，她几乎全听得懂。有几个医学术语她无能为力，但当翻译向玛蒂尔达的父母解释断肢不太可能重新接上时，碧翠丝听懂了。翻译细细说起了并发症、排斥的可能性、强效药物、长期住院，以及玛蒂尔达在接下来几周或几个月中所需的康复治疗。即使重新接上断腿，却还有一段很长很长的路要走，最后仍有可能以截肢告终。玛蒂尔达的父亲告诉翻译，他们没有保险。事实上，他们是非法移民。

"没关系，"碧翠丝听见翻译说，他的语气急迫但又和气，"你有权接受妥善治疗。"

一名护士轻声插了嘴："如果你们想要重新接上断肢，那我们时间不多了，我们必须在断肢上做些准备。"

碧翠丝听见玛蒂尔达的母亲用带着浓重口音的英语对医生和丈夫说，"没有脚怎么过日子？"她那极度痛苦的声音直刺人心。"她将来会怎么样？她怎么走路？怎么工作？"

"不，妈妈，别这样。"躺在床上的玛蒂尔达说。因为受了惊吓又打了吗啡，她的声音含糊不清，恍恍惚惚。"开车的那个男人会帮我。他有人脉，音乐界的人脉。这只是一场事故，一场糟糕的意外。他会帮我，以后再也不用当女招待了。"

"你的音乐？"她妈妈难以置信地说。她又说起了西班牙语，语气苦涩而惊惶，"你没了一只脚，这个人还会把你捧成明星？"

"我不要待在这里。"玛蒂尔达哀求道。

翻译正在跟医生讲话，但碧翠丝听不清他们在说些什么。她走到利奥身边，哥哥手中还紧攥着一片染血的白色衬衣，那是玛蒂尔达的衬衣。护士清洗了伤口，去取缝合线准备给利奥的下巴缝针。乔治向帘子伸手一指："听到什么有意思的消息了吗？"

碧翠丝犹豫不决。刚刚听到的对话不关她的事，不该她来传话。她深知乔治的为人。

"碧翠丝？"

"听到了一点，他们在商量要不要截肢。"碧翠丝说道。

乔治叹了口气。"不是什么好消息。"

碧翠丝向利奥转过身。在急诊室的荧光灯下，利奥的下巴裂了缝，充血的双眼水汪汪的，目光茫然，显得筋疲力尽、惊恐万状。他想要挤出一丝微笑。有那么一会儿，利奥看上去像个没长大的小男孩，于是碧翠丝握住了他的一只手。

"我不明白出了什么事，"利奥对她说，"前一秒我们还在……"

"嘘。"乔治抬起一只手，拦住利奥，"以后再说也不迟。"

利奥把碧翠丝的手握得如此之紧，她的五指开始发麻了。"当心点，力大无穷的'超人'。"她说着扭扭指头，不让他攥得那么紧。

"超人，没错。"利奥轻轻摸了摸下巴，皱起眉头，"现在'超人'倒真帮得上忙，让他飞上天倒转地球，好让时光倒流。"

"回到那干得不得了的蟹肉饼端上来之前吗？"碧翠丝说道，尽力不让利奥注意到帘子另一头传来的哭声。

"还不如回到2002年初呢。"

这话碧翠丝听着很顺耳——那是利奥卖掉《畅谈》并遇见维多利亚之前。塔克尚在人世，碧翠丝的书刚刚出版。在碧翠丝心中，那年是一道分水岭。自那以后，那个她曾深爱的利奥，曾与她亲密无间的密友，渐渐消失了踪迹，成了另一种模样。

利奥看上去马上就要掉下眼泪。碧翠丝吓坏了。"我怎么会落到这种田地?"他说。碧翠丝忍住不去紧盯利奥下巴上的裂缝,那会留下一道疤。"我怎么会摆下这么个烂摊子?"

碧翠丝心头猛震:从利奥的话里,她听出了几分反思、几分追悔、几分隐约的歉意。真是多年没有听到了。

"总会雨过天晴的。"她感觉很无助。

"我可说不好。"利奥说。帘子另一头传来了一阵动静。玛蒂尔达的父母似乎在用西班牙语争执,翻译则尽力想要插嘴。"我觉得,这回离'雨过天晴'可差得远。"

碧翠丝把手搁上利奥的后背,他朝她歪了歪身子。碧翠丝打个手势让乔治凑近些,趁自己还没有改变心意,飞快地轻声说了几句话。"我还听到了些别的消息。"

"什么消息?"乔治问。

"她的父母是非法滞留。"

自从迈进急诊室以来,乔治第一次露出了笑容。"这才是好消息嘛。干得漂亮。"他伸出一根指头直指利奥,"你还是免不了要花一大笔钱消灾,不过这消息我派得上用场。"

帘子的另一头,一片争吵声中传来了玛蒂尔达的声音,显得越发响亮,越发坚决。"取掉,妈妈,取掉![30]"

取掉[31]。截肢。紧接着,翻译对医生说:"他们想让你截肢。"

"我认为这是个明智的决定。"医生说,"手术不会拖泥带水,能保住多少骨头,我们就尽可能保多少。"

---

30. 原文为西班牙语。

31. 原文为西班牙语。

CHAPTER 16

　　清晨，西76街。碧翠丝坐在破晓前的一片漆黑中，双手握着一杯甘菊茶，只等着热气从她最心爱的马克杯上传过来，暖一暖她那冻僵的手指。餐桌搬到了冬季摆放餐桌的位置，别扭地塞到了屋子一角，有点堵住通向客厅门口的路，但好歹离外墙和两扇破烂的窗户远远的。那两扇窗户俯瞰着一个通风井，井里的鸽子和啮齿类动物多得让人头皮发麻。碧翠丝心知自己算是走运，居然厨房里还有几扇窗户。事实上，居然还有能容下一张桌子的厨房，尽管那两扇拉绳框格窗跟保鲜膜一样不顶用。在夏季，伤痕累累的木材会遇热发胀，年深日久的一层层漆和油灰变得又黏又腻，窗户根本打不开。在冬天，木材会遇冷收缩，结果一阵接一阵寒风从窗户漏进来。碧翠丝身穿一件睡衣，又裹了一件厚毛衣，端坐等待着暖气管道发出"嘶嘶""咣咣"声，表明时间已到了清晨六点半。在那之后，只要再过十分钟，屋子便会暖和起来。谁让她起得太早呢，天气冷得很。

　　碧翠丝睡不着，原因有两个。首先，是因为西莉亚家那个梦魇般的派对。其次，毫无疑问与第一个脱不了干系：她做了个让人揪心的梦，梦到了塔克。她并不经常梦见塔克，这倒是件好事，因为在碧翠丝梦中，他通常紧张又沮丧。梦中的塔克不会讲话，正如中风后弥留之际的他。他通常会在梦中写些只言片语，可惜碧翠丝一向读不懂，要么那些字句模糊不清，要么她一直忘记把字条放在了哪里，不然的话，假如她竟然破天荒地读懂了他写的字句，等到第二天一觉醒来，她却再也想不起来了。有些时候，碧翠丝会一整天记挂着那些梦，害得她战战兢兢、闷闷不乐，正像今天这副模样。碧翠丝想不通，一段在现实生活中风平浪静、安安稳稳的恋情，在梦里为什么会变得这么棘手。结果她认定，塔克代表了她在潜意识中苦于写作的那方面，于是一切都说得通了，解释了她的内心与灵魂深处为什么非要用塔克来表达她对自己的不满。塔克去世已经快三年了，碧翠丝却依然一天到晚想起他，多半是想起初遇时的他，当时塔克站在教室前面，给他的学生朗诵诗歌，他那清朗的声音让学生如痴如醉。可惜到了最后，这副好嗓子他却再也用不上了。

出书后，碧翠丝在塞维利亚[32]待过一年，然后去上了塔克的课。在西班牙的一年中，她发现自己过得浑浑噩噩，除了坐在西班牙小食店里抽烟、喝雪利酒、练西班牙语、给朋友们写写搞笑明信片外，基本上什么也没做。回家的时候，她能讲一口流利的西班牙语，可惜一个字也不会写。

"要不参加个写作小组，或者去上上课？"当时斯蒂芬妮还没有当回事。

"上上课？"碧翠丝说。

"不是小说班啦，去上上别的课吧。诗歌课程啦，非小说类课程啦，好歹练练手，说不定很有意思呢。"

"比如去'新学院'学学'诗歌入门'课程之类？"碧翠丝很

---

32. 西班牙地名。

火大。她可有个艺术硕士学位。

"不，当然不是，上一门跟你程度相当的课，比如塔克·麦克米兰在哥伦比亚大学开的课，你可以旁听。"

碧翠丝没有理睬斯蒂芬妮的提议，谁知几天后，她却在某个聚会上遇见了塔克。她深深地拜倒在了对方脚下。塔克魅力四射，长得轮廓分明，某些年长男人似乎正是这样，直到中年时期，眉目才终于长开。碧翠丝见过塔克的照片，照片中的塔克年轻一些，单薄一些，看上去受自己的皮囊所累：鼻子太大，嘴唇太厚，耳朵太宽。但跟塔克相遇的时候，他的面孔已经经历了岁月的磨砺，颇有动人之处。还有他的声音，碧翠丝一辈子最后悔的事情之一，就是没有把他的声音录下来。他的声音是那样的动听。

"哎呀，碧翠丝·普拉姆。"塔克用双手握起她的一只手，把注意力全放到了她身上，"真人跟你的照片一样美。"碧翠丝说不准塔克是否在拿她打趣。当时那篇"星光才女"报道刚出炉不久，尽管摄影师为那篇报道简直拍了几百张照片（有的在桌边，有的倚着窗户，有的蜷在椅子上），他却从拍摄快要结束时抓拍的三张里面挑了一张。当时碧翠丝已经筋疲力尽，趁摄影师换镜头的时候倒在床上躺了片刻。"乖乖待着别动。"摄影师说着，站在床尾的一把椅子上俯拍了几张。照片中的碧翠丝斜躺着，张开双臂，看上去昏昏欲睡，明目张胆地招蜂引蝶（她倒一直在跟摄影师调情，但她不是在跟整个世界调情呀）。不少媒体网站拿这张照片开涮，提到它的次数比提及碧翠丝在文章中的任何言论都多。她至今对那张照片窝着一肚子气。不过，假如不是涉及职场的话，她原本会很喜欢它。

"反正我不会挑那张。"在那场派对上，碧翠丝想要扮出不屑的口吻，但又不想显得嘴硬。

"为什么不呢？"塔克目不转睛地盯着她，碧翠丝不由后退了几步，"黄裙子、阳伞、倒吊的鸭子。我觉得妙极了。"

"唔，"碧翠丝说着松了一口气，"那张照片我也喜欢。"

"我还不知道有别的照片呢。"塔克说，"那我一定要找出来。"

"你提到的就是最棒的一张。"碧翠丝回答。她能感觉到双颊发烫，于是迈步想要走开。对方竟然如此凝神望着她！真让人心神荡漾。

"别急着走。"他伸手放上她的胳膊，碧翠丝整个人都被点燃了，"这里的人个个都很无趣。别走，给我讲个有趣的故事吧。"

接下来的一周，碧翠丝去上了塔克的课，之后每星期必到，学了整整一年。她是个好学生，认真、勤奋、不多话，也不摆架子。她并不擅于作诗，但斯蒂芬妮没说错，若是不求结果，尝试新事物很有意思。

一直等到不再上塔克的课以后，碧翠丝才跟他上了床。在塔克眼里，碧翠丝不情不愿，是因为他几乎整整比她大了二十岁，有家有室，膝下有成年的子女。但其实原因并非如此。碧翠丝只是不想跟老师上床，不希望他们两人的故事有个这样的开端。再说了，当时他们俩偷情已成定局，只是迟早的事。两个人都心知肚明，他们之间必有故事。

不然的话，至少这是碧翠丝在塔克面前的说法，其中也不乏真话。但除此之外，还有一点也千真万确：塔克渴慕着她，而她爱这份渴慕所给予她的力量。碧翠丝写不出小说，因此感觉自己滥竽充数，甚至到了惊恐的地步，而塔克的恋慕抚慰了她的心。她深爱着那个秘密——他们必将走到一起。刚开始的时候，她不择手段地挑逗他，约他私下碰头，赴约时打扮精心，仿佛恨不得轻解衣衫，尽管她心知不会走到那一步。她随身带着塔克的一颗心，仿佛在口袋里揣了一枚魔法硬币，只等她准备妥当就可以拿出花来。

两人开始偷情后没多久，塔克便在上西区找了一间公寓，好有个地方跟她相处，免得再待在下东区碧翠丝那间蟑螂出没的工作室里，那里时不时还有个瘾君子在大堂里昏迷不醒呢。塔克原本准备与他太太分手，毕竟他的子女已经长大成人，他太太全年大多数时间又在都柏林教书，但碧翠丝倒挺安于现状。她需要独处。

碧翠丝把过往岁月仔细地捋了捋，它似乎不再是一团乱麻。先出版了作品集，然后在塞维利亚待了一年，千方百计想写出那本所谓的"成长历程小说"。（结果没写出来。）次年回到了纽约，对各类邀约来者不拒——读书会啦、会议啦、访谈啦、小组讨论啦，还邂逅了塔克。接下来一年，塔克让她回绝了所有邀约，因为她正动笔写作，（总算动笔了！）随后两年，她便再也没有收到邀约了。（她依然笔耕不辍。）某一年，她把所谓"心灵成长小说"搁置起来，投入了保罗·安德伍德麾下，因为她的预付金早已经花得精光；某一年，她干脆把"心灵成长小说"抛到了一旁，又写起了所谓的"成长历程小说"。塔克得了中风，招来一堆事，于是她把那两年花在了照顾和爱护塔克上，一个字也没有写。塔克去世，于是她花了一年时间伤心，还试着一劳永逸地挽救那本小说。（当时小说已经是初稿和再稿交织在一起，一本又臭又长、算不上有多少"心灵"元素的成长小说。）到了去年，碧翠丝算是彻底死了心。整整十一年的时光、心酸、汗水和拿不出手的段落，但当她这样一一捋清时，却也似乎并不费解。不过话说回来，她每天都干了些什么？一晃许多年已经过去了，除了在《纸纤维》的那份工作，怎么她连一件像样的作品也拿不出来？没有高薪，没有孩子，没有另一半，连只差劲儿的宠物也没有。

塔克去世后，碧翠丝便打算搬出去。那是她第一次开口向弗朗茜提前预支"安乐窝"款项，也是她一辈子唯一想到"安乐窝"的一次。接到塔克律师电话声称房子在她名下时，碧翠丝万分震惊。房贷已经付清了。塔克生前很为她担心，当初他就对"安乐窝"说不清道不明的法律和金融框架不屑一顾、半信半疑。

"假如真有笔信托基金给你，那就该有财务报表和执行人，而不是你那个蠢老妈，该有人保护你的利益。"

碧翠丝一笑置之。"这些人你根本不了解，我家里人就这副模样。"

嗯，碧翠丝万万没想到，塔克的眼光竟然这么准。不过多亏塔克，现在利奥如何还钱、什么时候还，以及究竟还不还，碧翠丝都没什么意见。无论从字面意义还是比喻意义上讲，这间公寓才是她的"安乐窝"。她大可以一直待在这儿，靠一份不算高的收入生活。可以出售，搬个便宜点的地方，安心地过上很长一阵子。家里人都不知道她有房产，不关任何人的事嘛。

有件事她没有去深究：塔克还给她留下了一笔现金，总数差不多恰好等于碧翠丝必须还给出版商的预付金。她宁愿认定这是个令人难堪但又侥幸的巧合，而不是她心底早已深知的一件事：塔克看穿了她身上的某些特质，而她自己却死不承认。

昨夜梦里，塔克千方百计想告诉她一些重要的事。他用能动的那只手猛戳一张纸，可惜碧翠丝无法辨认他写的字句，无法睁着眼睛集中心神。一次又一次，她琢磨着塔克对她的新作会有什么看法。她觉得会合他心意。

她站起身，开始整理桌上的烂摊子：一堆堆笔记本、好几支钢笔、两瓶墨水、几卷美利奴羊毛、纺锤。碧翠丝打算给梅乐蒂的双胞胎织连指手套，已经想好了织法。她拿起一小袋大麻和卷烟纸。有那么片刻，她恨不得装作今天还是周日，好好"嗨"一下，把一整天花在织手套上。可以请个病假嘛，保罗不会计较。可惜她不该这么做，不能这么做。

暖气片终于开始运转了。碧翠丝拿起《埃德娜·圣文森特·米莱诗集》。今天一觉醒来后，她便一直在读这本书，一边思念着塔克和他深爱的诗歌。她的手指很僵，于是758页的大部头失了手，"哐当"落在高低不平的硬木地板上。碧翠丝还没有来得及回过神，楼下邻居已经用扫帚柄在天花板上敲了起来。"他一定走到哪里都带着那把扫帚吧。"碧翠丝心想，"他一定睡觉也抱着那把扫帚不放。"这人到底睡不睡觉？还是一天到晚无比警觉地坐着，紧攥着扫帚柄，只等她闹出什么动静来。

"对不起，哈利。"她透过暖气片朝下喊道。

她并没有什么歉意。碧翠丝对哈利没什么好感，那个七十多岁的鳏夫一直住在她楼下。多年来，她发现只要说上几句道歉的话，就能让哈利乖乖地消气。对哈利敲天花板越是置之不理，他就越发敲得凶。碧翠丝失手掉了个苹果，或者脚穿高跟鞋走上两步，哈利都曾经"哐哐"地抗议。哈利是个讨厌鬼，但碧翠丝心知他孤苦伶仃，两人之间经常上演的这一幕给了他几分慰藉，将她喧闹的生活与他死寂的生活串在了一起，尽管那纽带是凶巴巴的埋怨与道歉，两人之间的互动却好歹让他心定。

但话说回来，什么时候哈利的耳朵才会不这么灵？什么时候他会身体虚弱得无法自理？有些时候，碧翠丝会做做白日梦：哈利命在旦夕，哈利的家人打算把楼下公寓卖给她，价格便宜，远远低于市场价。哈利的儿子对碧翠丝颇有好感，有时会致电碧翠丝，确保哈利平安无事。他住在芝加哥，并不经常回来探望。假如哈利的公寓归碧翠丝所有，她会把地板打通，安一架简单的旋转楼梯。到那个时候，她就会有两层楼，再也用不着搬家了。她会有一间名副其实的办公室，配一间书房，还会有一间客房。

　　当然，就算人家打个折用便宜得不得了的价格卖房给她，她也依然买不起，假如没有"安乐窝"那笔钱的话。一想到"安乐窝"，碧翠丝不禁想起了她的新作（新作不赖），紧接着想起了利奥和梦中的塔克，于是她点燃了一支大麻烟卷。不知道利奥今天会不会去办公室，或许该约他一起吃顿午饭，咬牙放手一搏。她想象着将新作交给利奥，利奥热情又激动地读着，嘴里说道："我就知道你有这份本事!"

　　他曾经是碧翠丝最铁杆的粉丝，处处罩着她。她记得自己念高中的第一年，利奥正在念高中毕业班，某次文学杂志会议后（利奥担任杂志编辑，碧翠丝则是成员），碧翠丝听任康纳·贝灵汉在学校停车场他那辆车的后座上对自己胡来。跟康纳亲热的时候，碧翠丝又是心醉，又是失落。心醉，是因为她盯上康纳已经好几个星期了。除了英俊、人气旺且担任班长以外，康纳居然还向杂志投了一份稿，文章非常出色，害得碧翠丝一直记挂着他，记挂着他那篇文章和文章的最后一句，那句写着："我又气又恼，对她有几分依恋，同时心里又非常难过，只好转身走开了。"[33]与此同时，碧翠丝暗自失落，是因为康纳不肯开口谈论写作。她实在弄不懂。而且说

---

33. 本句引文出自弗朗西斯·斯科特·菲茨杰拉德的小说《了不起的盖茨比》，译文出自巫宁坤译本。

实话，她也不懂这个显得有点蠢的人怎么写得出如此动人的词句。

"再来点。"康纳说着，递过来一只小酒瓶。酒瓶闪着银光，她觉得拿在手里有点沉。"爱尔兰威士忌。是我爸的，好货色。"

"我最爱的作家中，有一些就是爱尔兰人。"碧翠丝说。

"是吗？那我敢保证，他们准喝这玩意。"

"你最喜欢哪些作家？"她露出明媚的笑容，只盼他的目光能落在自己身上，而不是落在窗外。

康纳摇了摇头，笑了一声。"你还真是一根筋呀，知道吧。"

她耸了耸肩膀，低头凑近酒瓶深呼吸了一口，想象自己闻到了爱尔兰的气息——先是芳醇得出人意料的酒味，随后是一抹辛辣，浓郁的泥煤与烟熏香味。

"致爱尔兰。"碧翠丝说着举高酒瓶，长啜了一口。她喜欢这酒。康纳喜欢这酒。康纳喜欢她！她又喝了几口，两人一起放声大笑，至于为什么笑，碧翠丝说不清。接着他们又接起了吻，他的手渐渐向下游去，她不由僵住了。"放松些。"他说。碧翠丝灌了一大口酒，紧接着再喝一口。在冰冷的、钢铁质感的酒瓶上，她可以感觉出些许异样。她朝着窗口举高酒瓶，映着路灯的光读着上面刻的字。

"'猎手'是什么意思？"她问他。

"没什么。是个傻兮兮的绰号。"

"我还是走吧。"她意识到自己醉得厉害。

"别走啊。"他说。

"你看看窗外。"她听上去口齿不清，"开始下雪了。我该回家啦。"窗外黑漆漆的，她难以集中心神。康纳凑过来了些，一只手探进了她的裙子。

"'报纸说得对：整个爱尔兰都在下雪。[34]'"他在她耳边低语。

　　"乔伊斯。"她低声说，向他转过身。

　　"没错，"他说，"乔伊斯。我喜欢詹姆斯·乔伊斯。我好歹还是有个喜欢的作家。"就这么一句话，她的决心不见了踪影，并紧的膝盖像盛开的牡丹花瓣一样展开。到了周末，他没有来电话，碧翠丝并没有多想。她暗自心想，周一一早，当她经过他的储物柜时，他一定是没有看见她。午餐时分，她晃悠到他坐的那张桌旁，站了一会儿，只等他看见自己，然后微微一笑，约她一起坐。可惜过了好一会儿，他的朋友一个个瞪眼望着她，其中一半很困惑，另一半则露出了傻笑。他这才抬头一看，扬起了眉毛。

　　"嗨。"她尽力让自己继续一头雾水，因为她心知，待会儿的情况只怕更糟糕。

　　"我能帮你什么吗，碧翠丝？"

　　她明白自己的一张脸涨得通红，明白可能连耳朵尖都红了。她可以感觉到膝盖冒出了冷汗。不知怎的，她鼓足了勇气转身走远。她听见他对桌上其他人咕哝了几句话，他们一起笑出了声，有几个还开心地捶了几下桌子。

　　（几年后，在某女性主义文学课上讨论色情文学时，碧翠丝第一次听到"阴户"这个词，她清楚地记起当初那只酒瓶在她嘴里的感觉，金属银的硫磺味，威士忌与泥煤的气味。她会好几天、好几个星期脸红发烫，悟到"猎手"意味着什么，也悟出当晚康纳的一只手探进她的内裤松紧带下时，轻声自语的那声"17"是什么意思。）

　　"我真蠢。"她一遍又一遍对利奥说着，又是哭又是擦鼻涕，

---

34. 本句引文出自詹姆斯·乔伊斯短篇《死者》，译文出自王智量译本。

"我简直不敢相信自己这么蠢。"

"康纳·贝灵汉？"利奥想不通。那小子明明是个废柴嘛。

"他写了一篇好得不得了的故事，"碧翠丝说，"你读过了吗？你读到最后一句了吗？"

"他从《了不起的盖茨比》里抄来的那句？嗯，我读啦。我没告他剽窃，算他走运。"

碧翠丝原以为自己的心情已经跌到了谷底，但她闻言弯下了腰，呻吟起来。"我，真是太蠢，太蠢了。"

第二天，利奥便写了一首五行打油诗，署名"佚名"。他把打油诗打印出来，复印了好些，于是还没到午餐时分，几乎全校都已经拜读了他的大作，诗里写的是某个没有透露姓名的男生，他的一连串"猎艳"事迹，以及男生在汽车后座，女孩终于落进男生的魔掌，却没有一次不以他可悲的早泄告终。诗中男生的身份一眼就能看出来，却偏偏又没有点明，所以人家也抓不住小辫子，没办法为难利奥。再说了：要是康纳自己否认，意味着把"早泄"的帽子往自己头上扣，而利奥明知他绝不会这么做。刚开始的时候，所有人都以为"佚名"就是碧翠丝，尽管她自己从没否认过，好些被康纳占过便宜的女生却声称这首诗是自己写的，然后也动笔写诗讨伐康纳（利奥会暗地里鼓励她们，通常还会帮帮忙），不久又讨伐起了学校里的其他坏蛋。到了最后，"佚名"成了那一年的焦点，闹得越来越凶，也越来越多人自称是"佚名"，校方终于插了手，禁了"佚名"写的一切东西。后来，碧翠丝认定，那首傻兮兮的打油诗其实便是利奥创建《畅谈》的开始——至少是起初的《畅谈》，在它变得绝望、卑鄙之前。

她打开米莱诗集，翻到塔克曾经钟爱、有时还会念给她听的诗：*我求求你，如果你爱我，请容我快乐。* 她太烦躁，没法读完整首诗。她又倒上一杯茶。上帝啊，她欲火难耐。多久没有做爱了？她走进卧室，在床头抽屉里翻找着微型按摩棒，拿出来打开。什么动静也没有。没电了。

碧翠丝抬起头，望见了站在镜子前面的自己。因为刚起床没多久，辫子显得乱蓬蓬的，面颊周围的几绺头发已经泛白，看上去面无血色，眼睛布满血丝，抽大麻抽得两眼无神。难道她已经沦落到了这步田地？一个中年女子，手持没电的按摩棒，家里囤着一堆打印出的纸页，仿佛那是一堆死猫？她嗑得太"嗨"了。她能听到莉娜·诺瓦克的声音，仿佛莉娜正站在她的卧室里。"碧翠丝·普拉姆的日子一定很难熬。"

"我的日子一定很难熬。"她对着镜中的影像大声说，"碧翠丝的日子一定很难熬。"她把按摩棒往抽屉里一扔，动身去取外套。"请容我快乐。"——她会这么跟利奥说。读一读这些稿子，告诉我写得很棒。"他妈的，请容我快乐"。

CHAPTER 17

大学勉强毕业后，过了几个星期，杰克带着一个十分明确的目标搬到了格林威治村：做爱，做个昏天暗地。说到这方面，瓦萨学院实在不尽人意。杰克本来以为，有了学生ID和大家梦寐以求的宿舍，想上床就上床的时光指日可待，谁知道事实并非如此。刚开始，杰克认定，这一切全怪统计数据：谁让瓦萨学院的前身是家女子学院呢，学校里的男同总数根本赶不上女生。紧接着，他又认为问题在于艾滋，它让同性恋社群声势大减。但是，与其说瓦萨学院的同性恋群体很惊恐，不如说他们很恼火。纽约市以南九十英里的地方，拉里·克莱默[35]吹响了愤怒的号角，而瓦萨学院那些多半出身富裕家庭的白人男女群起呼应。他们组织起来游行、抗议、激辩，又是质问，又是提要求。杰克发觉，原来怒火并非春药，怒火让人筋疲力尽。

杰克并不反对行动主义，但在他眼里，校园政治似乎只是小菜一碟，几乎有点可笑。那是最容易不过的行动主义，由一群十几二十岁的理想主义年轻人挑头起事，这群家伙连他们那位于波基普

---

35. 拉里·克莱默：美国编剧，作家，LGBT权益活动家。

西[36]的象牙塔也没有踏出过一步。由强烈道德感推动的启蒙无可厚非，但它似乎也利己得露骨，惹得杰克一肚子气。多年后，当爱国主义浪潮在"9·11"事件后席卷纽约时，杰克也同样看不过眼。那些挥舞着美国国旗的人也会低声承认最近刚刚把房子挂牌出售，同时又盯上了新泽西、康涅狄格或他们中西部家乡的房产——"谁也不会开架飞机去撞圣路易斯拱门嘛。"杰克认定，若论真正的爱国主义，那他的美国同胞就该在"9·11"后好好内省，承担点罪责，承认恐怖袭击在某种程度上是因为美国人民在世界上扮演的角色。可惜事实并非如此。转眼之间，在每个盛大的公共集会上，杰克那些原本不信神不信鬼的邻居们手捂心口伫立着，庄重地向美国宣誓效忠，唱起了《天佑美国》[37]。

"真盼着凯特·史密斯[38]从未降生啊。"一天晚上，杰克在某晚宴上说道，激起了一场关于爱国主义及其优劣性的激辩。坐在桌对面的女子喋喋不休地念叨着平民在战争时期及面对恐怖主义时的职责，直到杰克掰下一块法棍面包，朝她扔了过去。杰克的本意是吓吓她，好让她闭上嘴，并不是正好击中她的下巴。甜点还没有上桌，杰克和沃克就离开了。

不过，当杰克大学时代最铁的死党亚瑟在"男同性恋健康危机"组织找到一份工作，并约杰克跟他一起同住巴罗街的一间公寓时，杰克欣然同意了。杰克倒更愿意住在切尔西[39]，那里的男同社群更年轻、更潮，但巴罗街也不赖。巴罗街有种切尔西及不上的品

---

36. 瓦瑟学院位于美国波基普西市。

37. 又译《上帝保佑美国》。美国词曲作家厄文·博林于1918年创作的著名爱国歌曲。

38. 凯特·史密斯（1907-1986）：以演唱《天佑美国》著称的美国歌手。

39. 又译雀儿喜，美国纽约市曼哈顿西侧的一个地区。

味，历史悠久，距"石墙酒吧"[40]只有几个街区。杰克告诉亚瑟，假如能去"男同性恋健康危机"组织当志愿者，他当然求之不得，真是恨不得冲上前线做些重要的事。

但实际上，杰克盼的是跟人上床。不是庄重、左派、学院风做爱，那种做爱要说的话太多，润滑剂又太少，而是格林威治村克里斯托弗街风格的"打炮"——有情趣、没头脑、神魂颠倒，根本不知道对方姓甚名谁。

后来杰克发现，也算是因果报应，到西村后仅仅几个月，他便遇到了一生挚爱——沃克·班尼特。

沃克一向喜欢声称，自己生来就是个"同志"，生来就老气横秋。他在格林威治村长大，父母是四处奔走的兼职教授，自封为社会主义者，时不时实施开放婚姻，一度涉足双性恋，还推掉了终身教职，因为它无非是个串通一气的联盟，目的是保护被宠坏了的上流社会的利益。当沃克在高中向父母出柜时，父母的反应跟他宣布要从练小提琴换成大提琴差不多。

沃克早就明白，自己希望过一种跟父母不同的生活：他的父母数着一笔笔薪水过日子，赶在垃圾回收车出动的前一晚到街上收集家具，清点沙发垫里的硬币付外卖叫的炒饭。八十年代中期从法学院毕业以后，沃克回到了西村，打算在暑假曾经实习过的那家律所工作，谁知却发现邻居和熟人们铺天盖地地向他涌来，其中大部分是"同志"。这一大帮人不知为什么突然病倒，生命垂危。他们要么希望沃克帮他们立份遗嘱，要么对抗驱逐令，要么解读他们的

---

40. 位于美国纽约市的同志酒吧。

伤残保险。短短几个月，沃克手头的活就多得做都做不完，有些是从"男同性恋健康危机"组织接来的，有些则是从地位显赫、通常没有出柜的"同志"商圈里接来的。这些人信任沃克。他向腰包鼓鼓的客户收取高额费用，从而得以无偿接下大量工作，这一点深得他的欢心。一年之后，沃克便雇得起人，租得起办公场所了。没过多久，他就在这一带扎了根：沃克，和蔼可亲、身材稍胖的社区律师，几乎什么差事都接，即使你破了产，尤其当你是个"同志"。

遇见杰克的那天晚上，沃克一时兴起，去了克里斯托弗街码头附近那家喧闹的酒吧。他通常偏爱较为静谧的"同志"酒吧，但当天他实在累得很。他还穿着上班所穿的衣服，穿过周五夜晚活力四射的人群时，他一眼望见了杰克。谁能不注意到杰克呢，他正敞胸露怀，穿着短得不得了的短裤，独自入神地伴着《我会活下去》的曲调跳舞。沃克恨死了那首蠢歌。身边人有谁敢说自己"会活下去"？沃克有两个客户病倒住进了圣文森特医院隔离，结果本周双双撒手人寰，这样一来，最近一个月总共去世六个人了。他得喝一杯才行，喝得酩酊大醉才行。当他来到吧台边，杰克却向他挥起了手，叫他过去。沃克寻思着是否跟此人见过面。对方是个客户吗？还是客户的朋友？

"我们见过面吗？"他对杰克高喊道，千方百计压过那"砰砰砰"震耳欲聋的迪斯科节拍。杰克摇了摇头，从头到脚审视着着沃克，向沃克的耳边凑了过来。他的脸颊濡湿，闻起来有股汗味和某种太甜蜜的古龙水味道。"那身西服看上去很难受嘛。"因为刚唱过歌，杰克的声音有些沙哑。他递给沃克一杯龙舌兰酒。

沃克一反平日的风格，不由自主、肆无忌惮又满怀希望地举杯喝干了酒，把空杯子搁上吧台，一把搂住杰克汗涔涔的后脑，狠狠地吻上了他的唇。

杰克回吻了沃克，接着抽开身子，咧嘴笑道："要不我们宽衣解带来欢度周末，你觉得怎么样？"自那以后，他们就成了一对。

杰克站在他与沃克位于格林威治村的卧室窗边，（严格说来，是在西村的外围；要是不住在哈德逊河的船屋里，杰克与沃克的寓所只怕就是你一路往西能走到的最远处了。）遥望着一艘嘉年华游轮在河中央徐徐行驶，准备去接88码头的乘客。说不定再过一会儿，就能见到这艘船被拖到不冻港，然后向南驶去。在杰克看来，乘船游览似乎是个好主意，只要能让他离开纽约，别再去想利奥和利奥那摊让人头痛的破事，那什么主意都行。

今天下午寒气入骨，河边的自行车道上人迹寥寥。街对面的克里斯托弗街码头已经今非昔比，不再是二十多年前杰克与沃克刚搬来时那个破旧、自由出入的猎艳地了。当时你大可以去那里寻欢作乐整个下午，或者趁天气晴朗做个裸体日光浴。市长朱利安尼整肃了码头，把滨水区全都打造成了小径和小公园，供步行的、骑自行车的和推婴儿车的行人使用。（"猪利安尼。"沃克会说。沃克痛恨朱利安尼专横独断的风格，几乎赶得上他痛恨郭德华[41]死活不肯出柜了。）

尽管经过清理，码头却依然是年轻"同志"聚集的地方。无论寒气多么刺骨，码头上却总有些不怕冻的家伙缩成一团，竭力不让风吹熄打火机。杰克想知道，如果这群家伙待在码头是因为没有地方可去，他们为什么不待在学校呢？他对码头上的少年颇为艳

---

41. 此处指纽约前市长郭德华（1924－2013），曾任美国众议员及纽约市市长。

羡，人家一个个蹦来蹦去地取暖，喝的是纸袋里的啤酒，总之无忧无虑。假如你年方十七，青春少艾，又身在纽约，你有什么需要担心？天会塌下来吗？小鬼头们会担心自己是"同志"，担心不得不告诉家人吗？杰克倒是希望身为"同志"是折磨自己的唯一一桩心病；如果需要坦白的不过是这桩心病，他宁愿赴汤蹈火。

杰克取出手机，打开"跟踪狂之城"。家庭午餐那天，梅乐蒂向杰克介绍了这款APP，尽管杰克当时还拿它开涮，但当梅乐蒂把APP装上他的手机，"连上"沃克时，他却并没有拦住她。

"这玩意让人上瘾，"梅乐蒂说，"等着瞧吧。"

整件事让沃克一头雾水。"我不是走到哪里都告诉你吗？再说，我反正不是在工作，就是跟你在一起。你干吗还要在手机上查呢？"

"我确实用不着在手机上查。"杰克说，"不过知道查得到，倒是很有意思。让人心头发毛，但很有意思。"

确实"让人心头发毛"，但杰克不得不承认，梅乐蒂说得对，打开屏幕，见到那个显示着沃克面孔的图标，见到移动的蓝点——一会儿在药店，一会儿在杂货店，一会儿在沃克的办公室，也确实"让人上瘾"。现在沃克正在健身房里，或许正蒸着桑拿琢磨晚餐吃些什么，而不是在锻炼健身。能够见到沃克四处走动，见到他们俩的生活如何密不可分，见到沃克的世界多么小，多么以他为中心，反而让杰克感觉所处的财务危机更加难以承受。

杰克心知，自己至今还活着，或许应该归功于沃克，虽然他已经不常想起这一点了。多年前，与沃克相遇时，他正在切尔西、火岛、浴室和俱乐部里过着随心所欲的日子，正是沃克一直非要使用安全套，还非要双方忠贞不二。刚开始的时候，杰克憋了一肚子气，毕竟他们认识的情侣几乎都同时交往好些人。他们年纪轻轻出了柜，生活在世界上最伟大的城市！但沃克当时便已认识到杰克拒绝面对的一点：人们会病倒，被院方拒绝治疗，生命垂危。沃克曾与圣文森特医院的医生共事，他相信医生们告诉他的预防知识，他还把杰克吓得够呛。

"要是你宁愿每天早晨都找找你那美丽的身体上有没有什么愈合不了的创伤，或者每咳一下都担心，那随便你。"早在交往之初，沃克说道，"不过我可不挑那条路。"

沃克一丝不苟：安全套、不劈腿，通通没得商量。"假如你想瞎搞，也没什么不可以，"沃克告诉他，"只不过跟我交往的时候不行。"刚开始的时候，杰克一度想把沃克拒之门外，但却发现自己莫名地对此人倾心。沃克身上的某些特质比跟人瞎搞更加引人入胜，比如他的善良、同情心。（好吧，还有他的"老二"，那可真算得上"大雕"。）当初杰克一眼相中了沃克这块宝，实在是他可以自夸的丰功伟绩之一。在同居之前，两人曾经去做过测试，拿结果的那一天，杰克破天荒地陷入了无比惊恐之中。当发现两人都是"阴性"时，他们一头扎进了对方的怀抱，满心解脱地又哭又笑。

沃克救了他一命，杰克笃信这一点。正因为笃信这一点，他们之间的关系出现了某种失衡，某种"沃克说了算"的氛围，而杰克必须承认，这种氛围有时候让人倒胃口。假如杰克有时对沃克那种正人君子的气质恨之入骨，怨愤沃克的良善和责任心，以至于不得不闹一闹，在没钱的情况下乱花些钱，或者偶尔十分小心地与某个无需在脱裤子之前又用牙线又刷牙又刮脸又擦保湿霜的家伙深夜寻欢，嗯，那又怎么样呢？在内心深处，杰克依然隐隐有些好奇，假如当初没有听从沃克的劝告，把金玉良言抛到脑后，再多瞎搞一阵子才收心，不知道会是什么模样。或许会没命，但或许还活得好端端的。没准他不仅活得好端端的，而且阅历还更丰富。要是初遇那晚沃克没有吻他，说不定他根本不会招来眼前这堆麻烦呢。

在店里，杰克打开卷闸门，又打开店门。他花了整整一个星期盘点存货，千方百计想找找有没有什么放到一边又被自己忘到脑后的宝贝，以便卖掉筹点现金，可惜心里却明白没这种好事。他对自己的存货一清二楚。每当发现什么值钱的宝贝（这倒是常有的事，杰克颇有眼光），他还对该给谁打电话一清二楚。真正值钱的宝贝一般在杰克的店里都待不久。杰克全靠私下卖东西给一帮老主顾——设计师啦，建筑师啦，上东区受人尊敬的小姐太太啦，才能赚到大钱。可惜，经济衰退也让这类生意少了一大半。最近渐渐有些起色，但杰克已经没时间把钱凑齐了，差的还远着呢。

要不是杰克的手机拍下了这张罗丹残像照，他会以为整件事是自己的一场白日梦。从斯蒂芬妮的寓所回家后，在电脑上只鼓捣了几分钟，杰克就意识到那尊雕像为什么看上去很眼熟。那是世贸中心遗址中找出来的艺术品，多年前杰克曾经读到过。在铺天盖地关于遗址清理的报道中，这则报道只有寥寥几句，提及一尊罗丹残像《吻》失而复得，但又神秘地消失了踪影。杰克当时留了个神，因为他有个关系不错的主顾在收集罗丹作品。

杰克不知道该怎么办。当然，他大可不采取任何措施。他才不在乎斯蒂芬妮家那个保安，也不在乎那尊雕像，一点也不在乎。他大可以致电"9·11"纪念馆相关人员通风报信，匿名不匿名都行。说不定会有报酬，说不定媒体会曝光，对他的生意有点好处。不然的话，他正努力赶走脑海中的一个念头（可惜不太成功）：杰克笃信，他可以去找汤米·奥图尔，自告奋勇帮他撮合一笔买卖，金额高得让汤米无法拒绝。杰克会有一笔可观的佣金，摆平眼前的烂账，到时候无论利奥再造什么孽，杰克都会逃脱一劫。

　　杰克回到屋后的小办公室，打印出手机上的雕塑照片。杰克已经打听过，他的朋友罗伯特认识某个名叫布鲁斯的家伙，此人从事艺术品和古董的地下买卖。"这家伙我雇过一次，"罗伯特说，"他知道该怎么办。告诉他，你是我的朋友。"问问总没有什么害处吧，杰克心想。收集信息，了解一切可能性，总没有什么害处吧。穿上外套之前，他取出手机和放在衣兜里的卡片，拨通了电话。"嘿，"他对那个名叫布鲁斯的家伙说，"我是罗伯特的朋友。我马上就到。"

CHAPTER 18

利奥一个人待在家，坐在斯蒂芬妮家二楼丁点小的后屋里。他把这里当作了办公室，绞尽脑汁琢磨着如何向内森推销自己。利奥总算跟内森约定，将于本周晚些时候见面。

时值一月，窗外的树木和灌木丛光秃秃的没几片叶子。利奥能够将周围和后方的所有院落尽收眼底。他可以一眼望见斯蒂芬妮家后面那栋褐砂石房屋的厨房，那家的厨房布局恰似斯蒂芬妮家，只不过前后倒了过来，色彩更缤纷，或许也更加破旧一些。一位瘦高个金发女郎身穿黑色牛仔裤和松垮垮的红毛衣，正在把切好的水果摆到碟子里，准备端给两个在早餐凳上又跳又扭的小男孩。两个男孩个头差不多，发色和肤色也相近，说不定是双胞胎。利奥寻思着，不知从什么时候起，双胞胎已经跟感冒一样随处可见了呢。他想起了梅乐蒂的两个女儿。利奥隐约记得，那对双胞胎是个"意外之喜"。梅乐蒂说不定恨死了那些猜她接受了某种生育治疗的人，这样一来，她和沃尔特的功劳不就泡汤了吗？当初可是他的两条意志坚定的精子成功进入了她的两颗雄心勃勃的卵子呢。这种事会把梅乐蒂逼得抓狂。利奥望着其中一个小子一把将他兄弟从凳子上推下去，接着消失了踪影。或许是倒在地板上了，因为那位妈妈一溜烟跑过去，弯下了腰。等到再起身，她怀里搂着小男孩，他的腿盘在她的腰间，脸埋在她的肩膀上。利奥可以望见男孩的肩膀抽动着，妈妈轻抚他的后背，嘴里发出"嘘、嘘"声，轻轻地来回摇晃着孩子。在这家隔壁，一名中年男子穿过厨房，身边有个看上去像施工人员的人。施工人员用拉长的卷尺指着天花板，房主点了点头。右边那栋房里，身穿红毛衣的妈妈打开了后门，把一盘水果皮往外一倒——利奥猜是倒进了堆肥桶。在利奥看来，斯蒂芬妮家屋后的一幕又一幕有趣得不得了。他大可坐下观赏那些无声的人生大戏，一口气看上好几个小时。莫名其妙地，他感到舒心。利奥越来越喜欢布鲁克林了。

尽管斯蒂芬妮对"嗑药"和"借钱"两件事寸步不让（倒不是说利奥目前在"嗑药"，也不是说他需要借钱），但说到"做爱"，她的耳根却很软。停电期间，两人大部分时间都赤裸裸地待在床上，重弹昔日熟悉的老调。"你可以待到找到住的地方再走。"几天后，斯蒂芬妮说。

维多利亚总算把利奥的家当寄给了他，总共不超过十二个盒子，反正利奥想要的也不多。离开了维多利亚，利奥才明白他与维多利亚的生活有多大比重是由她一手打造的（花的是他的钱），但在某种程度上，他又毫不留恋。家里充斥着一团团沉闷的深棕色或黑色色调，（"活像住在一朵巨型褐菇里。"有一次利奥曾向维多利亚诉苦。）那风格简朴的现代家具，那毫无生气的金属色意大利灯具，以及维多利亚诡异的艺术品味，利奥都恨不得通通抛到九霄云外。当初维多利亚对几个冉冉升起的艺术新星青睐有加，尽管尚未成名，这些艺术家的作品却依然贵得离谱。事实证明，她的品味几乎一文不值。除了曾经用来追求维多利亚、如今追悔不已的七年，利奥想从维多利亚那里拿回来的只有为数不多的私人物品和几盒《畅谈》文件。他取出所需的衣服，把其余家当放进斯蒂芬妮家的地下室。算是权宜之计吧。

当斯蒂芬妮把内森·乔杜里所谓的新项目告诉利奥时，他尽量显得不动声色。

"我说不准到底是怎么回事。"斯蒂芬妮说，"当时我们在一个聚会上，四周很吵，很热，知道吧。内森就那副德性，一分钟里朝十七个不同的方向飙上一百万英里，说什么'真正的作家''无礼但活力四射''机智而性感''才气横溢'。"斯蒂芬妮把内森和他那副略带英国口音的口吻模仿得惟妙惟肖，那是内森早年间在基尔伯恩学来的。"或许你该给他打个电话。"斯蒂芬妮的态度有些过于随意，"说不定他要雇个人做内容呢。"

"或许吧。"

斯蒂芬妮提到的并不是内森最近才有的想法，那是利奥过去的创意。当初《畅谈》以他们难以想象的速度打造了一家又一家新网站，利奥一度打算创建一家写作中心，独立于《畅谈》之外，以吸引严肃作家——写报道的也行，高端评论也行，写小说和非小说的都行。刚开始的时候，他们不得不以八卦为主，因为八卦易上手、有意思、阅读量大，但一旦有了些人气和财力，利奥希望在小道消息之外有些拿得出手的内容。首先，他们需要财力，八卦篇章正是取财之道。

真有意思，当初内森并没有听利奥的劝（"你说的是个巨大的无底洞，钱投进去一个子儿也收不回来。"），现在却准备卷土重来，以一己之力卷土重来。

"听说了什么细节吗？"利奥问斯蒂芬妮。

"没有，不过听上去刚着手不久。他倒是提到过，正在考虑收购一家现有出版物，用来搭个台。"（又是利奥昔日的创意。）

"他还让人推荐呢。我告诉他去瞧瞧《纸纤维》。"

"他能找到更好的对象。"

"保罗受人尊敬，利奥，反正我很尊敬他。他也缺钱。再说了，保罗的刊物会涉足公立学校和读写能力，内森也对慈善方面感兴趣。"

"内森从什么时候开始对慈善事业感兴趣了？"

"自从他娶了太太，有了几个子女，说不定正指望着给私立学校招生委员会留个好印象。几个月前，内森还去了达尔富尔[42]一趟。"

利奥哼了一声。读书识字？达尔富尔？此时此刻，他满脑子想的都是一个格外堕落的夜晚。当初在下东区某个酒吧，时值深夜（也有可能是清晨？），睡眼惺忪的内森曾在好几张餐巾纸上概括出了"畅谈媒体"的财务模式：他们如何掘到第一桶金；他如何用第一桶金挣更多钱；他们两人多快就能退休；一路上又会将多少人招至麾下——"殃及池鱼呀，实在免不了。"内森说。利奥坐在内森旁边的酒吧高脚凳上，心不在焉地听着。一名身上扎了许多洞眼但魅力十足的年轻音乐家正在跟他眉来眼去，一会儿向内森倚过去，一会儿又向利奥靠过来，毫不掩饰她对他们俩都有意思。"你们想去我家吗？"等到调酒师把他们一行人领出门时，她终于开了口，"你们两个人？"刚挨上她家的沙发，内森就昏睡了过去，利奥不禁如释重负。假如真要来场"三人行"，他可不乐意跟内森"同行"。"洞眼女郎"（利奥有时依然这样情意绵绵地想起那位音乐家）害得利奥一宿没睡，甚至还教了他几招。

---

42. 苏丹地名。

"我感觉自己活像瑞普·凡·温克尔[43]，"利奥对斯蒂芬妮说，"仿佛一觉醒来，每个人都翻天覆地变了个样。保罗·安德伍德成了文学中坚，内森成了慈善家。"

"嗯，没错。你忙这忙那的时候，世事变迁了嘛。"

刚开始的时候，利奥只是装作对内森的新事业颇有兴致。毕竟他正等着离婚尘埃落定，这也算是个消磨时光的办法，免得大家再来烦他，也可以堵上大家的嘴，免得他们再胡乱支招，给利奥提关于工作的建议。但跟保罗·安德伍德聊得越深入，利奥就越发意识到他潜力有多大，根本没有派上用场。

保罗制作的内容堪称一流，无论其出版物着眼的人物与事件，还是出版物的版面和设计，全让利奥刮目相看。但其余的就不太像样了。跟出版业里几乎所有公司一样，办公室里乱成一团，效率也很低下。根本不用动脑子，利奥就能想出一打妙招，分分钟让杂志更上一层楼，不仅让它变得更高产，还能以多种有趣的方式扩张，比如从提振其在线业务入手。社交媒体啦，博客啦，APP啦!《纸纤维》可以——理应——每年出版几本书。《纸纤维》得多雇些员工。

一旦利奥决心要写份提案，拿自己和保罗当回事，又决定拿一份考虑周详、涉及方方面面的计划去找内森，帮他把事业发展壮大时，他便从中咂摸出了几分滋味，劲头足了起来。他已经好几年没有睡得这么香了，醒得居然比斯蒂芬妮还早，甚至去展望公园跑步，无论天气有多冷。他一天到晚阅读、钻研、思考，辛勤工作，

---

43. 典故出自于华盛顿·欧文的短篇小说《瑞普·凡·温克尔》，书中主角"瑞普·凡·温克尔"通常是"晚于时代的人"的代名词。

以至于有时根本记不起时间。利奥已经忘记兴致勃勃、一心投入的感觉是多么精彩了。有些晚上，他还会下厨做顿大餐：墨西哥煎蛋、炖牛肉、法式洋葱汤。"你把我养肥了！"某天晚上，斯蒂芬妮向他倒苦水，"别让我添菜添了一回又一回。"

利奥开始琢磨：假如事情真的有了进展，说不定真的可以借笔钱还给家里人，自己的投资也不用碰一个子儿，甚至可以从内森那里借钱。东山再起并非不可思议，他又不是没有东山再起过。要是这件事变得没意思了呢？假如他不再享受这一切了呢？他依然有钱存在银行里，他依然有路可走嘛。做点研究、把自己的想法理一理、去跟内森见一面——用内森最爱的口头禅来讲，这一切堪称"该死的双赢"。

正在这时，楼下门铃响了。利奥走到屋子前方的卧室向窗外张望。碧翠丝正伫立在前门廊上，浑身瑟瑟发抖，怀里紧搂着一件东西。利奥下楼开了门。

"是我的稿子。"碧翠丝说着递给利奥一只皮包。利奥依稀记得，那是自己多年前买给她的。"我是说，这是我写的。"碧翠丝说。

"你还留着呢。"利奥边说边细细地审视那只包，"我都不记得这只包有这么棒，真不赖。"

"说实话，我好多年没有用过它了。我先觉得它是福星，后来觉得是灾星，但是，嗯，总之它在这儿，书稿在这儿，我也在这儿。哈。"

利奥端详着碧翠丝的面孔，想用眼神迎上她的目光。她看上去一副嗑"嗨"了的模样。他解开挎包的前带，向包里瞥了瞥。"厚厚的一叠啊。"

"我觉得用不了多久就能读完。我还拿不准，不过……"碧翠丝显得有些不安，"我希望你能先过目，然后交给斯蒂芬妮。"

"你希望我先过目？"利奥吃惊地问。

"没错。"她将双手深深地插进外套的衣兜，抬头望着利奥，脸上露出一丝微笑。

"跟过去一样，对吧？"

碧翠丝的脸上顿时焕发了光彩。她似乎摇身重返十八岁，显得急切又活泼。"那太棒了，我很怀念过去的时光。"

利奥想起了在医院的一晚，当时碧翠丝凑过来说道："我还听到了其他一些消息。"出乎意料地，利奥恨不得弯腰搂住妹妹，告诉她，不管她在担心什么，都不会有事。他恨不得帮她安安心，正如医院那一晚她曾给他打气一样。但那阵怪异的冲动来得快也去得快，眨眼间便不见了踪影，取而代之的是一阵烦躁，甚至一股怒气。她什么时候才能长大？照顾她、读她的作品，已经不再是利奥该挑的担子了。"好，我很期待拜读大作。一有时间我就着手，这个星期或许不行。"

"不用急，真的。"碧翠丝不知道刚才究竟出了什么事。前一秒利奥还挺用心，后一秒他就神思不属了。她一头雾水地伫立在那儿，不停向他点头，直到她开始显得像个不停点头的公仔。

"一定是嗑'嗨'了。"利奥心想，"你想进来吗？"他的口吻有点焦躁。

"不，不用，我得去工作了。我只是来把稿子交给你。"她叹了口气，利奥觉得自己眼睁睁看见她打了个哆嗦。"我去了西莉亚·巴克斯特家的聚会，莉娜·诺瓦克也在场。"

"见鬼，她简直是一场梦魇啊。"

碧翠丝惨然一笑。"他妈的，她简直是一场彻头彻尾的梦魇，你根本不会相信。"

　　"我相信。"

　　两人双双笑了一声，气氛似乎又轻松了起来。真不赖。碧翠丝把手伸进手袋里，掏出一包用封口塑料袋装着的饼干。"我从聚会上偷了这些饼干，"她说，"整整一盘。"

　　"赞成。"利奥说，"反正我也对西莉亚·巴克斯特没什么好感。"几年前，利奥曾跟西莉亚上过一次床，当她打来无数电话利奥却不回电时，西莉亚竟然去了利奥的办公室，肿着一张脸哭个不停，看上去仿佛好几天没有洗澡。

　　"你拿着吧。"碧翠丝说着将饼干袋子递给他，"我家里多的是。"她匆匆在他的脸颊上印下一吻，轻轻挥了挥手，迈步向弗拉特布什大道走去。利奥关上门，打开饼干袋子吃了两块，将皮包拿上楼，搁在一个架子上。等到跟内森见面之后再读吧。这个星期，心思都得花在内森身上。

CHAPTER 19

　　在泊好的汽车的驾驶座上，尽管寒气逼人，梅乐蒂却睡得很香。她梦见了自己的两个孩子，沉甸甸又稳稳地依偎在她怀中。"砰！砰！砰！"梦中有人轻敲窗户，想要进屋。"砰！砰！"梅乐蒂猛地惊醒，车外伫立的两个人影俯身将笑眯眯的脸凑过来，梅乐蒂不禁向后抽身，又狼狈又不解。

　　"要打盹儿也早了点吧！"其中一个人影说。梅乐蒂咽下一声呻吟，竭力挤出一丝微笑。那是简·汉密尔顿，梅乐蒂在学校结识的另一位妈妈，看上去笑容灿烂，恰似刚刚讲了世上最好笑的笑话。今天梅乐蒂可没心思应付这些。

　　"等到周末再打盹儿吧！"另一位女子说。梅乐蒂一向记不住此人的名字，这女子有一头奇形怪状的鬈发，让梅乐蒂感觉活像只狮子狗。简与"狮子狗"属于某个小派系（刚开始，梅乐蒂并不乐意用"派系"一词，但令人难以置信的是，对学校里那些拉帮结派的父母来说，再没有比"派系"更合适的词语了），她们偶尔会在妈妈们每月一次的狂欢夜里拉上梅乐蒂一起玩。通常是去某人家中（这种情况梅乐蒂就会出席，因为饮料免费），有时会去本地某酒吧（这种情况梅乐蒂就不会去，心里暗暗盼着没人会注意到有什么不同）。大家畅饮"霞多丽"葡萄酒，喝着喝着免不了尖声说起床笫之事，说起各家的丈夫需索无度，又说起怎么为"口活"讨价还价。

梅乐蒂可不想听任何人的床笫之事，更别提喝得醉醺醺、已为人母的郊区女子，她们似乎对自己的配偶或子女还没什么好感。且不说这一切多么上不了台面（把梅乐蒂吓个半死，她可决不会那样谈起沃尔特，她可决不会那样去想沃尔特），梅乐蒂还认定，那群女子肤浅无趣得有点任性。每逢聚会之夜，梅乐蒂常常一声不吭地坐着，偶尔在大家哄笑时赔笑几声，不然就在某人不痛不痒地说起学校时点点头表示附和：孩子们作业太多啦，副校长是个婊子啦，十一年级的英语老师性感撩人，可惜无疑是个"同志"啦。

梅乐蒂从点火器上拔下钥匙，拿起手袋，打开车门，准备迎接冬日的寒风。

"开会你居然没去。""狮子狗"说。

"开什么会？"梅乐蒂慌了神。她一向不会错过重要的学校会议。

"哦，她用不着出席，"简说，"再说，那次会议很没劲。"

"没劲得很。""狮子狗"说。

"什么会议？"梅乐蒂追问。

"关于大学助学金的会议。"简说，"表格和要求，等等等等。"

唔。梅乐蒂的心猛地一沉：去年夏末，当把升学辅导家长会的所有日期一个不漏地抄下来时，她漏掉了关于助学金的工作坊。事情怎么会变得如此之快？她怎么才记起来当初曾自以为是地漏了信息？

"不好意思，我竟然错过了。"梅乐蒂说，"我本来打算去的。相关信息网上能找到吗？"

"我还以为你早就安排妥了呢。"简说，"我还以为你跟沃尔特从第一次约会就开始给孩子存大学学费了呢。"

梅乐蒂有点难为情，记起了去年春季自己曾在某次妈妈们的聚会之夜上吹过牛。当时她没有细说"安乐窝"的来龙去脉，只提到她跟沃尔特有笔给孩子念大学准备的"基金"，因此自己家里或许用不着助学金。话一出口她就已经暗自后悔，此刻更是恨不得揍自己几下，尤其是想到当初自己脱口而出、并不属实的说法——"在我们家，'存钱'是当务之急"。

　　"你也清楚，这个世道的投资有多难讲。"谈到钱，梅乐蒂还真缺乏装腔作势的经验。说不定她已经满脸通红了。"我们家或许还是需要些帮助。"

　　"我帮你省点时间好了。""狮子狗"说，"反正你们家财大气粗，各大学也不会操心来自富人区的学生，所以除非你们准备宣布破产，或者有人失业，不然你家根本没戏。那场会议完全是浪费时间。"

　　"人家只要瞧一眼你的围巾，就会把你踢出来。"简边说边指着梅乐蒂脖子上美丽的紫色围巾，那是弗朗茜送的。

　　"这是别人送的。"梅乐蒂说。

　　"很美，"简说，"跟你很搭。"

　　曾经一度，梅乐蒂一心盼望跟这群女子变成好友，一心盼望在城里跟她们偶遇，让对方夸赞她身上的穿着。谁知此时此刻，她却恨不得一溜烟逃掉躲起来。跟她们聊天害得梅乐蒂想尖叫。那群女人一边为钱发牢骚，一边又一桩桩一件件细说着装修住宅花了天价，（梅乐蒂想问，"要做多少'口活'才能换来一台Sub-Zero冰箱"？）要不就说起最近去欧洲度假。（"又要多少次'口活'才能换来一次巴黎之行？十次？一次？"）紧接着，她们每每会互相对望，一边耸耸肩说道："真是钱多惹的祸。"一边咯咯娇笑，恰似身穿紧身牛仔裤的现代版玛丽·安托瓦内特[44]及其宠臣。

"你在喝的甘蓝汁要花六美元呢!"梅乐蒂想说,"你的厨房跟我家楼下那层一样大!"那群女子害梅乐蒂心烦又恼火,她渐渐学会了躲着她们。梅乐蒂伸手摸摸围巾的一角,看了看表。"我还是先走一步的好。"她说着向她们身后的寄卖店一指,"回家之前,我还得去一趟这家店。"

"真不赖。"简赞许地点点头,"算是购物疗法吧。"

"刚才我们还开开心心地跟沃尔特聊了会天呢。""狮子狗"说。

"沃尔特?"沃尔特买食品杂货去了,按说不该在这一带——村里仅有的几家食品店贵得不得了。"在哪儿?"

"跟薇薇安在一起。"简说着向对街一指。

在那一刻,梅乐蒂暗自庆幸自己已经身经百战,因为她好歹能在这群恼人的女人面前不露声色。

"当然啦,没错。"她说,"待会儿见吧。"她加快了脚步,一颗心怦怦直跳,梅乐蒂简直以为它会先行一步蹦到对街。在冲进薇薇安家大门之前,梅乐蒂心想:原来,把你的丈夫与狐狸精捉奸在床就是眼前这幅情景。"当场抓个现行。"——梅乐蒂的脑海中闪过这么一句话。"不忠"。她意识到,维多利亚在利奥出事后一定有过这种感觉,于是心中对维多利亚涌起了一抹同情,尽管那个女人从未对梅乐蒂好声好气过。当梅乐蒂小心翼翼地踏上路缘,免得自己在结冰的人行道上摔一跤时,她心里一清二楚:她宁愿抓到沃尔特情意绵绵地搂着薇薇安,宁愿抓到沃尔特让薇薇安弯腰趴在她那堆满本地地图、杂志和饭店优惠券的办公室桌上"后入"她,

---

44. 玛丽·安托瓦内特（1755 – 1793）：法王路易十六的王后,以奢靡著称。

也不愿意见到眼前这一幕——沃尔特正平静地坐在薇薇安的办公桌旁，坐在"鲁宾父女"地产公司里。当初将房产卖给梅乐蒂夫妇的地产经纪正是薇薇安·鲁宾。

CHAPTER 20

西蒙妮第一次暗地里吻诺拉，是在她家厨房中。当时两人有片刻独处的时间，因为路易莎正在走廊尽头的洗手间里。西蒙妮的动作十分敏捷，诺拉既来不及回过神，来不及说句"不愿意"，也来不及回应、默许或回吻。那天下午，当西蒙妮听见路易莎的脚步声从走廊传来，她便漫不经心地重新往糙米蛋糕上涂起了杏仁酱和果酱。诺拉说不清路易莎怎么会睁眼瞎到看不见气氛已经起了变化，在一瞬间变得炙热灼人、令人陶醉，随后又飞快地变回了熟悉的景象：厨房中岛上的苹果盘，带有六个炉灶的大理石料理台，熠熠生辉的水壶，壶嘴带有一只活像红色小鸟的塑料哨子。在路易莎身后，西蒙妮对诺拉露出了令人心醉的笑容。整个下午，西蒙妮满心只想着一件事：再来一个吻。

有些时候，诺拉和路易莎会帮忙照顾对街的宝宝。那个宝宝最爱的一招是双胞胎一人牵着他的一只手，穿过屋前草坪，攥着他的胳膊往空中晃去。"再来！"一旦大家走到庭院边上，他便会开心地高喊。于是三人转身往回走，结果还没有走到另一侧的围墙，他又开始高声叫起来："再来！再来！"每当在街上见到姐妹俩，宝宝会在婴儿车里上蹿下跳，一边大喊"再来！"，一边冲两人挥手。"明天吧，卢卡斯！明天再一起玩！"姐妹俩会说。无论"再来"

多少遍，卢卡斯也玩不够。无论诺拉和路易莎带着他摇摇晃晃穿过草坪多少次，直到她们的胳膊和肩膀发酸，无论她们如何千方百计用饼干、秋千或"躲猫猫"转移宝宝的注意力，只要姐妹俩一停下来，宝宝便会哭天喊地。

被西蒙妮一吻之后，诺拉便对卢卡斯的感受一清二楚。他一定爱死了那种被抛向半空的滋味，被冥冥中某种难以抵御的力量操控，身轻如燕，飘飘欲仙；那种感觉一定近乎声色犬马，让人早早尝到了青春期的满腔欲望。

"再来。"——被西蒙妮一吻之后，这正是诺拉心中所盼。她满脑子想的都是那个吻，想着西蒙妮带有杏仁味道的舌头如何从自己的嘴里滑过，想着她的十指如何若有若无地拂过自己的腰间，想着什么时候再来一吻。

诺拉并没有等太久。接下来的一周，女孩们去一家店试衣服的时候，西蒙妮偷偷地溜进了诺拉的试衣间。试衣间门刚刚关上，西蒙妮就一把将诺拉摁到墙上，而诺拉将她魂牵梦萦了一星期的白日梦变成了现实：她回吻了西蒙妮。她与西蒙妮唇舌交缠；一把攥住西蒙妮的长辫，缠在手上轻轻一拽，直到西蒙妮微微后仰，露出修长秀雅的脖颈，诺拉便用舌尖吻上了她的脖子——那一处恰是西蒙妮的脉搏所在。那一天，她们紧贴在一起，直到一位售货员轻轻敲了敲门，嘴里说道："里面情况怎么样？有合你心意的吗？"

"还用说吗？"西蒙妮说着托住诺拉的美臀，微微一笑，"这里的一切都很合我心意。"

不久之后，诺拉与西蒙妮就发觉，自然历史博物馆是最容易甩掉路易莎的地方。跟纽约不少地方一样，人流给她们打了"掩护"，带来了西蒙妮的两居室公寓无法提供的独处机会。路易莎会带上速写簿开始画画，诺拉与西蒙妮会说一句"待会见"，接着溜进昏暗的走廊、空荡荡的卫生间、黑漆漆的安检处。她们两人越发精于耳鬓厮磨，在身上不同部位探索，衣不解带却依然能够飘飘欲仙。刚开始，她们有些犹豫不决，这里轻抚一下，那里舔上一舔，但用不了多久就发现哪些地方可以大胆尝试，发现了如何在穿戴整齐的情况下灵巧地绕开纽扣、腰带和文胸扣。在"无脊椎动物厅"旁的洗手间里，西蒙妮给诺拉带来了第一次高潮，甚至没有挪开诺拉的紫色丁字裤，那可是诺拉特地偷偷摸摸买来塞进背包的呢。而诺拉第一次将西蒙妮的胸部含在嘴里，则是在一条人迹寥寥的走廊中。走廊里的诸多办公室在周末都没有人用，她们俩却差点被一位带着两个孩子迷了路、正在找洗手间的妈妈撞破。当听到孩子们一溜烟穿过走廊，跟在他们身后的妈妈高声叫喊"别碰墙壁，孩子们，乖乖别乱摸！"时，西蒙妮赶紧穿上了她的 T 恤，两人笑得喘不过气来。至于坐在空荡荡的 IMAX 影厅的最后一排时（她们俩后来都记不得那是部什么电影），诺拉将西蒙妮的连裤袜一寸接一寸挪到膝下，伸出手指探进了西蒙妮的内裤，探进她那温暖濡湿的身体。

"告诉我，你想让我做什么。"诺拉目眩神迷地悄声耳语，一时间鼓足了勇气。

西蒙妮纹丝不动，轻声在诺拉耳边说："帮我口交。"

过了一会儿，等到大家碰头时，路易莎对诺拉皱皱眉，说道："你们两个刚才在干什么？"

"你这话什么意思？"诺拉感觉双手发冷，耳边"嗡"的一声。刚才她明明查过，路易莎不在影院里呀。

"你的膝盖脏死了。"路易莎显得一头雾水，仔细端详着似乎稀里糊涂、满脸通红的诺拉，"难道你们嗑'嗨'了吗？"路易莎压低声音凑近了一步，想要正视那两个人的双眼。

"才没有!"诺拉说，"我们刚从IMAX影院出来。"

"我掉了一只耳环。"西蒙妮说，"刚才诺拉趴到地上跟我一起找耳环呢。影院里黑漆漆的。"西蒙妮用上了她那种腔调，害路易莎感觉心里发慌，仿佛自己说了什么错话蠢话。"唔，"路易莎说，"那你们找到耳环了吗？"

"找到啦。"西蒙妮说着，一指自己耳垂上丁点小的一串银环。

路易莎不明白这么小的耳环怎么会掉了一只，不明白她们俩怎么能在一片漆黑中找到耳环，也不明白那两人为什么要对自己撒谎。

诺拉从未对路易莎撒过谎，从来没有。几年前，她们就已经不再事无巨细样样都告诉对方（不再把脑海中闪过的每一个念头、做过的梦、不中意的事物、关于暗恋和欲望的点点滴滴），但姐妹俩也从未跟对方撒过谎。诺拉想跟路易莎聊聊，却不知道该如何开口。有几天早晨，路易莎已经下楼吃早餐的时候，诺拉会站在两人共用的洗手间里对着镜子排练台词，什么台词都行。

"嗨，我是个同性恋。"她说。诺拉简直没办法绷着脸说这些话，谁让它又狗血又蠢呢。"嗨，"她对镜中的影像说道，"我对一个女孩动了心。"听上去也很蠢。"我在跟一个女孩上床？"蠢。"我在跟一个女孩做爱？"不对劲。"我爱上了一个女孩？"是吗？诺拉甚至拿不准。"说实话就行。"诺拉仿佛听见耳边响起妈妈的声音，"说真话永远不会错，而且总是更容易。"

"嗨，"诺拉放手一搏了，"我对一个女孩魂牵梦萦，我拿不准自己是不是坠入了爱河，也拿不准自己是不是同性恋，但我实在

'性致勃勃'，因此什么也看不清。"好吧，无论怎样，这话倒是千真万确。

"天哪。"一天下午在博物馆，当诺拉想跟西蒙妮聊聊这事时，西蒙妮说道。她们俩待在一个比较安静的地方，双双坐在地板上，背靠着墙壁，腿挨在一起。"你是不是心里全乱套了？瞪着镜子胡思乱想：'这一切意味着什么呢？我是谁？我竟然吻了一个女生，那我又成了什么人？'"

诺拉感觉很难堪。她可不乐意被西蒙妮的毒舌所伤（好吧，某些情形除外）。"难道你就一副'我必须一天到晚听梅莉莎·埃瑟里奇[45]，而且从此再不剃腿毛'的德性吗？"诺拉轻轻地在西蒙妮的胳膊上扇了一掌，"等到你不得不剃个女同平头的时候，那可让人心酸得很，我一定会无比怀念这头秀发。可惜的是，规矩不容更改。"西蒙妮一边接口说道，一边握住一大绺诺拉的褐色鬈发。

"算了算了。"诺拉说。这一下，她感觉又蠢又恼火。"就当我什么也没说过。"

"不好意思拿你开涮。"西蒙妮还在摆弄诺拉的秀发，"我实在忍不住，就爱看你脸红。真惹人爱。你的脸上只有这块会变红，活像变戏法。"她伸出指尖碰了碰诺拉的脸颊正中。

诺拉拨开西蒙妮的手。"只不过……去年我交往过男友！"

"我也一样。"

"是吗？"

"当然啦，现在没有交往了。他长得很俊美，极其性感，可惜

---

45. 梅莉莎·埃瑟里奇（1961－）：美国摇滚歌手，唱作人，吉他手和社会活动家。1993年，她公开了女同性恋身份。

脑袋一点也不开窍，喋喋不休地说他想去中国，因为木须肉完美得挑不出一点刺儿来。上帝，他可是真蠢，但长得真标致！"西蒙妮露出明媚的笑容，"不如你标致。我更喜欢你，要是你担心的是这一点的话。"

"那你怎么跟其他人讲？"

"跟什么人讲？"

"我说不好。所有人吧，你的朋友、父母呀。我是说，你要'出柜'吗？"

"首先，我不会跟他们讲一个字，因为这不关他们的事。把男生带回家也好，把女生带回家也好，没什么大不了。"诺拉凝神紧盯着西蒙妮，一时难以置信。事情哪有这么轻松？不可能吧。"是我伤了你的心么？"西蒙妮说，"我可不想伤你的心。我只是不乐意被人贴标签。"

"我不信。"

"为什么？我的意思是，假如我是个男生，你会因为我们的恋情'出柜'吗？难道你会回家声称'妈，有件事我必须告诉你。我吻了一个男生，而且我乐在其中'吗？"

"这不是一回事。也有可能，我父母跟你父母完全不是一类人。"

西蒙妮耸耸肩膀。"我不得不说，这没什么悬念。"她重新将石灰绿色开襟毛衫的扣子系好，站了起来。"我爸妈很酷。我妈的弟弟是个'同志'，对他来说日子很难熬。我的祖父母笃信宗教，而且，嗯，他们对他真的很苛刻，一向都很苛刻。不过，我妈跟他——他叫作西蒙，我的名字就随他，我妈跟他亲得不得了。现在我们才是他的家人。"

"我妈也有个哥哥是'同志'。"诺拉还坐着，凝望着西蒙妮。

"是吗？"西蒙妮说，"她不认可？"

"不，不。"诺拉千方百计琢磨出一种一目了然的说法，来解释普拉姆一家和家里人的亲疏之处，"他们不算很亲近，但情况很复杂。他们都有点怪。"

"谁不是有点怪呢。"西蒙妮向诺拉伸出一只手，拉她站起身来，"你的问题在于，你操心着做他人之镜，但那不是你分内的事。"

诺拉打起了精神。她看得出，西蒙妮分分钟会上演她的拿手好戏——即兴说教一番。有些时候，这种说教让人丧气。时至今日，诺拉心知这种时候只要倾听、点头就好，嘴里则说："哇，我还从来没这样想过。"接着西蒙妮就会说："我这个人就是为正视听而生的呀。"紧接着，两人便可以换个话题了。"明镜？"诺拉接口说道，因为西蒙妮似乎在等她开口。

"人人都时刻在寻找一面镜子。这是基本心理——你希望在他人身上见到自己的影子。他人，你的姐妹也好，你的爸妈也好，希望在你身上见到自己的影子，希望你折射出他们讨人爱的一面——反之亦然。这很正常。我觉得，如果是双胞胎的话，这种现象非常普遍。但做他人之镜，那不是你的分内事。"

诺拉无力地倚到墙上。西蒙妮的话确实有理，非常有道理，但希望在所爱之人身上见到自己的影子，希望折射出所爱之人的影子，也同样颇有道理。"你怎么会懂这么多？"她问西蒙妮。

"总得有人比别人早开窍吧。"

诺拉用不着细问西蒙妮的言外之意。上周两人在博物馆的礼品店里找糖果时，一对情侣走到西蒙妮身旁，问她是否知道在哪里能买到打磨抛光石头的用具。

"不，我不清楚。"西蒙妮的心思全放在满货架糖果上。

那对情侣却缠着她不放。"嗯，你能找个人帮我们吗？"

西蒙妮转身面对着他们，叠起了双臂。"不，我不能。"她说，"因为我不在这家店打工。跟你们一样，我也是店里的顾客。"即使按照西蒙妮的标准，她的语气也算得上"毒舌"了。

那对情侣慌慌张张地道了歉。"你没有穿大衣，因此我们才会弄错。"女子说道。

"唔，我很清楚你们为什么会弄错。"西蒙妮说。

"喂？"西蒙妮用鞋尖轻叩诺拉的鞋尖，借此吸引她的注意力，"你明白我在说些什么吗？做他人之镜不是你该担的担子。"

"我明白，明白。不过这不仅仅是其他人的看法，也是我的看法。我喜欢下定义，对发生了什么事能有点把握。"

西蒙妮伸出胳膊搂住诺拉，哄她。"对于我，你可以有十足的把握。"

诺拉多么盼望她跟西蒙妮能够独处，盼望两人能去别处独处。假如把发生的一切向路易莎和盘托出，或许真的可以办到。或许她和西蒙妮就用不着再蠢兮兮地在博物馆度过一个又一个下午，用不着再偷偷摸摸了。

"假如有人非要你说个清楚的话，"西蒙妮说，"告诉他们，你'男女通吃'。这话能让他们闭上嘴，相信我。"

诺拉想象着向爸妈宣称自己"男女通吃"的一幕。上帝呀。诺拉深知梅乐蒂到时候会说什么，于是她干脆转述给西蒙妮听："'男女通吃'听上去就像个瞎编出来的词嘛。"

"也许吧。不过感觉怎么样呢？"西蒙妮一边问，一边将诺拉摁到"生物多样性大厅"一个偏远屋角黑漆漆的后墙上，"感觉怎么样呢？"

诺拉与路易莎成天聊起男生，路易莎还从未想过诺拉有可能想聊聊女生。姐妹俩的学校有不少"女同"，但那群人个个留着短发，身穿黑靴，往身上又是文身又是打洞，看上去"蕾丝边"味十足。她们胆大妄为，公然手牵着手，在停车场的车里亲热。学校里还有些装成"女同"的女生，通常是为了跟男生卖弄风骚，要么轻抚彼此的秀发，要么在彼此的唇上犹犹豫豫地印下一吻。有时候还会唇舌交缠，紧接着便抽身大笑，伸出手背擦擦嘴。不过路易莎心里清楚，她亲眼见到诺拉与西蒙妮亲热的那一幕，跟以上种种都有所不同；诺拉与西蒙妮既不是在表达某种立场，也不是在追寻某种时尚。在黑漆漆的博物馆里，她所目睹的一幕截然不同。那是情欲。

　　假如诺拉是个"女同"，而她们两人是双胞胎，那她也是个"女同"吗？路易莎倒是倾心于男生，但她不得不承认，当见到西蒙妮亲吻诺拉，见到诺拉的胸部上下起伏，见到西蒙妮的手在诺拉身上游走，路易莎的脑海中只剩下久久难以抹灭的一幕：西蒙妮的拇指抚过诺拉的乳头。但路易莎心中盼望的是什么呢？被另一个人爱抚？对方是男生？还是女生？还是男女皆可？还是男女都不放过？路易莎常常想象自己跟男生在一起的场景，但眼睁睁见到诺拉与一个女生耳鬓厮磨，却让她感觉天翻地覆。作为"双子星"中的一颗，那一幕给路易莎带来了新的契机；作为"双子星"中的一颗，这便是那无所不在、让人安心又让人不安的特质：她们两人难分轩轾，因此见到另一个人的所作所为，几乎就像出自自己之手。

　　"你们是对方的命脉。"梅乐蒂一天到晚这么告诉姐妹俩。路易莎相信这句话。她倒并不总是对这话有好感，但她确实相信。当老爸教双胞胎姐妹骑自行车时，路易莎吓得够呛。每逢爸爸放开她的自行车，路易莎便有所察觉，吓得再也不敢踩踏板，自行车也随之渐渐慢下来，摇摇晃晃，最后歪倒下去。路易莎不得不跳下车，抛下转个不停的辐条和呼呼作声的踏板。

"让诺拉骑一回吧。"沃尔特终于说。

于是轮到了诺拉，一向更胆大、更敏捷的诺拉。路易莎望着父亲跟着诺拉的自行车一溜小跑，接着放开了后轮。她望见诺拉一脚踩上踏板，踩得越来越快，免得自行车倒下，那场景仿佛路易莎自己学会了骑自行车。她体会得到，清清楚楚地体会得到。望着诺拉做这做那，路易莎仿佛透过诺拉的身体感受到了一切。

于是等到路易莎再次学骑自行车时，一旦父亲放开手，她便任意翱翔了。

CHAPTER 21

女。跑者。文学经纪人。单身。斯蒂芬妮仔细端详着她的列表，端详着这四个她匆忙写下、旨在将自己介绍给整整一屋子陌生人的词语。

"无需多想。"负责团队建设会议的谢丽尔说道。她是个整天乐呵呵的女子。"记下你脑海中冒出的前四个词就行啦。不要修改你首先想到的念头，不要任何职位头衔。"

于是，斯蒂芬妮删掉了"文学经纪人"一词，换上了"读者"。不管怎么说，这么写反正也更准确，阐明了斯蒂芬妮理应成天从事、可惜从来抽不出身去做的工作。直到夜晚或周末，她才顾得上阅读。斯蒂芬妮还发现自己竟写下了"单身"一词，不禁心里一沉，吃惊地见到这个词从她那缺少咖啡因、一片混沌的潜意识里浮出了水面。她从喝咖啡豆现磨咖啡偷偷换成喝脱因咖啡已经四天了（利奥根本没有察觉），却依然感觉头晕眼花，仿佛她的脑子大半个早晨都没有开动起来。但一直以来，斯蒂芬妮可从未给自己贴过"单身"这张标签。她又考虑了一下，琢磨着删掉"单身"，换个别的词，（换成"纽约客"？"吃货"？还是"园艺爱好者"？）可惜那恐怕就算是作弊，再说这桌其他人似乎都已经写完了。

斯蒂芬妮十分盼望今天早点收场。让人恼火的员工培训共有三天，还不得缺席，今天正是第一天。当初她把自己的经纪公司卖给了一家总部位于洛杉矶的娱乐巨头，该公司代理电影、电视、音乐业务，希望在纽约有家文学经纪，而现在正是这家公司非要进行培训。斯蒂芬妮心知，在跟心爱的员工们一起运营自己的经纪公司那么长一段时间之后（就算员工们有点怪），将来必须咬牙咽下的烦心事可少不了，今天这一幕只是打头的一件。她竭力按捺性子，可惜一切太狗屎了：那可是好几天"破冰"活动、团体动力学、性骚扰工作坊呢。这些玩意关她或她的员工什么事？他们明明已经清楚如何合作，而且合作得顺顺利利，因为每个员工都是斯蒂芬妮亲手挑选的，衡量标准就是他们的聪明才智、明察秋毫的品味，以及最重要的一条，他们与斯蒂芬妮合作的能力。

谢丽尔做了自我介绍，声称是位人力资源顾问，结果从斯蒂芬妮和她多年的助手皮拉尔那里招来了今天早晨的第一声嗤笑。谢丽尔要带领大家进行今天早晨第二场"破冰"会议。第一场进行得不太顺利，用的是经典主题"虚虚实实"——说两句实话、一句谎话。在之前的各种会议上，斯蒂芬妮已经跟这个游戏打过几次交道，游戏中所有人都必须站到屋子前方，讲上三句关于自己的话，其中两句是真话，一句是谎话。团队其他人必须猜出哪句是真，哪句是假。斯蒂芬妮次次都说同样三句话。

"我曾在一部奥斯卡获奖电影中出镜。"（这句是真话。斯蒂芬妮十七岁的时候，曾在皇后区一家餐饮公司打过工，该公司为电影《好家伙》[46]的演员及剧组成员提供餐饮服务。有一天，斯蒂芬妮把一大袋生菜倒进一只白色塑料盘，发现导演斯科塞斯正从巴拿

---

46. 美国导演马丁·斯科塞斯于1990年执导的一部电影。

马草帽下凝神望着她。她对斯科塞斯展颜一笑。他走过来，从桌上拿起四块燕麦曲奇，说道："想演电影吗？"导演把她打发去做头发、化妆，在科帕卡巴纳场景中让她出镜。一共拍了八个镜头，全在一天之内。斯蒂芬妮站了好几个小时，踩着高跟鞋摇摇晃晃，身穿一件金色紧身连衣裙，肩披黑色貂皮，一头秀发梳成一个高得不得了的麻花。斯科塞斯中意的是斯蒂芬妮的一头红发；在雷·利奥塔领着罗林·布兰考迈下台阶向桌子走去的那一幕里，斯蒂芬妮被导演安置在了显眼的位置。）

"我会杀猪。"（这句是真话。中学时代，斯蒂芬妮曾在她叔叔位于佛蒙特州的农场里待过一个夏天，跟当地屠户的儿子有过一段情。于是她一下午又一下午坐在一只金属凳上，望着他的肩胛在白色外套下起伏，被他如何灵巧地割下一大块闪闪发亮的牛肉或猪肉惊得目瞪口呆。他让她亲眼见到如何沿着脂肪线切下肉来，把鸡杀好等待烹饪，把前肩肉切成首尾两块。深夜时分，他们乘着他的卡车在镇子里开车兜风，从带有小花的纸杯里喝着"野火鸡"牌威士忌，将卡车泊在池塘附近，然后互相爱抚，直到飘飘欲仙。斯蒂芬妮曾拉着他敦实的双手抚上自己的面孔，随后深吸一口气；时至今日，她依然认为当时闻见的气息属于令人陶醉的新英格兰的夜晚，带有肥皂味、硬币味、畜禽血液的血腥味。）

"我出生在爱尔兰都柏林。"（这句是谎话。斯蒂芬妮出生于纽约皇后区贝赛，但一头红发和褐绿色的双眸让她看上去挺像都柏林人。）从来没人猜"爱尔兰"那句是说谎，人们总猜"会杀猪"是说谎。

当天早晨，第一个参加游戏、站在屋子前方念出三句话的人是"互动集团"新近招聘的员工。一个二十多岁、瘦骨嶙峋的年轻人，身穿一件看上去跟老古董一样的开襟毛衫，戴着克拉克·肯特式眼镜[47]，把他那晕开的眼线衬托得更加明显。他的左前臂上有个鱿鱼文身，勾腰驼背地站在那儿，做了自我介绍。

"嗨，我叫吉迪恩，嗯，好吧。"新人把手插进衣兜里，照着他身前桌上的字条念了起来，念得又快又平。

"我差点因为服药过量死掉。""我差点因为流血过多死掉。""我差点因为窒息式自慰死掉。"

"哇噢，哇噢，哇噢。"在所有人都还来不及回答之前，谢丽尔已经一跃而起，一个劲挥着双手。"谢谢你，吉迪恩，谢谢你如此坦率。"说完这句，她顿了顿，"但我觉得，我本来应该把规则说得更清楚一些。我们希望你透露些关于自己的'有趣'的信息，但并不是如此隐私的信息。拜托大家，不要提到涉及'性'的信息，采用职场思维。"

"不好意思。"吉迪恩说，懒懒地耸了耸肩膀，"临床忧郁症与自杀意念比大多数人所认为的更加普遍，这些都是我的身份认同中很重要的一部分。"

"我理解。"谢丽尔挤出一丝微笑，"只不过我们的会议要讨论稍微轻松一点的话题。"

"顺便说一声，'窒息式自慰'那句是谎话。"吉迪恩补上一句。

谢丽尔又让其他人说出自我描述的四个词语，斯蒂芬妮则打开她的"Moleskine"笔记本，尽力把屋子里发生的一切当作耳边风。

---

47. 克拉克·肯特即"超人"使用平民身份时的名字。此处克拉克·肯特式眼镜指"超人"用来掩饰身份的那副眼镜。

她开始一一列出晚餐所需的东西。

"你让我们不要自己删改，"桌子另一头一个和气的男子说，"因此我的四个词是：胖、快活、爱打高尔夫球、丈夫。"

斯蒂芬妮搁在面前桌上的手机适时振动起来。连瞧也没有瞧来电号码一眼，她冲着谢丽尔挥了挥手。

"我得接电话。"她做口型说道，千方百计悄然离开了房间。真是松了一口气哪。

她低头望了望来电人：是碧翠丝·普拉姆。

站在会议室外面的走廊上，斯蒂芬妮惊讶地发现自己多么乐意听到碧翠丝的声音。她没说几句就挂断了电话，告诉碧翠丝她很想细聊，可惜正在开会（这句是真话），没办法讲太久（真话），以及——嗯，利奥确实提过碧翠丝的新作，但他们两人都忙得不可开交，或许今晚会聊聊那部作品（谎话）。

碧翠丝听上去如此担忧，斯蒂芬妮发觉自己恨不得护着她，几乎快赶上一位慈母了。她说不清利奥是否已经读过碧翠丝的作品，她疑心还没有，但她好歹可以问问嘛。有那么一瞬间，她琢磨着碧翠丝为什么会把作品交给利奥而不是交给她，但又转念一想：可能那不是新作，而是旧作。就算碧翠丝把旧稿当成新作交给利奥，利奥也看不出来。斯蒂芬妮会提醒利奥过目那份书稿，她会帮利奥想出些话给碧翠丝一个交代，想些顺耳但又不置可否的话。她把这些事列入了待办事项。

会议室里，吉迪恩又站起了身，这次是念他的四个词（"音乐家""悲观主义者""男巫""民主党人"）。斯蒂芬妮隐隐感觉有些恶心欲吐，便轻啜了一口自己带来的柠檬水。必须赶紧吃点东西。

她从夹克口袋里掏出手机，查了查时间。一旦将手机拿到手中，她又忍不住打开了之前下载的应用程序，该程序可以根据预产期追踪宝宝的发育。"本周你的宝宝跟一粒苹果籽一样大！""本周你的宝宝跟一枚杏仁一样大！""本周你的宝宝跟一颗橄榄一样大！"斯蒂芬妮摁下按钮，凝望着图片，图中显示的是九周大的胎儿的模样：仿佛丁点小的虾米，蜷起身子，长着硕大的脑袋，两条手臂刚刚萌芽，带有一股科幻气质。跟几乎每次查看这种怪异图片时一样，斯蒂芬妮感到自己满脸通红。真是太不合时宜了，真的。她四十一岁，单身，却意外怀上了利奥·普拉姆的孩子，是多么糊涂啊。毫无疑问，利奥·普拉姆是她这一生爱过的男人中间最不负责任、最缺"父亲"样子的一个。

斯蒂芬妮明白事情很离谱，她一天要向自己嘀咕一百万遍"事情很离谱"，但她发现自己依然会时不时乐观一下：无疑是对肚子里的宝宝乐观。至于对利奥，或许吧。斯蒂芬妮惊讶于利奥最近是多么靠谱，竟然没有逃避。他帮着打点家务，似乎每天都在工作，兴致勃勃地准备跟内森碰头，一天到晚都在阅读。他的一举一动都让斯蒂芬妮相信，利奥的瘾已经戒得干干净净了。她忍不住怀疑自己生命中的一切都汇成了这一刻——卖掉了自己的经纪公司，把钱存进了银行，手头有富余的时间，身边有看似改过自新的利奥，千方百计想要向某人或某事负荆请罪。这个焕然一新的利奥又回到了她身旁。多年前她曾期盼过又抛弃过的利奥，害她一番心血付之东流的利奥，如今在客厅往拍纸簿上龙飞凤舞地写着字，清晨在她床上用一根手指轻抚她的后背，每天晚上在她的厨房里合上书本，将她搂进怀中——好吧，她已经下定决心不再质疑。她已经下定决心自私地、贪婪地将一切纳入怀中。一滴也不剩。说不定，就连新长出来的这根皱纹，断电带来的意外后果，她也准备接受呢。

多年来，斯蒂芬妮也曾考虑过与人生个孩子。婚姻不在她的计划之内，斯蒂芬妮倒也并不反对，她只是不感冒。对待心里偶尔冒出来的对宝宝的渴盼，斯蒂芬妮的处理方式跟对偶尔冒出来的养狗的渴盼差不多：容它逗留片刻，瞧瞧看它是否会消失，而那种渴盼总会消失了踪影。她认为，这是个好兆头。因为斯蒂芬妮对其他事物的渴盼（房子也好，跟某作者签约也好，一张保存完好的本世纪中叶古董桌也好）可不会转头即逝，它们深深地植根在她心中，直到她梦想成真的一刻。当她想象着自己的卵巢将最后一些尚能受精的卵子送进难以结果的生殖系统时，有一点让斯蒂芬妮颇为宽慰：对她来说，"为人母亲"的念头转瞬即逝，从未像院子里种植品红色芍药花丛一样让她念念不忘。

谁知道，风暴竟然降临了。正在意料之中，利奥出乎意料地登门来访。停电。利奥。喝得有点过头的酒（她的酒），熟悉的唇（他的唇）。利奥身上几乎没多少消沉颓废的痕迹。她逗得他放声大笑。他们两人尽情聊天。他握住她的手腕，伸出拇指和食指扣住，将她拉到身边，（他们的友情变调的第一个夜晚，他就用过这招。那夜他在一家小汉堡店隐秘无人的卡座里向她转过身，嘴里说："我一直想知道，你在衬衫下面藏了些什么宝贝。"）然后领她跳着两步舞穿过厨房，在黑暗之中，月光之下，那样贪得无厌地吻着她。她还以为自己会化成一团火。利奥。当灯光熄灭，风声凄号，枝丫纷纷坠落时，世上本也无事可做，除了给火堆添点柴，听任他脱下她的毛衣，拉开她的长裤拉链，在大理石"莉莲"一眨不眨的目光中与她荒唐地做爱。

斯蒂芬妮又看了看自己写下的四个词。必须跟利奥尽快聊一聊。无论他说些什么，无论他有什么反应，决定得由她来下。决定权在她手里。她摘掉笔帽，划掉"单身"一词，写上了"母亲"。

看上去并不骇人。

CHAPTER 22

当玛蒂尔达在医院休养，发现将从普拉姆家拿到多少钱时，她对如何花那笔钱产生了各种白日梦。（真丢人，她记得自己脑海中冒出的第一个念头是一双梦寐以求的麂皮靴。靴子长过膝盖，一直齐到大腿中部。但紧接着，她便回过了神。）她琢磨着旅行、衣服、汽车、平板电视，以及给姐姐买一家属于自己的美容院，谁让姐姐一直眼巴巴盼着呢。她琢磨着给母亲一笔钱，好让她顺利离婚。

康复医院的工作人员竭力帮她打点将来所需的费用，不仅是她的义足（义足每隔几年必须更换一次）及相关的医疗问题和费用，还包括她的住处所需的改造。"听上去，你的居住条件不太理想。"其中一名社工对她说，"你或许得重新评估。"玛蒂尔达接过财务表格，点了点头，却把对方的话当成了耳边风。康复医院的一切似乎都要愉悦得多，她在那儿算得上人气极旺，如此青春，如此坚韧，无论何时都开开心心。各种技能她一学就会，出院回家的时间比大多数病人都早。可惜回到父母位于布朗克斯那间狭窄的公寓时，玛蒂尔达才开始理解自己面临的一切。

麻烦始于公寓楼前门，而该前门通向三段脏兮兮、高低不平、正在剥落的油毡楼梯。即使在顺风顺水的时候，这些楼梯就已让人丧气，带着拐杖则简直要人命。就算等到玛蒂尔达装上义足，情况只怕也好不到哪里去。进了公寓，大门左侧是一条走廊，窄得难以让轮椅通过（玛蒂尔达有时候得用轮椅，尤其是夜间），走廊又通向公寓的一个洗手间和厨房。一直向前走，只要往下四步，就是一间下沉式起居室。十三岁的玛蒂尔达曾经认定它体现了设计的精妙之处，截了肢的玛蒂尔达却被它害得几乎要掉下沮丧的眼泪。

再说还有她母亲的装饰风格呢。玛蒂尔达和姐姐曾一度把它叫作媚俗版"国境之南"风格——来自墨西哥的不配套的小地毯、装满了布料的色彩斑斓的篮子、摆着神像的摇摇晃晃的小桌子。现在看来，这一切似乎是合谋起来要她的命。公寓里她从未留意过的点点滴滴显得格外惹眼：马桶非常矮，洗澡必须跨进深得不得了的浴缸，家里没有扶手，连个毛巾架也没有，根本没有可以搭手的地方。

除了公寓住着处处不舒服、没有丁点隐私（这一点十分磨人），玛蒂尔达还得面对跟双亲相处的情绪压力。尽管父母在出事后对彼此罕见地客气，多年来第一次在忧虑和悲伤中抱成了团，他们却不让玛蒂尔达清静。他们那谨慎的目光追随着玛蒂尔达在屋里四处转悠，妈妈手里攥着一串念珠，爸爸则尽力掉开眼神。

一定得搬走不可。

与其说信上帝，玛蒂尔达更信各种兆头。（她深知，出事当晚，在利奥·普拉姆那辆"保时捷"的前座上，她就曾见到一个兆头。落山的夕阳辉耀着他的婚戒，结果玛蒂尔达没有理睬，瞧瞧现在落了个什么下场。神明带走了她的右脚。）每天早晨醒来，玛蒂尔达都念上一段《玫瑰经》，祈盼得蒙指点，明白该怎么做，在哪里生活。因此见到最心爱的一条街上一栋全新公寓楼前立了块广告牌，四周围着一列樱桃树，在春季里生机勃勃地怒放，她便心知肚明：这块广告牌在给她征兆。

"价格大跳水。"广告牌上写着，底部印着丁点小的字："出售公寓，价格亲民。"

她买了两套公寓。一套在高层，给有三个子女和一个落魄丈夫的姐姐。另一套小一点的在底层，买给自己。她付了现金，只不过让姐姐自己付房子的日常开销。剩下的钱似乎依然是很大一笔。费尔南多的一位律师朋友帮她开了个货币市场账户，跟她的支票账户关联。玛蒂尔达尽可能地省着花，但钱花得实在太快了!家里总有人在问她借钱：要么是买车的首付款啦，要么是回墨西哥探望家人的机票钱啦，要么是给女儿的毕业舞会购置新衣的钱啦。真是没完没了，而且她又怎么好意思开口拒绝？她做不到。因为一想到这笔钱的来由，她就满心羞愧。

玛蒂尔达感觉胆战心惊，因为她必须找到一条出路，必须找份工作。出事当晚的吗啡一旦失效，玛蒂尔达便承认了自己一直心知的一件事：她永远也当不了歌星。"你很机灵，玛蒂尔达，"康复中心的一名护士对她说，"你准备如何规划职业生涯呢？"还从未有人把这个词用在她身上过——职业生涯。玛蒂尔达对它一听倾心。她乐于想象自己每天去办公室上班。中学毕业后，玛蒂尔达一度想上大学，可惜家里缺钱。一天，她按规定跟学校一位劳累过度的辅导员聊了十五分钟，满心雀跃地回到家，但她父母对社区大学申请和学生贷款表都没什么好脸色，她深知他们在担心非法居留一事曝光，丢了工作。那天夜里晚些时候，玛蒂尔达听见父母在为了是否让她申请争吵，她的父亲越来越怒气冲冲，动不动就发火。于是第二天，她向费尔南多打听起了那份餐饮工。

眼下她有点钱了。假如乐意的话，她可以去上课，但总不能挂着拐杖去吧，也不能在动不动就疼的时候去。

在康复医院住院期间，维尼并不是第一个向玛蒂尔达提到选择性截肢的人，也不是第一个在话里话外有礼貌地暗示某件事的人（维尼则是凶巴巴地暗示）：说到截肢，玛蒂尔达的手术实在糟得不得了，她应该考虑再做一次自膝盖以下截肢的手术，那样她将有无数更棒的义肢可挑。玛蒂尔达不太理解，刚开始的时候，难道大家不是为她的腿被保住而兴奋不已吗？恢复室的情形她已经记不太清楚，但她记得医生用胜利的口吻告诉她，他已经"能保多少骨头，就保了多少"。当玛蒂尔达将这句话讲给她的理疗师听时，理疗师正一边察看她的残肢一边皱眉，开口说道："有时候保得多是好事，有时候却不是。"

她没有说错。玛蒂尔达的义足几乎每时每刻都在痛。无论她如何迈步，如何休息，如何辛苦锻炼身体的其他肌肉，无论穿多少层袜子、做多少按摩，只要用义足用上一两个小时，她的残肢就会抽痛，疼痛渐渐蔓延上她的小腿，越过膝盖，直到她的腿筋顶端与臀肌交汇的地方痛得几乎难以忍受。（在出事前，她对大腿到屁股的结构是多么无知啊，无知得无忧无虑！只一心琢磨着她那非常短的短裤会露出美臀上小小的"橘皮"，不知道治不治得了。）大多数日子里，疼痛会蔓延到玛蒂尔达的臀部，很多时候到了下午，她的脖子也会痛，于是她没到晚餐时间就已经上了床。

这时玛蒂尔达家的门铃响了，声音洪亮，不屈不挠，怒气冲冲。是维尼。玛蒂尔达打开门，发现维尼用左臂端着一个披萨盒子站在那儿，仿生手臂下夹着一面穿衣镜。维尼进门时，她小心翼翼地打量着那面长镜子。

"我可不要把这东西放在家里。"玛蒂尔达说。

"或许你不乐意，但你缺不了它。你的脚情况不妙，对吧？"只需瞧上她一眼，他就看得出她受了多少煎熬。玛蒂尔达依然笑意盈盈，但双眼茫然无神。他明白。

"也不是太糟。"玛蒂尔达撒了谎。情况好的时候，玛蒂尔达那只已不存在的脚会隐隐作痛，总能感觉它就在那儿，挥之不去的感觉让玛蒂尔达很抓狂。但情况糟糕的时候，那只脚会痛得她心烦。至于今天，感觉则像是有针在扎她已经截掉的那只脚。几个星期以来，她总感觉已经被截掉的脚趾中有一个一直在发痒。她发觉自己做着荒唐的白日梦，恨不得截去一只已经被截掉的脚。

"坐下。"维尼说着将披萨放在玛蒂尔达的餐桌上，"趁热吃一片吧，我们可以趁你吃的时候做。"

她不情不愿地坐到一张椅子上，取了一块披萨，轻轻吹了吹，咬了一口。"你怎么能趁热送过来？"她问他。

"商业秘密。"维尼说。

"那酱汁里放了什么才会这么美味呢？"

"得了吧。我家的神奇酱汁可以以后再聊，先干正经活。"

维尼已经唠叨"镜像疗法"好几周了，玛蒂尔达觉得听上去很荒唐，活像巫术。但此刻维尼就在眼前，还辛辛苦苦把镜子搬到了她家，于是她不情不愿地听了他的话。她挺直两腿，让维尼把镜子摆在双膝之间，因此低下头的时候，她见到的一侧是完好无损的那只脚，另一侧则是它的镜中影像。"噢。"她说。

"动一动你的左脚。"维尼说。于是她乖乖照办，见到两只完美无缺的脚一齐动了动。"挠挠你的脚趾，"维尼说，"给发痒的那只脚趾挠挠痒。"

"怎么挠？"

他伸手一指。"在你左脚上挠，就挠发痒的位置，但要一直望着镜子里面。"

她俯下身，轻轻挠了挠。"天哪，"她说，"确实有用。"她用力挠了挠。"我简直不敢相信这招有用，我不明白。"

"谁也不明白是怎么回事。简单地说，你正在促进你大脑中的信号进行重塑，把一套新说法教给你的大脑。"

她往左动了动脚，又往右动了动，弓起，绷直，又弓起，扭了扭脚趾。她转动脚踝，镜子里的那只脚，已经不见了的那只脚，一时间似乎重回昔日，完好如初。她又挠了挠——依然有效。"我已经感觉好些了，"她说，"不能说好得不得了，但确实有所不同。"

"很好。每周做四五次，每次十五分钟。只要哪只脚痒或痛，就用镜子。明白了吗？"

玛蒂尔达点了点头，笑了。"听上去很蠢，"她说，"我本来不情愿为了听上去这么蠢的一件事去买面镜子，谢谢你。"她说。她语气柔和，轻轻地将一只手搁上了他的肩。"谢谢你把镜子带过来。"

"只是权宜之计。"维尼说着冷不丁站起身。玛蒂尔达挨到他时，一股电流贯通了维尼的手臂、胸口以及某些不容细想的地方，真让人惊愕。

"我会自己买一面。你可以把这面镜子拿回去……"

"不，不，"维尼说，"我不是说我要拿回镜子，它归你了。我本来就是为你买的。我是说，你仍然必须从根子上解决问题。"维尼的声音比预料中更加怒气冲冲。玛蒂尔达皱起了眉。他深吸一口气。"暂停。回退。"于是他又开了口，尽量不拔高声调，"我的意思是，镜子只是一种权宜之计。"

在内心深处，玛蒂尔达深知维尼没有说错。过去六个月中，人们对她说过不少话，提过不少没用的建议，讲过不少毫无意义的套话（"上帝不会将你无力掌控之事交付与你"；"事出皆有因"），引用过不少《圣经》字句，其中维尼那套关于选择性截肢和截掉脚踝的说法最有道理。玛蒂尔达一向深知，有得必有失。在她的世界里，这一条堪称放之四海而皆准的定律，只不过你得清楚自己愿意失去多少；对玛蒂尔达来说，则是名副其实愿意剜去几磅肉（"倘若你一只脚叫你跌倒，就把它砍下来"[48]——这句《圣经》她懂）。

在康复中心的时候，一位护士告诉玛蒂尔达，大家把维尼称作"超级用户"。他康复得如此迅速，学得如此之快，以至于被选中试戴那套先进的假肢。她呢，却连用那只又笨又丑的橡胶脚一瘸一拐地走动也几乎做不到。她跟维尼南辕北辙。她哪里是个"超级用户"，不如说是个"超级废柴"。

但还要做手术，还要做康复治疗，还要用更好的假肢？哪样不用花钱？一大笔钱。"我没有这样的保险，我掏不出这么多钱，我也不认识有这么多钱的人。"玛蒂尔达说。她听上去灰心丧气。

"不，你认识。"维尼说，"你认识。"

维尼确实费了一番工夫，但在把镜子送给玛蒂尔达之前，他总算说服了她的表哥费尔南多私下跟他见了一面。刚开始，费尔南多有点疑神疑鬼，但维尼很快意识到了大家对玛蒂尔达的事小心翼翼、藏着掖着的原因：怕被驱逐出境。维尼从费尔南多嘴里一点一滴地打听出了来龙去脉——婚礼、乘豪车兜风、急诊室、几天后在

---

48. 本句译文出自《圣经和合本》。

某律师办公室召开的紧急会议、匆忙间签署的文件和拿到的支票，以及不肯与利奥·普拉姆对阵法庭，不肯坚持索赔保险金。据费尔南多声称，玛蒂尔达一家不希望招来警察，因为正如乔治·普拉姆反复扬言的那样，警察意味着玛蒂尔达的父母难免会引起移民局的注意。（费尔南多的母亲也是非法移民，更不要提家族中绝大多数人。）维尼千方百计想要摸清玛蒂尔达究竟签了什么样的协议。（竟然是在医院里，吗啡药效还没过呢，真是滑天下之大稽。）他总算说服了费尔南多：跟利奥·普拉姆谈谈，并不会惹出一场官司。"我只是希望友好地跟他聊聊。"维尼说。

费尔南多放声大笑起来。"你明白这话在我听来像是有点猫腻吧？"维尼在披萨店冲玛蒂尔达大吼大嚷那天，费尔南多差点就出手揍那家伙了，他不相信维尼。

"以我母亲的名义，我向你发誓，"维尼说，"我绝不会伤害玛蒂尔达，你一定要相信我。我永远、永远也不会害玛蒂尔达。"

这话费尔南多确实相信，因为很显然，维尼已经一头扎进了爱河之中。除此之外，对于出事后的几周，费尔南多心里还有些歉疚。当时他吓坏了，大家都吓坏了。他跟大家一样被普拉姆家的一大笔钱蒙蔽了双眼。想到玛蒂尔达帮他还了部分法学院贷款，他就觉得脸上发烧。当初他松了一口气，几乎没有反对。

"好吧，"费尔南多总算对维尼说道，"但你必须把你的计划告诉玛蒂尔达，征得她的同意。答应我，你要格外小心。"

"我向你保证。"维尼说。他才不怕谁呢，反正那位神秘的利奥·普拉姆吓不倒他。维尼尊重费尔南多的疑虑，但即使从未跟利奥·普拉姆见过面，他却深知对方的德性：对方是个该死的孬种。

车祸当晚的事害得玛蒂尔达满心羞愧，因此她无法擦亮眼睛，但维尼目光如炬。哪种人才会在婚礼上抛下妻子，撒谎引诱一个年轻姑娘去他的车里？哪种人才会不顾自己血液里的酒精和毒品含量高得惊人，贸贸然就去开车？就因为他那"擎天一柱"，人家姑娘失去了一只脚，哪种该死的家伙才会对此既不道歉，又对姑娘不闻不问？孬种。对于孬种，维尼还知道一点：把他们打趴下纯属小菜一碟。

维尼有个计划。他会要求见利奥·普拉姆一面，说清楚不是为了要钱，因为他们确实不要钱。维尼想要的是人脉。他已经查探过了，得知利奥·普拉姆有些用得上的人脉，可以给玛蒂尔达牵线搭桥，帮她从无数有关假肢的援助项目中受益，必要时也不排除再做手术。他希望利奥·普拉姆动用些私人关系，而且他不打算让对方得选。维尼会说得清清楚楚，他可不怕把对方那副懦夫德性曝光。他会穿上制服，身边伫立着玛蒂尔达，让利奥·普拉姆把脸面丢尽，直到他屈服。或许利奥会找他算账，维尼倒是来者不拒，但哪里会用得着他出手？因为关于懦夫，维尼还知道另外一件事：他们最怕被人家掀开假面。这事堪称小菜一碟。

"不。"玛蒂尔达说，"百分百不行。"她听任那面镜子掉到地上，又怒气冲冲地用一只脚在厨房里跳来跳去。"我不想跟你谈这个话题。"

"还是谈一谈吧。"维尼伫立不动。

"别待在我家里，拜托你了。多谢你的披萨和镜子。我很累，我想……"

"这……"维尼说着伸手向玛蒂尔达的残肢一指，"就是狗屎。"

玛蒂尔达背对着他，攀着厨房的水槽不放。"你为什么要大声吼？"她说着向他转过身，"你为什么总在跟人争？无论什么人什么事，都会惹你发火。"

"那你为什么不呢？"在玛蒂尔达家厨房刺目的光亮中，维尼左手的拳头攥紧了又松开，"该死的，那你为什么不大发雷霆？"

"因为那样没有半点用处。"

"我不这么认为。"

"或许你才必须向你的大脑交代一套新说法。来吧，用用镜子，瞧瞧你的脸，瞧瞧你大发雷霆的时候有多丑。"

维尼深吸一口气，在她身边的冰箱上狠狠地拍了一掌。玛蒂尔达打了个哆嗦。"你为什么就不气得要命，去索取你应得的呢？"他说。

玛蒂尔达一屁股坐到厨房的一张椅子上，神色有些黯然。她看上去像是马上就要掉下眼泪，维尼还从未见过她掉眼泪。她甚至无法正视维尼。玛蒂尔达已经一次又一次盼望时光倒流，重回那间储藏室，回到利奥与她翻翻起舞之时。要是时光能够倒流，她能够从利奥手中脱身，回到厨房里费尔南多的身旁，拿起一瓶油醋汁，那该有多好。她抬起头，脸色阴郁。"我不能再开口索取了，因为我罪有应得。"她说，"我罪有应得，一点也不假。"

CHAPTER 23

利奥有意出售"畅谈媒体"时，内森·乔杜里一度火冒三丈。

"那是我们的公司，"他说，"由我们一手打造，目前总算做得有声有色、发展壮大了，你却打算亲手交给一群公司混混？为什么啊？然后干吗呢？"内森据理力争了好几个星期，可惜利奥心意已决，内森又掏不出钱买下利奥那一半公司。"我洗手不干了。"利奥告诉内森。

利奥觉得很累。他厌倦了日以继夜的工作，厌倦了距客厅只有一步之遥的蹩脚办公室，厌倦了年轻、机灵、爱使小性子的实习生——公司雇了实习生，却不得不处处管着他们，有一半时间，利奥感觉自己活像个管事婆。每周总有那么两次，他抬脚走进丁点小的会议室，却发现一对情侣在亲热，每次还不是同一对。总有人任由小冰箱里的食品长霉，水槽里总堆满了脏兮兮的咖啡杯。

他厌倦了穷困潦倒，厌倦了偶遇大学旧友，结果听说人家在汉普顿又是天价旅行又是入股，厌倦了欣赏人家的高档服饰。他不愿任何人去他的公寓做客，因为他依然住在一直非法分租的那间一居室里。寓所建于战后，位于二楼，令人沮丧，毫无特色。从公寓的每一扇窗口向外张望，都会见到附近带空调压缩机的屋顶，当空调一起启动时，房间也会跟着"咔哒"作响。

他厌倦了八卦。上帝啊，八卦真是让他厌烦透了。将"畅谈媒体"出手的时候，它已经彻底变成了利奥最为痛恨的梦魇。它沦为了自身可悲的山寨版，并不比他们狠狠开涮的诸多出版物和人物更可敬、诚实、透明。确切地说，每天开涮二十二次至三十四次——据会计师们声称，对他们麾下的十四家网站来说，每家每天都得发布二十二篇至三十四篇文章，才能吸引到足够的点击量，借以取悦广告商。那数字荒唐至极，意味着他们必须把鸡毛蒜皮做成大菜，将火力对准通常并不值得拿来开涮的倒霉蛋们，发表一些人们转头就忘的文章，那些文章谁也不会记得，只有那些被永不餍足的"畅谈媒体"吞噬的倒霉蛋们除外。"互联网的蟑螂"，一家全国性杂志给他们起了个绰号，还给文章配了张利奥的卡通插图，把他画成了"蟑螂王"。他厌倦了当"蟑螂王"。

对利奥来说，大型媒体公司的报价无异于天文数字。当时利奥正拜倒在新任公关人员——维多利亚·格罗斯的石榴裙下。维多利亚家境富裕，过惯了纸醉金迷的日子。第一次去利奥丁点小的公寓做客时，她环顾房间，仿佛刚刚走进了一家收容所。（"你说你住在格拉梅西附近时，"她一头雾水地说，"我还以为你有公园钥匙[49]呢。"）

去跟内森见面的路上，利奥记起了紧张而又乐观是种什么感受。他差点径直从内森身边走过，对方正坐在酒吧里，面前是一台打开的笔记本电脑，低着头。利奥很开心能抽出片刻细看一下老友，他那多年来一同打拼事业、醉生梦死、只盼纽约喷气机队扬

---

49. 格拉梅西公园是纽约市曼哈顿区一小型私人公园，以此为核心的街区为格拉梅西公园历史街区。

威赛场的同伴。见到内森熟悉的侧影，利奥心中洋溢的情感十分真挚。内森，他似乎总能从电子表格与饼图中演绎出一个故事。内森，他依然穿着太短的裤子和有点紧的夹克，喝着他常喝的饮品：秀兰邓波儿鸡尾酒。

内森抬起头，明显也很开心见到利奥。他站起身，两人拥抱在一起。是个真正的拥抱，并不是利奥早已习惯的那种拥抱——与其说是身体接触，不如说是哥们之间热情洋溢地握个手、点点头。内森将利奥拉近了一些，搂得很紧，利奥心慌地发觉自己眼眶润湿了。但凡是个旁观的看客，只怕就会把这两人的重逢当作哀恸一刻。随后两人挺直腰，精神饱满地拍拍后背，互相审视了片刻。

内森咧嘴一笑，点了点头。"好哇，好哇。我依然是我们两个人中间比较帅的那个，帅得多呢。"长期以来，两人就拿这事打趣。要说内森并非中规中矩地"帅"，那还算是客气话。对于一名大个子来说，内森的双肩罕见地窄，一身肉几乎都集中在肚子上，有着在女子当中更为常见的梨形身材，两颗门牙之间有道很宽的缝，颇为讨喜。内森没有一根头发，但光头倒是挺配他那分明的五官，比如肉嘟嘟的鼻子啦，挑得很高的眉毛啦。他那两道眉毛简直像是活物。

"要来杯货真价实的酒吗？"利奥说着向内森的饮品一指，又给自己点了一杯威士忌。

"恐怕不行。我只有二十分钟，一分不多，一分不少。紧接着就得去上城办点慈善方面的事，要把某人介绍……"听到内森只留给自己这么一丁点时间，利奥有点泄气。那还得说快些呢。他走了走过场，问候了内森的家人，观赏了几张照片，又听内森说了几句他家翻修是场噩梦。

"我听说你跟维多利亚分手了，很遗憾。"内森说。

"那倒不必，这样对我们双方都好些。"利奥暗自盼望自己的话让人既遗憾又安心，总之恰如其分。内森提到离婚是件好事，倒是可以借借东风。"当初你告诉我，我跟维多利亚引出了对方身上最黑暗的一面，你没有说错。"

内森从姜汁汽水里挑出明灿灿的樱桃，放进嘴里，嚼着樱桃柄。"就算正好说中，我心里可没好受到哪里去。"

"我明白，只是跟老朋友说说大实话而已。当初真该听你的，不仅是维多利亚这件事，还有其他很多事情。"

"都是过去的事啦。"内森说，"你看上去很精神。除非吹到我耳朵边的小道消息是拿陈年旧事嚼舌根，不然的话，我听到了一些关于你跟斯蒂芬妮的传闻。是真的吗？"

"确实不假。嗯，目前这段时间吧。我们准备慢慢来，到目前为止还很顺利。"

"哥们，我真为你高兴。这次别再搞砸了。"

"我不打算搞砸。"利奥对内森道貌岸然的话有点恼火。内森当初不也搞砸了好多次恋爱么。"可以说，我准备重整旗鼓，这也是我想见你的原因之一。"

"果然不出所料。我听说，你已经在到处跟人讲，说我们在合作。"

"不是吧。"有人竟然已经把他的一举一动传到了内森耳边，利奥不禁惊得目瞪口呆。

"我已经不止听到一个人说了。"

"斯蒂芬妮跟我提了你的想法，我很好奇，真的很好奇。我非常感兴趣。我打了几通电话，做了点研究，问了些问题，但我可从未装模作样。我从没告诉任何人我在跟你合作，也没说过我们有任何正式联系。大家听到我的名字和你的名字，然后自己下了什么结论，那可不关我的事。"

内森凝神盯着利奥片刻，心中正在权衡。"好吧。确实有这个可能，我希望你说的是真话。"

"是真话。"

"因为我没法雇你。"

"先别急行吗？我们从头来行吗？"利奥难以置信，对话怎么这么快就已经不在他的掌握之中了？"我明白你很忙，我也是有备而来。"

"我很疑惑你为什么想参与我正在酝酿的这个项目，它不是什么大项目啊。"

"听上去可不小，听上去雄心勃勃，也值得去做。"

"相信我，不算大。"

"再说，它听上去还挺像我曾经有过的某个想法。"说到这儿，利奥住了嘴。他并没有打算提起这事，当然更不打算才开始聊就提上台面。不能让内森乱了自己的阵脚。

内森抬头望着天花板，仿佛在向上天企求耐心。"在线文学杂志不是你首开先河吧，利奥？"

"我知道。不好意思，我不该这么说。我……我们……有经验，我们是一个出色的团队。你压根不想听听我的看法吗？你对我的本事一清二楚。"

内森朗声笑了起来。他看似一副随意、就事论事的态度，让利奥心神不宁。"可悲的是，这话千真万确。"

"我先概述一下吧，说说我觉得你能用哪些非常有趣又卓有成效的办法发展壮大《纸纤维》。"利奥打开文件夹，取出一摞打印好的纸张。

"上帝啊，"内森说，"难道你做了份PPT？"

利奥没有搭理对方，翻阅着面前的纸张，抽出带有标识样本的一张。"具体而言，是一款基于事件，同时会助推内容的应用程序。"利奥把那张纸搁到内森面前，内森瞪大眼睛盯着它，显得一头雾水。

"一款应用程序？"内森说。

"总得有款应用程序吧？"

"对我来说，这不是什么新闻，利奥。纽约哪个十六岁少年不在千方百计研发一款应用程序呢。"

利奥说："这是其中很小的一个因素，我有一整套……"

内森打断了利奥的话。"利奥，你在这上面花了心思，我很感激。另外，得知你跟斯蒂芬妮复合，我也十分开心，真的。听说这个消息的时候，我想，'行啦，不管过去几年多么狗血，他总算脑子清醒了。'我是真心盼着你重回正轨，盼着你能找份让你开心的活。但即使我愿意跟你共事——还别说我不太乐意——我需要的也是个薪水少得可怜的年轻人。某个熟悉当前形势的人，而不是……"内森朝着面前的纸页不屑一顾地指了指，"要靠一款应用程序开创新天地的人。"

"可是个人经验呢？知名度呢？"

"知名度？"内森用难以置信的口吻说道，"我的朋友，那不正是问题所在吗？自从我们把《畅谈》出手后，你都做了些什么？说真的，利奥，你有什么成就？"

他做了些什么呢？首先，他与维多利亚在巴黎住了整整六个月，随后是佛罗伦萨，可惜他的法语和意大利语压根没有半点长进。对于这段时间，他只依稀记得曾走访各路朋友，大吃特吃，去"乡下"旅行，不知怎么回事全归他掏腰包。接着，维多利亚声称纽约"很没劲"，于是两人往西在圣莫尼卡[50]租了间公寓住了几年。当时利奥有个剧本要写，但他却天天去海边想要冲浪，然后嗑得很"嗨"，维多利亚则花了很多时间冥想，参与芳香疗法之类的狗屁玩意。夫妻两人动不动就谈起开一家小画廊，可惜从未成真。等到维多利亚的皮肤科医生在她那白玉无瑕的胸颈部发现了一颗可能癌变的痣，两人便重返纽约，维多利亚劝服利奥资助了下城的一家小剧团，以便两人"培养人才"。几乎也就是说，一帮跟维多利亚一起在西村长大的家伙写了些烂剧，由维多利亚出品并主演。利奥会去散步，走很远很远，也渐渐对单桶威士忌了如指掌。他会读书读报，暗自憎恨任何看得上眼的好文章。他花了整整几个月设计了一辆定制自行车，却从来没有用过。

"真希望改改当初的做法，"利奥说，"可惜时光不能倒流。"

"没错。"内森说，"你跟我？"他在两人之间摆摆手指，"这不正是做时光倒流的白日梦么。当初我们干得不赖。"他在利奥的胳膊上猛拍一记，利奥有点犯怵。"干得真他妈漂亮。"内森用上了英国腔，利奥心知这次会面已经走到了尾声。他望着内森收拾起文件夹，将笔记本电脑放进公文包。"我会让我的助理给你打个电话，一起吃顿晚餐吧。你、我，还有我太太和斯蒂芬妮，肯定很有意思。你可以来上城瞧瞧那个不停烧钱的无底洞，来笑我徒劳无功。"

---

50. 美国加利福尼亚州西南部城市。

利奥还没来得及说说他的计划呢。"要不我们另外定个时间。现在我才发现，应该在会议之前把自己的想法先发给你……"

"这不是什么会议。"内森将信用卡扔上吧台，穿起了外套。

这一下，利奥感觉怒火攻心。内森本该对他更客气一点。"拜托，内森，别这样。"

"什么样？匆匆忙忙？"

利奥绞尽脑汁苦思着能怎么劝内森别走。扔在吧台上的信用卡是一张运通黑卡。利奥简直不敢相信，人家内森竟如此风生水起呢。

"你缺钱吗？"内森察觉到利奥正紧盯着那张黑卡，开口问道。

"什么？没有。"

"假如是钱的问题，我可以借钱给你，这点没问题。"

"不是钱的问题，老天爷呀。你为什么会认为我缺钱？"想起自己确实寻思过问内森借钱，利奥不禁大发雷霆。休想。

"我跟维多利亚偶尔聊聊天。"

"妙极了。真他妈的妙极了。维多利亚，从古至今最满嘴谎话的家伙。"

"不得不夸的一点是，我辛辛苦苦才撬开她的嘴。"

"该夸的也不是维多利亚，她签了一项协议。实际上，她千方百计让别人跟我反目成仇，我觉得很有意思……"

"别瞎扯了，利奥。我是作为朋友问起你的情况，我很担心。哪有谁跟你反目成仇了？"

利奥深吸了一口气。"那就跟我再约一个时间，让我演示给你看，好好听我讲一讲。"

"你说你预先做了准备？"内森问。

"没错。"

"这么说，你清楚我们的首席财务官是谁？"

"我可没有把你们公司的人事架构一一背下来。"

"是彼得·罗特施泰因。"内森在单据上签了名，将收据一点点撕成碎片，小心翼翼地放到塑料托盘的边上。利奥绞尽脑汁回想着首席财务官的名字有什么深意。什么也没想起来。

"他的弟弟是奥里·罗特施泰因。"内森说。

利奥隐约感觉心里有些发毛，仿佛似曾相识，却依然一无所获。"我认识这个人吗？"

"也可以这么说。就是那个'出手搞定'的人。听上去是不是很耳熟？"

利奥的心猛地一沉。奥里·罗特施泰因正是利奥掌舵《畅谈》时最后一批文章的作者之一。一个出身社区大学的年轻人，胖嘟嘟的，看上去很没劲，发了份视频简历应聘技术支持人员。某天早晨，利奥来到办公室，发觉所有人都站在一台显示屏前又笑又嚷。在视频开头，奥里·罗特施泰因身穿一套不太合身的西服，一口气罗列了他的技术经验，紧接着却笨拙又荒谬地插了个桥段：脱下外套，戴上一顶棒球帽，来了一段不知所云、关于技术支持的恶搞说唱，副歌则是上不了台面、转头就忘的一段——"出手搞定的人就是我"（就是我，是我，出手搞定的人就是我）。真是逊毙了，简直笑死人。

"我们发布到网站上吧。"当时利奥说，他甚至还没有看完整段4分32秒的视频。刚开始的时候，所有人都认定利奥在开玩笑，但利奥火眼金睛，一眼就认得出能招来点击率的金矿。这是"畅谈媒体"的第一个爆红视频，奥里·罗特施泰因到处被大家诋毁嘲弄，一连好几个星期——无论网上也好，纸质媒体也好，电视上也好。

某期《今日秀》还用上了他那段视频，名为"怎样才能把你真心盼望的工作搞砸"。

"你聘用了那小子？"

"那倒没有。"内森拖长声调说道，仿佛对方是个无可救药的傻瓜蛋，"那小子已经不在人世了，几年前死于服药过量。我们被公司收购前，他哥哥已经加入了公司，事后他一年多没有跟我搭过话。过了好久我才获得他的信任，让他相信我跟那件破事没有半点瓜葛，而且我感觉很遗憾。我确实很遗憾。说到当初我们的所作所为，错不到哪里去，搞笑嘛。但并不让人脸上有光，利奥。我并不希望被当成这种人。"

"我也一样。我想说的就是这点。"

"我做不到，利奥，我做不到。我并不是说，奥里的事要怪你，或者要怪我们，我想说的是，时移世易啦，商业世界已经变样啦，我变样啦。我希望你也变了个样。但我不能聘用你。"

自从踏进酒吧以来，利奥破天荒坐下了。他千方百计想找点应景的话，敏锐而又得体的话，可惜说出口的却是句玩笑。昔日的内森倒是有可能觉得这句话很搞笑。"依我猜，'出手搞定'的人还真是奥里·罗特施泰因。"

一阵长长的沉默之后，内森说："我会装作你没说过这句话。祝你好运，利奥。不好意思，让你失望了。"

"用不着。我手头的事情一大堆呢。"

"那太好了。"

"多说一句，但假如不提这件事，那就是我的不对了：你把钱投给保罗·安德伍德，恐怕该担心一下。"

"是么？"

"《纸纤维》也挺讨我的欢心，但那边事事都乱成一团糟。我并不认为保罗具有你所需要的领导能力，能够推进这桩业务，我觉得你选错了人。"

内森紧盯着地板，慢慢抬起眼神，向利奥望去，目光中充满怜悯。"我本来还希望，你露面的时候已经不再是个混蛋，利奥。我本来真心期盼。"

"不要会错意。保罗深得我心……"

这时内森伸出了一只手，利奥不情不愿地跟他握了握手。"祝你好运，利奥。为斯蒂芬妮起见，我希望你振作起来。"

"那我只能把我的点子交给别家了。"

"请便，不过拜托再也别提到我的名字。"

"去你妈的，内森。"

"彼此彼此，哥们。"

利奥望着内森一步步走出酒吧。他又一屁股坐下来，深吸了一口气，努力消化着刚才发生的一切。正在这时，他搁在吧台上的手机振动了起来。利奥瞥了瞥来电显示，结果一见到来电人的名字，他的一颗心几乎停止了跳动。玛蒂尔达·罗德里格斯。

CHAPTER 24

在他蠢兮兮地把杰克·普拉姆放进家门之前，那尊"吻"只让汤米惊魂过一回。当时他还住在洛克威，一天早上，联邦调查局敲响了他的家门，想找他聊聊世贸遗址的一件失物。汤米吓得几乎晕了过去，直到探员解释说，联邦调查局正在调查纽约"弗来雪基尔斯垃圾填埋场"失窃案，只是想问问汤米是否记得见到过那尊罗丹作品，假如见到过，最后一次见到又是在什么地方。汤米告诉探员，跟其他无数件东西一样，他把那尊罗丹作品交到了港务局的拖车，交到了某人手中，他不记得人家的名字，但当时对方说会接管它。

"这就是我最后一次见到它。对不起，"他对联邦调查局探员说，"真希望我能多出点力。老实讲，它看上去活像一块破铜烂铁。"调查人员握了握汤米的手，请他节哀顺变，那也是汤米最后一次听到有关消息。

刚开始的时候，汤米把雕像藏在皇后区那栋房子的卧室壁橱里，用一只枕套罩了起来。他可不希望女儿过来探望时见到它，谁让女儿们每周大约要来探望个上千次呢。"只是来瞧瞧!"女儿们总用快活的声调说道——在她们妈妈过世之前，汤米从未听过她们用这种声调讲话。可惜的是，将来自妻子的礼物藏在壁橱中，活像藏起一个可耻的秘密，让汤米耿耿于怀。他开始考虑搬家。在跟罗妮一起住的那栋房子里，他与罗妮曾生儿育女，星期五晚上全家一起看电影吃爆米花，甚至抽出时间在每个星期日做爱，即使在姑娘们还小的时候，有时还不得不瞅准尼克国际儿童频道播广告的空当——但不管怎样，他与罗妮办到了，他们一向如此。时至今日，这栋房子却显得太空旷、太孤单。

消防部门的老友威尔告诉汤米，斯蒂芬妮要找一个新房客。汤米一向对斯蒂芬妮有好感。她是个讨喜的人——风趣、机灵、勤勤恳恳、脚踏实地。"这才是名副其实的佳人嘛。"罗妮曾这样夸斯蒂芬妮。当初威尔将斯蒂芬妮带去了大名鼎鼎的假日派对，结果斯蒂芬妮以一曲达妮·洛芙风格的"圣诞节回家"[51]倾倒全场，那卡拉OK机还是大家连到电视上的。

斯蒂芬妮家的公寓略显破旧，但汤米所需甚少。他只想要个属于自己的天地安置雕像，能够每天见到它。一个离洛克威足够远的地方，免得孩子们动不动连个电话也不打就顺道来访，免得他不得不回答很多问题。雕像的秘密被汤米藏得滴水不漏，直到杰克·普拉姆一脚踏进了汤米家的餐室。

把杰克放进家门，让他绕着雕像打转，活像打量一辆二手车，让汤米的心里颇为不快。或许不仅是因为杰克，或许是因为时光流逝，哀恸不改，但现在只要他把藏起的雕像取出来，耳边便会回荡着杰克·普拉姆的问话："你从哪里弄来的这个宝贝？"多年来，汤米一直害怕有人见到雕像，尤其是他的女儿。眼下雕像真的见了光，对于一旦被抓下场如何，汤米开始理出了几分头绪。一个多星期过去了，他连瞧也没有瞧过那尊雕像。

---

51. Christmas（Baby Please Come Home）是达妮于 1963 年发表的经典圣诞歌曲。

今天，三个女儿中有两个要来探访。一向几乎总是汤米去探望她们，但一年有那么几次，她们会"进城"一趟，先绕道来到汤米的住处，把一袋又一袋她们认定父亲用得着的生活用品交给他。

汤米家里人一向对他的小破窝颇有怨气，于是带着五个孙辈的玛姬与瓦尔冲进前门时，汤米给自己打气，准备迎接熟悉的抱怨唠叨。

"如果你肯稍微收拾收拾，这个狗窝也会挺像样，爸爸。"瓦尔第一百次说道。她把生活用品放到厨房架子上，打开一袋翠绿色海绵，取出一块擦起橱柜来。

"用不着你动手，坐吧。"汤米说。

"我不介意。"瓦尔说。

"你为什么不买几件跟这房子搭配的家具？"玛姬说，"要是你乐意，今天我们就可以去买个新沙发。我们可以帮你挑一挑嘛。"玛姬说得对。汤米家里的沙发显然更配一间大得多的屋子，而不是褐砂石房屋逼仄的客厅。

"房子没事，我也没事。我又不指望《美好家园》杂志顺道来访，拍几张照片。"

"为什么这个柜子上了锁？"瓦尔站在餐室的瓷器柜前。柜子上半部用于陈列瓷器，汤米在架子上摆放了几件结婚时得来的瓷器，也算是他试着"装点一下房间"。柜子下半部则用于储藏，汤米拆掉了内部的架子和底部的脚板，但门还留着，把宽敞的柜子内部遮起来，而柜子正好容下手推车上的雕像。假如汤米乐意，他大可以将雕像推进推出。此时此刻，柜子门上了锁。

"没什么大不了的，有几件贵重物品。"

"是妈妈的遗物吗？"玛姬的声调有点尖。

"我告诉过你了，属于妈妈的全部家什都在我给你的那些盒子里。"

玛姬盯着柜子不放。"这一带有那么不安全吗？你得把贵重物品锁起来？"

汤米不知道该如何回答（这一带的治安明明过得去），于是他只是哼了一声，打算把大家再领回客厅。

"哦，上帝啊。"玛姬说。她猛地攥住父亲的胳膊，压低声音以免孩子们听到。"你不是藏了把枪在里面吧？"

"什么？"

"你看上去一脸心虚。你居然在家里藏了一把该死的枪，我们还把你的孙儿孙女带到这个家里来呢。"

"家里没枪。别激动。再说了，你的语气我听着不太顺耳，小姐。我毕竟是你爸爸。"汤米使出了浑身解数，一心要把玛姬的注意力从柜子上引开。

"你还有什么宝贝要用锁锁在空荡荡的餐室里？"

这时玛姬的幼子（名叫罗恩，是随他从未见过的外祖母取的名）抱着母亲的腿，抽抽搭搭哭出了声。

"怎么啦？"玛姬一边问，一边弯下腰，换上了快活的口吻，"怎么啦，小宝贝？"

"不喜欢这个地方。"

"别冒傻气，"玛姬说，"这是外公家嘛。"

"我更喜欢他原来的房子。"

汤米不知道该如何回答，于是一味望着玛姬抚摸着外孙的小脑袋，哄他。"要不我们吃点午餐，然后出去好好走走吧。"她说，"附近有个带游乐场的公园，对不对，爸爸？"

可惜罗恩没有被哄住。"这栋房子好凶。"他说着哭了起来。他贴着玛姬的耳朵悄声说了几句,玛姬摇摇头,紧紧地搂住孩子。"不,不,宝贝。这话说得不对,这个家里的件件东西都很欢迎你。"

瓦尔领着孩子们去厨房里准备午餐,玛姬则将汤米拉到了一边。"爸爸,我不得不说,这一切有点问题……毕竟时间已经过了好久好久。"她挥着胳膊,审视着整套房间,审视着跟房子不搭的家具,前任租客留下的旧物,又脏又乱的一团糟。

"我就孤身一个,我要的只有这么多。"汤米说。

"我并不是在说房子大小。"玛姬叠起双臂,汤米看得出,女儿正要狠心说些难以出口的话。玛姬看上去跟她的母亲如此相像,汤米不得不忍住不去凝神端详她的面孔,不去伸手轻抚她的面孔。"你知道刚才罗恩哭闹的时候说什么了吗?他说,这屋子像个鬼屋,里面有幽灵。我的意思是,他是个孩子,但孩子的眼睛是雪亮的。这屋子又暗又闷又压抑。至少买几盏灯嘛。买几盏落地灯,好歹亮一些。"玛姬伸手向客厅天花板上孤零零的吸顶灯一指。

"或许他说得对。"汤米烦不胜烦。他可从来没开口求过子女们帮忙,也没有邀请他们来家里探访。"或许这屋子真的闹鬼。"

"爸爸。"玛姬咬住嘴唇,眼中涌起了泪水。汤米心里一酸,但要是不提起罗妮,装作大家并未背负着昔日的幽魂,他会更加心酸。

"真让我伤心。"玛姬终于开了口,用一只手的手背擦着眼泪。

"你不觉得我也很伤心吗?"汤米问道。

"我指的不是妈妈。我清楚她已经安息,我一清二楚。我说的是你,爸爸。你伤了我的心。假如家里真有一个幽灵……那就是你。"

CHAPTER 25

梅乐蒂笃信战术，笃信运筹帷幄与应变之策。这是件好事，因为她与沃尔特目前无疑正开战。他正挥师双线攻来：一边是按揭贷款，一边是大学学费。一想到要痛失住宅，梅乐蒂简直魂不守舍。他们甚至算不上售房套现，因为房贷还有很大一部分没有还清。

"这不关资产净值的事。"沃尔特一遍又一遍地说，"我们必须砍掉每个月的支出，尤其孩子们念大学的日子一天比一天近。就这么回事。除非你能找到一个方法，每个月多赚些钱，不然我们别无选择。"

梅乐蒂死活不让沃尔特"正式"把房子挂牌出售。她才不要见到自家宅邸的照片贴在镇子中央"鲁宾父女"地产公司的橱窗里，供大家观赏揣度呢。薇薇安答应，在带客看房的时候会"避人耳目"。

"只是试试水，瞧瞧会发生什么。"沃尔特说。

沃尔特还恨不得马上让诺拉与路易莎坐下，跟她们讲讲未来几年的财务形势，讲讲这一切对念大学意味着什么。在沃尔特看来，意味着只能念州立大学。梅乐蒂不肯答应。有些人家暑期会去度假，梅乐蒂则让双胞胎女儿钻进汽车，奔赴"大学游"。参观完大学后，大家会在午间一起出去美餐一顿，逛一逛当地城镇，讨论一下所见所闻。大家还列了清单！希望不大的一批大学、有希望的一批大学、把握颇大的一批大学——个个全是私校，要交天价的学费。

一天沃尔特上班时，薇薇安·鲁宾打来电话告诉梅乐蒂，有两个买家出了好价钱，其中一个全付现金。梅乐蒂并没有慌神。她思考了片刻，然后让薇薇安还个价。还价的数额贵得离谱。

"真的吗？"薇薇安问，"沃尔特也赞成吗？"

"百分百啊。"梅乐蒂回答，"我可没瞎扯。"她心里暗自说道，挂断电话时顿觉心中一片宁静，莫名地乐观。眼前便是战场，领军之将深知何时该按兵不动，何时该运筹帷幄；何时当进，何时当退。这是一场战争，而她决不会乖乖言败。现在还不行。没见到利奥之前都不行。

CHAPTER 26

在一遍遍给汤米的语音信箱留言，汤米却毫不搭理之后，某天杰克径直登门造访，正如汤米担心的那样。

"知道吧，把那玩意留在手里，你可能会惹上一身麻烦。"杰克将电脑打印出的、有关雕像的新闻报道冲着汤米挥了挥，汤米不情不愿地开了门。有那么几分钟，汤米死活不承认新闻中的雕像正是他家里的那一尊，但紧接着，他心中的一角，那过去十年间被慢慢侵蚀的一份坚定，轰然坍塌了。汤米感觉很疲惫。他垂头丧气地一屁股坐到前厅的折叠椅上。

"你说是谁把这尊雕像给你的？"杰克说。

"我的妻子。"汤米紧盯着地板，"我的妻子把它给了我……"

"别瞎扯了。"杰克说，"我一点也不在乎它是怎么到你手上的。假如你、你妻子或者你的某个英雄同伴玩了一出顺手牵羊的恶作剧，或者打算出售，或者……"

汤米的步伐是如此之快，动作是如此有力，杰克一时间没有回过神来，直到他被猛地摁到了墙上，汤米的前臂紧紧卡住了他的下巴。杰克说不出话来，难以呼吸。

"我可没有顺手牵羊，你个天杀的混蛋。"汤米说。他的面孔贴得这么近，杰克可以看见汤米早晨刮脸时漏掉了颧骨上方一小撮胡须。汤米开口说话了，每说一个字便冲着杰克的脸喷出几星唾沫："这是来自我妻子的一件礼物。"

杰克不无惊诧地发觉，自己还依稀记得当初在"艾滋病解放力量联盟"组织学到的一招，毕竟当初警方会不时找他们麻烦，把他们抓起来。那招便是："放轻松，别跟人斗"。他正视着汤米的目光，脸上不露声色。汤米拉下了脸，从杰克身边走开，整个身子耷拉下来。

"上帝啊。"汤米说，声音轻得几乎听不清。他又一屁股坐下，凝望着自己的手，好像那双手并不属于自己。"我到底是中了什么邪？"他向杰克转过身。"这是一份礼物，"他一边说，一边用手捂住脸，啜泣起来，"是来自我妻子的一件礼物。"

杰克发现自己莫名其妙地给汤米泡起了茶。他翻遍了橱柜，里面是可怜巴巴的一堆东西，其中有些应该是汤米自己买的（麦片啦，拉面啦，盒装奶酪通心粉啦），另外一些则显然是其他人送来的（有机罐装辣椒啦，一包包藜麦啦，甘菊茶啦）。他让汤米坐到厨房的餐桌旁。用不着杰克多催，汤米一口气讲出了来龙去脉，杰克发觉自己竟诡异地感觉心有戚戚。可怜虫啊。看来下一步得温柔一些。

杰克提了个方案，又给汤米倒了点茶，打开一袋走味的香草威化饼，只等汤米答复。

"我说不好。"汤米说。他凝神紧盯着关上的壁橱门，那尊雕像正摆在门后。"我说不好。"

"你大可以对我放心，"杰克说，"除非你告诉我你已经准备妥当，不然我不会轻举妄动。你知道吧，假如任何人发现……"

"我明白。相信我，我曾经噩梦缠身，梦中我一命呜呼，我的女儿还必须料理这堆烂摊子。"

"假如你想留下它，那我也理解。"杰克没有说谎。他理解来自逝者的宝贝是多么不可或缺。他和沃克已经失去了数十个好友，曾经一次次被悲痛不已的妈妈、姐妹，或表兄妹拉到一旁，收到一件来自逝者的纪念品，仿佛一份礼物。"求求你们，"一位朋友的继妹曾经恳求道，"我父母会把所有东西都驱车送去捐掉，请拿几件东西作为念想吧。"于是他们照办了，拿回家了不少东西。迈克尔的浅黄绿色方巾，安德鲁的飞行员太阳镜，大卫用别人不要的香槟瓶塞铁丝网做成的丁点小的椅子，无数镶框照片，用不了的手表，怪里怪气的领带和皮带。杰克将所有物件都叠得整整齐齐，摆在卧室书架的一格上。"死亡博物馆。"沃克会冷冰冰地讲几句玩笑话，但他也同样珍视这些信物。一则接一则的回忆啊。架上摆放的物件一文不值，却又价值连城。那是他们双双经历并已逃离的过去，是绝望与希望，生与死。

"假如你想留下它，那我也理解。"杰克说，"但我也明白……"说到这儿，他将椅子凑近了一些，伸手握住汤米的手，他的关切毫不作假，"假如你要处理掉它，我也明白。我可以帮你。"

CHAPTER 27

　　利奥向来不爱早起，但自从住进斯蒂芬妮家，清晨便又回到了他的日程中间。曾经一度，清晨时他不肯乖乖醒来，不愿感受维多利亚的熊熊怒火从床的另一头烧过来，也没有准备好糊涂又自责地走到洗手间里，取杯水润润干渴难闻的嘴，要么取些止痛药，稀里哗啦一路滚进他发颤的掌心。在那些日子，每天清晨醒来，利奥便会发誓今天会有所不同，结果每天他都会食言。通常还不到下午三点钟，无聊的一天，黄昏的幽灵，以及他那一腔怨气、敌意满满的妻子，就已经让利奥一步步失守。

　　但这些天来，每逢晨光慢慢将漆黑的天空染成一汪冬日的水蓝色，利奥便会睁开眼睛。他会悄无声息地下床，踏着翘起的硬木地板和轻轻一踩就会嘎吱作响的楼梯去洗手间，一路上尽量放轻脚步。他会从前门廊取来《纽约时报》，到厨房烧水泡咖啡。斯蒂芬妮还在用当初与利奥初遇时她用的那只法式滤压壶，当时利奥认识的其他人还全都认定咖啡是本地熟食店或街头小贩冲的呢。一旦注好沸水，利奥便会坐到厨房餐桌旁，慢悠悠地翻阅报纸，只等管道里传来砰然一响，热水从地下室传上来，代表斯蒂芬妮已经起了床，开了淋浴。大约等到利奥读完全球新闻与全国新闻时，他会听到淋浴"吱啦"一声关掉。于是利奥摁下咖啡壶的滤网，给自己倒上一杯咖啡。

跟内森见面的次日，利奥坐在斯蒂芬妮家的厨房中，沉思着即将来临的一天，凝望着一轮朝阳缓缓升上大理石料理台，将每一处褪色和瑕疵照得雪亮。正是在那一刻，他开始感觉心中涌起一团熟悉的阴影，四周围裹着幽微的惧意。利奥不禁想起梅乐蒂小时候深爱的那本童书，当父母非让他照顾妹妹时，他曾一次次将那本书念给她听。书中有个头戴草帽的法国小姑娘，一个能够感知祸事的高挑女子。（利奥一直没弄懂她的身份——是个老师？修女？护士？）"有什么不对劲。"她会冷不丁在夜半醒来，嘴里说道。"不是吧。"利奥心想。

利奥原本就对眼前这一崭新的格局将信将疑：位于布鲁克林的美丽宅邸，楼上四处走动的红发佳人，还有胜利重返内森身边的利奥本人。他曾谨慎地审视着这幅景象，仿佛是在海滩上发现的一只乳白贝壳，壳中藏污纳垢——臭海藻，腐烂的软体动物，要不然就更糟糕，藏着什么活物，正挥舞钳子想要夹住一团肉。

必须做决定了，期限正在步步逼近。利奥琢磨着能把方案交给哪一家，他心知自己的点子有其价值。假如打算留下的话，他必须想个办法处理他欠"安乐窝"的钱。假如他打算留下的话。

很多时候，他会寻思把钱还给弟妹们，因为那样并不赖，是桩义举，解救大家于水火之中。可惜有个问题总让他耿耿于怀：假如有朝一日他缺钱，那怎么办？假如需要一条出路，那怎么办？利奥一向会留一条应急之策，一想到不留后路，他几乎头晕眼花。他在心中不停揣摩着各种决定，仿佛在不停地试衣：留下，走人，还清所有人的钱。过去他总擅于规避，在那熟悉又美妙的避风港中如鱼得水，保留无数对策，直到他迅速找到更加光鲜的出路，但这次感觉颇有不同。

斯蒂芬妮。利奥能听见她正走下楼梯，准备去上班，靴子有力而又迅速地叩击着楼梯。太快了。利奥总是大着胆子，以为会听到她滑倒摔上一跤，但她却从未摔跤。他轻描淡写地告诉了她跟内森见面的情形，声称大家"花了太多时间叙旧"，还打算再见一面。一旦找到有意的下家，再跟斯蒂芬妮轻描淡写地说说究竟发生了什么吧。"慢点走。"斯蒂芬妮绕过转角进了厨房时，利奥说，"总有一天，这些楼梯会要你的命。"

她朝他笑了笑，从料理台的一只碗里拿出一根香蕉。"你就已经赶不上我的脚步啦，利奥？"她剥开香蕉，朝咖啡里加了些牛奶。

他也微微一笑，但本能地，他心中暗想，"好戏开场了。"

"嘿，"斯蒂芬妮说，"你是不是该过目一下碧翠丝的作品？昨天她打过电话给我。"

见鬼。碧翠丝。她的作品。"见鬼，"利奥说，"我忘了。我会瞧一眼。"

"要是按最近的经验来看，这篇文章很快就能读完。假如上得了台面，给我办公室打个电话。"

"我看还是今晚跟你聊吧。"利奥用明快的口吻说。

"有意思。"斯蒂芬妮俯身给了他一吻。她尝起来仿佛香蕉和咖啡，利奥将她拉近了一些，伸手探进她的夹克，把她紧紧搂住，抚平她的秀发，深深地吻着她。他心中泛起的阴影随之云开雾散。她似乎有些心不在焉，身子紧绷，他伸手抚过她的丝绸衬衣，直到感觉到她胸前的"樱桃"变硬，于是先用舌头轻轻滑过她的嘴唇，再加点力道探进去，直到他觉得她放松下来。

"不公平，"她轻声说着，抽开身子，"我得去上班啦。"

斯蒂芬妮心里清楚，自己不能再拖了，必须告诉利奥到底发生了什么。"就今天晚上吧，跟其他晚上也没什么分别。"她心想。

"说不定今天我会早点开溜。"她说。

"听上去很不赖。"利奥说。

她在他的脸颊上飞快地印下一吻。"碧翠丝，"她说着一把拎起自己的手袋。"别忘了。"

　　斯蒂芬妮走后，利奥又冲上一壶咖啡。几个星期来头一次，他根本不愿意启动电脑，不愿意去"办公室"，不愿意干活。一想到坐下后从小小的后窗向外张望，遥望毗邻那些褐色的、乏味的庭院，真是让人泄气啊。这时，他的手机在料理台上振动起来。利奥拿起手机查看来电。又来了。玛蒂尔达·罗德里格斯。他隐约记得出事当晚曾死皮赖脸地要来了她的电话号码，她还在厨房收拾东西的时候，自己曾一遍又一遍给她发短信，然后两人才向汽车走去。她不该打电话过来。得跟乔治聊聊。利奥并不仅仅在躲玛蒂尔达。杰克每天都发封电子邮件过来，提议给梅乐蒂的生日办个宴会。梅乐蒂也留言了几次，约利奥一起吃午餐。"就我们两个人。事情急得很。"她说。

　　不太对劲儿。

　　利奥上了楼，发现碧翠丝的皮包放在书架上。当初利奥把包搁在那儿，一心相信自己手头还有更要紧的事。或许这篇故事颇有看点呢。或许能说几句用得上的评语呢。利奥千方百计将杂念赶出乱哄哄的脑海，凝神读起了开头几段。故事主角名叫马库斯。（利奥惊讶地发觉，自己对这不是个"阿奇"故事略有一丝失望。）某个名叫马库斯的家伙。一场婚礼。一家餐饮服务商。一辆车。利奥的心越跳越快。他加快速度翻阅着，文字在纸页间流淌，前灯、断肢、急诊室、缝合。"取掉，妈妈，取掉！"文中写道。上帝啊。利奥又翻回了第一页。这篇文章写的是他的那场车祸。这篇文章写的是他。

CHAPTER 28

　　斯蒂芬妮准备将怀孕消息告诉利奥的那一晚，她没有开口。回到家中，她发觉利奥穿的还是当天早晨她离家时他身上那套衣服，包括当作睡衣穿的那件 T 恤。碧翠丝的新作害得他勃然大怒。他一定是在她刚出家门后就读了起来，结果一整天心烦得不得了。斯蒂芬妮花了足足五分钟才让利奥平静下来，说清了来龙去脉：这篇新作是关于利奥遭遇的那场事故，关于事故中某个受了伤的人，至于那人受了什么伤，利奥还不够冷静，没有办法（或者不愿意）说清楚。

　　"难道你害死了人？"斯蒂芬妮终于问道。利奥开口之前的片刻，斯蒂芬妮一度认定他确实害死了人，认定她从利奥的眼中望见了深切的惧意，正是因为他不得不跟她坦白，当初他醉醺醺又嗑"嗨"了，却手握方向盘失手害死了人，但不知怎的没有被抓住。不过，事实并非如此。"受了重伤。"利奥只肯说这么多。"确实很糟糕，但已经处理妥当。"利奥还坚称，假如碧翠丝发表这部新作，真相就会大白于天下，跟他有过节的所有人只怕都不会手下留情——利奥的这些话说得闪烁其词、谩骂不断，斯蒂芬妮一时间难以回过神来。

　　利奥站在斯蒂芬妮面前，抖着手中的纸页。"简直是狗屁！"他说，"这明明是一篇'阿奇'故事！"

"是吗？"斯蒂芬妮有些吃惊。一篇"阿奇"故事。有意思。"有可取之处吗？"

"你是开玩笑吧？这点并不重要！"利奥把纸页朝桌上一扔，几页纸慢慢地飘到了地板上。他抬脚踩上一张，纸页在他脚下撕裂开来。"她还装作这不是一篇'阿奇'故事，她给人物另取了一个名字，但它明明就是。写的是去年夏天的事。她休想发表这篇稿子。"

"你跟她聊过了吗？"斯蒂芬妮问道。

"不，还没有。我说不好以后还愿不愿意再跟碧翠丝讲话。"

"深呼吸，别着急。"斯蒂芬妮说。她拉出一把椅子，冲着利奥示意。他一屁股坐下来，用力揉着自己的头皮，发出了一声尖厉的呻吟。他那没洗的头发从诡异的角度戳出来，下半边脸冒出了黑乎乎的胡茬，眼睛布满血丝，眼神有些狂乱。

"或许得告诉她这篇稿子让你有多心烦。或许这篇新作还有办法救得回来。天哪，她写的可是小说。这是个故事……"

"甚至还没有写完的故事。"

"好吧，这只是一篇草稿。那岂不是更棒，一件事一件事地办嘛。"斯蒂芬妮总算哄得利奥平静了些，哄他上楼去洗澡换衣服，她自己则点了外卖。她向利奥保证，等到他下楼时，两人会一起想办法跟碧翠丝聊一聊，碧翠丝或许有诸多缺点，但并不心狠，人也善良。

斯蒂芬妮记起了早些时候自己跟碧翠丝通的那个电话，暗自希望当时就已得知现在知道的一切。本来可以拦住碧翠丝，警告她会惹利奥不悦的嘛。真狗屎。看来只能改天再宣布怀孕的消息了。今天晚上可不是跟利奥谈论"为人父亲"的好时机，谁让利奥本来就已经疑神疑鬼，感觉自己一头钻进了死胡同呢。

斯蒂芬妮憋着一肚子气，匆匆翻阅起了外卖菜单。这正是她痛恨的一面，正是恋爱中总害她拔腿开溜的一面——他人的苦恼、希冀或需求在不知不觉中蔓延进了她那精心打造的世界。他人的生活，堪称千斤重担。斯蒂芬妮确实深爱利奥。她在他们生命中的不同时段以诸多不同的方式爱过他，她也确实希望目前这条情路能够走下去，无论他们现在算是什么关系。或许吧。可惜斯蒂芬妮总绕不开一个问题：对于独处，她要擅长得多。对她来说，独处更加轻而易举。她特意过着独处的生活，假如寂寞偶尔袭来，她也明白如何走出阴霾。不然就更妙，明白如何沉浸其中，尽享那份独有的惬意。

　　一方面，斯蒂芬妮明白利奥永远也不会真正改变。另一方面，她又明白利奥在某些方面宠坏了自己。她并不打算执意无知——与利奥一起生活或许正需要这种特质，但她也不打算屈就，总得胜过利奥在身边时她感到的那种激动吧。她对爱情来者不拒，但她最拿手的是管好自己的幸福；让她吃瘪的，是其他人的幸福。

　　斯蒂芬妮意识到（是从理论上讲，她明白），为人父母无非是随时随地对某人的幸福负责，一天又一天，说不定是整整下半辈子。可它必定有些不一样吧？不会等同于挑起对另一个成年人负责的重担，对方来时背负着满身已有的希冀、行为与意图。斯蒂芬妮与她的情人总能把恋情搞砸，她一直不知道该如何培养感情，让它茁壮成长，因此它总是渐渐凋零。她明白，父母与孩子可能会伤对方的心，但一定没那么容易，对吧？

　　斯蒂芬妮弯下腰，从地上拾起一张撕开的纸页，跟其他纸张一起搁在乱糟糟的桌子上。她收起纸页，按顺序放好，坐下从开头读了起来。

　　洗了个澡以后，利奥确实感觉好受了些。他把水能开多热开多热，站在斯蒂芬妮家的浴室中，从镜子上抹去水汽时，他能望见自己的肌肤白里透红，看起来多么健康。他在康复中心减了些体重，这段时间跑步也有了成效。他并没有自暴自弃，这一点毋庸置疑。用毛巾擦干身子的时候，他回过了神：斯蒂芬妮说不定正在楼下读那部新作呢。也好，总比自己亲口向她解释那场车祸的细节及后果要容易些。斯蒂芬妮深知该如何处理这类事宜，在给人们的作品宣判"死刑"方面，斯蒂芬妮堪称高手，毕竟她一天到晚跟人这么说。斯蒂芬妮必须帮他毙掉碧翠丝的稿子。

不费吹灰之力，利奥便可以列出一串人名，当头的一个就是内森·乔杜里。这些人会激动万分地写篇毫不留情的文章曝光他的车祸，曝光"打手枪"，曝光来自布朗克斯、用单脚一瘸一拐走来走去的可怜的餐饮女招待。（这些人会顺手漏掉一件事，或者将之轻描淡写：利奥把那姑娘变成了百万富翁。）利奥简直能看得见文章的附图，那幅把他画作"蟑螂王"的图。上帝啊。他已经走了这么远，熬过了康复，他妈的戒了瘾，还对自己的积蓄精心藏着掖着，到头来竟然只招来狗血大戏，不然便会沦为纽约的笑柄。每逢他走进一间屋，人们便会指指点点、窃窃私语。要不然的话，关于他的文章会成为"高客网"上被大家争相转发的一篇。目前，他正想方设法跟人会面呢，绝不能头顶着这么一片乌云。斯蒂芬妮必须帮他尽快摆平这个烂摊子。

利奥走进厨房，斯蒂芬妮正慢吞吞地翻阅着纸页，一次又一次重读接近中间的一页（利奥心知是哪一页）。她脸色苍白，抬头望着利奥。唔，没错，利奥记得那副表情。他强忍住怒火。

"你明白我的话了吧。这是一篇'阿奇'故事。"他说。斯蒂芬妮坐着纹丝不动。利奥不安地端详着她。"只因为她不把主角叫作‘阿奇’……"

"这些都是真有其事吗？"她问道。利奥走到水池边，倒上了一杯水。"她失去了一只脚？"斯蒂芬妮说。

"是的。"

"她现在在哪里？"斯蒂芬妮依然不肯直视利奥，眼神落在面前桌上散落的纸页上。

"我不清楚。"

"她没有联络过你吗？"

"没有。"利奥回答，"嗯，算是有吧。"

"算是有？"

"她打过几次电话，但我没有回复。乔治在处理这事呢。签过协议了，给了很多钱，协议中有一条就是一旦签署文件，从此再不联络。"

"我明白了，"斯蒂芬妮说，"我看你最好还是马上让乔治处理一下截肢的姑娘。"

"协议的条款当时我并不清楚，斯蒂芬妮。我在康复中心呢。但我必须守规则吧，她也一样。这样对大家都好，包括她。要是她违反条款被人抓住……"

"你们就能拿走人家的另一只脚？"斯蒂芬妮说。她小心翼翼地把纸页摆在桌子中央，抚平其中发皱的一页。利奥觉得她的手有些抖。他在她身边坐了下来。

"很抱歉，"他说，"我本来想告诉你的，我真的这么打算。但一想到这件事，我就备受煎熬。"

"你不觉得有点好奇吗？"

"好奇？"

"想打听打听她现在怎么样。她为什么给你打电话？上帝啊，利奥，人家可失去了一只脚。"

"我明明知道有人照料她。我知道她得到的是最好的照顾，毫无疑问。我没有权利感觉好奇，然后联络她。"

斯蒂芬妮用一只手捂住肚子，活像刚刚挨了重重一拳。"但就算你有权打电话给她，你也不会打，对不对？"她说，"眼不见心不烦吗？大笔一挥签张支票，拍拍屁股走人？"

"我说不好我能怎么帮她。另外，没错，我确实想要向前看。这也是我在这里一直想做到的一点！"

"花的是那笔钱吗？这就是为什么……"

"没错。弗朗茜用信托基金的钱付了和解费用。"利奥说，"剩下的钱不多了，总之不如大家指望的那么多，这就是他们总像该死的秃鹫一样在这里转悠的原因。大家都盼着我奇迹般地拿出他们认定我欠的债。你可以看出我的困境了吧。"

"你的困境？"

"我怎么才能凭空变出这么一大笔数目？这三人脑子有点秀逗。"

"你的脑子没有秀逗？"

"相对而言？确实没有。"

"我懂了。"斯蒂芬妮站起身来，从橱柜里取下一只酒杯，在厨房台面上打开一瓶酒，给自己倒上满满一杯。她记起了手机上的孕期应用程序。打开程序的第一天，她便翻阅了整整九个月，见到十六周时不由会心一笑，上面写着："本周你的宝宝跟李子一样大小！"普拉姆家的一员 [52]。她把酒倒进了水池。

---

52. 英文中"李子"一词与姓氏"普拉姆"同音，此处是同音异义。

"对方叫什么名字？"斯蒂芬妮问利奥。

"叫什么名字有什么分别吗？"利奥听上去很恼火。

"难道你连她的名字也不知道，利奥？"斯蒂芬妮仔仔细细地端详着他。刚洗完澡的利奥双颊白里透红，头发光溜溜地朝后贴，目光颇有戒意，冷酷无情，使他那张俊朗的脸显得有些丑陋。

"玛蒂尔达。"利奥咬牙切齿地说，仿佛每个音节都有毒，不能在嘴里逗留太久。他这副模样让斯蒂芬妮怒火烧心。

"什么？"她问道。

利奥直起身子，吐字清楚了些。"她的名字叫作玛蒂尔达·罗德里格斯。"

"她才十九岁？是个十多岁的少女？"

"嗯。"这时利奥想象着玛蒂尔达的十指，记起她在帮他"打手枪"之前不安地舔了舔掌心。他摇了摇头，千方百计将那幅景象赶出脑海，谁知道它已经害他支起了"帐篷"。"她可不小了。"利奥说。

那便是他恨不得咽回去的一句话，那句话让斯蒂芬妮微微缩了一缩，这个举动没有逃过利奥的眼睛。她走到桌边，拿起碧翠丝的新作。

"你在干什么？"利奥说。

"你打算怎么处理这份稿子？"斯蒂芬妮紧紧地攥住手中的纸页。

"你很清楚这份稿子不能面世的原因。"利奥说。斯蒂芬妮流露出的激愤让他心惊。"先别管我，要是玛蒂尔达看到了怎么办？"

"玛蒂尔达很爱读文学小说吗？"斯蒂芬妮说，"不过一段短短的车程，你居然把这点也了解清楚了？"

"好吧，别管玛蒂尔达。"利奥说，"我正尽力重塑自己的人生呢，重建某项业务。碧翠丝要出版一部关于'阿奇'的新作？拜托。那算是一则新闻吧？她出版了这篇著作，那就是重磅新闻，所有人都会发现事情的来龙去脉。如此而已。那我就惨了。谁还会跟我合作？"

斯蒂芬妮顿觉头晕作呕。必须吃点什么。她怕自己会吐出来。

"你明明知道我没有说错。"利奥边说边在厨房里走来走去，"你心里清楚，假如这篇著作发表面世，人人都看得出其实写的是我。管她给主角取名叫'阿奇'也好，'马库斯'也好，'巴拉克·奥巴马'也好，反正写的就是我。"

"即使写的是你，利奥，"斯蒂芬妮放了一块饼干到嘴里，尽力不再感觉天旋地转，尽力哄好自己的肠胃，浇灭自己的怒气，不理睬自己的惧意，"即使写的是你，即使碧翠丝能发表这份稿件，即使有人读到，联想到你身上……"斯蒂芬妮喝了一大口水，吁了口气，"即使这一切全都成了真，又有谁会在乎？"

假如时光能够倒流，斯蒂芬妮会把最后一句话咽下肚去。那句话一出口，她眼睁睁望见事情起了变化，他微微眯起了眼睛。在那一刻，面对某条分界线，她站错了阵营。（对她来说，是无心的小小一步，但在利奥眼中则立场分明，在他心中一锤定音。）

那便是她想要咽下肚去的一句话。

CHAPTER 29

　　清晨，布鲁克林滨水区。在阳光灿烂但寒气入骨的二月，竟然有这么多人出门，不禁让利奥吃了一惊。一股寒意从身下的木头长凳传来，渗透了他的毛料长裤与厚实的外套。万里碧空仿佛揭开了春天的序幕，可惜水面依然是一片冬日的惨灰色。装着碧翠丝新作的皮包正搁在利奥怀里。上一次读不过是几天之前，但感觉仿佛过了整整几个星期。他闭上双眸，千方百计清醒一下头脑，挥去心中涌起的不安，可惜事与愿违，他发现自己眼前浮现出玛蒂尔达即将失去那只右脚时的一幕。当时他们两人还没有上车，她穿上银色的鞋，利奥发觉她的脚趾甲涂成了亮粉色，那粉色光彩熠熠地映衬着她金色的肌肤，她那弓起的脚在鞋中无比优雅。她站起身凝望利奥，扯了扯她的衬衣，两只完好无损的脚伫立得稳稳当当。或许对于利奥来说，碧翠丝的新作最不堪的一点在于，它让利奥想起玛蒂尔达，想起关于玛蒂尔达的一切，而他原本将她深埋在一个丁点小的匣中，藏在心底某个遥不可及的角落。

　　利奥从大衣口袋里掏出一时兴起买来，但还没有打开的"美国精神"牌香烟。他不愿意闻上去一身烟味，把斯蒂芬妮惹得更恼火。他打开烟盒取出一根烟，将碧翠丝的皮包搁在板凳上，迈步走到水边的栏杆旁。抽烟让他颇为内疚，这一点又让他恼火。紧接着，自己一腔怒火让他更加恼火。最近一阵子，每当不焦虑的时候，恼火几乎是他最主要的情绪。

斯蒂芬妮那栋宝贝褐砂石宅邸之中，事情可不算太妙。从街上望去，在崭新但又承袭了古风的窗户后面，一间间屋子散发着琥珀色的暖意，诱人而喜乐。从外观看来，这栋宅邸恰似完美的避风港，能遮蔽任何风雨，但屋里又怎么样呢？在宅邸之中，利奥与斯蒂芬妮勉强算彼此客客气气吧。暴风雪之夜在两人间种下的那份温柔一度发芽抽枝，茁壮成长，不时还显得枝繁叶茂，眼下却已经凋零——并非渐渐枯死，而是一下子枯萎，好像一块惨兮兮塌掉的"舒芙蕾"甜点。

他们又重新落入了老一套，互相指责，避而不谈，从一种反常的层面上讲，却颇为令人安心。利奥明白可悲的老一套为什么深具吸引力，明白老一套为什么比逐渐逼近的未知更加令人满意。瘾君子之所以上瘾，不正是这个原因吗？当初利奥在"生蚝吧"家庭午餐前放弃购买可卡因，眼下衣兜里却揣着一个整洁的玻璃纸信封，不正是这个原因吗？他正轻抚着一根没有点燃的香烟，琢磨着如何应对斯蒂芬妮，正如他曾无数次琢磨过的那样，不也正是这个原因吗？

利奥想象得出跟斯蒂芬妮在一起的未来，那幅图景并不讨他的欢心：他会成为那些力争"戒瘾多年"的人中的一员。他会借由自我否定建立优越感，但因为那场事故及其后果，他的过往会被一分为二：他珍视的所有成就会沦为"曾经"，而他的故事将以"后来"的一段为中心——车祸啦、康复啦、离婚啦，还有他如何改过自新、从头开始啦。假如留下的话，那就不得不把手里的钱分给别人，不得不找份工作，跟其他所有傻蛋一样。自从跟内森见面以来，利奥已经发了无数封邮件，致电了无数旧识，谁知都是一场空。有些人充其量算是客气地拒绝，有些人则压根懒得回应。利奥不清楚究竟是内森气得到处排挤自己，还是自己大大掂错了自己的斤两。他并不愿意深究。

但不管利奥怎样解读，他在纽约的未来恐怕只能隐约折射昔日的光辉，显得惨淡无光。他的当下堪称风平浪静，而利奥时常觉得，那是思维狭隘和生活无虞的副产品。至于他那全新的"将来"，那其中并无起起落落，并无私人飞机，并无在酒吧丁点小的洗手间里始料不及地打上一炮，并无迎着破晓的天光从一个放纵的夜晚漫步归家。利奥惦念的并非奢华，而是意外。能够用钱买到的一切算不上奖赏，奖赏在于感觉站得比其他人都高，得以望见篱笆的另一头。篱笆另一头的风景通常并不会更加美丽，但总是有所不同。利奥挚爱的正是对比，以及选择。要紧的是能否放眼四方，要紧的是能否进行选择。

利奥素爱纵身跃入未知，斯蒂芬妮也是。那为什么他们两人相处的时候，却总会按老一套在原地踏步呢？这一点让利奥很纳闷。他转过宽阔的后背，躲开从水面拂来的风，沉浸在熟悉的感受中：耸起肩膀，伸手护住点燃的火柴，直到香烟的一头亮起红光。他深深地抽了一口，又猛地呼出一口，几乎马上就感觉好受多了。

两名从旁经过的女子胳膊下夹着卷起的瑜伽垫，皱了皱眉，拼命赶开自己面前的空气，仿佛利奥那几乎难以觉察的一股烟雾是一群蜇人的黄蜂。纽约什么时候变得如此蹩脚乏味了？这个城市已经锋芒尽失。必须离开这儿，去个野性未驯的地方，一个更配得上他的才华与精力的地方。利奥转身面对着碧水，又心满意足地吸上一口烟，闭上双眸，思忖起了刚刚炮制的计划，思忖着细节，看看是否有什么漏洞，是否有什么遗憾或者犹豫之处。都没有。感觉真不赖。不用说，他为斯蒂芬妮感到难过，但为斯蒂芬妮难过已经太过寻常，成了一种要么无聊要么危险的习惯，不然便两者兼而有之。他也曾临时起意，想开口约她一道远走高飞，即使几个星期也好，但她绝不会答应。她不是这种鲁莽的人。

利奥还在生碧翠丝的气，倒没有刚读到碧翠丝新作当天那么怒火中烧了，但气依然没消。（再问一遍，他的人生怎么会冷不丁沦为一团怒气？）尽管千方百计不去细想，斯蒂芬妮那句无心的话却还是让他心里有根刺，尽管明知道她很可能没有说错。他已经淡出公众视野如此之久，或许根本没有什么噱头可言。要不然的话，他只不过是一长串互联网新贵中的一员，这群人借天时地利当上了弄潮儿，赚得盆满钵满，结果又花得精光，要么醉醺醺地干了些傻事，要么跟不能碰的人上床搞砸了婚姻，而到了这种地步，谁他妈还会在乎。在某种程度上，利奥几乎难以细想那一幕：他作的孽大白于天下，却没有激起丁点水花。

再说了，斯蒂芬妮居然莫名其妙非要他至少跟玛蒂尔达·罗德里格斯聊一聊，看看女招待究竟想干什么。利奥深知对方想干什么，但就算他决定拨出一笔钱来，也不是准备给女招待，谁让她已经拿了一大笔呢。斯蒂芬妮似乎并不明白，从法律层面上讲，他不能与玛蒂尔达交流。（严格说来，他也说不准这种说法到底对不对，但事实上，他深知这种做法没有错。跟玛蒂尔达联络不会有任何好处。）

杰克身上也颇有猫腻。他开口问了很多问题，多得不得了，打听的内容听上去像是洗钱。他问起利奥对离岸账户有些什么了解，还问起如何将非法所得避人耳目——尽管他并没有老老实实用这些词语。这种事免不了精深的金融操作，利奥简直无法想象杰克能办成。弟弟既没有这种胆子，也没有这种脑子。利奥疑心，杰克是在设法给他下套。

还有件事让利奥耿耿于怀。不久前某一天，他与斯蒂芬妮坐在她家的飘窗上，换着阅读报纸的不同版面，双双小心翼翼地一声不吭。这时一位邻居从旁经过，用背带背着一个宝宝。利奥眼睁睁望见斯蒂芬妮紧盯着那位胸前绑着背带的妈妈，从那对母子映入眼帘的那一刻，直到再也望不见她们的身影，斯蒂芬妮的目光都没有从她们身上挪开。利奥出了一身冷汗。斯蒂芬妮总不会改变心意，想要个孩子了吧？（她也没办法改变心意，她年纪一定太大了吧？）当时斯蒂芬妮察觉到利奥在审视她，于是用秀发盖住了面孔，但利奥已经从她的脸上望见了某种果敢的神情，某种毅然决然、令人心惊的隐秘神情。

但或许最不堪的是斯蒂芬妮这段时间凝望利奥的眼神，仿佛他是个不中用的家伙，仿佛她只等利奥开溜。嗯，那又何必再等呢？

离婚判决总算已经敲定，利奥自由了。要是乐意，他随时可以离开纽约，随身只带一个小行李袋便直奔机场，等到落地再置办家当。他并不介意将一切抛到脑后，从头来过。事实上，利奥暗自给自己打气，觉得自己还蛮期待呢。他学到了普拉姆家其他人尚未学到的一点：那便是重寻起跑线之美。

收拾点东西，去一趟加勒比海吧，探望一下老友，解决一些财政问题。或许接下来朝西走，远远地，去到西贡。眼下越南天气炎热，在可预见的将来，大可绕着东南亚旅行一圈嘛。一直走，直到普拉姆家里人弄清形势。他可有好一阵子不会回来，假如有朝一日真会回来的话。

"嗨，"这时一个遛狗的年轻女郎紧挨着利奥的肩膀冒了出来，"我能跟你讨根烟吗？"她问。

女郎身材高挑，肌肤白皙，双颊和鼻子因寒气和步行染上了一抹红晕，一头黑发梳成了一条高高的马尾，一双浅色眼眸令人惊艳，声音如银铃般动听。"是位女演员吧。"利奥心想。女郎满脸歉意地冲他一笑。

"没问题。"利奥说着从衣兜里掏出那包烟。

"我很乐意给你钱。"女郎将狗绳在手上绕了几圈，把狗儿拉近了一些，"是什么牌子？二十美元一盒吗？"

"大概就是这个价。"利奥说，"我好几年没有买过了，刚才还以为人家错收了我十包烟的钱呢。"他又转身背对着水面，用香烟的一头帮她点着了烟。

"我明白，太疯狂了。不过话说回来，要不是我每次抽烟我男朋友都抓狂，我倒是很乐意买烟。我才不介意花多少呢。"她从利奥的手中接过香烟，狠狠地长吸一口，呼气时还哼了一声。"哇，真是太棒了，太棒了。听上去是不是很惨？"

"我可不觉得。"利奥回答。

"你不介意我在这儿站一会儿，跟你一起抽烟吧？"两人伫立在栏杆旁，远眺着水面。"还记得人人都能抽根烟歇一会儿的时候吗？"女子说，"那时你可以离开办公室，站在楼前抽烟闲聊，望着路人经过？天哪，我真怀念那段时光。"

"我还记得你可以在楼里吸烟的日子呢。"利奥回答。

"哇，好久好久以前了。"

利奥断定对方在跟自己打情骂俏。很难讲女郎蓬松的翠绿色夹克下藏着怎样一副身材，但若依她那纤细的长腿来看，她的身材一定差不了。现在两人面对着面，利奥发觉女郎左脸颊上有一片小小的雀斑，看上去酷似猎户座腰带。这个缺点竟让她的面孔显得更加完美。女子肌肤莹洁紧绷，利奥不禁想起了斯蒂芬妮，想起她已经开始有点显老，眼周与嘴角出现了深深的皱纹，脸颊不再那么饱满，下巴周围有些下垂。年轻女子朝一汪碧水转过身，又抽了一口烟。她的侧影颇为沉着，看来早已习惯了别人从各个角度投来的目光。她瞥了瞥手表。

"你要去什么地方吗？"利奥问道。

"今天不用。你呢？你在附近一带工作？"

"有些时候吧。"利奥说，"我手头的项目常换。你呢？"

"我倒是住在附近一带，这是我男朋友的狗。他要出城待几天，所以我在替他照顾狗。对吧，鲁珀特？周六之前都只有你跟我啦。"女郎对狗儿说。"说真的，"她边说边摆弄起了夹克拉链，"我能把烟钱给你吗？"

"绝对不行。"利奥说，"还是我请客吧。"他在权衡究竟该约她喝杯咖啡，还是开口问她要电话号码。

"我叫克丽斯汀。"她摘掉手套伸出一只手，利奥跟她握了握手。克丽斯汀的手又暖又干。她迎上他的目光，歪了歪头，有点犹豫不决。"你是叫利奥吗？"

利奥叹了口气。"依我猜，这要看情况。"他说。

克丽斯汀笑了。"其实我们见过几次。在翠贝卡区的那家剧院里？我，嗯，我认识维多利亚。"

"唔。"利奥说。他不清楚克丽斯汀指的是哪一晚。维多利亚时不时就非要拖他一起去那家小剧院观赏烂剧。

"当时我演了一出戏。你可能记不起来了，戏有点傻，但我演的是剧中弟弟的女朋友。"

"我记得！"利奥胡扯道，"你演技真好。"

"唔，承蒙夸奖，过誉了。"

利奥仔细端详着她的面孔，一抹回忆从脑海中掠过。这名女子身穿一件破旧的毛衣站在舞台上，一边啜泣一边喋喋不休，说个没完没了。利奥还记得，之后还有一场醉醺醺、长长的晚餐，她也在其中。当时跟她打情骂俏了吗？"你在戏末念了一段独白，对吧？你穿着一件棕色毛衣。"

"哇，你真的记得。"她展颜一笑。

"我记得你。那出戏的其他事情全忘得精光了，不过你的演技……记忆犹新哪。"

"哇噢。"女郎的额头冒出了一条丁点小的皱纹，如此孤零零的一条，如此细微，必定是肉毒杆菌整形时出了点小差错。"听到这话真是太开心了。我在那段独白上花了好大力气呢，接连练了好几个星期，练台词逼得大家都快抓狂了。"

"努力确有回报。"利奥说。他迎上对方的目光。这正是今天他所需要的戏码。"之后我们还聊过，对不对？在那家法式餐馆吗？"

"是呀，"她被逗乐了，"我们还聊过。"

这时利奥记了起来。当时他在通向洗手间的一个小走廊里截住了她。并没有真刀真枪地上阵，只是有些身体接触，她也并非单身赴宴。

"这么说……"她的声音越来越低，轻笑一声，低头望望狗儿，又微笑着望望利奥。

"这么说。"利奥回答。

"我跟维多利亚也没有什么交情。"

"我也一样。我们离婚了。"

"很遗憾。"从她的口吻中听不出一丝遗憾。

"那倒不必。"

她扭头回望着碧水，利奥等着。"你现在要去上班吗？"她问道。

"不，"利奥说，"今天没有什么工作要做。"

"想喝杯咖啡吗？吃顿早餐？不远处就有家挺好的餐厅。只不过我得先把狗狗带回家。"

"悉听尊便。"利奥说。

"太棒了。"她微微一笑，然后低头望着狗儿。"来吧，鲁珀特，"女郎说，"让我们的朋友看看你住在哪里。"一人一狗转身离开时，克丽斯汀停下脚步，伸手向长凳上碧翠丝的小皮包一指。"那是你的吗？"她问。

利奥望着那只褐色皮包。他还记得当初买下它的情景，当时他跟伦敦的卖家一番讨价还价，把价格砍到了开价的一半，曾经多么自豪啊。把皮包带回家以后，他又认定它太过俗丽，于是转送给了碧翠丝。"那百分百不是我的。"利奥注意到自己心头不安的阴云正渐渐散开，情绪又高涨起来，不由松了一口气。或许不该把皮包扔在那儿。但紧接着，他望见保罗·安德伍德从距此不到一个街区的地方走过来，不早也不晚，正如每个工作日一样，到达长凳时正好是早晨八点五十五分。利奥扔掉烟头，用脚跟踩了踩。"我出城对大家都好。"他心想。人们不是一天到晚抛弃对方，却又不肯乖乖让对方落个清净吗？人走了却阴魂不散，动不动就让人对种种可能性浮想联翩。他可不会干这种事。

"你认为扔在那儿没问题吗？"克丽斯汀问道。

利奥的目光又落到那只皮包上，接着落回保罗身上——保罗已经望见了他，正举起一只手打招呼。"当然没问题，"利奥说，"假如是什么要紧的宝贝，把它忘在这儿的人会回来找的。好吧，鲁珀特，"他一边对狗儿说道，一边拍手，"带路吧。"

CHAPTER 30

"还是我来讲吧。"维尼说着坐到玛蒂尔达的餐桌旁,翻阅着她的联系人,想找利奥的名字。

"告诉你吧,会被转到留言信箱的。"玛蒂尔达说。

在维尼给玛蒂尔达送来镜子的当晚,在两人吵嘴以后,她居然打过电话给利奥·普拉姆——发现了这一点,维尼更加气得火冒三丈。"我琢磨了一下你的话,"玛蒂尔达告诉他,"我觉得,或许你说得对。"于是她终于向维尼交了底:她拨打过几次利奥的号码,可惜电话总是直接被转到语音留言,她却又不愿意留言。

"假如有必要,我们拨个一整夜也行。"维尼碰了碰屏幕,打开免提。正如玛蒂尔达所料,电话转到了语音信箱。维尼挂断了电话,又摁下"重拨"键。这一次,电话铃只响了两声,便有人接了起来。一名女子。维尼与玛蒂尔达一时间惊得目瞪口呆。

"嗨。"两人双双开口说。

"喂?"电话另一头的女子说。

维尼抬起一只手,示意玛蒂尔达不要吱声。她却摆摆头,指了指自己。玛蒂尔达可以自己讲。维尼冲她点点头。"来吧。"他做嘴型说道。

"我叫玛蒂尔达·罗德里格斯。"对方沉默不语。玛蒂尔达清了清嗓子，又朝桌上的电话俯过身去，好让对方能听清她的声音。

"我想找利奥·普拉姆。"

"我也想找他呢。"斯蒂芬妮回答。

CHAPTER 31

在二月月末，梅乐蒂的生日通常逃不过阴郁的天气。对于纽约而言，二月离阳光灿烂、鸟鸣迎早、春芽破土还足足有好几个星期。节日与新年庆典已经成为遥远的记忆，跟路边灰扑扑的积雪一样所剩无几，终将融化在三月的阴雨中，露出一堆堆小小的、发干的狗屎。

不过偶尔神明也会开恩，在足够远的北方掀起层层气流，带来春天的气息，怡人而又暖意融融，正如梅乐蒂四十岁生日那天。遇上这种天气，番红花恐怕会提前盛开，二十多岁的纽约客会露出他们光溜溜的雪白大腿，穿着人字拖走上刚撒了盐的人行道，弄脏他们那被袜子、靴子和羊皮便鞋娇惯了好几个月的粉嫩嫩的脚底。

在泰康利高速公路上，怒火冲天的沃尔特正驱车往南行驶，时速恰恰超过限速四英里。车里的气氛很紧张。之前梅乐蒂还了个无比荒唐的天价又死活不肯让步，房子的两个潜在买家不耐烦起来，干脆不买了。等到沃尔特发觉梅乐蒂的花招，与其说他怒火冲天，不如说他目瞪口呆。收到利奥那封看上去满载希望的电邮时，沃尔特正打算致电薇薇安·鲁宾重新商讨，梅乐蒂好不容易劝住了他，让他等到自己的生日晚宴之后。

梅乐蒂心知，四十岁生日大庆让她有点飘飘然，惹得沃尔特很恼火。他倒说得轻巧，毕竟他已经过了四十五个绝妙的生日，一副玩腻了的模样，可是梅乐蒂马上就要满四十岁，这才算得上是她第一次真真正正地庆生呢。

梅乐蒂上次生日宴，也是头一次生日宴，是在十二岁那年，居然是弗朗茜一反常态出手操持的。当天，梅乐蒂跟三个最铁的死党从学校回到家中，心里激动得不得了，但也隐隐有些担忧。她已经拜托妈妈买好小吃，摆好餐具，组织游戏。弗朗茜把她的话当成了耳边风，嘴里说："我觉得，我还知道如何让大家开心。"

可惜的是，在普拉姆家，梅乐蒂唯一记得的一场派对是弗朗茜去年的生日派对。那场聚会吵得很，拖到很晚也没办完，结果邻居告到了警察那里。派来的警察尽是伦纳德和弗朗茜的朋友，干脆跟大家一起玩了起来，坐在后面喝着啤酒。从楼上洗手间的窗户，梅乐蒂俯瞰着母亲在某警察的怀里颠来晃去，那名警察每年都去梅乐蒂的学校提醒大家注意陌生人带来的危险，还把自己叫作"友好警员"。"友好警员"的手无疑正搁在弗朗茜的腰间，恰在她的美臀之上。"举起手来!"警员不停说道，弗朗茜便将双臂举过头顶；警员的手一路沿着她的身体向上游走，弗朗茜咯咯笑个不停，在他的手指从她胸部下方拂过时戛然而止。梅乐蒂笃定那次聚会既没有玩任何游戏，也没有发什么礼品，只有一个蛋糕、音乐、无尽的香烟与鸡尾酒。

弗朗茜身穿丝绸和服，手持马提尼酒，在门口迎接梅乐蒂和她的同学。梅乐蒂的心猛地一沉。这么早就穿长袍可不是什么好兆头，正如那杯鸡尾酒。

"欢迎，各位小姐，欢迎。"弗朗茜透过前门冲大家挥挥手。梅乐蒂可以看出女生们正四下端详着普拉姆家的宅邸，接着互相对视，小心翼翼但又兴致勃勃。从外观看来，那栋都铎式华宅堂皇庄严，屋里却又旧又乱，看上去一团糟。身穿冬衣的女生们站在一个门厅中，厅里有一大堆各季节的外衣。长椅上堆着外套，帽子与连指手套从地板上的篮子溢了出来，鞋子摆得到处都是——坏了的人字拖、凉鞋、绝缘靴、雪地靴。

"大家很准时啊。"弗朗茜说，"我就爱准时的客人。"

"我们是直接从学校过来的。"梅乐蒂的密友凯特说，"步行用不了多久。"

"那是，那是。"弗朗茜的注意力落在了凯特身上，将她审视了一番，"你就是那个有逻辑头脑的孩子，那个优生吧？"

"妈妈。"梅乐蒂恨不得妈妈马上闭嘴，别再跟她的朋友聊。她尤其希望拦住妈妈，免得她连珠炮一般问上一串问题——那是弗朗茜最喜欢的开场白之一，按她的第一印象给人家贴个标签，而她的第一印象通常颇为诡异。梅乐蒂巴不得弗朗茜赶紧上楼，穿上长裤、毛衣，跟凯特的妈妈一样用一条黑丝绒发箍把秀发扎起来，或者跟贝丝的母亲一样端一盘饼干和热可可，问问大家家庭作业做得如何，或者跟莉亚的母亲一样，在上了一天班以后冲进屋里，直奔厨房，用她那令人心颤的爱尔兰嗓音说："晚饭马上就好，宝贝。你们一定饿坏了！"

"大家低估了逻辑的重要性。"弗朗茜接着对凯特说，"逻辑对人生大有助益，远远超过其他很多事情。"她向其他两名女生转过身，微微眯起眼，仿佛要把她们看得更清楚些，又从她的酒里取出一枚珍珠洋葱。"你是美貌的那一个。"弗朗茜说着伸出沾酒的手指朝贝丝一指——实际上，贝丝是全校最美貌的女孩，当贝丝在某天法语课后跟梅乐蒂聊起了天，告诉梅乐蒂该用什么产品把刘海托得更高，又分享她的闪光睫毛膏时，梅乐蒂还暗自激动了一阵子。

"至于你嘛，"弗朗茜端详着莉亚，莉亚后退一步，握紧拳头，仿佛她深知要打起精神抵御弗朗茜给人贴的标签，"肯定是那个'蕾丝边'。"

"妈妈!"

"'蕾丝边'是什么？"凯特问道。

"别管了，"梅乐蒂攥住莉亚的胳膊，示意其他两个女生跟上，"她在开玩笑，是个只有我们家里人才懂的玩笑。待会儿我再跟你们解释。"

这确实算得上只有普拉姆家里人才懂的玩笑，尽管梅乐蒂无法解释。莉亚是梅乐蒂的老友，普普通通的平凡女孩，最惹人注目的特点是一天到晚流鼻涕，毕竟她一年到头常犯花粉病。莉亚常常一边吸着鼻子打着喷嚏跟着梅乐蒂满校跑，一边发发呆。

"你的'女朋友'怎么样啦？"碧翠丝会这么问梅乐蒂，话中的"女朋友"指的是莉亚，"你们这一对算是定下来了吗？"

"闭嘴。"梅乐蒂会说。刚开始的时候，她甚至不明白"蕾丝边"的含义。某天她偷偷溜进伦纳德的书房查了字典，接着不得不马上查了查"同性恋"一词。尽管她立刻意识到这个词跟自己不搭，却明白它跟谁很搭：杰克。她想象着杰克和他的朋友们沐浴着夏日艳阳，懒洋洋地倚在俱乐部的游泳池边，互相在肩上擦着婴儿油。"同性恋。"梅乐蒂一边想，一边"啪"的一声合上字典。

梅乐蒂把大家领到屋后一楼的厨房里。厨房里既没有彩带、气球、纸碟、配套的杯子，早餐桌上方也没有垂下闪亮亮的、用纸板拼写的字句，上面写着"生日快乐"，但厨房里有个蛋糕盒。梅乐蒂松了一口大气：再不济，好歹有蛋糕嘛。

"派对在哪儿呀？"凯特一边紧盯着堆满脏盘碟的厨房水池和散落着目录与空购物袋的桌子，一边说。

"大家在哪里开派对，派对就在哪里，小姐们。"弗朗茜跟着女生们到了厨房，准备再往杯里加点酒，调酒器在散落着黄油和面包屑的料理台上闪耀着光辉。"派对是一种态度，不是一种目的。"

女生们一头雾水地望着她。尽管时值二月，弗朗茜却领着姑娘们到了露台外的草坪。草坪的积雪已经融化，但仍然尚未解冻，光秃秃的。弗朗茜领姑娘玩起了一个很没劲的游戏——"贴驴尾巴"。"老天爷呀，"当女生们轻手轻脚地向前走，往身前伸出戴连指手套的手时，弗朗茜一边身穿皮草大衣站在露台上抽烟，一边高声喊道："找一棵大树的树干有那么难吗？"

"贴驴尾巴"是个老游戏，已经在楼梯下面的储藏室搁了好多年了。梅乐蒂绞尽脑汁回想着那个堆满破玩具和桌游的地方还有些什么宝贝。怎样才能凭空操持出一个整整两小时的聚会呢？

"我认为大家已经掌握了其中的诀窍。"弗朗茜将女生们领回屋里，从装杂物的抽屉里取出一只钥匙扣递给莉亚，当作"贴驴尾巴"游戏的奖品，钥匙扣上还垂下一个晃来晃去的小魔方——毕竟莉亚贴的尾巴最靠近驴屁股。"我稍后再来找你们。"

梅乐蒂翻遍了楼梯下面的盒子，想瞧瞧自己找到的《大富翁》假钱是否够玩一次游戏。"这里有'扭扭乐'游戏，"她对好友们说，"转盘坏了，但我们可以闭上眼睛点出一种颜色，按这种办法玩，也行得通嘛。"

"或许我该打个电话给我妈。"贝丝说。女孩们还没有一个脱下外套。

"我口渴。"莉亚说。

"我们能吃蛋糕吗?"凯特提议说。其他两名女生赶紧点点头。

　　梅乐蒂明白,吃蛋糕是生日派对的压轴大戏。在做完全部游戏、吃完全部零食以后,大家才会切生日蛋糕,所有人带上礼品回家。梅乐蒂不愿意切蛋糕。她伫立在那儿,手握着坏掉的转盘,竭力不让泪珠涌出眼眶——自从老妈迎接客人后,她的眼泪就已经盈盈欲坠了。正在这时,房门开了,是利奥。

　　利奥很同情梅乐蒂。他为女生们做了好几大碗奶油爆米花,又到他的房间取来一副牌,教大家玩21点,由他来发牌。他取来了珍藏在自己房间的黑胶唱片,装模作样地弹吉他假唱"Start Me Up",好让大家随乐曲跳舞。局势刚刚有所起色,弗朗茜却又再次露面了,领着大家到客厅吃蛋糕。这时女孩们全都出了一身汗,喘不过气来,还对利奥有些倾心。很显然的是,弗朗茜忘了提前订蛋糕,因为蛋糕上写着:"恭喜恭喜,贝蒂!"字下是糖霜浇出的一只小小的鹳,嘴里叼着叠好的尿布。

　　"贝蒂是谁?"贝丝问。

　　"这是另一个只有我们家里人才懂的玩笑。"梅乐蒂说。这个借口真是百用百灵哪,日后只怕也用得着。不过蛋糕滋味鲜美,女生们个个都拿了一大块,坐到沙发上,谁让弗朗茜非要逼大家坐到沙发上听她用钢琴弹奏哈罗德·阿伦的曲子呢。刚开始倒是很有意思,梅乐蒂望着母亲的手指在琴键上翻飞,暗自心想,要是派对就此戛然而止,在一曲激动人心的"If I Only Had a Brain"之后结束,那就再妙不过了。明天,同学们会风闻这场派对开得欢欢喜喜,梅乐蒂就不会丢脸丢到哪里去。

可惜弗朗茜又开口唱起了《飞越彩虹》[53]，只唱了几句，她便啜泣起来。

"妈妈？"梅乐蒂的声调很无力。

"真是太惨了，太凄惨。"弗朗茜说着向女孩们转过身，"那些摄影棚害了朱迪·加兰[54]，要了她的命。那样绝伦的嗓声，真是一场悲剧。它们一手捧红了她，却又要了她的命。"女生们一声不吭地坐着，忐忑地咯咯笑。"吃安非他命好成天工作，吃镇静剂好晚上入睡。她还只是个孩子呀。"弗朗茜站起身，面对着女生们，长袍前面开了一条缝。"当初我还想当个演员呢，我本来可以去好莱坞的。"

"你的实力可不容小觑，弗朗茜。"倚在门框上的利奥被逗乐了。

"那你为什么没有去呢？"贝丝脸上放光。她一心想去好莱坞，时不时就会提起。去年夏天，贝丝的爸妈带她一起去了环球影城，整趟旅行让她心花怒放，谈起影城的模样活像她已经飞赴洛杉矶参加了试镜。

"我爸不让我去呀。"弗朗茜坐在女生们对面一张硕大的椅子上，"他觉得上不了台面，非要我去上大学，待在家里。后来我遇到了伦纳德，大了肚子，不就没戏了嘛。"

"妈妈!"

弗朗茜瞪着梅乐蒂，面露不悦之色，挥了挥手，仿佛在驱赶小

---

53. 即《Over the Rainbow》，又译《彩虹之上》。是 1939 年电影《绿野仙踪》内的一首歌曲。由饰演戏中主角桃乐丝的女影星朱迪·加兰演绎。此歌曲荣获当年的奥斯卡最佳歌曲奖，并成为朱迪·加兰歌手生涯的代表作。

54. 朱迪·加兰（1922—1969）：童星出身的美国女演员及歌唱家。1969 年，她突然离奇死亡，终年 47 岁，被认为是最令人扼腕痛心的巨星早逝陨落之一。

虫。"噢,放轻松些,艾米丽·波斯特[55]。"她合上双眸,把脚跷到搁脚凳上,打起了盹。在房间的另一头,利奥冲梅乐蒂耸了耸肩膀,与其说是同情,不如说是听天由命。"瞧见了吧?下次你再打算约朋友到家里来,可别忘了这番遭遇。"——这便是利奥耸肩的言外之意。

贝丝的妈妈赶来带姑娘们回家时,她仔细地四下打量:宝宝派对用的蛋糕、身穿长袍轻轻打鼾的弗朗茜、钢琴上那空了的马提尼酒杯。她关上了客厅与前厅之间的门,一声也没吭。贝丝的妈妈帮着姑娘们扣上外套,找到连指手套,梅乐蒂却听见贝丝告诉她母亲:"她说我是'美貌的那一个'。但她为什么说莉亚是'蕾丝边'呢?"

第二天,梅乐蒂到校时一颗心悬到了嗓子眼儿,生怕朋友们对她那眼泪汪汪、古里古怪还醉醺醺的妈妈有什么风言风语,但朋友们只提起一场酷得不得了的生日派对,一位高中毕业班学生——利奥·普拉姆还跟大家一起唱歌跳舞,教大家打牌呢。

"嘿,贝蒂!"要是在走廊里见到梅乐蒂,三名女生会这么说。情深意长地说,不是拿梅乐蒂开涮。六年级的最后几周和最后几个月,梅乐蒂真是前所未有的开心。

因此当杰克和沃克提出要为她举办四十岁生日宴时,梅乐蒂很震惊,但又激动万分。每年她都告诉沃尔特,她只希望跟家里人不声不响地在家庆祝一下,每次他居然都买账,她却一次又一次满心失望。

"我真心认为利奥今晚会来。"梅乐蒂说着拉下遮阳板,对着

---

55. 艾米丽·波斯特因其关于礼仪的著作而闻名。

丁点小的镜子涂起了口红，"我觉得，他会带来好消息，给大家一个惊喜。"

"还用说吗，他要真那么干，那绝对是个惊喜。"

"说不清原因，但过生日总能引出利奥身上的光明面，真的。"

"随你怎么说喽。"

"是真的！"梅乐蒂调高收音机的音量，随着一首半生不熟的歌哼唱起来。没错，利奥的电邮语焉不详，但也令人鼓舞啊。其中长的一段梅乐蒂差不多能记个七七八八，提到为内森打造的一个令人兴奋的项目，"马上"就会成型，还提到利奥会出城跟投资方会面，因此有一段时间联系不上，但会及时赶回梅乐蒂的生日宴，给大家一个交代。"我很看好。"利奥写道。

沃尔特拔高了嗓门，免得声音被收音机淹没。"我真心认为，"他说，"大家越早放弃把利奥当作救星的念头越好，其中包括你，包括我们。"

梅乐蒂又调高了收音机的音量。可不能让沃尔特把满腔希望活生生给毁了。他对"安乐窝"一向没有信心，有时梅乐蒂忍不住觉得，沃尔特挺乐于当个乌鸦嘴。梅乐蒂相信，今晚利奥一定会来，来过她的生日！她花了整整一天精心准备，仿佛在准备一次约会：买了新衣（用的是那张秘密信用卡——梅乐蒂就这么笃定），做了美甲，还翻出了双胞胎出生后沃尔特送她的那副摇曳多姿的钻石耳环（不是真宝石）。她又审视了一遍镜中的影像。或许耳环有点过火。头发也显得有点过。她摆弄起了自己的刘海。在哥哥姐姐身旁，梅乐蒂总感觉有点不自在。她能看出大家审视她的着装，对沃尔特指手画脚。（他们怎么敢这么做！他们的妹妹嫁给了一个善良、正直、能干的人，可惜他们有眼不识泰山。）梅乐蒂摇了摇头。今晚将有所不同，定然如此。

沃尔特则把方向盘握紧了些，将话咽进了肚子里，生怕生日宴后回家路上梅乐蒂就会抓狂。到时候，得给她一两天时间从利奥今晚摆下的烂摊子里平复心情，接着再继续出售房子。想到要熬几周苦日子，沃尔特心中不忍，但他也恨不得赶紧做出必要的改变。会熬过去的，梅乐蒂会应对自如。她一向如此。沃尔特一向能指望得上自己的太太。

路易莎在西68街SAT办公室的前门等得颇不耐烦，眺望着空中密布的阴云。阴云来势汹汹，赶在了冷锋之前。通常每年这个时候，冷锋才是带来常见天气的罪魁祸首。要下雨了，路易莎盼着能抢先一步赶到杰克家。诺拉正在楼上跟西蒙妮道别呢。路易莎站在大楼的门厅中（厅里有股漂白剂和令人作呕的拖把味），竭力不去想诺拉跟西蒙妮正在做些什么。

在路易莎头顶的三楼上，诺拉恨不得跷掉母亲的生日宴，以便整晚跟西蒙妮待在洗手间隔间里。西蒙妮正跪在合着的马桶盖上，免得洗手间里其他女孩知道这个隔间有两个人。西蒙妮伸出一只手指，搁上诺拉的嘴唇，诺拉则掀起西蒙妮的裙摆，却发现她根本没有穿内裤。

"哦。"诺拉惊道，西蒙妮做了个嘴型——"嘘"。两人搂紧对方，随着从某家一扇打开的窗户飘进洗手间的、尖细刺耳的波萨诺伐舞曲摇摆起来。

如此简单。但自从西蒙妮嘴里吐出那句魔咒——"你无需做任何人的镜子"，诺拉便感觉如释重负，却又头晕眼花。她爱家人，爱父亲、妹妹、母亲。她视家人如珠如宝，永远也不会故意伤他们的心，让他们失望。可惜西蒙妮说得对，不能再继续担心别人都需要些什么，该为自己想想了。诺拉需要的是对路易莎和盘托出，因为诺拉恨死了瞒着路易莎。那让她感觉自己做了什么错事，但事实并非如此。

诺拉到前门与路易莎碰头，一口气飞奔下了三截楼梯，只觉得口干目眩。路易莎望望诺拉泛红的面孔和肿胀的双唇，皱起了眉头。姐妹俩双双费力咽下一口唾沫。"我们要迟到了，"路易莎说着，出门迈入雨中，"妈妈会抓狂的。"

沃克预先取消了周六下午约好的客户，提早下了班。他站在他与杰克那间面积不大但设计精妙的厨房中，兴高采烈地击打着用两片羊皮纸包好的鸡胸肉。尽管春意尚浅，沃克却打算做一顿春季主题的晚餐；多亏天公作美，这是一个美好的夜晚，暖和得足以打开客厅的窗户，品味一下解冻的土地散发的泥土香。

沃克死活记不起他们上次招待杰克的家人是什么时候。是几年前的事了吧？给梅乐蒂办生日宴是沃克的主意。他一直恨不得把普拉姆一家人召集起来，好让大家就那笔死活非要叫作"安乐窝"的钱达成某种协议，那笔可恶的钱简直逼得沃克发疯。除了幼稚，沃克无法理解一群成年男女怎么会正经八百地给钱冠名"安乐窝"。难道他们从未想过这个词的喻义，难道他们从未想过，无论是作为个人还是作为一个家庭，"安乐窝"一词与他们狗血不断的作为有着千丝万缕的联系吗？沃克对于普拉姆一家有着诸多不解，这也只是其中他不再去深究的一件。

但话说回来，沃克对如何解决冲突心里有数。作为一名不得不在诸多离婚案、商业伙伴拆伙案中斡旋的律师，他也深知金钱或许会在人们的关系、记忆与决策中作怪。多年来，沃克已经眼睁睁目睹杰克和他的家人深受其苦，真是受够了。

杰克或许没说错，利奥可能在某处藏了一笔钱。但跟在利奥屁股后面追必输无疑。在沃克眼中，利奥是个废柴。普拉姆一家把他捧上了天，仿佛他是某位法力无边但又有所保留的神祇，只要献祭得当，神祇自会开恩泽被众生。但在沃克看来，利奥不过是趁着好时机比别人胆子大了些，在年纪很轻的时候走了好运。"畅谈媒体"正是他的发迹之道。要是按纽约的标准，利奥甚至算不上什么有钱人，发迹之后他又干了些什么吗？什么都没干嘛。把钱财挥霍一空，摇身变成了吸血鬼。

但自从利奥出事以后，沃克发现了一件趣事：普拉姆家的兄弟姐妹又开始沟通了，尽管一开头聊的通常是利奥和钱，不过事情渐渐起了变化。他们在不经意间涉足了彼此的生活。他已经无数次听见杰克与梅乐蒂在电话里谈起利奥和"安乐窝"之外的事情。碧翠丝一直是普拉姆一家中最友善可亲的一个，把大家聚到一起应该会颇合她的心意。假如今晚利奥能开口答应点什么，什么都行，只要拿出还钱的计划，给大家一点甜头，好让大家不再揪着"安乐窝"的残羹冷炙不放，或许普拉姆一家就可以往前看，不再纠结于那见鬼的遗产，而是好好打磨一下彼此之间的关系。

沃克擅于调停，将人们从自己作的孽中解脱出来。他明白家人最难处理，但他也明白如何让成年男女抚平创伤，即使无法做到相亲相爱，至少找个相处之道。这种情况并不常遇到，但好歹也是有可能的。总有办法让普拉姆一家容下彼此，好歹看上去像个家吧，无论多么一团糟，多么不长久。

沃克还疑心杰克在钱上遇到了某种麻烦。又不是第一次。杰克自会找时间向沃克交底，他们会想出个对策。至于今晚的计划：让普拉姆一家聚到一起好好吃一顿。先专心过好梅乐蒂的生日。来点香槟酒、一道美味的煎鸡肉，再加上一个椰子蛋糕——沃克记得梅乐蒂曾提过钟爱椰子蛋糕。然后再和和气气地聊聊善意的相处之道。正是另一种更经得起风雨的"安乐窝"。

杰克点燃窗台上的一排蜡烛，暖意融融的烛光映照着整个房间，给毫不起眼的战后楼宇、镶木地板和薄薄的石膏板平添了几分柔美。他还偷偷摸摸发了封电邮，撮合那宗罗丹作品买卖。对那尊雕塑有意的买家颇为不少，杰克已经飞快地锁定了两位。但在具体商讨数额时，其中一个买家中途罢了手。杰克从未见过剩下的那个卖家，但曾经听到过传闻。对方是个来自沙特阿拉伯的收藏家，长期居住在伦敦，有时也到纽约住住，经常在黑市里买些来源不明或名声不太好的东西。至于这些人如何处理手头这些必须避人耳目的艺术品，杰克则一无所知。反正不关他的事，他也并不关心。

杰克第一次开口要帮汤米·奥图尔将罗丹作品出手时，汤米还以为杰克有办法物归原主。"那种做法蠢到极点，"杰克告诉汤米，"你不仅会被抓起来，还会上头条。"他向汤米介绍了自己选中的买家——一名外国人，做的是说不清道不明的生意。"我们开个高价，即使对方讨价还价，最后也会落下好大一笔钱。"杰克对汤米说。

"我没把钱放在心上，"汤米回答，"我只盼着它能有个安全的去处，有人好好照看。"

"那是当然。"杰克哄他道。从来没有人承认是为了钱。奶奶的订婚戒指，格蒂姑姑的翡翠手镯，世代流传的齐本德尔式桌子——从来都不是为了钱。只可惜，古往今来，百分百总是为了钱。

说到钱，那笔巨大的数额害得杰克胆战心惊。得找个办法来处理这么大的数额，免得惊动不该惊动的人。今晚得单独跟利奥聊聊，问问他具体该怎么办。此举将在两个方面帮杰克摸清底细：摸清如何处理他和汤米的飞来横财，同时摸清利奥对藏钱究竟熟不熟。

杰克听得到，沃克正在厨房里随着古典音乐电台吹起走调的口哨。是舒伯特的曲子吧。沃克在招待宾客时总会满腔欢喜。杰克发了个愿：假如能卖掉雕像，把贷款还上，那他会改过自新。谁还在乎"安乐窝"？假如能挽回那栋避暑宅邸，那他就不再计较利奥惹的祸啦，一笔勾销吧。他会洗心革面，做个更友善、更负责任的人，做个诚实正直的人，做个配得上沃克的人。

碧翠丝一头雾水地站在办公室的咖啡机前面。这是台精致得不得了的意大利机器，必须调设压力、预估该放多少水，还要查看设在牛奶罐上的蒸汽温度计。碧翠丝爱喝茶，但也时不时想喝点咖啡，或者说必须喝点咖啡。每次走到那台流光溢彩的机器旁，她总会怯生生地摁下几个钮，瞧瞧底盘上有什么动静，然后干脆下楼去街角的小店。可惜的是，今天她不愿意出门。

时值周六，她却在办公室赶工。碧翠丝心力交瘁，毕竟她已经失眠了好几个晚上，动不动就担心利奥——收到碧翠丝的新作之后，利奥就联系不上了。碧翠丝还没来得及联系斯蒂芬妮，问问利奥那封"玩失踪"的诡异电邮是怎么回事，那听上去活像利奥爱扯的鬼话。她也还没有来得及问问斯蒂芬妮，他们两人会不会按原计划去赴梅乐蒂的生日宴。她甚至说不清自己该盼些什么：该盼利奥来还是不来；该盼怒火万丈的利奥，还是无动于衷的利奥——鉴于利奥一声不吭，热情万丈的利奥似乎没什么可能。假如今天利奥没有露面，后果只怕不堪设想。

"不管怎么说，这台蠢兮兮的机器要花多少钱啊？"碧翠丝问保罗。严格说来，办公费用归她管，但她一向不怎么放在心上。

"钱是我掏的，"保罗说，"这是我送给办公室的礼物。想喝点什么吗？"

"那就麻烦你啦。"碧翠丝一屁股坐到咖啡机对面的沙发上。沙发不高，坐垫硬邦邦的，裹着疙疙瘩瘩的布料。为了给自己打打气，碧翠丝穿着最为心爱的一套服饰：鲜红色无袖连衣裙，搭配过膝漆皮靴。她露着双腿，感觉沙发有点刺痒。

"我们干吗不换一张舒服点的沙发？"碧翠丝说。她心知自己的语气听上去像个予取予求、难以取悦的少年，但并不在乎。"换个能让人好好坐坐，说不定还能读读书、放放松的沙发。"

"因为这里是一间办公室，我可不希望大家舒舒服服地放松。"保罗乐于见到人人都笔直地坐在办公桌前，专心致志地望着电脑，敲打着整洁有序的办公桌正中的键盘。

咖啡机"嘶嘶"作响起来，好似一台蒸汽机。碧翠丝又在手机上查了查电邮。要是利奥真的开溜了，要么斯蒂芬妮帮了他一把，替他打掩护，要么利奥也把斯蒂芬妮蒙在鼓里。碧翠丝从沙发上走开，坐到办公室公用的桌子旁边，把头埋进叠起的双臂，感觉到凉爽的木头紧贴着自己的脸颊。她想哭，想尖叫。她只盼听到利奥的声音，弄明白到底是怎么回事。她想知道利奥对自己的新作怎么看。她想取回自己的幸运皮包。

多亏保罗那杯近乎无可挑剔的卡布奇诺，咖啡在碧翠丝身上收到了奇效。（泡沫更亮丽些只怕更妙，不过咖啡本身滋味无穷。）碧翠丝不由畅所欲言起来，正如保罗一直耐心等待的那样。她喝了两大口，微微一笑，中气不太足但却十分诚挚，开口说："我正缺这杯咖啡呢。"

保罗问起出了什么事，结果碧翠丝一口气讲了个痛快：她觉得利奥在酗酒，不然就已经拍拍屁股开溜了。她把利奥的车祸告诉了保罗，告诉了他在医院的那一夜，告诉他自己如何当了帮凶，封上了那个姑娘的嘴。可怜的姑娘不过是某晚出门工作，谁知道落到少了一只脚的地步。她告诉保罗，自己写出了新作，交给了利奥，紧接着他便不见了踪影。她把关于塔克的噩梦也告诉了保罗。说完之后，碧翠丝脸色苍白、筋疲力尽，眼角跳得厉害，仿佛有双小小的翅膀在肌肤之下展翼。

保罗望着碧翠丝，渐渐意识到了一件事，不由乐在其中（或许乐得有点过了头）：她正到处在找的宝贝在他手里。自从他见到利奥从水滨长椅旁漫步走远，身边是一个并非斯蒂芬妮的女郎，那只漂亮的皮质文件夹就已经在保罗的办公室里搁了足足几天了。他原本认定皮包归那两人中某一个所有，所以拿到了自己的办公室里收起来。他还给利奥留了个言，把皮包的下落告诉了利奥，但碧翠丝刚才那番话说明了利奥为什么没有回复（甚至有可能没有收到留言）。

在碧翠丝倾吐之时，若说保罗没有料到碧翠丝此刻越是显得愁眉不展，她稍后就会越发如释重负、对自己越发感激，那一定是睁眼说瞎话。保罗原本可以拦住她，可他让她讲了下去。他的心思甚至不再放在听她讲话上，而是放在了凝望她的双唇，凝望她竭力忍住眼泪咬紧牙关，凝望红霞从她的白衬衫领口升起，泛上了她的脖子。

"你有什么看法呢？"碧翠丝终于开口问道。保罗意识到她已经住了嘴，正紧盯着端详自己的他。

"看法？"保罗挤出了一句话。

"你觉得他会在哪儿？在做些什么？"碧翠丝问。

"我说不清利奥的下落，也说不清他在做些什么。"保罗说着走到自己的办公室，取回了碧翠丝的皮包。"但这是你刚才提到的东西吗？"他把皮包递给她，碧翠丝倒吸了一口气。

"哎哟，上帝啊，"她说，"怎么会到你手里？是利奥留给你的吗？"

是利奥留给他的吗？"或许算是？"保罗对碧翠丝说。

碧翠丝解开搭扣，取出几页纸。"稿子上做了标记，"她说，"利奥做了标记。"

"利奥？"保罗说。

"没错，这是利奥的笔迹。"碧翠丝飞快地翻阅着，发现利奥几乎在每一页上都用最爱的蓝笔龙飞凤舞地写了字，用的是碧翠丝和利奥专用的术语（"可用""小心使用""切勿使用"）。

"他读过稿。"碧翠丝依然难以置信。她手中握着的一页页纸经过了利奥的润色，一定是利奥以自己的方式给予首肯，假如算不上赞许的话。因为碧翠丝深知利奥的为人。要是打算毙掉这篇稿，他才不会花时间乖乖坐下润色呢。他会把它扔进斯蒂芬妮家的壁炉烧个干净，会一股脑扔进街上的垃圾桶，会一张不剩地抛进河中。假如说碧翠丝对某事心中有数，那就是这一点。但事实并非如此。她又在最后一页上寻找着字数多一点的批注，说不定能看出几分端倪呢，说不定利奥夸她夸得更明确了些呢。可惜并没有找到。

她又翻回了篇首。"怎么啦？"保罗望着碧翠丝脸上的神色，望着那张惊愕又如释重负的面孔。就在眼前，就在第一页上，利奥划掉了碧翠丝为主角取的名字"马库斯"，换上了一个词——"阿奇"。在左侧的空白处，他还写下了一个词，词下加了两道下划线："可用"。

CHAPTER 32

　　诺拉与路易莎并不习惯成为家庭聚会上大家关注的中心，但姐妹俩乐在其中。当双胞胎来到杰克与沃克家时，她们的父母和碧翠丝已经先到一步。姐妹俩走进客厅，收起快要散架的黑伞，厅里所有人都住了嘴，一动不动。对聚到一起的普拉姆一家来说，正值花季十六的两名女孩仿佛是种令人沉醉的魔咒；当初家里偶尔聚会时，幼时的双胞胎会害羞地把脸埋在父亲肉乎乎的大腿上，那时她们倒没有如今这种魔力。

　　路易莎跟少女时期的梅乐蒂简直是一个模子里塑出来的，以至于杰克心神不宁地紧盯着她，生怕昔日熟悉的容貌因子虚乌有的怠慢露出愁容，掉下眼泪。但路易莎版的"梅乐蒂"对他展颜一笑，有几分好奇、几分暖意，又有几分柔情。杰克恨不得伸手摸摸她的秀发，摸摸她的头。于是他不安地捏了捏路易莎的上臂，捏得过于用力了些，路易莎皱起了眉。

　　碧翠丝紧紧地搂了搂双胞胎，接着抽开身细细审视，打量着她们的秀发、身高、两张不太相像的脸上洒落的一模一样的雀斑。"你们成了大美女啦!"她说了一遍又一遍，把双胞胎搂近些，亲吻她们的双颊，害得她们想起一个从未有机会用上的词语：欧洲风尚。"从去年夏天到现在，你们怎么一下子长这么大了？出落成大姑娘啦。"

诺拉和路易莎露出灿烂的笑容。沃克给所有人倒上香槟，又给诺拉和路易莎倒上柠檬水。他兴头十足，双颊泛起了红晕。杰克望着沃克审视整间屋和桌子，眼神翩然掠过，确保样样都妥妥当当，然后一溜烟回了厨房。

一切都让诺拉和路易莎着迷：这间公寓、这张桌子、梅乐蒂那难得一见的轻佻举止。（"开胃菜！说的是复数吗？那就不止一道？"梅乐蒂简直有点飘飘然。）堪称娇小版、妖精版利奥叔叔的杰克叔叔。兴致勃勃的碧翠丝姑姑，最近双胞胎才暗自意识到她长得跟妈妈是一个模子塑出来的，只不过稍稍美貌一些。两个女孩都本能地拜倒在沃克脚下，他在略微凸起的肚子上系了一条厨师围裙。屋里唯一一个一如平常的人是双胞胎的父亲，他坐在桌旁，一副稳如泰山、让人安心的样子，正撕下一片面包，闻了闻松软的奶酪，又冲着双胞胎眨眨眼睛，好似在说："今天有点不一样，对吧？"

沃克示意双胞胎进厨房，她们赶紧跟上他。他往姑娘们的柠檬水里咕噜咕噜加满了香槟。"别告诉你们妈妈，"他说，"再多说一句，我也不知道酒瓶里还剩多少。"他把香槟塞进一只湿淋淋的铜质冰桶，然后回了客厅。路易莎和诺拉一口气喝干了杯里的酒，又添满了一杯，加的柠檬水足够多，免得看上去让人起疑。

在客厅里，沃克对大家说，再等斯蒂芬妮和利奥十分钟吧，接着就开始上菜。沃克已经在餐桌上摆满了一盘又一盘奶酪面包，一瓷碗又一瓷碗橄榄，还在餐桌正中摆上了柠檬和迷迭香。梅乐蒂对此赞赏不已，也算没白辛苦一场。

"看上去跟意大利一模一样。"梅乐蒂对沃克说。

"你什么时候去的意大利？"杰克问道。

沃克冲杰克抛去一个眼神，示意他"闭嘴"。梅乐蒂太开心了，甚至没有留意到。"噢，我没去过意大利，可我一天到晚看旅游频道。对吧，沃尔特？我是不是看旅游频道看个不歇气？旅游频道刚刚播了索伦托[56]的一期，好多柠檬，真美。还有柠檬酒。"

"一个字也别再多说了。"沃克一溜烟奔进厨房，片刻后挥着一瓶未开封的柠檬酒回来了。"正好配甜点！"梅乐蒂居然乐得蹦了起来，拍了拍手。杰克不情不愿地承认，眼前的一幕其实颇为不赖：他的家人正拜倒在沃克精致的品味下。等到晚餐时分，他们只怕一个个都要五体投地。

河流的另一边，一道闪电照亮了新泽西的地平线。所有人都奔到窗口，远眺着暴风雨涌过哈德逊河。正在这时，诺拉却偷偷溜了号，迈步穿过走廊。她说不清为什么忍不住想瞧瞧杰克与沃克的卧室，反正就想瞧上一眼嘛。卧室门关着，她轻轻敲敲门，尽管心知众人都还在客厅里。诺拉打开卧室门，迈步进屋，飞快关上了门，在墙上摸索着电灯开关摁了下去。

她说不好自己期待见到怎样的一幕，但总之不是眼前的房间——这是个十分平凡的卧室，卧室里有一张古董床和摇椅，一张长长的梳妆台，上面摆满镶框照。在诺拉看来，那张床有点显小，尤其对沃克来说。嗯，沃克也算得上身材"有料"啦。床铺得齐齐整整，并不像父母卧室那样衣服散得到处都是。这不过是间整洁的卧室。

她走到梳妆台旁，凝神紧盯着照片。其中最大的一张，也是正中的一张，是杰克与沃克的合影。诺拉拿起这张照片准备细看。

---

56. 意大利城市。

照片中的两人都穿着晚礼服，别着花束，握在一起的左手正对镜头，亮出手上的结婚戒指。诺拉刚把合影放回原位，卧室门打开，走进来了路易莎。"你在这儿！"路易莎说，"你在干什么？"

"没什么，就是瞧瞧。"诺拉回答。

"在偷窥吧？"路易莎说。

"你瞧，"诺拉伸手向合影一指，"他们结婚了。"

路易莎走过来，凝神端详着镶框照。"哇噢，"她说，"我不知道妈妈是不是知情。"

"要是她知情却又没赴婚礼的话，那岂不是有点糟。"

"或许她压根就蒙在鼓里，或许他们没有邀她出席。"

"那也够差劲的。"

"谁说不是呢。"路易莎说。她站在那儿，放眼环顾着卧室，恰似片刻之前的诺拉。"我真没想到他们的卧室是这个样子。"路易莎说。

"你这话是什么意思？"诺拉问。不过，她对路易莎的意思明明心中有数，刚才她不也这么想吗？刚才她还以为这个卧室会更……不一样。

"我只是说，它如此……"路易莎竭力绕开"正常"一词——她心知不该那么说，可惜她实在想不出其他词语。"如此朴实无华。"她终于开口说道。

诺拉与路易莎一声不吭地站着。空腹喝了香槟，两人都有些头晕眼花。窗外划过了一道闪电，姐妹俩吓了一跳。雷鸣滚滚。双胞胎互相对望，空气中有种风雨欲来之势。路易莎一屁股坐到了床上，只觉得脑袋阵阵作痛。一时间，她恨不得回家。

"有件事我必须跟你聊聊。"诺拉说。她原本不准备现在开口，但香槟酒害得她口无遮拦。

"我知道。"路易莎说，"我亲眼看见了。你和西蒙妮。有一天在博物馆里。"

"是吗？"诺拉有些难为情，绞尽脑汁回想着路易莎目睹了哪一幕。上帝啊，要是她见到的是影院一幕，那怎么办呢？

"你……？"路易莎说，"你是……？"

"我说不清。"诺拉回答，她一屁股坐到路易莎旁边的床上，"我对西蒙妮动了心。我只清楚这件事。我对她动了心。"

"她吓着我了。"

"我心里有数。"

"她真是自信满满哪。"

诺拉点点头。"没错。不过她也很聪慧、风趣、和气。我真的很喜欢她。"

雨下得更大了。杰克与沃克的卧室面对着一户人家的庭院。下班回家的人们纷纷奔进家中，把公文包和大衣举过头顶。"你认为我会是同性恋吗？"路易莎问道。诺拉放声大笑，松了一口气：总算把话挑明了。"拜托别笑我。"路易莎伸手捂住面孔，竭力忍住眼泪。

"你中意的是男生还是女生呢？你总知道自己中意谁吧。"

路易莎掩面开了口。"男生。"

"好哇。"

"我感觉自己当不了'蕾丝边'。"

"好的。"诺拉心下感激：路易莎并没有对西蒙妮恶言相向，也没有抓狂。路易莎放下了手，面孔也泛上了跟诺拉一模一样的红晕，两团红霞恰在双颊正中。

"你生我的气吗？"路易莎开口问。

"我为什么要生气？我还以为你会生我的气呢。"诺拉说。

"我是挺生气你把我蒙在鼓里。"

"我想告诉你。我只是……我没有……"

"我明白。"路易莎说。姐妹两人端坐了片刻，双双遥望着窗外。雷声与闪电已经杳然无踪，乌云飞一般地涌动，雨势渐收。卧室的窗外闻上去依然颇有春意。"有点怪，对不对？"路易莎说。

"你是说我跟一个女孩在一起吗？"

"不，不是。嗯，或许那也有点怪，不过基本上是因为事情跟以前不一样了。"

"我没变啊，"诺拉说，"我在这儿。我还是原来的我。"这下可好，她真怕自己会掉下眼泪。

路易莎摇摇头。"过去我们总盼着同样的事情，见到同样的景象，但现在不一样了，这一点感觉挺怪。简直有点孤独，几乎像是我做错了什么，因为我跟你的期盼不一样。"

"唔。"诺拉心想，"这倒是小菜一碟。"她跪到路易莎面前的地板上，拉起路易莎的手。"做任何人的镜子，都不是你的分内事。"她开口说道。

双胞胎上哪儿去了？梅乐蒂四下里都找了一番，才想到去查查卧室。她慢慢推开卧室门，一眼望见姐妹俩坐在床上。"你们跟杰克打过招呼吗？问问他能不能闯进人家的卧室？"梅乐蒂迈步走进屋，跟刚才的诺拉和路易莎一样兴致勃勃地放眼环顾四周。

"我们正打算出去。"路易莎擤了下鼻涕，尽力打起精神。梅乐蒂发觉路易莎竟然在哭。

"哦，不。"她一溜烟冲过去，跪在姐妹俩面前，"出了什么事？上帝呀，难道在街上出了什么事吗？有人伤害你？"

"没有，没出任何事。"诺拉说。

"我要知道真相！"梅乐蒂分别握住姐妹俩的一只手，摇了摇，"要是有人伤害你们，你们一定不能瞒着我。我不希望你们把我蒙在鼓里。"

路易莎笑开了。"妈妈，天哪。没有人伤害我们，我们一点也没事。"

"我们只是在聊学校。"诺拉说。

梅乐蒂的眼神在姐妹俩的脸上来来回回。路易莎紧盯着自己的腿。"诺拉说的是真话吗？"梅乐蒂问路易莎。路易莎耸耸肩膀。诺拉看上去忧心忡忡。梅乐蒂迎上了诺拉的目光，千方百计寻找着撒谎的蛛丝马迹。"这里究竟出了什么事？有什么事你们瞒着不告诉我？"路易莎摆弄着手里的纸巾。梅乐蒂伸出一根手指放在路易莎的下颌，托起她的面孔，直到路易莎正视着妈妈的双眸。

"除非你们两个告诉我出了什么事，不然休想离开这间卧室。"梅乐蒂说。

CHAPTER 33

　　"你真美。"第一次与斯蒂芬妮在她家过夜时，利奥曾说。
当时斯蒂芬妮那间底层公寓十分昏暗，位于一栋更加昏暗的楼里。
时值八月下旬，斯蒂芬妮可付不起空调这种奢侈品。箱式风扇每转
一圈便会凶巴巴地发出"咔哒"一声，在卧室的窗户中"呼啦"作
响，淹没了从街上传来的动静：对街的少男少女在门廊上转悠，一
直拌嘴拌到日出，他们的汽车收音机发出刺耳的响声。出租车在三
个街区外摁响喇叭，谁让车流堵在了曼哈顿大桥的入口匝道上呢。
但那一夜，利奥告诉斯蒂芬妮自己是多么一团糟的那一夜，常常使
斯蒂芬妮恼火得咬牙的嘈杂声竟显得有些浪漫、狂野，富有都市气
息，正好搭配她的一腔欲火。

　　"你真美。"她当着他的面慢慢宽衣解带，利奥一动不动地坐
在床边上，用倾倒的眼神凝望着她，开口对她说。他的赞叹之情溢
于言表，如此难得一见，她只觉喉头发紧。紧接着，他却伸出手捂
住了脸。

　　"利奥？"斯蒂芬妮轻声道。

　　"我真是一团糟啊。"他捂着脸说。

　　"老天爷呀，不是现在玩这出吧。"斯蒂芬妮心想。不是快上
床的时候掏心掏肺地吐露心声吧，把他如何一团糟再仔仔细细地说

上一遍，完全没必要嘛。难道她不是已经亲眼见证他的行径好多年了吗？难道她不清楚他的短处吗？斯蒂芬妮垂下眼神望着利奥后背的线条，望着他一头长长的黑色鬓发垂在几乎显得有些阴柔的颈弯上。他的肌肤在月色下熠熠生辉，恰似泛着光泽的珍珠。

他抬眼迎上她的目光。"我真的很糟，斯蒂芬妮。"

在那一刻，她将他的用意看得一清二楚：他不是在忏悔，不是在恳求，而是在警告。他给了她一个体面的台阶下。在那段时期，利奥的天赋之一便是一种不可思议的能力，能事先料到局面将如何演变。利奥最爱的口头禅出自某位财政达人之口："若想预知一个人的行为，那先摸清对方的动机。"此时此刻，利奥并非在说："我真的很糟。"他说的是："我会把恋情搞砸。"利奥深知自己的动机，而斯蒂芬妮并不知情。

但他就在这儿，光着上身，在她的床上。一直以来，她都对利奥有点动心。而在那一刻，她一心只盼着跟他肢体交缠。

"谁不是一团糟？"她说，尽管她压根不信这话。才不信呢，斯蒂芬妮认识的大多数人并非一团糟。但她也清楚一件事：天底下没什么十拿九稳的事，每次抉择都不过是依照情理押了一注，或者纵身跃入一个神秘的深渊。世人或许本性难移，他们的动机却有可能改变。

因此，自从与利奥燃起情焰的那一刻，她便做好了分手的准备。从某种令人费解的意义来说，她一直期盼着那一天，期盼着与之一起上演的狗血闹剧，因为当你足够年轻时，难道肝肠寸断、泪如泉涌没有几分动人之处吗？她认定，情伤无疑也可以是一桩乐事，因为"分"依然是一种成长，并让生命如此富有意义。明白了吗？心碎是一种标志，标志着"我爱得够深，以至于有所失。我深深心动，以至于掉眼泪"。因为当你足够年轻的时候，爱的代价是如此之轻，几乎微不足道。假如一开始，分手就在预料之中，那它能有多凄惨？俗套的拌嘴，深夜的来电，几杯酒下肚、当着某位打情骂俏的调酒师的面跟朋友火冒三丈地倒苦水——对某一类人来说，对于某些教育背景良好的纽约客来说，这正是一种舞台。对当时的斯蒂芬妮来说，也正是如此。

直到时移世易，直到她不再足够年轻，直到每次她向利奥祖露真我，伤痛却来得越来越快，痛得越来越深，愈合得越来越慢，恰似一种过敏反应。

她实在记不起是哪一次抓到利奥劈腿时（是第二次，还是第三次），自己将他赶出了家门，他又是赔罪又是求饶，而她找人给自己打气。（对方的耐心几乎已经消磨殆尽，对她的满腹同情变成了满肚子问号，"你以为会是什么样？""为什么这次他就会改？"）为了她与利奥的分手，她的助理皮拉尔依照库伯勒—罗丝的理论[57]在一张鸡尾酒垫上写下了哀伤的不同阶段：否认、愤怒、讨价还价、抑郁、接受。

"每个阶段，你能分到整整四十八个小时，"皮拉尔说，"你只需要这点时间，相信我。"皮拉尔打开备忘记事本。"这么算来，下周四六点钟你差不多就能'接受'了，还能赶得及喝一杯。到时候见吧。"

"别摆出那副样子，仿佛我是世上最惨的可怜虫。"斯蒂芬妮对皮拉尔说，"因为我不是，绝对不是。"

"我这明明是一副'你从来没这么惨过'的样子，因为你就有

---

57. 库伯勒－罗丝模型描述了人对待哀伤与灾难过程中的五个独立阶段。

这么惨。"

　　于是，斯蒂芬妮终于不得不扪心自问：难道爱上利奥让她自己走了下坡路？

　　利奥离开位于布鲁克林的斯蒂芬妮家时，几乎把全副家当都留下了，包括他的手机与钱包。虚晃一枪，真是高招。利奥夜不归宿的第一夜，斯蒂芬妮发了个誓：一等到他后悔不已、筋疲力尽地重新露面，就把这个人赶出家门。

　　结果次日晚上，她在家里东找西找，意识到有几样东西不见了踪影：她的一只小行李袋、利奥一些上得了台面的衣服、他在意大利定制的几双鞋。正是那些鞋泄露了天机——利奥把那些该死的鞋当心肝宝贝，用酒红色毛毡裹得严严实实。还有些东西也不见了：某天晚上她用手机拍下的一张二人合影，相片中的她正开怀大笑，他则调皮地咬着她的左耳。斯蒂芬妮打印出了合影，塞到梳妆台上方镜子的角落里。有件东西斯蒂芬妮原本盼着利奥能留下，她翻遍了整间屋寻找，可惜也不见了踪迹：碧翠丝皮包里的文稿。后来，斯蒂芬妮才发觉，她竟然从未想过找找利奥留下的字条——他有可能留下碧翠丝的新作，但却绝不会给斯蒂芬妮一个交代，承认自己干了坏事。尽管嘴上没承认，但发现利奥竟然花时间给他的弟妹发了封电邮当"挡箭牌"，好让自己从容开溜的时候，斯蒂芬妮倍感心痛。

　　今晚梅乐蒂要办生日宴，斯蒂芬妮一整天都在暗自劝自己不要去，最后却还是觉得义不容辞，必须亲自告诉利奥的家人，利奥失踪了。"失踪"一词可能用得过于乐观了，斯蒂芬妮心里有数。"失踪"暗示着说不定发生了什么意外，利奥在躲什么祸事，他一心想要回家，却实在回不了。尽管这种说法可能没错，斯蒂芬妮却心知绝无可能。赶往杰克家的时候，她决定去去就走。只说知道的事实就好，然后赶紧走人。别待太久，说不定有什么狗血闹剧呢。

"接受。"斯蒂芬妮不得不跟自己说实话：她还没有把利奥失踪、自己怀孕的事告诉任何人，因为她心中还存有一线希望。可惜但凡涉及利奥，"希望"便是通向"绝望"的单程票。还是去赴晚宴吧，说出真相，卸下肩头的重担，因为跟利奥不一样的人就会这么办，会迈过"愤怒"与"希望"的一步，走向"接受"。

站在雨中，在杰克位于西街的公寓前方，斯蒂芬妮壮起胆子，摁响了门铃。

CHAPTER 34

诺拉与路易莎面朝条几正中坐着，梅乐蒂站在姐妹俩身旁，脸色铁青。

"跟大家讲讲，"她说着朝席上众人示意，条几周围一个不漏地坐满家里人。"把你们刚才对我说的话跟大家讲讲。"

"杰克结婚了。"诺拉说。

"不是说这些！"梅乐蒂说，"跟大家讲讲你们怎么见到利奥的。"

"你们结婚啦？"碧翠丝对杰克与沃克说。沃克抬手表示服软，又摇了摇头，表示不该怪自己，当初他原本打算邀请普拉姆家所有人的。

"你们什么时候见过利奥？"杰克没有接碧翠丝的话，开口问诺拉。

"去年十月。"诺拉答道。

"把其他事情跟他们讲讲。"梅乐蒂说。

"当时他在中央公园，仰面朝天躺着。"路易莎接口道。

"在公园？"这下子，碧翠丝把注意力转向了路易莎，"他在中央公园仰面朝天躺着？"

"嗑药。"梅乐蒂斩钉截铁地说，"他是在买货。"

"我可不是这么说的！"路易莎说，"我说的是，他或许是在买货。"

"不过你们没见到他手头有货？"杰克问。

"我们只见到他仰面朝天。"诺拉回答，"当时刚刮过暴风雪，天寒地冻。我想，他只是滑了一跤。"

"正是我们大家跟他在'生蚝吧'见面的那一天。"梅乐蒂说，"他本该从布鲁克林径直赶过来的。还记得吗？他说他因为地铁的缘故迟到了，那他为什么会在中央公园里？"

普拉姆家三兄妹坐在那儿，寻思着。利奥那天为什么会在公园里？

"即使他是去公园买货，"碧翠丝说，"那又意味着什么呢？"

梅乐蒂闷哼一声。"你是认真的吗？当时他从康复中心出来才三天。"

"好吧，"碧翠丝说，"不过那跟我们有什么关系？"她已经腻烦了眼前这番对话，腻烦了聊利奥、揣摩利奥、等待利奥。与此同时，她又暗暗有些开心，为自己包里的新作松了一口气，那上面还有利奥的亲笔批注呢。"你上次见到利奥是在什么时候？"杰克问碧翠丝。

碧翠丝在椅子上缩了缩：她原本盼着今晚能躲开这个问题。"我已经有几个星期没有见过他了。"她边说边给自己满上香槟。

"我还以为他经常在你办公室转悠呢，反正杰克是这么告诉我的。"梅乐蒂说。

"他确实去过我办公室。"碧翠丝回答，"不过最近一段时间没来。"

"杰克跟利奥见面倒不少。"沃克和气地将一大盘鸡肉摆到餐桌正中，梅乐蒂苦兮兮地盯着它——她已经没有胃口了。

"就在上周，对不对？"沃克说。

"你上周跟利奥见过面吗？"碧翠丝问。

杰克不知道该说些什么。每次去跟汤米或潜在的买家碰头，他就会撒个谎，告诉沃克是去跟利奥见面。"我，嗯，我说不好上次见到他是什么时候……"

杰克还没有来得及挤出几句话来，门铃响了。铃声三短二长，正是利奥一向以来摁门铃的方式。杰克顿时如释重负，耷拉下了双肩。碧翠丝飞快地站起身，结果"咣"地撞上了桌子，玻璃杯纷纷"咔哒"作响。诺拉与路易莎直起了腰，满心期盼地望着门口。沃尔特又往自己的碟子里加了些橄榄油，好蘸面包吃。

"哎哟，谢天谢地。"沃克一边在围裙上擦手，一边迈步向门口走去。这时梅乐蒂说："他可来了。"

CHAPTER 35

　　当沃克开了门，斯蒂芬妮进门后，在座所有人都显得一脸失落，场面几乎有些好笑。杰克立刻唠叨起来，询问利奥的下落，又提起梅乐蒂的双胞胎女儿曾在利奥刚出康复中心的第一个周末撞见他买货。

　　"眼下他就是在公园吗？"杰克双手叉腰问斯蒂芬妮，仿佛利奥是她家逃学的小孩，"难道他现在就是在买可卡因吗？"

　　"抱歉，"斯蒂芬妮说，"洗手间在哪儿？"

　　"利奥会来吗？"碧翠丝问道。

　　斯蒂芬妮伸出一只手捂住嘴，摇了摇头，一溜烟向屋角的一只小垃圾桶奔去，俯身呕吐起来。整间屋鸦雀无声，所有人都不情不愿地听着，直到她吐完。斯蒂芬妮拿起那只小垃圾桶，平静地穿过走廊，去了洗手间，洗干净垃圾桶，又洗干净手，往手上挤了一团牙膏准备漱漱口。与此同时，她努力消化着杰克刚说的话。"暴风雪的那个周末""利奥在公园""买货"。斯蒂芬妮回到客厅，大家都一声不吭，面露忧色，围坐在一张条几周围，条几看上去活像刚从杂志上搬下来的。一定是沃克的手笔。

　　"桌子布置得真美。"斯蒂芬妮挤出一丝笑容，对沃克说道，"抱歉。通常我不会这么急着上洗手间。"她坐到一张椅子边上，拉开手袋拉链。

"你生病了？"碧翠丝问道。

"算不上吧。生日快乐，梅乐蒂。"斯蒂芬妮说着撕开一包无糖薄荷口香糖。

"你知道利奥的下落吗？"梅乐蒂满怀期待地问。

"算不上吧。"斯蒂芬妮说，"刚才在屋角呕吐，是因为我怀了宝宝。孩子的爸爸是利奥。我已经有两个星期没见到他的踪影了。"她将皱巴巴的口香糖塑料包装搁到身边的桌子上，把口香糖递给席上众人。

"有人想来一块吗？"

当晚的形势就此急转直下。梅乐蒂赶紧将双胞胎赶开，但斯蒂芬妮已经让姐妹俩一五一十地讲了讲如何在公园见到利奥的。除了买货，他大老远地跑到上城区、仰面躺在地上，能干些什么呢……斯蒂芬妮记得，利奥总爱去那里跟某人碰头，对方名叫利科，不然就叫尼科或者蒂科。他从康复中心出来的第一个周末！也正是在那个周末，她怀上了宝宝。正是在那个周末，她向利奥敞开了家门，并且叮嘱他切勿吸毒。

大家走开以后，斯蒂芬妮依然坐在桌边，紧挨着碧翠丝。碧翠丝为两人满上香槟。"不，多谢。"斯蒂芬妮说着指指自己的肚子。

"不是吧？宝宝？"碧翠丝说。

"是的。"斯蒂芬妮简直懒得费劲去掩饰自己多么开心。两人的耳边传来厨房里沃克一反常态火冒三丈的喊声："如果你不是跟利奥在一起……那你究竟是去见谁了？"

"他们在吵什么？"斯蒂芬妮问。

"我也没搞懂，"碧翠丝说，"但听上去情况不妙。恐怕是杰克撒谎说去见利奥了。杰克去过布鲁克林吗？"

斯蒂芬妮回想起某天早晨，她曾待在家中做验孕测试，当站在楼上窗边时，她一眼望见杰克沿街走来，一时惊得目瞪口呆。当时她躲到了屋后的卧室里，没有理睬门铃。"不，我好些年没有见过杰克了。"斯蒂芬妮说。

又一阵高声喊叫从厨房里传来。摔门声。

"我觉得，我们还是走吧。"碧翠丝说。

"没错。"斯蒂芬妮将自己正嚼着的法棍面包裹进一张餐巾纸，放进手袋。"带着去地铁上吃。"她颇有歉意地解释。

多年前那个夜晚，皮拉尔向斯蒂芬妮提起哀伤的各个阶段，并将它们写在一张餐巾纸上，皮拉尔离开后，斯蒂芬妮坐在酒吧里，没精打采。在餐巾纸上，紧挨着"接受"一词，她画了一张悲伤的面孔。调酒师把整件事听得一滴不漏（他也不止一次听过斯蒂芬妮倒苦水），划掉了那张悲伤的面孔，在原处画上了一只展翅翱翔的小红鸟，正飞过大海，周身闪闪发光，好似出自基思·哈林[58]之手的闪闪发光的婴儿。

斯蒂芬妮将那张餐巾纸放在手袋里，一直放了很久很久，随后搁到了厨房的一只抽屉里，又放进了某处的某个盒子。等到用胶带封上那只盒子的时候，她觉得自己已经熬过去了。

名不符实的生日宴结束后，迈下地铁、步行回家时，斯蒂芬妮想起了那只红鸟。多年来，每当利奥让她心头剧痛，她便会想象

58. 基思·哈林（1958－1990）美国新波普艺术家，活跃于20世纪80年代。

那张餐巾纸，想象装在一个盒子里、深藏在家中地下室的小红鸟。她走下所住的那条街，走在堂皇的豪宅和暖意融融、灯火通明的前窗之间，想起了那张餐巾纸，想起了自己一直以来赋予那幅图的意义：利奥展翅从她的身边飞走，直奔大海，身轻如燕，自由自在。她思考自己是多么感激自己的生活、自己的家——眼下是空了点，但也空不了太久。她寻思着那间已经被自己改成了育儿室的小小的里屋，而宝宝出生时正值夏季，她家花园里将会繁花盛开。得把暴风雨中倒下的树木换一换，这样宝宝就能向窗外张望，观看四季变迁。她又想到了那张餐巾纸，猛然悟到自己多年来竟然都会错了意。利奥并非那只红鸟，她自己才是——满心欢喜地从布鲁克林的教堂尖顶上掠过，直奔家中，尽管怀着宝宝，却身轻如燕，自由自在。她的动机终于起了变化。

PART THREE
—— 第三部分 ——

寻 找 利 奥

CHAPTER 36

　　这次会面既没茶，没咖啡，没有牛油曲奇，也没有专横的弗朗茜。（听到利奥下落不明的消息，弗朗茜叹了口气，开口说："唔，他终究会厌倦四处游荡，再转头回来的。他内心深处还是个长岛人。"听这副口吻，好像她谈的是自己养的边境牧羊犬一样。）于是这次会面只有普拉姆家三兄妹与乔治，乔治甚至没有坐下，可见他是多么盼着这次会面早早收场。

　　"即使我知道，"乔治说着赶紧补上一句，"不过我并不知道哦，我什么也不知道。不过即使我知情，利奥也是我的客户，说不定我不能跟你们讲。"

　　"不过你并不知道？"梅乐蒂说。听到自己这副无比挖苦、将信将疑的口吻，她吃了一惊。口吻太完美了，她又试了一遍。"你并不知道。"这次调子拖得太长，但依然不坏。

　　"我确实不知情啊。我向你发誓，千真万确。不过话说回来，利奥是我的客户……"

　　"我们都明白，律师与当事人之间有保密特权嘛，乔治。"杰克说，"你用不着一遍又一遍地提起。"

　　"嗯，那……你们为什么来这儿？"乔治说。

　　"我们到你办公室，是因为你的表亲——也就是我们的哥哥，已经人间蒸发了。"碧翠丝回答，"他失踪了，这总让人不放心吧？至少可以这么说。我们想弄明白他的下落，他有没有事。要是他需要人帮一把，那怎么办？"

乔治拉出一把椅子，一屁股坐下。"嗯，"他说，"我觉得，利奥无需人家帮他一把。"

"你明明知道他的下落嘛。"杰克说。

"我不知道，但我有所怀疑，可以猜，不过拿不准。"

"那你怎么知道他用不着人家帮他一把？"梅乐蒂问。

乔治伸出手狠狠地揉了揉脸，深吸一口气又呼出来。"曾经一度，利奥藏了一笔钱，一个大开曼岛的账户，维多利亚压根被他蒙在鼓里。需要澄清的是，我知道此事，并非因为我是利奥的律师。好几年前，他开这个账户时曾经提过。嗯，知道吧，鉴于维多利亚的势头，我当时觉得，拨出一笔钱放到一旁，这主意还不错。"

"那离婚期间，你把那笔钱藏起来了？"杰克说。

"我什么也没有藏。资产表是利奥填的，我问过他是否属实，他给了肯定的答复。他没有列离岸账户，我也没问。"乔治说。

"账户里有多少钱？"杰克的口吻波澜不惊。

"我不清楚。"乔治说。

"够把欠我们的钱全部还清吗？"杰克问。

"我相信，账户里的钱一度够把欠你们的全部还清。至于现在，谁说得清呢？我们说的可是利奥，或许他早就把这些钱花光了。"

"或许他让账户里的钱翻了一番呢。"杰克说，"那笔钱够他偷偷走人，一定少不了。"尽管杰克曾一遍遍暗自心道，利奥藏了一笔钱，但此刻他依然无比震惊。

"我觉得你说得对。"乔治说，"但我也是猜的，就跟你一样。"

"你真没说错。"梅乐蒂对杰克说，"从一开始你就是对的。"

"真是一团糟啊。"碧翠丝说。

普拉姆兄妹三人面面相觑，只觉一头雾水，千方百计消化哥哥的背叛：仅仅几分钟前，他们还没被背叛得这么惨呢。

"我真不理解怎么会出这种事。"梅乐蒂说。

"很容易嘛。"乔治说，"是个人就能开个离岸账户，没有半点违法的地方……"

"我说的不是什么银行业务！"梅乐蒂凶巴巴地对乔治说。乔治往后一仰，活像她扇了自己一巴掌。梅乐蒂脸色一沉，抽噎了起来。碧翠丝给所有人倒上水。有那么一阵子难熬，房间里唯一的声音是梅乐蒂不停地抽噎、吸鼻子。"对不起，"她总算开了口，"我会没事的。"

"那还用说吗。"乔治想要给她宽宽心。

"我是说，我会变成穷光蛋，我们家会被逼着卖掉自家的房子，还必须告诉姑娘们，念大学的学费没了，而且我觉得我们家有个亲戚是变态……"梅乐蒂又掉下了眼泪，嗓音哽咽，"不过我会没事的！"

"假如这么说能让你不那么难受，我们的避暑宅邸可能也保不住。"杰克说。

"这话并没有让我感觉心里好受，"梅乐蒂说，"这话为什么会让我不那么难受？我为我们所有人难过，难过得要命。"

杰克恨不得哄哄她，盼着她振作起来。杰克恨死了狗血闹剧。"只是一种说法嘛。我的意思是，我明白你的感受，千真万确。"

"恐怕要怪就得怪我。"碧翠丝接过了话头。于是她把自己的新作告诉了哥哥和妹妹，她如何根据车祸之夜写出了新作，又如何交给利奥过目，盼着得到他的赞许。"或许，要是我没有把稿子给他，要是我干脆把那篇东西扔掉……"

杰克插了嘴。"别这么说。这不怪任何人，利奥就是这副德性。"有句话杰克并未大声说出口：他深知利奥的为人，因为他自己也是那副德性。一直以来，他总是一再在自己身上见到利奥的影子。或许不及利奥那么不堪（毕竟他一向是"简化版利奥"嘛），但也差不了太多，以至于杰克明白，假如自己在某处银行户头里存着一大笔钱，大可以登上飞机一走了之，自己恐怕也会这么办。"利奥一向是这副德性，不惜一切代价自保。"

"斯蒂芬妮又怎么办？"梅乐蒂转身面对着乔治，"她怀孕了啊。"

"见鬼，"乔治显然吃了一惊，"利奥知道吗？"

"我不这么认为。"

"真见鬼。"乔治一屁股坐下来，用笔点着一本拍纸簿，听上去仿佛小声的连珠炮。"我们可以雇个私人侦探，反正有这种做法。可以试试摸清利奥的行踪，瞧瞧是否能找到他的下落。"

"然后怎么办呢？"梅乐蒂问。

没有人吱声。

"我去打几个电话吧。"乔治说，"总得一步一步来。让我们先瞧瞧能否找到他的下落。"

"上帝啊，明天我的眼睛一定会肿得不得了。"梅乐蒂说着用指尖捂住眼帘，"我感觉很反胃。"

"能让我们三个人单独待一分钟吗，乔治？"碧翠丝问。

"那还用说。"乔治闻言站了起来，活像个被罚留校却又早早脱身的学生，"你们想待多久待多久。"

碧翠丝伸出一只手到水罐里攥了一把冰块，裹进餐巾布，权当冰袋递给梅乐蒂。"给你，敷敷脸。"

"多谢。"梅乐蒂说着在椅子上往后一仰，用冰块敷上眼睛。她哼起了歌。杰克朝碧翠丝翻了个白眼，碧翠丝示意他闭嘴。

"别激动，"尽管闭着双眸，梅乐蒂却感觉到了杰克的怨气，"这可是桑德海姆[59]。"

"我一声也没吭呀。"杰克说。

"你还用得着说吗？"

"桑德海姆？"杰克问道，"我同意了。"

"耶，万岁！"梅乐蒂回答。

于是兄妹三人坐在那儿，听梅乐蒂哼了片刻《西区故事》中的某支曲子。"其实桑德海姆并没有为那部剧作曲，"杰克说，"他作了词……"

"杰克？"碧翠丝打断杰克的话，"别说了。"她站起身，理顺裙子，清了清嗓子。"听着，我有个想法，一个建议。我用不着我的那一份'安乐窝'。眼下我过得还行，我的公寓没有保不住的风险，也没有急着要用钱的孩子。利奥明显已经无权再要他的那一份。要是你们俩把剩下的钱分一分，剩下的二十万美元，应该有点用，对吧？"

"不，我不要花你的钱，这不公平。"梅乐蒂说着将湿淋淋的敷眼餐巾布拿开。她的睫毛膏花了，鼻子泛红。

"可我希望你收下。"碧翠丝说，"假如能让你心里好受些的话，姑且算我借钱给你吧。不要利息，想什么时候还就什么时候还。

---

59. 此处指斯蒂芬·桑德海姆（1930 - ）。美国音乐剧及电影音乐作曲家、作词家，曾获得奥斯卡最佳原创歌曲奖，托尼奖，托尼奖戏剧终生成就奖以及多次格莱美奖项等。

我明白，这笔钱不够填上你们两个人的亏空，但总好过没有。"

"你确定吗？"梅乐蒂飞快地算了一下：碧翠丝给的钱足够整整一年大学学费，假如念的不是私立学校，还不止一年学费呢。而眼下看来，念私立学校似乎越来越没什么可能了。"你不要再缓一缓，再考虑考虑吗？"

"上周我已经反复考虑过了，我用不着再缓一缓。"碧翠丝说。

"因为假如你确定的话，那可是帮了大忙。"梅乐蒂说。

"我确定。"碧翠丝显然很开心，"杰克，你呢？"

"好的，"杰克说，"权当我从你那里借了一笔，但我也同意。"从天而降的这笔钱还不足以让杰克把烂摊子收拾干净，但它或许——只是或许——能给避骅宅邸争取一段时日，或者好歹让沃克接他的电话。"恐怕要等很久才能还上，不过我会把钱还给你的。"

"好的，"碧翠丝又一屁股坐下，显得一脸喜色，"真棒。太棒了！算是有进展吧。假如乔治能找到利奥的下落，我会去跟他聊聊。"

"乔治找不到利奥，"杰克说，"即使他找到了利奥，又会有什么不一样呢。"

"我好歹可以试试嘛，"碧翠丝说，"我可以试试改变这一切。"

梅乐蒂擤擤鼻涕，在手袋里东翻西翻地找纸巾。她抽噎了几声。"利奥什么时候开始恨我们的？"梅乐蒂问。没有人答话。

"他怎么这么轻松，拍拍屁股就走了？"梅乐蒂已经不再掉眼泪，她只是心力交瘁。"真的只是为了钱吗？还是我们招惹到他了？"

"有人会离开，"杰克说，"生活遇到难关的时候，有人会拍拍屁股溜掉。"碧翠丝和梅乐蒂担忧地对望了一眼。杰克看上去气色不佳，而且只字不提沃克，也不提生日宴上吵的那一架。自从众人落座以来，他便不停地摆弄着他的结婚戒指。"再说，"杰克的脸上稍稍放了晴，张开双臂，"我们中间哪一个有什么不对吗？"

碧翠丝露齿而笑。梅乐蒂也一样。杰克则笑出了声。兄妹三人坐在那儿，试着鼓起勇气迈步走出办公室，不由都记起了那天在"生蚝吧"利奥一口答应下来的一幕，谁知道后来却成了这种结局。杰克不禁奇怪自己当时对利奥低声下气的态度怎么没多出几分疑心，难道在所有人中间，杰克自己不是最不容易被利奥哄住的吗？碧翠丝记起当时利奥竟有几分显得是在担起责任，口口声声要说到做到。记起他俯身将手掌搁在桌上，望着所有人的眼睛，真诚又深情地告诉大家，他会想办法还弟弟妹妹的钱，他只是需要一点时间。她记起利奥让弟弟妹们相信他，而她也确实相信了他，因为当初利奥垂下了头，当他抬头望着弟弟妹妹时，他的眼眸要不是有些濡湿，他要不是哄得大家上了钩，那就见了鬼了。说不定，他原本以为还要再花不少工夫才能哄大家中招呢。"当发觉弟弟妹妹对他所求甚少，发觉大家是多么渴望相信他时，利奥在那一刻必定满心感激。"梅乐蒂心想。

CHAPTER 37

梅乐蒂的生日宴过了十天后，沃克搬到了新住所。他原本生日宴次日早晨就要走人，但找一个离他办公室不远的短租公寓花了整整十天。直到沃克一声不吭地把两只箱子和三个装满衣服的手提箱拖到一辆出租车上时，杰克都还觉得他不过是在唬人而已。

梅乐蒂生日宴当晚，雕像的事一下子就穿了帮。当斯蒂芬妮好死不死挑那个时间宣布利奥失踪以后，沃克把杰克拽到了厨房里。

"要是利奥已经整整好几个星期不见踪影了，你最近又怎么能跟利奥见面？"

杰克的回答含糊其词，可惜只让沃克认定他在抵死不承认自己劈腿。杰克实在别无选择，只能说个清楚，当见到沃克的脸渐渐失去血色时，他几乎恨不得自己刚才编出了什么关于偷腥的瞎话。

沃克慢慢脱下围裙，叠得四四方方。"你的所作所为不仅违法，而且非常不道德。"沃克几乎咬牙切齿地说。

"我明白，听上去很不堪。"杰克说。

"拜托。"沃克说，"千万不要。千万不要为自己找说辞。"

"可是，假如你能见见这人，"杰克说，"你说不定会理解。把雕像藏在家里已经害得他不成人样了，他必须把雕像处理掉。我其实是在帮他。"

"你听见自己说的话了吗？"

"沃克，世贸大楼倒下的时候，人家失去了妻子。"

"你这些话究竟是什么意思？"沃克高声喊叫起来，"我很遗憾，他妻子去世了。可那又怎么能洗白你的所作所为？居然撺掇人家把艺术品拿到黑市买卖，给人牵线搭桥。"沃克迈步走来走去，又停下脚步，狠狠一拳头砸在料理台上。杰克吓得魂飞天外。局势比预想中还要严峻。"世贸大楼倒塌时他妻子去世了？天哪。还有什么花样，杰克，还有什么花样？要是你不帮忙，恐怖分子就会赢？你是不是还把曾经唾弃过的其他极端爱国主义情操拿来为你那可恨的贪婪当说辞，而我眼睁睁漏掉了？"

"那不是贪婪，那是……"

"是什么？"沃克问。

在那一刻，杰克最不愿意的便是承认自己在避暑宅邸上玩的花样，可惜他别无选择。要是再等下去，局面恐怕会更加难以收拾。"还有些隐情。"他说。

沃克一声不吭地听着杰克倾诉。杰克说完时，沃克走到两人的卧室，关上了门。自那以后，除了寥寥几句电邮，两个人再没有搭过话。亚瑟告诉杰克，沃克挂牌出售了避暑宅邸。杰克给沃克发去了好几封求情的邮件，求他跟自己聊聊，只聊几句也行。那些电邮一封封全沉入了沃克那狂怒与缄默的深渊。

沃克被自己吓了一跳。他并非不深谙杰克的为人，他明明心中有数。他对杰克的能耐一清二楚。多年来，杰克又不是没做过蠢事然后恨不得瞒着沃克。（上帝啊，杰克多年来干的那些蠢事究竟该从哪儿说起呢？杰克没有一次不败家，他还压根不懂如何不露马脚。）沃克意识到，早在数年前，自己便已经默许会为杰克的烂摊子买单。每当杰克偷偷地玩个新花招，沃克便装出一副乐观的模样，一声不吭地还上从未变现落袋的信贷，因为当你深爱某人，当你与某人一同共建人生，你便会这么做。以你之长，补他之短。你成了跷跷板上触地的一头，担起他们的冲动。对他们的"本我"来说，你成了"自我"。你会包容。每逢沃克烦不胜烦，每逢他盼着担子不要总由自己来挑，他便会想象没有杰克的人生，随后重整心态，因为他无法想象没有杰克的人生。

但梅乐蒂生日宴那一晚，他的内心深处轰然崩塌。当杰克一股脑儿讲出冒天大不韪出售罗丹雕像的事，沃克吓得魂不附体。这可是犯法啊！多年来，无论杰克做了些什么蠢事，触犯法律还是头一次。（沃克猜是如此，希望如此。）要是杰克继续鼓捣他那荒唐到家的计划，结果被抓包，沃克简直难以想象他们两人会面临什么惨状，还不仅仅是私人层面——对沃克来说，还会有职业层面的影响。真是难以想象。

那天晚上，站在厨房里，望着杰克千方百计地解释，望着杰克在闪烁其词与火冒三丈之间摇摆，沃克多年来的忍让突然不见了踪影。接下来的几周，沃克花了很多时间试图解密那一刻，不明白自己多年的承诺、深爱与宽容怎么会在一瞬间耗尽。但事实便是如此。当站在那儿凝望杰克时，沃克意识到，二十多年来，他竟然把自己的恋人当成了儿子对待。紧跟着这个令人沮丧的念头，他的脑海中又闪过另一个想法，让他如中雷击：之所以他们两人从未有过孩子（尽管沃克心心念念想要孩子，但却从未成功说服杰克），是因为杰克便是家里的孩子。而沃克惯着他，由着他。他的"丈夫"正是他时年四十四岁、难以取悦、需索无度、不肯挑任何担子的儿子，他们家已经来不及再要别的孩子了。一念至此，沃克万念俱灰。

他原本认为自己几年前就已经认命不要孩子了，这件事不再让他烦恼，只不过时不时有点扎心。可惜见到梅乐蒂的双胞胎女儿，如此讨喜、甜美的女儿，却害得沃克心有所动，等到斯蒂芬妮宣布自己怀了宝宝，出乎意料地，沃克突然间被一阵哀思席卷，不得不出屋缓口气。谁知道紧接着又来了杰克的坦白交代，逼着沃克正视杰克那颗淡漠、贪婪的心。梅乐蒂生日宴当晚，沃克的脚下恰似忽然冒出了一个张开大嘴的深渊，害他无法登上安全之处。他没有哪一天，没有哪一刻不感觉眩晕，仿佛他找不到半点支撑，脚下只是一片危机四伏，一道懊悔与荒芜的天堑。

搬出家门的前一夜，沃克只觉得惊慌失措。假如是他自己的决策招来了伤痛，他却推到了杰克的头上，那该怎么办呢？假如他并不公正，那该怎么办呢？假如他欠他们两人一次机会，那又该怎么办呢？当天他下班走进公寓的时候，若说并非十分情愿重新考虑一下分居的事，至少愿意跟杰克聊一聊。杰克在卧室里，半掩着门，正在电话上跟某人争吵。他正一口咬定，他能找到另外一个"买家"，劝电话另一头的人再考虑考虑。杰克已经多次给沃克发过电邮，表示叫停了雕像买卖，但事实并非如此。他分明还在想办法。

就这样吧。

无论长岛那栋房子还能结余多少钱，沃克将拿这笔资金给自己买栋房子。他会帮杰克的信贷讨价还价。看来不得不离婚，但沃克并不急于启动法律程序。那或许最后也全得他掏钱呢。

CHAPTER 38

　　名不符实的生日宴当晚，当她在杰克的卧室找到诺拉与路易莎，逼问女儿出了什么事、路易莎干吗掉眼泪时，尽管梅乐蒂追问不休，逼得诺拉终于脱口说出她们见到利奥用一种丢脸的姿势躺在公园里，姐妹俩又双双伸手指向杰克与沃克的结婚照，（眼下梅乐蒂回过了神，当时姐妹俩是放了个烟雾弹，为了掩盖几天后曝光的、关于SAT中心翘课和西蒙妮的真相。）梅乐蒂却还一心认定那一夜尚有转机。荒唐的是，杰克与碧翠丝盘问诺拉与路易莎，死揪着姐妹俩在公园见到利奥的一天不放时，梅乐蒂依然相信那一夜尚有转机。等到斯蒂芬妮在客厅的角落里呕吐，又透露利奥失踪的消息时，梅乐蒂也没有放弃希望。直到杰克与沃克在厨房吵了起来，先是压低嗓音吵，没多久便成了大吼大叫，梅乐蒂才总算回过神：那顿晚餐永远也吃不成了，蛋糕永远也切不了了，雅致的柠檬酒永远也不会斟进酒杯了。

　　当时她喝干了杯中的香槟，脱掉了脚上考究的便鞋，因为她的双脚痛得要命。梅乐蒂暗自琢磨，假如溜进厨房从冰桶里拿走剩下的香槟，那算不算很无礼呢？"来吧，小寿星，"沃尔特对梅乐蒂说，"把大衣穿好，我们去吃披萨好了。"

　　接下来几个星期，梅乐蒂精心呵护着心中的那抹失望，仿佛那是一丛不灭的火星，因为她正为整个宗族守护着火种。后来一个周六，电话响了，SAT辅导中心问她是否愿意填写在线调查，解释一下诺拉与路易莎为什么退课。是教师有什么不足吗？因为辅导中心也收到了其他人的投诉。

结果，是沃尔特终于插了手，安抚了大家，是沃尔特跟辅导中心协商退了款。某个深夜，诺拉前来为SAT辅导班撒谎一事道歉时，我的是待在自己办公室里的沃尔特。带着担心的眼神和炫目的微笑，诺拉向沃尔特坦白，自己对一名女孩动了心。而路易莎与诺拉双双去找家长，声称她们不在乎清单上的那些大学，倒是准备考虑州立大学时，她们倾诉的对象也正是沃尔特。

"我会休学一年，"路易莎对沃尔特说，"我想要修修艺术课程，跟你们住在一起。"

"我也可以休学一年。"诺拉说，"我们可以打打工，攒点钱。"

也正是沃尔特，用镇定、优雅的态度和一腔毫无杂质的深爱对待着姐妹俩。他伸出令人安心的双臂将两个女儿搂进怀中，说道："别再发愁啦，这不是你们的问题。爸爸妈妈非常爱你们，一切都会没事的。"也正是沃尔特，终于将自家房屋重新挂牌出售，又给全家找了个干净、宽敞的短租住所。家里发号施令的"将军"成了沃尔特。

接受房屋买家报价的那一天，沃尔特催着全家去吃了中餐。

"为了庆祝么？"梅乐蒂恨恨地说。

"不，吃顿饭而已。"沃尔特说。

坐在拐角处一个宽敞的卡座中，梅乐蒂千方百计保持镇定有礼。她已经喝上了第二杯啤酒，酒意已经上了头。点的菜上了桌，看上去全是毛病，错得离谱。那时刻闪耀着褐色光泽的鸡肉和腰果害她很闹心。油腻腻的炒饭里夹杂着泛着粉色的猪肉（为什么猪肉会是荧光粉色？）害得她反胃。蒸饺看上去活像泡了水、皱巴巴的手指，害她恨不得尖叫。沃尔特随口聊起家里的新卧室，聊起通勤时间短了些，又害她火冒三丈。（沃尔特似乎并没有发觉，公寓离学校近了些，又不是什么值得吹嘘的事。）

"你肚子不饿吗？"沃尔特说着，伸手指了指梅乐蒂碟子里一个没有动过的蛋卷。她低头望着蛋卷。蛋卷看上去很美味，鼓鼓的，脆脆的。梅乐蒂记得，幼年时自己一度爱死了蛋卷，直到某天晚上她拿起一只蛋卷在荧光橙色的鸭酱里蘸了蘸，咬了一大口，结果刚嚼起来，利奥便俯身对她说道："你知道蛋卷里加了什么才这么香吗？是死狗。"

过了好几年，梅乐蒂才相信利奥当初是在开玩笑，开始重新尝试蛋卷。利奥总能把一切搞砸。

"我不饿。"梅乐蒂说着将碟子推开，"你吃吧。"

"你要点别的菜吗？有什么不对劲吗？"沃尔特问。

"有什么不对劲儿？"梅乐蒂说。她手中正攥着一块幸运饼干，攥得如此之紧，饼干被捏得粉碎，饼干渣溅到了桌子的另一头。"没错，确实有什么不对劲儿。许许多多的不对劲儿。要是你还没有发觉，沃尔特，我们的整个生活最近成了一堆狗屎。"

沃尔特的脸上掠过一抹严厉的神色，几乎是个难以察觉的信号，恰似酒品广告里冰块上拼出的字词——若是换到此时此刻，那字词或许会是："你太过分了"。

"能让我们单独待一会儿吗？"沃尔特对诺拉与路易莎说。梅乐蒂坐在那儿，凝望沃尔特站起来。"我能不能跟你聊聊，拜托？"沃尔特说。梅乐蒂望望睁大双眸的诺拉与路易莎，结果沃尔特握住了梅乐蒂的胳膊，半搀半拽地将她带到餐馆的深处，紧挨着洗手间。

"够了。"沃尔特说。

"你在干什么？干吗对我这么凶！"

"我真是受够了你非要整天一副惨兮兮的样子。用你那'讨人喜欢'的原话来讲，我们家可不是'一堆狗屎'，包括我们那两个或许把你的看法往心里去了的女儿。够了。回到桌上，跟诺拉说声对不起，做回你一向以来扮演的好妈妈。"

"我说的又不是诺拉。"梅乐蒂答道。沃尔特反感地走开了。梅乐蒂惊得目瞪口呆。沃尔特还从未用这种声调跟她讲过话，他的触碰一向以来都是情意绵绵的。她迈步走进洗手间，好镇定心神。他怎么敢这么做！她又不是在说诺拉！（好吧，或许她说的确实是诺拉。有一点吧。上帝开恩。）她弯下腰洗了把脸，审视着镜中的影像。镜中的人影看上去很骇人，因为她确实很骇人。无论是任何事，任何人，她怎么会错得如此离谱？竟然没有察觉到诺拉是同性恋，不知道该如何跟她聊起此事，推而广之，也不知道该如何跟她聊任何事；竟然没有察觉双胞胎把自己蒙在鼓里；竟然没发觉利奥是个骗子兼家贼；竟然做不了一个会为了女儿的大学学费卖掉宅邸的母亲。无论如何，总之并非心甘情愿，并非满怀爱意。

她再也说不清自己是谁，说不清该如何做回一向以来的那个她。再说了，一向以来的那个她也有点呆头傻脑的，不是吗？梅乐蒂走回餐桌旁，大家纷纷一言不发地吃着。梅乐蒂伤感地注意到，凝望着自己一步步走近时，全家人流露出了几分惧意。她坐下来，拿起蛋卷，本想开口说声"抱歉"，可惜根本说不出话来。她轻咬一口蛋卷，却暗自心想——"是死狗"，于是把咬下的蛋卷吐到了餐巾纸里。

　　梅乐蒂一言不发地攥起手袋，走出餐厅，独自一人坐进车里。透过饭店的大窗，她可以望见沃尔特、诺拉和路易莎。他们三人在吃东西，但没有人吭声。所有人都默默地递着盘碟，默默地嚼着，垂头盯着自己的餐盘。梅乐蒂试着想象自己远走高飞，消失得无影无踪，而这一幕正是他们三人目前的生活。一个没有太太的丈夫，两个没有妈妈的女儿。这场面是如此失衡，如此残缺，如此伤感。

　　沃尔特说了几句，两个姑娘摇摇头，又从餐桌正中的大盘中取了点吃的。三人不停地向房间另一头张望，远离窗口的那头，三人都同一副模样。梅乐蒂说不清是有熟人坐在那边，还是他们在左顾右盼等侍者，以便续杯或者打包。每逢你需要点什么，这家店的员工一向不见踪影。诺拉或许想再点一份幸运饼干。沃尔特俯身越过餐桌，伸手各握住姐妹俩的一只手，对女儿们说了几句话。梅乐蒂眯起眼睛，身子前倾，仿佛她能读懂沃尔特的唇语。真想知道沃尔特说了些什么啊。姐妹俩一边望着沃尔特，一边点头，随后露出了笑容。这时三人纷纷转过身，再次越过房间望了过来，梅乐蒂读懂了他们的举动：他们三人正朝门口望去。他们在寻找她的身影。

CHAPTER 39

　　那是个周二，意味着在周日、周一关店之后，杰克稍稍提早了一点时间开店营业。大多数室内装潢师会在周二到处采购，因为周二的商店不会像周末一样挤满家装"外行"和观光客，不过今天早上生意不怎么红火。又跟往常有什么不一样？杰克坐在小店深处的一张小桌旁，打了几通电话，写了几封电邮。这时店门开了，小小的门铃发出响声，宣告客人来临。杰克站起身，却难以辨认门口出现的身影——阳光透过气窗照了进来，正晃着他的眼睛。

　　"是杰克吗？"

　　"没错。"杰克眯起双眸，走到荫凉处，好让眼睛调节一下，"梅乐蒂？"

　　"嗨，"梅乐蒂的口吻颇为柔弱，"我给你带来了午餐。"

　　"我就直说了吧，"杰克说，"你给我送来一大堆讨喜的三明治、曲奇，甚至贵得够呛的苏打水，就因为你想要问问我对养个同性恋女儿有什么建议？"

　　梅乐蒂叹了口气，从她的三明治里挑出一片黑乎乎、枯萎了的生菜。找个普普通通的火鸡三明治为什么这么难？"这是个什么玩意？"她说着闻了闻，"芝麻菜。呸。好端端的卷心莴苣上哪儿去了？"她放下三明治，眼神落到杰克身上。"其实我并不是想问你的建议……我只是……实话讲，我也说不好自己想要什么。我觉得，我有点慌了神。"

"为自己有个同性恋子女慌神？"

"不！是生怕自己成了个蹩脚的家长。"

"因为她是个同性恋？"

"我又不是在犯浑，杰克。你也知道，我从没在乎过你是个同性恋。全家人有谁在乎过吗？不肯邀请任何家人参加你婚礼的人正是你自己，真可惜，因为我们个个都盼着出席典礼呢。见到两个同性恋叔叔结婚，说不定对你的侄女也是件好事。"

"唔，那现在她们大可以前排就坐，见证一场惊天动地的离婚。"

梅乐蒂搁下了手中的三明治。"真的吗？"

"恐怕是的。"

"但为什么呢？没有挽回的余地了吗？究竟出了什么事？"

"我干了件天大的傻事。我们可以谈点别的吗？"

"当然可以。"兄妹两人坐在小店前方的柜台旁，紧挨着陈列的珠宝。"真好看。"梅乐蒂说着拿起一只红色皮匣，匣中摆放着一块古董手表。

"没错，是很好看。那是我送给沃克的结婚礼物。"

"他竟然还给你了？"

"实际上，他把它卖给了原来的卖家，人家跟我打了个招呼，我又买了回来。"

"很遗憾。听上去真让人心酸。"

"确实让人心酸，十分心酸。尤其是因为他卖掉了手表，买梳子给我梳长发，却不知道自己做了些什么：我明明把自己的长发卖掉给他买手表的皮匣了呀。[60]"

梅乐蒂冲他微微一笑,将手表放回柜台。"我们家在卖房。"她说着伸出拇指和食指,捏了捏鼻梁。真不希望再在杰克面前掉眼泪啊。

"我们家的房子也挂牌出售了。"

"大家说市场有所回暖呢。"梅乐蒂将沃尔特的话学了一遍。

"让市场见鬼去吧。"杰克回答。

"没错。"兄妹二人双双坐着嚼了片刻火鸡三明治,躲开对方的眼神。这时梅乐蒂说:"还记得你高中时代的那些朋友吗?"

"上帝呀,难道这是一顿关于盘问和追忆的午餐?我可没这种心情。"

"不,我自有道理。"梅乐蒂说。

"哪些朋友?"

"那群男生。"

"你得说得更具体些才行。"

"某年夏天的那帮男生。俱乐部的那一帮嘛。还记得吗?当时你会把那帮男生带回家,在屋后的树下消磨时光。"

杰克的眼神亮了起来。他确实记得。念大学之前的那个夏天,他曾明目张胆地将家族海滩俱乐部的一群美少年带回家,那些少年全在餐馆打工,擦擦桌子啦,倒倒酒水啦。(餐厅的侍应生岗位抢手得很,一个个全落到了俱乐部会员那些念大学的子女手里。小费对这些人不过是锦上添花,要么用于喝酒,要么用于嗑药,要不就两者兼而有之。)即使是在当初,梅乐蒂也已经心知杰克与他

---

60. 此处典故出自欧·亨利的代表作《麦琪的礼物》。

那帮朋友有什么蹊跷——他们会把躺椅拉到院子的另一头，互相用"Hawaiian Tropic"牌防晒用品涂满对方的后背，还时不时用妈妈的小喷雾器往自己身上喷雾呢，那只美丽的黄铜喷雾器原本是用来打理门廊窗台上的非洲堇的。梅乐蒂会千方百计找个借口，一有机会便溜过去，给他们递上几杯柠檬水，或者递上从冰箱里取来的"Fudgsicle"牌冰棒。当她穿过草坪时，男生们不再有说有笑，而是眯起眼睛打量她手里拿了些什么。

"想喝一杯吗？"梅乐蒂开口问。她总会为自己多备一份，盼着对方约她一起玩。可惜杰克总会一把夺过她拿来的东西，接着把她赶开。

"我记得一清二楚。"杰克对梅乐蒂说，"松树下昔日曼妙的时光嘛，当时人生要简单得多，如此愉悦，如此'基情'。"

"他们确实是同性恋，没错。"

"并非全是，有几个是。也够了。"

"那他们为什么对我没有好感？"

"什么？"杰克问道。

"他们一向对我没好感，那群同性恋男生。"梅乐蒂尽量让自己的嗓音显得随意轻松些，"我一直千方百计跟大家一起玩，但你们却总是个个都恨不得把我赶开。"

"当时你是个小丫头嘛。"

"那又怎样？我给你们带吃的了呀。我给你们带了饮料、冰淇淋，一心只盼着打打牌，或者听你们聊聊天，总之什么都行。可是你跟你的朋友对我一向没有好感，所以我想知道是为什么，想知道究竟是什么缘故。"

杰克往后一仰，叠起双臂，冲着梅乐蒂咧嘴一笑，好似她刚讲了个格外好笑的笑话。他放声大笑起来，但梅乐蒂的神色显得如此受伤、如此毫不掩饰，杰克见状把笑声咽下了肚。"梅乐蒂，"他说着伸出一只手覆上她的手，"他们并不讨厌你。你很讨人爱呀，穿着松垮垮的两件套泳衣跌跌撞撞地走过草坪，端来一壶热乎乎的柠檬水，要不就是快要融化、吃上去冻坏了的冰淇淋。你真的很讨人爱。"

梅乐蒂垂眼凝望着自己吃了一半的三明治。她无法直视杰克。自己居然提起了这件事，她感觉很丢脸。听到杰克诠释当初她朝圣般地穿过草坪向他们走去，她感觉很丢脸。杰克那句"你很讨人爱"哄得她心中暗喜，则尤其让她感觉丢脸。

杰克继续说了下去，嗓音中不再带有惯常的讥讽的口吻。"无论在松树下发生过些什么，都与你无关，与是否对你有好感无关。太离谱了。当时我才十七岁。我不希望你在周围，因为当时我一天二十四小时都'一柱擎天'呢，我可不希望妹妹在自己身旁。"

"真恶心。"

"没错。你就把它当作另一种手足情好了。为了诺拉，这就是你一直在纠结的心结吗？纠结你是不是从骨子里就招同性恋讨厌？"

"不。我只是琢磨琢磨，我希望自己为所应为。我希望去理解，给她支持，但我怕得要命。我再也摸不清她要什么，摸不清她的感受了。"

"不，你明明清楚。"

"我摸不清，杰克，我做不到。我可从来没对女生动过心……"

"你明明清楚。"杰克就是不改口。他站起身，收拾起午餐留下的垃圾，塞到一只空购物袋里。"你希望她不是个同性恋。"他语气平静地说。

"没错，我很抱歉。我并不愿意出口伤人。我不希望她的人生往更难走的道路上走，我说不清如何为她铺出一条康庄大道，让人生不那么坎坷。我不知道该怎么说、怎么想、怎么做，也不知道该跟谁聊，除了你。"

　　杰克的目光落在商店的窗外，颇不耐烦地在展示柜上敲着手指。"沃克想要孩子。"他终于开了口。

　　"是吗？"

　　"孩子这事让我很忐忑。你明白我的为人。他希望领养，而我一门心思只想着：我们怎么知道会领养到一个什么样的孩子？看上去全是碰运气。那孩子又怎么知道？谁会挑两个同性恋老爸呢？看上去很容易搞砸嘛。沃克总说我顾虑太多，他总说，'之所以叫作"给予抚养权"，那是有原因的。父母属于临时监护人，照料孩子，爱孩子，千方百计让孩子比接手时更上一层楼。"不伤害他人"。'不管怎样，总之沃克会这么说。我不知道对你是否有点用处。"

　　"有点用。"梅乐蒂说。

　　"据沃克离开家门时所说的原话，这也是另一个实例，活生生证明了我自私。"

　　"不愿意收养孩子吗？"

　　"是的。"杰克回答。

　　梅乐蒂寻思了片刻。为什么伤害最爱的人如此轻易？她伸手指向几英尺外一辆装饰艺术风格的饮料小推车，车上摆着装有深色液体的水晶瓶。"那是真酒吗？"梅乐蒂问道。

　　"肯定是吧。"杰克说，"你是建议我们喝一杯吗？因为假如你确实要喝一杯，那此刻我在纽约最爱的人非你莫属。"

　　"没错。"她说。

杰克用苏格兰威士忌给两人各倒上半塑料杯，兄妹俩结伴坐下来，一言不发地小酌了片刻。

"我不觉得你自私。"梅乐蒂说。

"就领养那件事来讲？"

"是啊。"她说，"我觉得你是深思熟虑、谨慎小心，而且真诚地表达了你的顾虑。养孩子可不是件容易事。"

"我就知道！"

"别会错我的意。养孩子是件妙事，我还觉得，你与沃克会是一对非常称职的家长，假如你们俩都希望抚养孩子的话。不过，为人父母并非人人都适用的药方。"梅乐蒂喝干了杯中的威士忌，又斟了一些，借酒壮了壮胆。"不伤害他人。"她笑出了声。"听上去真是小菜一碟，但你知道还有什么事也是小菜一碟吗？伤害他人！无心之失容易得不得了，真让人心烦。我不觉得你自私，我觉得你很务实。"

杰克凝望着梅乐蒂，被逗乐了。梅乐蒂一喝就醉，这一点并不让杰克吃惊，但她的话竟让他心有戚戚，还让他心里不再那么难受，这一点倒让杰克刮目相看。"你跟沃克说去呀。"杰克打趣道。

"我会告诉沃克。"梅乐蒂挺直了腰，"他在哪儿？他觉得为人父母如此简单，简直小菜一碟吗？让他接电话。我会告诉律师先生抚养子女有多么容易。他人在哪儿呢？"

"我不清楚，让我瞧瞧。"杰克取出手机。见到杰克打开"跟踪狂之城"应用程序，梅乐蒂不禁害臊起来，毕竟那款程序是她劝杰克用的。"让我们偷瞄一下。"杰克一边说，一边等待程序加载。"好啦。他在上班，瞧！"杰克摁下手机的"呼叫"键，接着举起手机好让梅乐蒂看到。屏幕上显示出"沃克"字样，电话铃声一直响个不停。杰克"啪"一声将手机重重地拍上柜台。梅乐蒂把它拿起来。

"你在干什么？"杰克问。

"我在删除这款程序。要是你真想告诉沃克什么事，你该去找他。至于这玩意，"梅乐蒂扬起手机，晃了晃，"它不会把你理应知道的事情告诉你。一叶障目不见泰山：它什么狗屁也算不上。"梅乐蒂输入一串命令，应用程序消失了踪影。杰克的目光越过妹妹低垂的头，落到窗外，落在了行人的身上。他们正在一个十全十美的春日里漫步街头，这个春日完美得令人心痛。整整一生，杰克从未感觉如此孤独。梅乐蒂将手机递还给他，注意到了他那有些茫然的目光，他那太长的头发，他那皱巴巴的衬衣——以上种种，加起来等于"心碎"。杰克并非大发雷霆，并非快乐无忧。他很空虚。梅乐蒂陪他坐了片刻，盼着能抹去哥哥脸上的神色，那张脸上写满了报应与懊悔。

"梅乐蒂？"杰克终于开了口，"诺拉只需要明白一点：你跟以前一样爱她，爱得一样深，没有丁点改变。她需要明白，她并非孤零零一个人。"

"我明白。"梅乐蒂回答。

CHAPTER 40

明天便是母亲节，斯蒂芬妮却依然穿着羽绒背心。纽约的五月变幻莫测，周五她还用不着任何大衣呢，谁知周六天一亮就乌云密布、寒气入骨，秋意倒比春意浓上几分。不过，农贸市场依然有着一簇簇粉色、紫色、蓝色的香豌豆花，斯蒂芬妮大手笔一口气买了四束。要是放在家中不同的地方，花束令人陶醉的芬芳会染遍每一间屋。

维尼与玛蒂尔达会到斯蒂芬妮家吃午餐。那天接起利奥的手机，斯蒂芬妮没过多久就挂断了玛蒂尔达打来的电话，告诉对方"利奥出门了"。她并没有把那通电话忘到脑后，并没有把那个跟利奥一起待在车里、一贫如洗的姑娘忘到脑后，但当时她有千头万绪需要应付。于是过了几个星期，斯蒂芬妮又拨通了玛蒂尔达的电话，其中最重要的原因是认为自己义不容辞。

斯蒂芬妮明白，自己无需为利奥留下的烂摊子负责，但当玛蒂尔达忐忑又磕巴地解释了自己打电话找利奥的原因，斯蒂芬妮意识到自己说不定能帮上忙。一名颇得斯蒂芬妮欢心的客户名叫奥丽薇亚·罗素，是位功成名就的记者，写了大量有关假肢的文章，尤其是海湾战争退伍军人所面临的挑战。奥丽薇亚年轻时也失去了一条腿。她熟知各种人脉、各类项目，还打理着一家非营利组织，帮助截肢者摸清假肢世界的各种门路，毕竟假肢又贵又复杂。斯蒂芬妮自告奋勇给她们两人牵线做介绍，玛蒂尔达则询问能否带上她的朋友维尼，于是要来吃午餐的就有了三个人：维尼、玛蒂尔达与奥丽薇亚，而奥丽薇亚已经同意向玛蒂尔达伸出援手，算是帮斯蒂芬妮一个忙。到那个时候，斯蒂芬妮就算可以交差了。

“母亲节快乐。”花农收了斯蒂芬妮的钱，说道。无论如何，斯蒂芬妮认为对方是个农夫——他显得邋里邋遢、饱经日晒嘛。他的十指又粗又笨，沾着泥土，头戴宝蓝色棒球帽，帽子前方标有橙色字样：“牧人有机农场”。过了一会儿，斯蒂芬妮才回过神来，发现对方是在跟她讲话。

“唔，多谢。”她说。斯蒂芬妮身材高挑，因此怀孕不算太辛苦，但眼下宝宝已经六个月大了，她隆起的小腹明眼人一看便知。

“你家还有别的孩子吗？”

“不。这是头一个，也是最后一个。”斯蒂芬妮用一副不咸不淡的口吻说。她发现这副口吻通常可以让爱聊“宝宝”话题的人闭嘴。斯蒂芬妮把那几袋土豆、芦笋和草莓挪到臂弯，腾出一只手拿着生机勃勃的鲜花，恰似一位新娘。

“没错，个个都这么说。”农夫咧嘴一笑。“接着孩子开始走路、说话，用不了多久，人家就不肯再乖乖坐在你怀里了，结果你还没有回过神……”他伸手冲斯蒂芬妮的小腹一指，“就又怀上了老二。”

“唔。”斯蒂芬妮一边不置可否地说，一边伸出手接零钱。

她已经听怀孕的朋友倒过多年苦水，埋怨隆起的小腹是多么惹事。在纽约这样一个城市，即使你在地铁上距离某人的脸仅有几英寸，也大可不必担心对方会跟你搭讪。这可是在纽约心照不宣、四处通用的成规。不过你一旦怀上宝宝，一切就都不作数了。

"是男是女呀？头胎么？什么时候生呢？"（斯蒂芬妮总把"你什么时候生呢"错听成"你是做什么工作的"，真是听错了一遍又一遍。）于是她已经做好准备应对让人恼火的问题，但她发现最让人火冒三丈的是：所有人都不仅要谈论她正怀着的这个宝宝，还要说起她既不打算要也不准备要的未来宝宝。真是诡异得很，仿佛尽管还没有正式当上妈妈，但你准备只要一个孩子，已经让你那为人母亲的身份降了几分。仿佛此事对那些素不相识的陌生人利害攸关。仿佛只要一个孩子，既算不上全心全意的姿态，也算不上全天候的投入。（"哦，他们只不过是嫉妒。"皮拉尔有个可爱得不得了、博学多才的九岁儿子，她这么告诉斯蒂芬妮，"他们恨不得你一到能睡整觉的时候就又立刻大了肚子。日子难熬的人可不希望别人好过，我的朋友。"）

"那你知道宝宝是男是女吗？"农夫一边说一边点数钞票。

"是个女孩。"

"一定取好名字了。"

"没错。"斯蒂芬妮淡淡一笑，"但那是个秘密。"宝宝的名字别乱讲——这一点斯蒂芬妮已经吃过大亏，因此学了乖。刚开始，在还没下定决心之前，当她一提到酝酿中的宝宝的名字，所有人竟都有自己的看法，其中道理如此主观且私人，显得离谱至极："我的首任太太名叫'汉娜'，那可真是个冷血的婊子。""我女儿班上竟然有四个'夏洛特'。""'娜塔莎'这名字有点儿冷战气质，不是吗？"

在斯蒂芬妮看来，跟育儿路上的一步步一样，取名字也已经成了一种竞技运动。某个跟她一起上分娩课的家伙张口闭口就是他那张宝宝取名表格。"我们有三项重点，"他向百无聊赖的斯蒂芬妮和茫然发呆的分娩教练（人家教练什么没见过）说道，"宝宝的名字必须独一无二。必须反映出我太太跟我的种族背景——有点英国血统，有点犹太血统。还有，"他顿了顿，以便吊吊胃口，"必须很动听，听上去顺耳。"

"我明白'动听'是什么意思。"斯蒂芬妮回答。

"比如'索菲娅'，就是我们会中意的类型。"那人的太太用带有BBC口音、切金断玉的嗓音插话道，"但这个名字眼下太流行了。"

"流行，因为它是个好名字嘛。"斯蒂芬妮说，"是个经典的老派名字。"

"我怕是过于流行了一点，经典成了烂大街。"那位太太一边说，一边同情地将一只手搭上斯蒂芬妮的胳膊——显而易见，她认定斯蒂芬妮既倒霉又无知。

"除了三项重点，"那位丈夫接口说道，"我们还有些次要的条件。"他伸手做了个记号。"如果你在谷歌上查找这个名字，会搜索出些什么？名字有多少个音节？在电话上听起来容易理解吗？在键盘上好打吗？"

最后一条实在有点过分，斯蒂芬妮不禁哈哈笑出了声。那对夫妇从此再没有跟她搭过腔。

"祝你好运。"斯蒂芬妮离开时，农夫一边说一边挥手，"只怕在未来很长一段时间里，这会是你过的唯一一个安安静静的母亲节啦。让你丈夫宠着你点。"

这是让斯蒂芬妮吃惊的另一件事，尽管或许她不该吃惊：因为她怀了宝宝，居然人人都认定她已为人妇。天哪，她可身在纽约市呢。还不仅仅是纽约，明明是布鲁克林！她又不是史上第一个四十出头的单亲妈妈，但即使她是跟人一起共同抚养宝宝，谁敢说她就已为人妇呢？谁敢说她就不是跟另一名女子一起共同抚养呢？斯蒂芬妮不仅为大家几乎众口一词、恪守成规、"想当然"的说法感到窝火，她还为此感到心神不宁，因为她明白：到了最后，女儿也会面临同样漫不经心的想法——嗯，不过鬼才知道女儿的生父究竟出了什么事。等到女儿长到足以开口问起的年纪，鬼才知道她的生父会出什么事。

斯蒂芬妮挪了挪购物袋，免得双肩和胳膊感觉一边重一边轻，随后迈开脚步回家。谢天谢地，公园到她家是段下坡路。她的两条腿倒是有劲儿，可惜重心不稳，一旦拎着包裹多走几步，后背还会作痛。真该弄辆带轮子的购物车，但用不了多久就要推婴儿车啦。

斯蒂芬妮还在为刚才农夫嘴里"丈夫"那句话忿忿不平。对她来说，怀孕算不上碍事，只有一点除外——究竟该如何跟人们提起利奥，究竟要不要跟人们提起利奥。跟她最铁的那帮好友同事多少算是知情，都清楚利奥与斯蒂芬妮的过往。清楚他如何短暂地露了个面，清楚她发现自己怀了孕，尽管有些吃惊却也满心欢喜，清楚利奥随后又不见了踪迹。

至于熟人和脸皮厚又八卦的陌生人，那就棘手不少了。短短一句"我是个单亲妈妈"能堵上不少人的嘴，但也并非万试万灵。斯蒂芬妮还得想点说辞，具体到足以让所有人都闭嘴的程度，但又不会太有意思，免得人家问东问西。

她还痛恨另一点：一旦她特意开开心心地澄清，说自己是个单亲妈妈，人们便露出一副同情关切的神色。被人同情真是太离谱了，因为斯蒂芬妮一心感觉自己很走运，走运地有了一个孩子，走运地跟利奥的弟妹和家人慢慢亲密起来，形势一片喜人。斯蒂芬妮是特意为了孩子跟利奥的家人打交道，好让女儿会有身在大家庭的感觉。

斯蒂芬妮寡居的妈妈数年前离开了人世，她自己则是个独生女。对自己的童年和自己那满腔溺爱、平易近人、聪慧有趣的妈妈，斯蒂芬妮都深爱不已，唯一的遗憾是她没能早点生儿育女，如今母亲已经离开了人世，而她原本会是一个了不起的外祖母呢。但话说回来，斯蒂芬妮小时候也不时会感觉孤单，因此她期盼普拉姆一家能对她和利奥的孩子敞开怀抱。迄今为止，普拉姆一家倒确实敞开了怀抱。

假如要对自己说说大实话，斯蒂芬妮心知自己即将采用的家庭模式之所以是她的首选，其原因在于，单亲妈妈是她熟知的形式。假如要说大实话，斯蒂芬妮没有孩子的原因之一，是她不知道该如何应付孩子爸爸。其实，斯蒂芬妮也算尝过父爱。妈妈、表亲，以及跟心爱的叔叔一起在佛蒙特州度过的夏季，已经满足了她对家庭的渴盼。夜半时分，黑夜之中，当无人能见到她脸上心满意足的笑容时，斯蒂芬妮将手搁上隆起的腹部，意识到一件事：尽管这是个"计划外"的宝宝（明明是"计划外"嘛，明明是利奥到了她家门口），但暴风雪那一晚，她却并未坚持用避孕套。而毫不夸张地说，她从不肯不用套，即使是在喝得烂醉或意乱情迷的露水情缘之中。

怀上宝宝确实是在"计划外"，但她也并未从中作梗。深夜时分，躲在没有旁人的卧室里，躺在她自己的卧室，躺在羽绒被下倾听着老房子里的一片静谧，一只手搁在小腹上，随着肚子里踢腿翻身、不肯停歇的宝贝轻轻起伏。在这种时刻，假如百分百说大实话，斯蒂芬妮会承认暴风雪之夜的真相：当时她微微敞开了一道机缘之门，进门的宝贝属于利奥，但又并非利奥。这一点颇讨斯蒂芬妮的欢心。

"你身上的男子汉气质比女人味更浓。"与威尔·佩克在一起时，斯蒂芬妮曾建议他多在他自己家里过夜，当时他曾说道。他并不欣赏斯蒂芬妮对独处的热爱。也许在某种程度上，他说得对。对于"女子都是黏人精"这种陈词滥调，斯蒂芬妮并不买账。听上去就不对劲嘛。世上确实有"结婚狂"女子，但男人一旦认定自己已经准备妥当告别单身，不也是同一副模样吗？难道一转头又再婚的不正是那些离婚男子、丧偶男人，而他们一定要人家照料吗？难道孤零零一个人重新打造生活的不正是那些上了年纪的女子吗？在斯蒂芬妮所有婚姻破裂的朋友中（迄今为止，婚姻破裂的朋友已经有一大拨了），有勇气抛下破碎过往的往往是女人，男人们则个个死攥住不放。

"你只怕会用棍子赶布鲁克林那些离了婚的爸爸。"皮拉尔曾给斯蒂芬妮敲过警钟。斯蒂芬妮简直躲也来不及！有自己亲生子女的男人。斯蒂芬妮曾与一些离婚男人约会过，又一脚踹了他们。她疑心那帮男人主要是虎视眈眈想找个人隔周帮他们带孩子。被斯蒂芬妮归入"孩子爸爸"一类的男人，对她来说也算不上多有魅力。不过，她也不得不承认，当某个男子手忙脚乱地用发卡别住女儿的鬈发或为女儿梳起一条马尾辫时，其中确有几分让人心动之处，甚至算得上有些性感。

斯蒂芬妮拐上自家所在的街区，可以遥遥望见汤米·奥图尔坐在门廊上。唔，真不赖。汤米会死活非要帮她把袋子拎上楼，拎进厨房，她也会开开心心地随他去。斯蒂芬妮挥了挥手：她可不介意汤米帮她拎上袋子走几步。但汤米并非面对着她，他正遥望着一对从另一个方向走来的男女。那名女子拄着拐杖，见鬼——肯定是玛蒂尔达没错吧。走在她身边的一定是维尼。他们俩来早了。嗯，好吧，可以让他俩切切菜，或许维尼也可以拎几个袋子。

CHAPTER 41

室外有些凉意袭人，汤米与弗兰克·西纳特拉却坐在门廊上。这一人一狗都爱这么干。西纳特拉待在常待的地方——从台阶底部数上来第三级楼梯，狗鼻子高高抬着，鼓鼓的眼睛十分警觉，尾巴欢欢喜喜地拍着身后的台阶立板。

就在狗儿旁边，汤米十指交叉，祷告起来。他已经有一段时间没向上帝或任何人祈祷了。年纪尚轻时，汤米一度相信自己可以向失散的亲朋好友祈祷。此时此刻，他却不禁对昔日的自己眼红起来，当初自己还曾以为会有人竖起耳朵倾听呢。刚开始的时候，汤米抛却信念是出于懒惰，然后便是出于愤怒，眼下则更像是心如死灰。他并不觉得自己是个无神论者，无神论者的信念只怕要比汤米坚定，对于鬼神之事，人家认定得很，而汤米并不认为这种信念具有可行性和可能性、令人折服，甚至不认为这种信念有什么可取之处。谁能否认冥冥之中，万事各安天命呢？在汤米看来，将之冠上"科学"的名头并未解释一切。他并非信徒，但也并非无神论者。他并非功成名就，但也并非一无是处。他只是活着的那个。

罗妮去世后有很长一阵子，汤米曾向她祈祷。不仅仅是废墟之上那漫长无边的几个月（当时他绝望而又迷茫），而是在那之后的好几年。一想起这事，汤米感觉有些丢人，不过当初他还向那座雕像祈祷过呢。雕像一度成了家里的神龛，直到有一天汤米瞥见了自己，从一扇窗上望见了自己的影像：镜中人影坐在一张折叠椅上，正在跟雕像讲话。汤米吓得够呛，生怕自己疯了。就是在那时，他把雕像搬进了瓷器柜，放到了门后面。

　　刚开始的时候，杰克·普拉姆建议帮他卖掉雕像，把汤米吓了一大跳。但一旦习惯了这个念头，他倒觉得如释重负。曾有一些不眠之夜，汤米想象着自己突然离开人世后的一幕（无论是被车撞还是心脏病发作），想象着几个女儿在橱柜里找到雕像的一幕。她们总归会发现那是一尊什么雕像，会发现汤米作了些什么孽吧。打碎她们关于英雄父亲的美梦已经够糟了，但假如几个女儿发现父亲从废墟里偷了东西，又藏起了违禁品，那恐怕还将改变她们心目中母亲的形象。汤米深知（天哪，他是多么一清二楚），假如对于某人的记忆无法带你走出悲痛的深渊，抚平你的心伤，那伤痕将更加难以平复。汤米曾亲眼见到，罗妮才离开人世仅仅几个小时，子女们便已经将她捧上了神坛。要是他们发现了那尊雕像，汤米的所作所为便会玷污罗妮的死，而他绝不能让自己的子女再一次失去母亲。他总不能给子女留下一尊偷来的雕像，而子女们还不得不藏起家丑吧。总得先把那尊雕像扔进河里。

　　汤米深知，出售雕像会招来一些麻烦：如何搬雕像、把钱藏在哪里等等，不过按杰克·普拉姆的原话讲，他保证会帮汤米"打点一切"。人家杰克可是全方位服务。不过还没有来得及"打点一切"，杰克便无意中说漏了嘴，提到那位伦敦买家来自沙特阿拉伯。

　　"是个阿拉伯人？"汤米一边对杰克说，一边攥紧了拳头，不敢相信自己听到了些什么。

　　"是伦敦人。"杰克说着清了清嗓子，"看在上帝的份上，又不是是个中东人就是恐怖分子。对方从事金融业，是个非常成功的商人兼非常成功的收藏家，十分受人尊敬。"

汤米勃然大怒。"但他是靠石油赚来的钱发家的，对吧？别否认，不然你就是在瞎扯。"

"我不清楚。"杰克说，"不过那一点也不要紧。要在黑市上卖东西，你就没法去查人家的信用记录和就业历史。对方钱包够鼓，对方想要那尊雕像，对方嘴巴很牢。行啦。"

汤米几乎是把杰克推出了门，甚至懒得跟他讲讲，作为一个在"9·11"事件中失去太太、无数好友以及消防员同事的人，他自己为什么不能把一件世贸中心遗物换成中东石油赚来的钱，无论谁来买也不行，无论什么时候买也不行。

此事峰回路转，倒让汤米松了一口气，因为他好歹不再忐忑了。居然认为自己可以出售这尊雕像，居然认为出售这尊雕像合乎道德，难道不是脑子出问题了吗？当告诉杰克出售雕像并非为钱时，汤米说的可是真心话。汤米一心只在乎雕像最终的归属，因为他必须给关于罗妮的记忆戴上光环。不过，假如他自己穿了帮，无论是有意还是无意，只怕会伤及她留给子女们的回忆。一连几周，汤米一直在这个迷魂阵里打转。他不禁打了个哈欠：之前真是难以入眠哪。怎样才能让雕像有个安全的去处呢？好几天以来，杰克几乎每小时都给他打个电话，声称要再商量商量，直到汤米最终威胁说要打电话给他在警局的朋友，告发他们两个人。"我会去自首，混蛋。"他告诉杰克，"别以为我只是唬人。"至少，实话实说也算几分光荣。

西纳特拉抬起头，呜呜叫了几声。"你说呢，西纳特拉先生？"汤米抚摸着西纳特拉的头，狗儿脖颈的皮肤有点松弛，皮毛倒是颇为柔软。狗儿快活地喘起了气。在街道尽头，汤米遥遥望见斯蒂芬妮正在冲他挥手，或许是想让他帮着拎包。西纳特拉却朝着相反的方向吠叫起来。

"嘘。"汤米一边说，一边张望究竟是什么惹到了狗儿。那是一对男女。女子挂着拐杖，她那同伴的轮廓也颇有蹊跷之处。两人慢慢往前走，边走边察看门牌号。当他们走近以后，汤米简直不敢相信眼见的一切。一个高挑健壮、只有一条胳膊的男子，跟一个少了一只脚的长发女子一起走下街道。活生生是他的雕像化成了血肉之躯。汤米站起身，西纳特拉的汪汪叫声变成了凶巴巴的咆哮。

"嘘。"汤米抱起狗儿，塞到胳膊下面，免得狗儿乱叫。真得好好睡一觉才行。他眨了眨眼睛，摇了摇头，再次放眼打量，可惜眼前那一幕并未消失。那尊雕像依然正在向他走来。汤米只觉头晕眼花，不禁抬头向天空望去。他说不清楚原因，也说不清自己究竟希望在天空望见些什么。有那么片刻，他觉得自己或许会晕过去。眼前的一幕绝无可能。他能感觉自己的呼吸急促起来，随后胸口发闷，仿佛压了一块千斤巨石。狗儿挣脱了他的怀抱，奔下门廊，扭头凝望着汤米，胆战心惊地汪汪吠叫。

"哦，拜托，可别现在犯病啊。"汤米心想。总不会眼下突发他所忌惮的心脏病吧，总不会趁雕像依然摆在屋里的时候吧。他伸出一只手搁上铁栏杆，稳住身形。要是雕像还在家里，那它又怎么会大喇喇地走下街头？斯蒂芬妮在街道另一头高声叫着汤米的名字。而在另一个方向，雕像化成的真人却正一步步逼近。汤米的后背冷汗直冒，手掌一片濡湿。西纳特拉吠叫得更厉害了。上帝呀，自己只怕是小命不保了。要么是中风，要么是心脏病发作，或者二者兼而有之。汤米千方百计想要深呼吸，可惜他做不到。

"别吵。"他吩咐西纳特拉，不过他拿不准自己是否说出了口。他的喉咙又涩又干。

"打搅啦。"眼下雕像已经到了汤米的面前，一边开口讲话，一边往台阶上走。

汤米想回答，可惜嘴唇不听使唤。"他们是来找他的。"他暗自心想，尽管他并不真正理解自己的意思。"来找他？是谁？"

"嗨，"男子朝前迈了几步，伸出一只胳膊，"你没事吧，老兄？你看上去气色很差啊。"

"怎么啦，宝贝，你在心烦些什么呢？"汤米原本以为女子是在跟他搭腔，但她把拐杖放到了门廊上，准备哄哄西纳特拉——狗儿正冲着她伸出的手咆哮。汤米凝神盯着她不见了的那只脚，目光又落回那个只有一条胳膊的男子身上。在那一刻，他简直说不清自己究竟是在做白日梦，还是即将毙命，但不管是哪种情形，他都心知形势不妙。"罗妮，救我。"他暗自心想。

"拨 911 啊。"汤米听见男子说，"你需要帮忙吗，先生？你叫什么名字？"听上去，维尼的声音仿佛穿过了一条长长的隧道，或者透过了一片静电噪音。汤米听不清字句，但他听见那名男子说了些关于"911"的词语。真操蛋。在向前一头栽倒之前，汤米用恳求的眼神凝望着那对男女，手捂着心口，嘴巴痛楚地抿成了一条线。

"你说什么？"玛蒂尔达的嗓音里又是关切，又是惧意，"你说什么，亲爱的？"

"原谅我。"汤米说。随即他便一头跌倒了，倒在玛蒂尔达那只截掉的脚旁边。

CHAPTER 42

明天便是母亲节，梅乐蒂会一觉醒来，在她挚爱的宅邸中度过最后一天。周一一大早，搬家的卡车就会抵达此地，将所有箱子盒子装上车，再用搬家用的纫缝毯裹住家具，而梅乐蒂一家会钻进汽车，跟在货车后面抵达轨道另一侧临时租住的公寓。

随之而至的便是推土机。

沃尔特一直把梅乐蒂蒙在鼓里，直到再也瞒不下去：房子的买家是个地产开发商，准备将整栋房夷为平地，建造一栋崭新的庞然大物。眼下梅乐蒂穿过一间间屋子，心中涌起前所未有的歉疚，谁让这些屋子马上就要被夷为平地了呢。

今天，他们正在等待建筑残料公司的人露面。开发商不仅要荡平房子，还要先把梅乐蒂家拆掉——木材啦，板条啦，橡木栏杆啦，梅乐蒂精心料理的起居室松芯木地板啦——然后通通卖给一家建筑残料公司。沃尔特千方百计让梅乐蒂先走，可惜她死活不肯。她想要迎上那个混蛋的目光，那个毁掉尤物并转售获利的混蛋。门铃响起的时候，梅乐蒂、诺拉与路易莎正在客厅把最后一批书籍打包。沃尔特打开房门，梅乐蒂还以为自己眼花了。来人竟是杰克。

刚开始，梅乐蒂恨不得揍杰克一顿。她火冒三丈。就是他前来抢救物资？就是他要剔出梅乐蒂小家里的精华，然后转手卖掉？杰克与沃尔特花了好一阵子安抚她，让她明白一件事：杰克前来抢救物资，是为了她。

"我没懂。"梅乐蒂说。

"我有人脉。"杰克说着指向随同前来的人员，"这些人会把你想留住的宝贝找个地方保管。"

"目的是什么呢？"

"妈妈，为了再用呗，假如有朝一日你要自己修建房屋的话。"诺拉说。她与路易莎正满怀期待，雀跃得很。姐妹俩已经得知内情好几个星期了，谁让杰克与沃尔特在偷偷商量细节呢。"要不然，也可以用在已经落成的宅邸里。你可以保留家里的精华，再次拿出来用。"

"保管在哪里？"梅乐蒂问。

"我有个储存间，"杰克说，"用来放备用存货。假如你不打算再要的话，卖掉这些东西总没问题的。"

"你们操办这一切是为了我吗？"梅乐蒂只觉茫然又感激。

"恐怕只能留下你真心想要的宝贝。"杰克说。他开始吩咐所有人干活。大家得列个清单，找一找哪些东西值得留下，挑出最要紧的宝贝。

"要不大家先上楼吧。"梅乐蒂说，"我去沏点茶来。水壶还没有打包。"

诺拉与路易莎随沃尔特一溜烟奔上楼梯。"走廊里的彩色玻璃窗怎么样？妈妈爱死那窗户了。"梅乐蒂听见路易莎的声音。杰克跟在梅乐蒂身后进了厨房，放眼朝四下里打量。

"依我看，这里值得留下的东西恐怕不多。"杰克说，"这些橱柜是上世纪70年代的货色吧。"

"杰克，"梅乐蒂站在水槽边，往一只水壶里灌水，"我真不知道该如何谢你。"她说，"这……"

"我不就是干这行的嘛，一点也不费劲。不过这个团队按小时计费，所以我们得抓紧时间。"

"花不了多长时间。"梅乐蒂回答。她将水壶搁到炉灶上，点燃煤气。"沃克那边进展如何？"

杰克耸了耸肩膀。"也算一件件落实下来了吧。我交出了自己的那份'安乐窝'款项，他补齐了我欠的余款，还清了债。我们会卖掉那栋房屋。他很大方。一半我是分不到的，不过我分到的钱够让店铺撑一段时间，好让我考虑清楚是否把店卖掉。他还让我留着公寓。"

"不过你们之间究竟怎么回事？抛开生意不谈的话。"

杰克一屁股坐到厨房餐桌旁。在梅乐蒂看来，他显得比平时消瘦，但气色似乎比上次见面时好一些。"你结婚的时候多大年纪？"杰克问。

"才二十二岁。小得不得了。"

"跟沃克相遇时，我才二十四岁。你知不知道，我从没独自一个人住过？眼下我四十四岁了，居然从没独自一个人住过。沃克刚离开家的那几个星期，我简直不知道如何是好。我在店里待到很晚，叫点外卖，看看电视，直到倒头睡着。"

梅乐蒂放眼审视着厨房。几个星期以来，她每天晚上都在将一家人的生活拆开，用报纸包起来，以便打包。她的十指指甲参差不齐，被报纸染上了黑斑。抬着箱子四处走动害她的胳膊和肩膀很酸痛。"听上去挺不赖。"

杰克抬眼望着她，点了点头。"确实挺不赖。我想说的就是这点。我想念沃克，十分想念他，我对未来十分迷茫。不过有生以来第一次，我只须管好我自己，而这一点让我颇为心折。沦落至此，我并不觉得脸上有光，但我正在尽最大的努力弄明白原因，而我还挺喜欢这个过程，至少挺喜欢其中的一部分吧。"

梅乐蒂琢磨着独自一个人生活是什么感觉：每天晚上回到家，在漆黑一片的家中开了灯，既没有人等着听你讲起刚过的一天，没有人跟你一起吃晚餐，没有人跟你抢着看电视节目，也没有人跟你一起收拾桌子。她不会告诉杰克，这一切在她看来是多么伤感。这时，她清楚地听见一阵电锯声从楼上传来。

"假如你跟沃克就这么散了，我会觉得很可惜。"梅乐蒂终于开口说。

"唔，我敢肯定，要不了多久，我就会哭着喊着奔回他那结实广博的怀抱，不过我疑心他不会接纳我。"

正在这时，沃尔特和姐妹俩迈步进了厨房。"瞧!"诺拉说。她的手中拿着一块木制品。梅乐蒂一眼认出了它。那是楼上走廊壁橱上的木材，梅乐蒂在上面记下了姐妹俩的身高，至少每年记上一次：红色标记属于诺拉，蓝色标记属于路易莎。"我最先想到的就是它。"诺拉说。

"是吗？"梅乐蒂很开心：诺拉居然想到要留下这个呢。因为在姐妹两人中间，路易莎一向是较为多愁善感的一个。"这主意棒得不得了。"

"大家列了一个清单。"沃尔特说，"来瞧一眼，看看你是否同意。"头顶传来锤击的声音，厨房的灯具随之轻轻摇摆。

梅乐蒂审视着清单。真是包罗万象啊。她难以想象这么一大堆东西被塞进杰克的储存间积满灰尘——地板啦、窗户啦、栏杆啦，板条啦。说是一栋房屋，却又名不符实。一栋宅邸的零头碎脑，可惜凑不出一个家。

"一样我也不想留。"梅乐蒂说。

房间里顿时鸦雀无声。"真搞笑。"沃尔特说着笑起来，却发觉梅乐蒂并没有开玩笑，于是又闭上了嘴。

"我想留下它。"梅乐蒂伸手指向诺拉手中的木头。它标志着一家人在这栋宅邸中度过的岁月，标志着姑娘们长大了多少。木头上满是指纹与尘灰，因为梅乐蒂从未清洗过它，生怕不小心蹭花了、抹掉了精心绘制的一条条线，那些线条旁边还标着日期呢。"我就只想要它。"

杰克仔细地审视着梅乐蒂。"我并不介意为你保管家什。"他说。

"我明白。"梅乐蒂说，"不如把你认为值钱的东西通通拿走，然后转手出售。"

"梅乐蒂，我都被弄糊涂了。"沃尔特沮丧地说。

"你们俩想出了这个办法，我非常感激。拜托，千万不要认为我不感激。不过……还是把家什卖了吧，用这些钱装扮新家好了。"

"你确定？"沃尔特问。

"是的。"梅乐蒂向杰克转过身，"你可以把这些家什全卖掉，赚一笔佣金，对不对？"

"假如你希望如此，那没错。"杰克吃了一惊，但也有些欣喜。他原本认定梅乐蒂要保管一大堆家什，他的储藏间其实没那么大。

"你们也同意么？"梅乐蒂问诺拉和路易莎。她感觉很不错，轻松自在，运筹帷幄。

姐妹俩双双点点头。"我们本来就只是想让你开心点，"路易莎说，"我们希望你高高兴兴。"

"我已经拥有让我开心的一切了。"梅乐蒂说。她甚至不确定自己是否能说清是怎样一种冲动使自己想要放手，但决心至少这一次，她不再去深究。保住宅邸里的家什，跟保住宅邸并不是一回事。鉴于过去一年里发生的一切，一切都已经不复原样，是时候不再紧攥着不放了。于是，她再次有了当家做主的感觉。看上去，梅乐蒂一家似乎在节节败退，但她并没有那么糊涂。梅乐蒂是发号施令的"将军"——若说眼前有什么可称道之处，这便是可称道之处。

CHAPTER 43

　　"实在扯得没边了。"日后，每逢玛蒂尔达向人讲起此事（在未来的日子里，她跟维尼会一遍遍讲起这个故事。"吻"的故事成了他们两人的故事），讲到第十遍、一百遍、一千遍之后，他们的说法却几乎还是一成不变的老一套，总是用同一句话开篇——"实在扯得没边了"。他们会讲起，母亲节的前一天，两人如何奔赴布鲁克林，而维尼的假肢正好要做些调整，因此他没有用假肢，算是有些不同寻常；讲起玛蒂尔达因为乘地铁跟维尼拌嘴，因为她的残肢痛得很，她想要带上拐杖，又担心迟到；讲起两人如何叫了一辆车，路上一点也不堵，结果抵达时早得一塌糊涂；讲起他们走了一段路，欣赏着褐砂石房屋组成的街区，欣赏着窗槛花箱中的水仙花与三色堇，那里家家户户要么在街上推着婴儿车，要么迈着轻盈的步伐跟着骑辅助轮单车的孩子慢跑，要么就在树干周围栽培丁点小的花坛；讲起他们总算决定早点去斯蒂芬妮家，瞧瞧她是否在家；讲起门廊上的男人站在那儿，眼睁睁地瞪着他们，活像见了鬼；讲起尽管只有一条胳膊，维尼却在汤米·奥图尔晕倒时及时揽住了他，免得他脸朝下一头栽倒在人行道上。"天晓得！"玛蒂尔达会对他们那瞪大眼睛的孩子说，"天晓得要是他撞到头会造什么孽。要是你爸爸没有及时揽住他，他或许连命都保不住。说不定更惨呢！他或许会伤到脑子，再也不复从前。还好不是！你爸爸伸出手，只用一条胳膊，就揽住了他的腰，扶着他躺下，仿佛他轻得跟一袋米一样。对方可是个大男人！"

玛蒂尔达会讲起斯蒂芬妮一眼见到汤米晕倒，便扔下鲜花和袋子，一溜烟奔下了街道；讲起斯蒂芬妮一屁股坐下来，将汤米的头搂进怀中，握住汤米的手让他别动，直到医护人员赶来告诉众人，汤米会没事的；讲起大家总算让汤米起身进了屋，弄清楚了汤米为什么晕倒，在街上望见维尼与玛蒂尔达又为什么会让他眼花缭乱、一头雾水。

"那是照着爸爸妈妈塑的雕像！"等到维尼二世年龄大到足以弄懂这故事时，他经常会插嘴说道，"那是照着你们两个人塑的雕像！"

"说得对。"玛蒂尔达会轻抚儿子的头，儿子光泽可鉴的秀发跟妈妈一样黑，跟爸爸一样卷，"那是一尊著名的雕像，来自法国。雕像中的女子缺了一只脚，男子缺了一条胳膊，跟爸爸妈妈一模一样。我朝那尊雕像望了一眼，心里就有数了。"

假如此时维尼也在场，玛蒂尔达便总会顿一顿，向他投去目光——当初她便是这样向维尼望了一眼，那目光洋溢着敬畏与了然，恰如回春妙手，让维尼只觉得自己再无残缺，让他顿时涌起满心难以承受的热望，而首先掉开眼神的却也总是维尼，因为玛蒂尔达的目光几乎太过耀眼，仿佛一道艳阳瞬间照亮了他的世界。

"一眼望见那尊雕像，"玛蒂尔达对儿子们笑道（先是维克多二世，接着是小费尔南多，然后是随维尼祖父取名的阿图罗），"我就心里有数了。那尊雕像？那是给我的兆头。"

CHAPTER 44

意料之外的东北风于十月下旬刮过曼哈顿，冻坏了树木枝干，害死了中央公园一百八十五棵葱茏大树，横扫了五个区[61]秋意浓浓的花花草草，其中包括派克大街五彩斑斓的菊花和布鲁克林居民极爱摆在前门廊上、装点门庭并打造田园气氛的一盆盆羽衣甘蓝。大约十个月后，纽约市的妇产中心迎来了一波小型婴儿潮。随着春去夏来，白昼越来越长，湿气向北方和东方蔓延开来，缓缓抵达泽西海岸，直到像一个又黏又湿、不请自来的拥抱一样笼罩住城市，全市在七月的出生率几乎翻了一番，医生、护士、助产士与麻醉医师们不得不又是加班，又是取消假期，连觉也睡不成。

"飞雪十月宝宝"——七月底，一堆"伊桑""利亚姆""伊莎贝拉""克洛伊"降临人世的时候，人们给他们取了这个名号。"飞雪十月宝宝"一个接一个，当季的玉米却显得颇为凋零，因为先到一步的暴风雪之后，余下的冬季干得不得了，旱灾一直持续到春夏。不过宝宝们仿佛雨后春笋——头发柔软茂密恰如玉米穗，舒展开新生的身体，露出丁点小、攥紧的十指和脚趾，看上去跟刚剥开的玉米粒一样甜美可人。

---

61. 纽约市由曼哈顿、布朗克斯、布鲁克林、昆斯和里士满五个区组成。

斯蒂芬妮已经被宫缩折磨了好几个星期，但预产期明明已经过了五天，宝宝却依然没有降生。她已经不再去办公室，倒更愿意时不时在电脑前待个几小时，接着在午后打个长长的盹儿。斯蒂芬妮百无聊赖，她已经做好了准备，准备得不能更妥当了。汤米正在楼下用锤子"咚咚"地敲击东西。斯蒂芬妮至今难以置信，一旦将那件可笑的艺术品从汤米的公寓搬出去，他整个人起了多大的变化。汤米倒在门廊上那一天，急救人员声称他不会有事。确实筋疲力尽，有点儿脱水，不过没什么大碍。等到大家终于将汤米带进屋，斯蒂芬妮一眼望见了那尊雕像，几乎晕了过去。她对世贸中心遗址的那宗盗窃案一清二楚，因为斯蒂芬妮的某位客户就下城的重建工作写了整整一本书，目前正在写如何修建新的自由塔[62]。

　　搬运雕像简直是小菜一碟，容易得荒谬。斯蒂芬妮让老友威尔帮了个忙，心里明白威尔会护着汤米。结果一辆租来的卡车，夜半时分就将雕像运到了某个专用于收集"9·11"遗物的捐赠点。自从雕像回归正主，汤米便对自己的小窝重新萌生了热情，自己一个人翻修了底层。看来布置得很美呢。

　　预产期已经过去五天了。斯蒂芬妮睡了午觉，又把崭新育儿室里新得不得了的婴儿床上的婴儿毯叠了一遍。七月暑热袭人，下午简直一点正事也办不了，只能坐在开着空调的客厅里看真人秀，赶在晚餐前漫步走下街区，买一支价格不菲的冰淇淋。斯蒂芬妮伫立在隔壁的门廊前方，没精打采地翻阅着一堆人家免费赠送的书，却感觉什么东西"啪"地破了，仿佛一只气球悄无声息地在身体深处破裂。紧接着，她双腿间涌出的液体泄露了天机，随后是一阵久

---

62. 自由塔坐落于"9·11"事件中倒塌的原世界贸易中心双子塔楼的旧址。

久的抽痛，比斯蒂芬妮之前的宫缩更久、更痛。她伸出一只手倚在邻居的石栏杆上，深吸一口气，感觉后背和柔软的双峰之间冷汗直冒。斯蒂芬妮闭上双眸，阳光火辣辣地照耀着她的面孔、双肩和手臂，另一只手拿着的蜜桃冰淇淋沿着她的掌心和手腕滴了下来。斯蒂芬妮只盼能铭记这一刻。她凝望着人行道上的一摊水，心中暗想："这便是从前。"羊水顺着她的大腿内侧淌下来，后背越来越痛，它们正领着她前往一个截然不同的地方——"今后"。她已经准备妥当。

当斯蒂芬妮伫立在那儿，心醉神迷地凝望自己的羊水蜿蜒淌下青石人行道斜坡时，（正是在这头一个，也是最后一个瞬间，斯蒂芬妮得以沉着地观看自己生产的过程。）第一次宫缩降临了，而且久久不退，斯蒂芬妮疼得喘不过气、直不起腰，无比震惊地听见自己叫出了声。

"好吧，"她心中暗想，"我猜确实会他妈的痛得厉害。"

等到疼痛消退，斯蒂芬妮千方百计想要喘口气，朝自己家迈开脚步，谁知又一次宫缩接踵而至，比上一次更痛、更久。斯蒂芬妮甚至不明白自己怎么能记得住，但她偏偏记得很清楚。

第二次宫缩渐渐平息的时候，斯蒂芬妮站起来，等待着。什么事也没有。她从兜里掏出手机，开启了计时器功能，以便计算宫缩之间的间隔时间。一切发生得太快了。她战战兢兢地迈开脚步，当走到汤米家客厅窗户的正前方时，第三次宫缩又来了。斯蒂芬妮伸出手紧攥住锻铁栏杆，嘴里发出的叫声如此原始、不由自主，把她自己吓了一大跳；她感觉自己正被撕成两半。

汤米钟爱讲起这段故事：未见其人，他先闻其声。"我有三个子女，"他说，"那种声音我听得懂。哦，好家伙，我对那种喊声一清二楚。"他一溜烟奔出前门，搀着斯蒂芬妮上了台阶，穿过前门（这时来了第四次、第五次宫缩），设法将她安置在地板上（这时来了第六次宫缩）。

"不能生在地毯上!"斯蒂芬妮冲汤米高喊。他奔上楼，从衣橱里一把拎起几张床单和一张毛毯，准备裹住宝宝，因为事情很明显：去医院恐怕是来不及了。他又从浴室取来一把剪刀。再取些双氧水？为什么不呢。汤米迈开脚步向斯蒂芬妮的卧室走去，打算拿几个枕头，耳边却传来了她的痛呼声。

楼下的斯蒂芬妮正千方百计在调息。见鬼！以前为什么没多多关注调息？没有多多练习呢？她喘不过气来，无法摆脱痛楚。斯蒂芬妮坐在客厅的地板上，取出手机跟医生短短聊了几句话，内容让人胆战心惊。谈话期间，她又遇上了两次宫缩，于是医生说："我马上挂断电话，叫辆救护车过来。"而斯蒂芬妮甚至还来不及查时间，（她心里明白，宝宝来得太快了，时机非常不对劲。）却已经不得不用力生孩子了。

"汤米?"斯蒂芬妮冲着汤米哀号。他究竟在什么地方？"我得用力生孩子啦。"

"别，千万别。"他在楼上对她叫道，"别用力。千万不要使劲。"

不过此刻让她"别使劲"，恰如让她"别呼吸"。斯蒂芬妮的身体正在使劲，实在没办法不使劲啊。她从地板上抬起身子，从沙发后面扯下一张羊绒毯。耳边传来了汽笛声，但前来接她的救护车不可能这么快，她心知自己哪儿也去不了。她千方百计回想着：自己学过宝宝降生后该如何应对吗？需要剪脐带吗？哦，上帝啊。胎衣又怎么处理？真操蛋，究竟该怎么办！宫缩几乎一次紧接着一次，活像不歇气的风暴，斯蒂芬妮无时无刻不觉得五脏六腑全都约好了想要一股脑涌出她的身体。她拉起孕妇裙，脱掉内裤，将羊绒毯铺在身旁的地板上。

"给宝宝严选佳品。"斯蒂芬妮暗自心想——只盼日后会记得自己当时居然头脑清楚，还能说句玩笑话呢。

她千方百计憋住不让孩子太快生出来，可她心知自己已经不战而败。她的身体自有主张；很显然，她只需服软即可。汤米已经奔下了楼梯，在她的脑袋旁边扔下一堆东西，又到厨房里洗手。至少，斯蒂芬妮认为他是在洗手。她已经记不清宫缩了多少次，记不清时间了。宝宝似乎已经开始探出她的体外，不过那怎么可能呢？不可能呀。她想起这时应该小口哈气：哈、哈、哈、哈。一点用也没有。她把手伸到两腿之间，谁知竟摸到了女儿的头。滑溜溜，湿乎乎，因为长了头发凹凸不平。她的女儿是个急性子。

"汤米，"斯蒂芬妮冲着厨房叫道，"孩子生下来了。"

她的女儿就在眼前。

CHAPTER 45

　　保罗·安德伍德对三件事避之唯恐不及：海滩、船，以及所谓的"路边摊"。他真的对海滩不感冒，既不喜欢沙滩，不喜欢火辣辣的阳光，不喜欢时不时传来的阵阵腐烂海洋生物的气味，也不喜欢攀在弯弯曲曲、疙疙瘩瘩、鬼斧神工的棕色海带上的藤壶，那东西攀住就不肯放。不过有时候，保罗也会破例。在凉快的阴天，最好是冬季，最好有着海上清风，他也可能听人劝说，沿着滨水区走一走，假如最后能来一碗海鲜杂烩汤或一桶软壳蚌作为补偿的话。但若非如此？那就多谢好意啦。保罗从未学会游泳，而且无论哪种船舶，独木舟也好，游轮也罢，都能把他吓得够呛。（他甚至从未学会开车，因此抛锚的船也让他心头发毛。）至于"路边摊"，真是想想就让人既反感又一头雾水：油腻的手推车，可疑的卫生状况，还没有吃完就报废的纸碟子；站着吃东西，汤汤水水从手上滴下来，搞不好还滴上长裤，再说拿着饮料的时候要怎么放餐具和餐巾呢？保罗甚至不赞成露天就餐：当旁边就是精美无比、没有虫子、带有空调的屋子，在露天就餐有什么意义？"路边摊"简直等于露天用餐抹去其中微不足道的奢华之处——一张桌子和一把椅子。换句话说，抹去了其中文明之处。

　　因此，当保罗伫立在轻摇的码头上，顶着午后加勒比肆虐的骄阳，只等登上渡船，同时吃着从卡车上端来的一盘烤鸡和油炸大蕉时，（那辆卡车紧挨着一艘停泊在不远处的渡轮冒出的柴油油烟，搞不好就要弄混。）他的心里十分别扭。别扭得不得了，甚至还有些反胃。

至于宽慰之处？那是碧翠丝。她正在码头的另一头，坐在一张长椅上，垂头对着一碟吃的。一顶宽檐草帽遮住了她的面孔，那还是十天前两人刚从机场到达渡轮码头时保罗给她买的呢。尽管在碧翠丝看来，两人此行算是扑了个空（她没有找到利奥），不过在保罗眼里，这趟旅行绝妙至极。有点诡异的是（但或许也可以预料），碧翠丝的心情一天比一天好，部分原因在于两人所处的环境——毕竟远远地离开了纽约，远离了普拉姆一家。不过在某种程度上，则是因为碧翠丝似乎渐渐看开了，不再非要找到利奥。倒不是从她的话里能听出什么弦外之音（碧翠丝不肯提找不到利奥这回事），但在保罗看来，她那心急火燎的劲头显然泄了气。碧翠丝的眉头似乎一天比一天舒展，不再端着肩膀，也不再动不动就咬嘴唇。

大家似乎都认定，碧翠丝此行注定落个一场空。好吧，假如这一趟算帮人干傻事，保罗也在所不惜。当初碧翠丝吐露心声，声称她一个人前往是多么忐忑时，保罗就急吼吼地自告奋勇陪碧翠丝一起去，不仅仅是为了陪她，不仅仅是为了帮衬一下这趟多愁之旅，也是为了帮她跟利奥对质，假如利奥真现身的话。要是能够跟利奥对质，保罗会很开心。

这趟旅行有不少地方颇讨保罗的欢心，尤其是两人在临水处租了两座丁点小、紧挨着的单间小木屋，都带有绿色瓦顶，前门环绕着簇簇鲜红的九重葛。从荫凉的露天平台上，保罗大可安全地欣赏一望无垠的粼粼碧波，这一点也让他心折。再说，这趟旅行刚开始的时候，前途似乎还很光明呢。一位机场工作人员认出了利奥的照片，声称此人于几周前乘小型包机从迈阿密前来，至今为止还没有离开，至少没有乘飞机离开。

　　可惜最初的一线曙光闪过以后，便一点动静也没有了。没有一个人认出照片里的利奥，不然的话，保罗十分疑心是对方认出了人，却没有开口承认。碧翠丝一天比一天泄气，保罗则趁下午单独一个人外出，在岛上更偏远的一些酒吧里寻人，总之是那些观光客不常光顾、在保罗看来也不适合碧翠丝去的酒吧。可惜的是，这一切都是白费劲。两天前，他哄碧翠丝到岛上的一家小客栈吃了晚餐，伸手握住她的手，力劝碧翠丝回纽约。总之，保罗也只插手到这一步。碧翠丝满脑子全是利奥，动不动就情绪低落，而保罗并不希望碧翠丝因难过和绝望寻求他的肩膀。他已经等了这么长时间，大可以再等到两人回到纽约。要不然的话，他也可以等她迈出第一步嘛。最近他们相处一直很融洽，以至于保罗觉得，碧翠丝或许会迈出第一步，这可不算是他在痴人说梦。

　　除此之外，碧翠丝差不多天天都在写作。"咔嗒咔嗒、咔嗒咔嗒"。每逢她房间的大门打开，保罗可以从自己的露天平台上听见她敲着键盘。当保罗问起她写的内容，碧翠丝却不肯松口，不过保罗能看出碧翠丝很开心。再说了，保罗很有耐心。若说保罗·安德伍德有什么个性，他堪称耐性十足。

　　今天早上，还不到吃早餐的时间，碧翠丝便激动地敲响了他的房门。她的语速太快，刚开始保罗竟然没有听懂。碧翠丝告诉他，她已经把新作发了五十页给斯蒂芬妮。

　　"又是一篇'阿奇'……"保罗说。

　　"不，不，"碧翠丝说着猛摇头，"不是又一篇'阿奇'，不是见鬼的'阿奇'，是别的作品。我甚至说不清它是什么，不过你听听看吧。"于是碧翠丝念了斯蒂芬妮的邮件，信中对新作满是溢美之词，结尾写道："接着写。我爱死这篇作品了，我能把它出手。"这样一来，碧翠丝准备启程回家了。

两人给一位当地警员塞了点现金，求他"盯着点儿"利奥的动静，然后收拾东西，订了航班。此刻，他们正在等待渡船带去大一点的岛屿的机场。保罗向碧翠丝走去，而她伫立在那儿，那碟不太好吃的东西已经吃光，她把空碟子扔到附近的一只垃圾桶里。保罗感觉阵阵头痛。

"我去街对面买点阿斯匹林。"他说，"去去就回。"他迈步向小加油站走去，加油站旁边是一座快要散架、出售机械零部件和少数食品杂货的木屋。门口两边各有一个小摊，堆着成箱的芒果，有熟透的，也有还不太熟的，个个货箱上都盘旋着成群的果蝇。进了小屋，保罗伸手拿起碧翠丝钟爱的番石榴汽水。他可以听见侧间有一群热热闹闹的人，正在哄堂大笑。他闻见了大麻的气味。

未见利奥其人，保罗倒是先闻其声：他认出了利奥的狂笑声。保罗暗自心道，不过是胡思乱想吧，谁让他和碧翠丝花了无数天、无数个小时四处寻找利奥呢，所以他在登上渡轮前的最后一刻凭空做起了白日梦。谁知他又听到了那笑声，这一次近在耳边，对方正往屋后的洗手间走去。保罗闪身躲到一个纸板做成的柯达胶卷展板后面，那玩意至少已经问世二十年了，两个真人大小、美式风格十足的少年正喜笑颜开地手持网球拍。阳光把展板上的颜料褪成了深浅不一的蓝色，因此尽管两个模特儿快活地抬起手肘，露齿而笑，看上去却有点阴森。保罗从展板后望见了对方的脑袋，望见了那哈哈大笑的人的身高、头发，以及轮廓——毫无疑问，那是利奥·普拉姆。

他竟然找到了利奥。

日后，保罗会对自己说，那天下午他在杂货铺迟疑了一下，是因为晒多了太阳，或者是因为那只已经让他胃里翻江倒海的烤鸡。鉴于他与碧翠丝即将登上渡轮乘小飞机先赴迈阿密，再转乘大飞机奔赴纽约，胃里翻腾颇像个不祥之兆。不然的话，就怪当时吃了一惊吧，惊得够呛。保罗从未料到真会找到利奥。于是他赶紧付了汽水钱，又买了一小瓶给婴儿服用的阿斯匹林——店里只有这么一小瓶。穿过街道的时候，他打好了腹稿怎么跟碧翠丝交代。回到渡轮码头，他在楼房一侧找到了一团荫凉处，于是待在那儿寻思了片刻。与利奥重逢，保罗才发觉自己恨他恨得咬牙。内森已经把利奥的损招告诉了保罗，告诉他当初利奥是如何诋毁保罗的领导力和能力。保罗雷霆大怒，不过他也发现了一件事：利奥这一步很失算，倒把内森气坏了，气得他足以倒向保罗这边。内森的第一笔资金已经到账，而保罗正在夜以继日地苦干，向内森证明他的钱没有白花。

从遥远处，他可以望见碧翠丝。她依然伫立在原地，草帽搁在她身边的长凳上。她晒太阳晒过头了。她身穿那条黄色的旧裙，保罗记得曾在碧翠丝登上《畅谈》的第一张照片上见过，照片当初还是保罗挑了做封面的呢。不知道怎么回事，最后却又成了利奥的功劳。跟当初一样，此刻碧翠丝侧着面孔，脸上放晴，满载着希望。保罗迈步走过去，把汽水递给她。

"真凉爽。"她伸出双手握住汽水瓶，贴上脸颊。"出了什么事？怎么啦？"她一说，一边抬头望着保罗。

"没事。"保罗想要挥去脸上的阴云，"我只是在想，你看上去很开心。"他的心跳得飞快，谁让他心里有事，而且已经打好主意了呢。

"算是开心吧。"碧翠丝的语气显得有些讶异。两人要搭的渡船到了,下船的乘客鱼贯而出。

"准备好了么?"保罗说着向碧翠丝伸出一只手。在那一刻,他飞快地权衡着:要是有利奥在身边,碧翠丝会是谁?没有利奥,碧翠丝又会是谁?要是利奥销声匿迹,保罗会是谁?要是与碧翠丝在一起,他们两人又会是谁?这时碧翠丝将手掌搁到保罗手中,面对他伫立着,而他的答案也变得一目了然,恰如她脸上光芒四射、轻松自如的表情,让人喜不自胜。飘飘然,欣欣然,尽管躲不开毒辣的阳光、路边摊的气味,还有近旁大海的阵阵恶臭。

将手搁到保罗手中时,碧翠丝出乎意料地感觉一阵激动。妙极了。他一向如此耐心,如此和善,乐于助人、忠诚而又真实。在阳光映照下,他那平素苍白的肌肤几乎镀上了一层美丽的光泽,尽管他动不动就擦些SPF值大于等于70的防晒霜。碧翠丝吵着让他穿上了一件T恤。没错,T恤确实是海军蓝色,上面还套了件泡泡纱夹克,但在碧翠丝看来,他依然显得面貌一新。高了些,自信了些。她面对他伫立着,望见他的脸上掠过了一抹坚定的神色,她能看出这神色与自己有关,而它让碧翠丝感觉安心且宁静。她不禁意识到,此刻他几乎算得上有几分帅气呢。

当碧翠丝决定把最后一篇"阿奇"作品束之高阁时,保罗一度深感失望。她可再也不打算拿出来了。"它不属于我。"碧翠丝对他说,"它属于利奥、玛蒂尔达,以及某个尚未降临人世的人。这不是该由我来讲述的故事。"尽管如此,保罗却坚定地帮她寻找利奥。碧翠丝心里有数,他甚至单独出去找过几次。

“别的先不提，我反正很喜欢这个地方。”她告诉保罗。

“我也喜欢。”保罗回答。他们站在那儿，他牵着她的手，两人看上去沐浴着一身阳光，都有点头晕眼花，踌躇不决，还出了点汗。尽管碧翠丝并不理解自己心中为什么会涌起一股令人陶醉的乐观，（她希望那是源于自己的新作，但或许只是因为轻晃的码头？因为翻涌的碧波？因为保罗？）她却决心敞开心怀，迎接喜乐。

“你知道我还喜欢什么吗？”她说着伸出手，两手各搭上了保罗·安德伍德一侧的肩头。

按照老规矩，星期五上午要在杂货铺里玩纸牌。利奥从常坐的椅子上放眼望去（也就是朝向门口的那张椅子），保罗迈步走向饮品冷柜的那一刻，利奥便一眼瞧见了他。利奥走到屋子的一侧，一边尽力保持镇定，一边思索着对策。牌友们会给他打掩护。无需解释，只消告诉他们安德伍德是个棘手的家伙，牌友们就会守口如瓶。利奥向屋后的洗手间走去，关上了门，准备找个保罗找不到的地方盘算一会儿。逃之夭夭当然有好处，不过他也很好奇跟保罗同行的还有谁。看上去显而易见：碧翠丝嘛。保罗与碧翠丝肯定是在等五点一刻的渡船，那班渡船一向迟到至少十五分钟以上。利奥说不清是否还有其他人一起来找他。倒是来得及溜到码头瞧瞧那里还有谁。或许是梅乐蒂？斯蒂芬妮？

不然的话，也可以干脆走到保罗身边，直接开口问。男人对男人嘛。男人对娘炮。男人对“无德”。随便啦。就算弟妹们能找到他，总不能逼他就范吧。利奥其实早已料到了这一刻。老实讲，对方过了这么久才找到他的下落，他还有点吃惊。严格说来，此刻他本该身在越南南部，可惜他稍微偷了个懒。

利奥从标有"不可饮用"字样的水槽里蘸了些不明不白的水，泼到脸上，又走回了杂货铺。保罗·安德伍德已经不见了踪迹。难道他没有看见利奥？利奥敢说保罗见到了自己。保罗一向喜怒溢于言表。利奥决定查探一番。

从小小的渡口大楼里，隔着一条街，他望见碧翠丝坐在外面的码头上。即使在一群美国游客中间，碧翠丝的服饰依然花哨得离谱。她坐在长凳上，两腿往前伸，一双金色的凉鞋辉耀着阳光。站在碧翠丝身边的是个高挑的女子，背对着利奥，不过无论在哪里，利奥也不会认错那头红发。斯蒂芬妮。

他疾步走向打开的大门，就在他迈出门口前，红发女郎向利奥扭过了头，他停下了脚步。那并非斯蒂芬妮，一点也不像。那女子太过粗壮，胖鼓鼓的脸上有晒斑，几乎像头猪。他感到一阵愤怒：从背后瞧上去，这个陌生人怎么敢跟斯蒂芬妮这么相像呢？此时此刻，他才意识到自己想见她。她没有来。

渡船停靠在码头上，乘客纷纷下了船，几个当地青少年开始演奏钢鼓，盼着新来的游客把第一波美元花在他们身上。利奥望着碧翠丝站起身，对保罗说了几句，保罗露出笑容，她懒洋洋地把胳膊搭在他肩上。尽管隔着一段距离，利奥却敢说保罗红了脸。

"拜托，'无德'，你能有种一些吗？"利奥发觉自己默不出声地说道。

保罗一只手沿碧翠丝的腰滑过，将她搂近一些，用手指轻抚着她的下巴，然后用一只手托起她的脸；就在那儿，就在那一刻，利奥眼见碧翠丝服了软，呼出一口气。他眼见她双膝微屈，弯起胳膊，向保罗俯过身，两人接起了吻，旁若无人，仿佛他们正沉醉爱河，仿佛直到永远。

在久久的激情一吻后（碧翠丝从未料到，在塔克死后，此生还会遇见这样的吻），她与保罗紧搂着彼此，一声不吭地伫立了片刻。众人纷纷登上渡轮。碧翠丝还没有睁开双眸，感觉到自己的身体天衣无缝地紧贴着保罗——她丰满的乳房正配他那窄窄的胸膛，他隆起的啤酒肚正配她的纤腰，她的下颌正配他的颈弯。她后退了一步，想要正视他的面孔，但当抬起目光时，一个熟悉的人影引起了她的注意。人流一时间挡住了她的视线，等到这群人走过去时，她望见那人影一步步向她走来。落山的夕阳晃着她的眼睛，艳阳让一切显得朦朦胧胧，包括来人。他看上去几乎是个影子。碧翠丝愣住了。不会吧。

迈步向碧翠丝走过去时，利奥根本没有头绪，不知道该说些什么，只是头脑一热，朝她所在的方向迈开了脚步。当她抬头望见他，他却停了下来。利奥迟疑片刻，眼睁睁望着碧翠丝变了个样。她僵住了，脸上笼罩着担忧和不解的阴影。她闭上了眼睛，垂下脸庞。

"喘气，喘口气。"碧翠丝心中暗道。她一动也不动，不敢抬起头，只等听见他的声音叫出自己的名字，但又害怕听见他的声音叫出自己的名字。保罗将她搂紧了些。他闻上去有股洗发水、防晒霜的味道，还隐隐有一抹烤鸡味。不远处一只海鸥尖啸一声，仿佛在哈哈大笑。渡船鸣了三次喇叭，马上要开船了。

"准备好了吗？"保罗问。碧翠丝抬起头，眨眨眼睛。人影不见了。她伸手遮挡着阳光，再次放眼张望。一个人也没有。

此行之中，她曾千百次、百万次认定自己见到了利奥，每天如此，有时候每时每刻都如此。她曾以为在下榻的酒店见到他随着卡吕普索乐队翩翩起舞，在饭馆里为邻桌端上一碟鱼，在路边买芒果。她曾以为见到他拎着人字拖走过沙滩，坐在出租车的后座上从车流中穿梭而过，透过一扇打开的门见到他在打台球，在无数的吧椅和无数阳光普照、棕榈树轻摆的小巷中见到了他的身影。可惜没有一次是他，从没有一次是利奥。

"准备好了。"碧翠丝说着从长凳上拿起帽子，又挎上她的草编袋，"回家吧。"

尾声

一年后。

宝宝的一岁生日简直跟她降临人世的那天一样闷热不堪。前来庆祝生日吃午餐的人们全是这个口径。"记得吗？跟今天完全一个样！"说得好像事情已经过去了几十年或几个世纪，而不是刚刚过去五十二个星期，而他们把当时的天气记得清楚，又是什么了不起的奇迹似的。

"哦，我记得啊。"斯蒂芬妮回答。她怎么可能不记得？那股酷热，那沿着胳膊淌下的冰淇淋，那无比突然而激烈的分娩，以至于它有一个称呼：急产。

莉莲·普拉姆·帕尔默，简称为"莱拉"（对斯蒂芬妮来说，女儿的名字是个暖心的秘密。她知，壁炉也知），于斯蒂芬妮羊水破掉四十二分钟后降生于她家的客厅。医护人员摁响门铃时，莱拉正好滑进汤米的掌中。"是个千金！是个千金！"汤米说了一遍又一遍，浑然忘了斯蒂芬妮早已心知她怀了个女孩，却一心记起当初在最后一次痛苦难耐地"使劲"后，自己攥住罗妮的手，医生曾经三次给自己带来好消息。

今天莱拉一岁啦！

尽管天气酷热，斯蒂芬妮还是把生日宴设在了院子里。糟不到哪儿去嘛。她已经跟众人明说过，让大家都别带礼物。反正莱拉第一次过生日，她哪里知道什么好坏，斯蒂芬妮也不希望家里再添些用不着的东西，不过她心知说归说，不会有什么用处。果然，普拉姆一家一个接一个到来，其中大多数不仅带来了礼物，还带了一大堆礼物呢。

　　最先到的是梅乐蒂与沃尔特。路易莎最近搬进了斯蒂芬妮的次卧，为即将到来的学年做准备。她将在只隔一个街区的普瑞特学院学艺术。路易莎获得了丰厚的奖学金，可惜依然不够支付食宿。斯蒂芬妮听说路易莎准备每天通勤赶到布鲁克林，便免费给了小姑娘一个闲置的房间，条件是偶尔在工作日晚上或周末帮她照顾宝宝。路易莎住进来才刚刚一星期，斯蒂芬妮竟惊奇地发觉自己很乐意路易莎作陪，莱拉则爱死她的堂姐了。路易莎（再加上登门造访的诺拉）极擅照顾小家伙，乐于一次次走过庭院，将宝宝在两人中间摇来晃去，也乐于坐下用蠢兮兮的声音哄宝宝，不然就用彩色泡沫塑料搭建城堡。今天诺拉带来了她的朋友西蒙妮，斯蒂芬妮与梅乐蒂站在厨房的窗边，遥望着姑娘们把莱拉带到刚种的枫树下，还亲眼见到西蒙妮探身飞快地给了诺拉一吻。

　　"说实话，有点儿怪。"梅乐蒂说。如果说，她的口吻有几分忧郁的话，却也颇为深情。

　　"你喜欢她吗？"斯蒂芬妮问梅乐蒂。

　　"你说西蒙妮？"梅乐蒂答道，"我猜是的。她很有激情。她念布朗大学，诺拉则搬去水牛城，我说不好她们以后会怎样。"诺拉终究还是念了州立大学啊。"我倒盼着她们保持联系。西蒙妮一整年都逼着诺拉加油呢，这也是她去了荣誉学院的原因。"梅乐蒂说。

"爱情是一种绝佳的动力嘛。"斯蒂芬妮说。

"在它不会把你的心伤透的时候。"梅乐蒂想说。不过这话太过伤人，因此她又咽了回去。再说，梅乐蒂不得不承认，没有利奥在身边，斯蒂芬妮的生活似乎并非一团糟，她看上去挺开心。

门铃响了。杰克、碧翠丝、保罗纷纷到访。又多了些礼物、丝带，莱拉又被大家传来传去抱了一圈。小家伙不停地扯礼服的衣领，斯蒂芬妮脱下她的礼服，没过多久莱拉就戴着湿淋淋的尿布、迈着蹒跚的步伐在后院到处转悠，红着一张小脸，出了一身汗。宝宝眼神狂热，兴奋得不得了，大家连糖还没给小家伙吃呢。斯蒂芬妮心里有数，待会儿她是绝不肯去打个盹的了。噢，随她去吧。

屋后的院子里，杰克正盼着找个荫凉处。为了顶替风暴中倒下的那棵树，斯蒂芬妮重新种了一棵，眼下还没有长成。杰克觉得，她应该大手笔买一株大一点的。他把椅子挪近树干，那里好歹算是荫凉点。（多年以后，等到树已成荫，在庭院深处撑开一片葱茏时，某个美丽绝伦的十月下午，莱拉会在泛着秋意的巍巍树冠下出嫁。她会让杰克陪她走过铺满落叶的小径，走向她的爱人。杰克终生呵护着莱拉，无论她什么时候需要一个"父亲"，他都随叫随到。莱拉婚礼当天，当她挽着已经年近七十的杰克的胳膊露面时，斯蒂芬妮在女儿身边望见了利奥的身影。有那么让人脚软的片刻，错过的一切如千斤般压过来，让他不堪重负。）至于眼下，坐在树下遥望莱拉，免得她跑得太快摔一跤（她走路还不太稳），杰克还牵挂着沃克，尽管这阵子以来与其说是饮恨，不如说是愁思。但凡杰克能想起来的人，只有沃克一个是真心期待某个孩子的生日聚会。据杰克的老友亚瑟透露，沃克已经跟别人同居了。到了最后，原来沃克才是过不好独处生活的人，这在某种意义上倒是件好事。

杰克发觉自己竟然独居得如鱼得水，与其说有点吃惊，不如说如释重负。一生之中，他还会一次又一次地坠入爱河，不过他可再也不肯跟任何人一起住了。

碧翠丝把一家人一个个全叫上，非要莱拉打开礼物。莱拉是她的心肝宝贝，不过碧翠丝一心盼着聚会结束，好赶回家再度开工。她的小说已经写了一大半，写的是一位艺术家搁下了画笔，但在历经一系列爱与失之后（这是她告诉斯蒂芬妮的原话），艺术家发觉重新找回了自我和艺术。新作不太有自传风格，不过碧翠丝不再着眼于利奥，而是聚焦于她自己，倒是卓有成效。斯蒂芬妮每次收到新章节，看上去都比之前的部分写得好。碧翠丝还没有拟定结局，不过她心知只要接着写，她终究会写出结尾。她明白它就在前方。

"我一向都深知你有这份才华。"斯蒂芬妮对她说。新作的主人公并不是改头换面的利奥，让斯蒂芬妮既释然又激动——她可读不下去关于利奥的小说。在保罗催了多次以后，碧翠丝终于卖掉了自己的公寓，把钱存进了银行，搬进了保罗家。目前她正全职写作，她带给莱拉的礼物至少有五件。

斯蒂芬妮将莱拉抱在怀中，让小家伙把包装纸撕成小块，碧翠丝则一件件亮出礼物，想要讨小家伙的欢心：带轮子的红色小消防车，莱拉可以坐上车驶过人行道，用肉嘟嘟的双腿推着自己往前行驶；一只有莱拉两倍大小的泰迪熊，一度吓得小家伙哭出了声；三条"Marimmeko"牌裙子，购于某高档幼儿精品店，莱拉穿上活像迷你版碧翠丝；一只五颜六色、塑料制成的庞然大物，叫作"宝宝的第一款智能手机"，来自梅乐蒂（斯蒂芬妮会在下周一把这只电话跟大多数用不着的玩具一起送到慈善商店）；一只精美的古董小手镯，来自杰克，是玫瑰金色，镶嵌莱拉的诞生石——红宝石碎石。"真是美得令人窒息的祸水呀。"梅乐蒂打趣说道，斯蒂芬妮则千方百计让莱拉坐着不动，好把手镯套到她肥嘟嘟的手腕上——没门。

等到拆了礼物、收拾起包装纸、午餐上桌后，大家都聚在庭院的桌边，让坐着高脚椅的莱拉坐在首座。梅乐蒂把一顶闪闪发亮的派对帽子戴在了莱拉头上，小家伙拽着上面的松紧带，总算解开了帽子，把它往地上一扔，晃着双腿，小脚"吭吭"地撞着高脚椅的横档。她扭着身子想从高脚椅上下来，但当一个蛋糕放到她的面前，蛋糕上还插着一根没点燃的蜡烛，所有人唱起生日歌时，小家伙不再吱声，凝神盯着一张张喜气洋洋的面孔。

当莱拉难得地乖乖不动，让众人审视她那美丽的脸庞时，斯蒂芬妮心知大家都在做什么：大家在莱拉的脸上寻找着利奥的影子。莱拉身上怎么会没有利奥的影子呢？生气时她那眯起的明亮双眸，那尖尖的下巴，那宽宽的前额，那远山一般的优雅双眉，那傲气的嘴，全都跟利奥一模一样，笼在一头酷似斯蒂芬妮的卷曲红发之下。利奥溜了号，但他又恰在眼前。当众人唱完走调的生日歌，发出欢呼时，莱拉抬起头，羞答答地微微一笑，自顾自鼓起了掌。

"抛个飞吻，莱拉。"路易莎想炫耀一下本周刚教堂妹的花招。

莱拉把肉嘟嘟、黏糊糊的手掌举到嘴边，向大家抛去一个飞吻。众人装作接到了吻，莱拉欢叫起来，抛了一个又一个，一会儿向左，一会儿向右，直到突然之间，莱拉受不了了！筋疲力尽的小家伙揉揉眼睛，摆出了一张苦瓜脸，举起了双臂。"举高高！"她的眼神急不可耐地扫过一张张热切的笑脸。"举高高！"她松开拳头又捏起，仿佛攥住了一把空气。"高高！"小家伙又说了一遍，一时间，她的家人全都一溜烟向她奔去，都恨不得第一个奔到她的身边。

= THE END =

谢谢。您选择的是一本果麦图书

诚邀关注"果麦文化"微信公众号

恩宠之家

产品经理 | 吴　涛　　责任印制 | 路军飞

装帧设计 | 刘洪斌　　策 划 人 | 吴　畏

图书在版编目（CIP）数据

恩宠之家 / (美) 辛西娅·戴佩思·斯温妮著；胡
绯译. -- 天津：天津人民出版社, 2017.12
书名原文：The Nest
ISBN 978-7-201-12483-4

Ⅰ. ①恩… Ⅱ. ①辛… ②胡… Ⅲ. ①长篇小说—美
国—现代 Ⅳ. ①I712.45

中国版本图书馆CIP数据核字(2017)第243858号

图字02-2017-174号

恩宠之家
ENCHONG ZHI JIA

出　　版	天津人民出版社
出 版 人	黄　沛
地　　址	天津市和平区西康路35号康岳大厦
邮政编码	300051
邮购电话	022-23332469
网　　址	http://www.tjrmcbs.com
电子信箱	tjrmcbs@126.com
责任编辑	霍小青
产品经理	吴　涛
装帧设计	刘洪斌
制版印刷	北京盛通印刷股份有限公司
经　　销	新华书店
发　　行	杭州果麦文化传媒有限公司
开　　本	880×1230毫米　1/32
印　　张	11.5
印　　数	1-16,000
字　　数	267千字
版次印次	2017年12月第1版　2017年12月第1次印刷
定　　价	58.00元